TERRES VIERGES

PAR

I. TOURGUÉNEFF.

C. R.

PARIS

J. HETZEL ET Cⁱᵉ, LIBRAIRES-ÉDITEURS

18, RUE JACOB, 18

—

TERRES VIERGES

OUVRAGES DU MÊME AUTEUR :

Paris. — Typ. G. Chamerot, rue des Saints-Pères, 19.

TERRES VIERGES

PAR

I. TOURGUÉNEFF

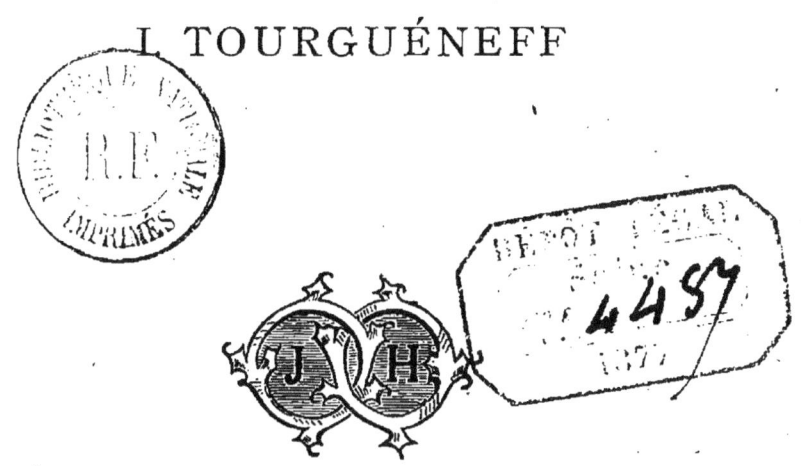

PARIS

J. HETZEL ET Cᴵᴱ, ÉDITEURS

18, RUE JACOB, 18

—

TERRES VIERGES

I

Au printemps de 1868, vers une heure de l'après-midi, un jeune homme d'environ vingt-sept ans, négligemment et même pauvrement vêtu, montait par l'escalier de service d'une maison à cinq étages située dans la rue des Officiers, à Pétersbourg. Traînant avec bruit des galoches éculées et balançant gauchement sa lourde et lente personne, il atteignit enfin la dernière marche de l'escalier, s'arrêta devant une porte délabrée qui était restée entr'ouverte, puis, sans tirer le cordon, mais en toussant avec fracas pour annoncer sa présence, il pénétra dans une antichambre étroite et mal éclairée.

« Néjdanof est-il là? cria-t-il d'une grosse voix de basse.

— Non, c'est moi, entrez! répondit de la pièce voisine une voix de femme, assez rude aussi.

— Machourina? demanda le nouveau venu.

— Oui... Et vous, Ostrodoumof?

— Pimène Ostrodoumof, » répondit-il.

Aussitôt, il se débarrassa de ses galoches, pendit à un clou son manteau râpé, et entra dans la chambre d'où partait la voix de femme.

C'était une pièce malpropre, au plafond bas, aux murs badigeonnés d'une couleur vert sale, qu'éclairaient à peine deux petites fenêtres poussiéreuses. Elle avait pour tout mobilier un lit de fer dans un coin, une table au milieu, quelques chaises, et une étagère surchargée de livres.

Près de la table était assise, fumant une cigarette, une femme de trente ans environ, nu-tête, vêtue d'une robe de laine noire.

En voyant entrer Ostrodoumof, elle lui tendit silencieusement sa large main rouge. Celui-ci répondit non moins silencieusement à son étreinte, se laissa tomber sur une chaise, et tira de sa poche une moitié de cigare.

Machourina lui donna du feu, il alluma son cigare, et tous deux, sans échanger une parole, ni même un regard, se mirent à lancer des tourbillons de fumée bleuâtre dans l'air épais de la chambre, déjà saturé de tabac.

Les deux fumeurs ne se ressemblaient point par les traits du visage; mais entre ces deux figures ingrates, aux lèvres épaisses, aux grosses dents, au nez mal taillé (Ostrodoumof, en outre, était grêlé), il y avait quelque chose de commun, une expression de loyauté et d'énergie laborieuse.

« Est-ce que vous avez vu Néjdanof? demanda enfin Ostrodoumof.

— Oui; il va venir. Il est allé porter des livres à la bibliothèque.

— Qu'est-ce qu'il a à courir comme ça depuis quelque temps? dit Ostrodoumof en se détournant pour cracher. Il n'y a plus moyen de mettre la main sur lui. »

Machourina prit un second papiros, et l'allumant consciencieusement :

« Il s'ennuie, répondit-elle.

— Il s'ennuie! répéta Ostrodoumof d'un ton de reproche. Quel enfantillage! On dirait que nous n'a-

vons rien à faire ! Nous nous demandons comment nous abattrons toute cette besogne, et lui, il s'ennuie !

— Y a-t-il une lettre de Moscou ? demanda Machourina au bout d'un moment.

— Oui ; depuis avant-hier.

— Vous l'avez lue ? »

Ostrodoumof fit un simple signe de tête affirmatif.

« Et que dit-elle ?

— Il faudra bientôt partir. »

Machourina retira le papiros de sa bouche.

« Pourquoi donc ? On m'avait dit que tout allait bien là-bas.

— Ça va son train. Mais il y a un monsieur qui n'est pas sûr... Vous comprenez... il faut le déplacer, ou bien il faudra peut-être le supprimer tout à fait. Et puis il y a encore différentes choses. Vous aussi, vous êtes convoquée.

— Dans la lettre ?

— Oui, dans la lettre. »

Machourina secoua sa lourde chevelure, qui, négligemment tordue et rattachée en arrière, lui retombait sur le front et les sourcils.

« Très bien, dit-elle ; puisque c'est l'ordre, il n'y a pas à discuter.

— Naturellement. Mais sans argent, pas moyen ; et où le trouver, l'argent ? »

Machourina réfléchit.

« Néjdanof doit s'en procurer, dit-elle à demi-voix, comme se parlant à elle-même.

— C'est justement pour cela que je suis venu, fit observer Ostrodoumof.

— Vous avez la lettre sur vous ? lui demanda tout à coup Machourina.

— Oui. Voulez-vous la lire ?

— Donnez... Au fait, non ; nous la lirons ensemble... plus tard.

— Je vous ai dit la vérité, grommela Ostrodoumof;
n'en doutez pas.

— Eh! je sais bien! »

Ils se turent de nouveau, et de nouveau les minces
filets de fumée que laissaient échapper leurs lèvres
silencieuses montèrent en se tordant légèrement au-
dessus de leurs têtes chevelues.

Un bruit de pas retentit dans l'antichambre.

« Le voilà! » murmura Machourina.

La porte s'entre-bâilla, et une tête se glissa par l'ouverture; mais ce n'était pas celle de Néjdanof.

C'était une figure ronde, aux cheveux noirs et rudes,
au front large et sillonné de rides; ses petits yeux bruns
se mouvaient rapidement sous d'épais sourcils; elle
avait un nez en bec de canard, retroussé vers le ciel,
et une petite bouche rose drôlement fendue.

Cette tête regarda autour d'elle, salua, sourit — en
montrant deux rangées de toutes petites dents blanches,
— et pénétra dans la chambre en même temps qu'un
torse débile aux bras courts, aux jambes mi-bancales,
mi-boiteuses.

Machourina et Ostrodoumof, en l'apercevant, eurent
tous deux sur le visage la même expression d'indulgent
dédain, à peu près comme s'ils se fussent dit intérieurement : « Ah! ce n'est que lui. » Ils ne laissèrent échapper ni un mouvement, ni une parole.

Du reste, le nouveau venu, loin d'être choqué de cet
accueil, eut l'air d'en éprouver quelque satisfaction.

« Qu'est-ce que ça veut dire? s'écria-t-il d'une voix
glapissante. — Un duo? Pourquoi pas un trio? Où est
donc le premier ténor?

— C'est de Néjdanof que vous voulez parler, monsieur Pakline? lui dit Ostrodoumof d'un air très-sé-
rieux.

— C'est justement de lui; oui, monsieur Ostrodoumof.

— Il rentrera probablement bientôt, monsieur
Pakline.

— Enchanté de l'apprendre, monsieur Ostrodoumof ! »

Le petit boiteux se tourna vers Machourina, qui, d'un
air renfrogné, continuait à fumer sa cigarette.

« Comment vous portez-vous, très-aimable... très-
aimable ?... Ah ! que c'est ennuyeux, je ne peux jamais
me rappeler votre prénom ni votre nom patronymique[1] ! »

Machourina haussa les épaules.

« A quoi bon vous les rappeler ? Vous connaissez
mon nom de famille. Que vous faut-il de plus ? Et
pourquoi cette question : « Comment vous portez-
vous ? » Ne voyez-vous pas vous-même que je ne suis
pas morte ?

— Parfaitement, parfaitement juste ! s'écria Pakline
en gonflant ses narines et en remuant ses sourcils inégaux. Si vous étiez morte, votre très-humble serviteur
n'aurait pas l'avantage de vous voir ici et de causer avec
vous. Considérez ma question comme un reste de mauvaise habitude surannée. C'est comme pour le prénom
et le nom patronymique... Voyez-vous, ça me semble
drôle de dire Machourina tout court ! Je sais bien que
vos lettres ne sont jamais signées autrement que : Bona-
parte... Pardon, Machourina, voulais-je dire ! Mais
pourtant... quand on cause...

— Mais qui vous a prié de causer avec moi ? »

Pakline eut un petit rire nerveux, comme s'il avait
avalé une gorgée de travers.

« Allons, allons, ma colombe, ne vous fâchez pas,
donnez-moi votre main. Vous êtes très-bonne, je le sais
bien, et moi non plus je ne suis pas méchant... Allons. »

---

[1] En Russie, dans la conversation, il est rare que l'on nomme quelqu'un par son nom de famille; on n'emploie guère non plus le prénom
seul, qui serait trop intime ou trop familier. L'appellation généralement
usitée,—qui a l'avantage d'être à la fois familière avec les inférieurs et
respectueuse avec les supérieurs,—est analogue à l'antique formule
grecque : Achille Péléïade ou fils de Pélée.

Pakline tendait la main. Machourina le regarda d'un air sombre ; cependant elle lui tendit la sienne.

« Vous tenez beaucoup à connaître mon prénom ? dit-elle, sans que son visage s'éclaircît. Eh bien, je m'appelle Fiokla[1].

— Et moi, Pimène, ajouta la voix de basse d'Ostrodoumof.

— Ah ! C'est très-instructif, très-instructif ! mais alors, dites-moi donc, ô Fiokla, et vous, ô Pimène, dites-moi donc pourquoi vous me traitez toujours si peu amicalement, tandis que moi...

— Machourina trouve, et elle n'est pas seule de cet avis, interrompit Ostrodoumof, que l'on ne peut pas se fier à vous, parce que vous regardez toutes choses du côté risible. »

Pakline tourna vivement sur ses talons.

« Ah ! voilà, voilà, toujours la même erreur de la part des gens qui me jugent, très-honorable Pimène ! D'abord, je ne ris pas toujours ; et puis ça ne veut rien dire, et l'on peut se fier à moi ; la preuve en est, du reste, dans la confiance flatteuse qui m'a été plus d'une fois témoignée parmi les vôtres. Je suis un honnête homme, moi, très-honorable Pimène ! »

Ostrodoumof murmura quelque chose entre ses dents, et Pakline, secouant la tête, répéta, mais cette fois presque sans sourire :

« Non ; je ne ris pas toujours ! Je ne suis pas un homme gai ! regardez-moi un peu ! »

Ostrodoumof leva les yeux sur lui. En effet, lorsque Pakline ne riait pas et ne parlait pas, son visage prenait aussitôt une expression de tristesse mêlée de crainte : cette expression redevenait drôle et même maligne, dès qu'il ouvrait la bouche. Ostrodoumof cependant ne dit mot.

Pakline se retourna de nouveau vers Machourina.

[1] En grec Thécla.

« Et les études, comment vont-elles ? Faites-vous des progrès dans votre art éminemment philanthropique ? Ça doit être une rude affaire que d'aider un citoyen inexpérimenté à faire sa première apparition dans le monde, eh !

— Oh ! pas du tout, à moins que le petit citoyen ne soit beaucoup plus grand que vous ! » répondit Machourina en souriant d'un air satisfait.

Machourina venait de recevoir le diplôme de sage-femme. Dix-huit mois auparavant, elle avait abandonné sa famille. C'étaient de petits propriétaires nobles du midi de la Russie, et elle était arrivée à Pétersbourg avec six roubles dans sa poche ; entrée à l'école d'obstétrique, elle avait conquis par un travail acharné le grade qu'elle convoitait. Elle était fille et très-chaste... Chose peu étonnante ! s'écriera quelque sceptique en se rappelant ce que nous avons dit de son extérieur. Chose étonnante et rare ! nous permettrons-nous de dire à notre tour.

En entendant la réponse de Machourina, Pakline se remit à rire.

« Bien touché, ma chère ! s'écria-t-il. Ah ! vous êtes vive à la riposte ! Ça m'apprendra ! Aussi, pourquoi suis-je resté si petit ? Mais le maître de céans ne revient pas ; où diable s'est-il fourré ? »

C'est avec intention que Pakline changeait le sujet de l'entretien. Il n'avait jamais su se résigner à sa taille microscopique, à sa chétive personne. Ces défauts physiques lui étaient d'autant plus sensibles qu'il adorait les femmes. Pour leur plaire, que n'aurait-il pas donné ! Le sentiment de sa difformité le rongeait bien plus cruellement que l'humilité de sa naissance ou que la médiocrité de sa position.

Le père de Pakline, simple bourgeois devenu conseiller honoraire à force de roueries, était une espèce d'homme d'affaires que l'on consultait pour les procès, à qui l'on confiait la gestion d'un domaine, d'une mai-

son. A ce métier, il avait amassé un petit pécule ; mais,
s'étant mis à s'enivrer sur ses vieux jours, il n'avait rien
laissé après lui. Le jeune Pakline se nommait Sila
Samsonytch, c'est-à-dire Force, fils de Samson (ce qu'il
jugeait être aussi une moquerie du sort) ; il fit son éducation dans une école de commerce où il apprit parfaitement l'allemand. Après avoir passé par diverses
épreuves assez désagréables, il trouva enfin une place de
quinze cents roubles dans un comptoir. Avec ces maigres
ressources, il subvenait non-seulement à ses propres
besoins, mais encore à ceux d'une tante malade et de sa
sœur, qui était bossue.

A l'époque où se passe notre récit, il venait d'avoir
vingt-sept ans. Il avait lié connaissance avec un grand
nombre d'étudiants, jeunes gens auxquels il plaisait par
la hardiesse quelque peu cynique de ses propos, par la
gaieté et l'aplomb de sa parole, enfin par une érudition
étroite, mais incontestable et dénuée de tout pédantisme.

Cela ne l'empêchait pas d'être parfois un peu malmené
par eux. Un jour, par exemple, qu'il s'était mis en retard
pour une réunion « politique », et qu'il présentait des
excuses embarrassées, une voix dans un coin se mit à
chanter : « Notre pauvre Pakline est un foudre de
guerre, » et tout le monde éclata de rire. Pakline finit
par rire comme les autres, quoique la colère le mordît
au cœur. « Le gredin a mis le doigt sur la plaie, » se
dit-il en lui-même.

Il avait fait connaissance avec Néjdanof dans une
gargote grecque où il prenait ses repas, et où il émettait
des opinions très-libres et très-accentuées. Il prétendait
que la cause première de ses tendances démocratiques
était précisément cette atroce cuisine grecque, qui lui
irritait le foie.

« Oui... où diable s'est-il fourré, le maître de céans ?
répéta Pakline. J'ai remarqué que, depuis quelque temps,
il n'est pas dans son assiette. Serait-il amoureux ? »

Machourina fronça le sourcil.

« Il est allé à la bibliothèque, pour y chercher des livres. Quant à être amoureux, il a d'autres chiens à fouetter ; et d'ailleurs, de qui le serait-il ?

— De vous ! » faillit répondre Pakline...

Mais il se borna à dire :

« J'ai envie de le voir pour causer avec lui de choses graves.

— De quelles choses ? fit Ostrodoumof. De notre affaire ?

— Peut-être de la vôtre... Je veux dire de la nôtre à tous. »

Ostrodoumof poussa un : Hum ! Il éprouvait une certaine méfiance ; mais aussitôt il se dit : « Après tout, qui sait ? Cette anguille se glisse partout ! »

« Le voilà qui arrive enfin ! » dit tout à coup Machourina ; et dans ses petits yeux cernés, tournés vers la porte de l'antichambre, passa je ne sais quoi de chaud et de tendre, comme une petite tache lumineuse.

La porte s'ouvrit, et cette fois on vit entrer un jeune homme de vingt-trois ans, coiffé d'une casquette, un paquet de livres sous le bras ; c'était Néjdanof lui-même.

II

En apercevant les trois visiteurs, Néjdanof s'arrêta sur le seuil, les enveloppa d'un regard, jeta sa casquette, laissa tomber négligemment ses livres sur le plancher, et, sans dire une parole, alla s'asseoir sur le pied de son lit.

Son joli visage au teint blanc, que la couleur sombre de son abondante chevelure d'un brun roux faisait paraître plus blanc encore, exprimait le mécontentement et le dépit.

Machourina se détourna légèrement, en se mordant la lèvre. Ostrodoumof grommela :

« Enfin ! »

Pakline se rapprocha de Néjdanof.

« Qu'est-ce qui t'arrive, Alexis Dmitritch, Hamlet russe ? Quelqu'un t'a-t-il mis en colère ? ou bien es-tu tombé comme ça tout seul dans la mélancolie ?

— Laisse-moi la paix, Méphistophélès ! répondit Néjdanof avec impatience. Je n'ai pas le temps d'aiguiser avec toi des platitudes. »

Pakline se mit à rire.

« Tu ne t'exprimes pas correctement, mon cher : ce qui est aigu n'est pas plat ; ce qui est plat ne peut pas être aigu.

— C'est bon, c'est bon... tu as de l'esprit, nous le savons.

— Et toi, tu as les nerfs détraqués, répliqua lentement Pakline. Est-ce que, vraiment, il te serait arrivé quelque chose d'extraordinaire?

— Il ne m'est rien arrivé d'extraordinaire ; il m'est arrivé qu'on ne peut plus mettre le nez dehors, dans cette ignoble ville, sans se heurter à quelque bassesse, à quelque sottise, à quelque absurde injustice, à quelque stupidité! Il n'y a plus moyen de vivre ici.

— Voilà pourquoi tu as fait annoncer dans les journaux que tu cherches une place et que tu consentirais à quitter Pétersbourg? grommela encore Ostrodoumof.

— Certainement, je partirai, et avec bonheur! si seulement je trouvais quelqu'un d'assez bête pour me proposer une place !

— Avant tout, il faut remplir son devoir « ici! » dit Machourina d'un ton significatif, mais sans cesser de détourner les yeux.

— C'est-à-dire ? » demanda Néjdanof, en faisant volte-face.

Machourina serra les lèvres.

« Ostrodoumof vous l'expliquera, » dit-elle enfin.

Néjdanof se tourna vers Ostrodoumof. Mais celui-ci toussa et dit seulement :

« Plus tard.

— Voyons, sérieusement, reprit Pakline, est-ce que tu aurais appris quelque chose... de désagréable ? »

Néjdanof bondit de son lit, comme poussé par un ressort.

« Eh ! quel désagrément te faut-il encore ? s'écria-t-il à tue-tête. La moitié de la Russie meurt de faim, la *Gazette de Moscou* triomphe, on introduit chez nous le classicisme, on interdit aux étudiants les caisses de secours ; — partout l'espionnage, l'oppression, la dénonciation, le mensonge et la fausseté ; — on ne peut plus faire un pas... Et tout cela ne lui suffit plus ! Il lui faut encore quelque désagrément nouveau ! Il me demande si je parle sérieusement !...

« Bassanof est arrêté, ajouta-t-il en baissant la voix ; on vient de me le dire à la bibliothèque. »

Ostrodoumof et Machourina levèrent la tête en même temps.

« Mon cher et bon Alexis, commença Pakline, tu es agité, cela se comprend... mais oublies-tu à quelle époque et dans quel pays nous vivons ? Chez nous, l'homme qui se noie doit encore fabriquer lui-même le brin de paille auquel il pourrait s'accrocher. Il s'agit bien de faire du sentiment ! Vois-tu, camarade, il faut savoir regarder le diable dans le blanc des yeux et ne pas s'exaspérer comme un enfant.

— Ah ! je t'en prie, assez ! interrompit Néjdanof avec angoisse, les traits contractés comme sous l'action d'une douleur physique. C'est une affaire entendue, toi, tu es un homme énergique, tu n'as peur de rien ni de personne...

— Peur de personne, moi ? murmura Pakline. Voyons ! voyons !

— Mais qui a pu dénoncer Bassanof ? Je n'y comprends rien.

— Un ami, ça va sans dire ! se hâta d'ajouter Pakline. Les amis sont de première force sur ce chapitre. C'est

avec eux qu'il faut tenir l'oreille au guet. Moi, par
exemple, j'avais un ami, un si bon garçon ! il s'inquiétait tant de moi, de ma réputation ! Un jour, il arrive
chez moi : « Figurez-vous, me dit-il, quelle stupide ca-
« lomnie on a répandue contre vous ; on prétend que
« vous avez empoisonné votre oncle, — que, dans une
« maison où l'on vous avait introduit, vous avez tourné
« le dos tout le temps à votre hôtesse et que vous êtes
« resté ainsi toute la soirée, pendant que la pauvre
« femme pleurait de honte. Quelle stupidité ! Faut-il
« être idiot pour inventer des bourdes pareilles ! » Eh
bien ! imaginez-vous que l'année suivante, m'étant
brouillé avec cet ami, je reçois de lui une lettre d'adieu
dans laquelle il m'écrivait : « Vous qui avez tué votre
« oncle ! Vous qui n'avez pas eu honte d'insulter une
« respectable dame en lui tournant le dos ! etc., etc. » —
Voilà ce que c'est que les amis ! »

Ostrodoumof échangea un regard avec Machourina.

« Alexis Dmitritch !... fit-il de sa voix de basse profonde, désirant évidemment mettre fin à cette dépense
de paroles inutiles, — nous avons reçu de Moscou une
lettre de la part de Vasili Nikolaïevitch. »

Néjdanof tressaillit légèrement et baissa les yeux.

« Qu'est-ce qu'il écrit ? demanda-t-il enfin.

— Elle et moi... Ostrodoumof indiqua sa voisine d'un
mouvement de sourcils... nous devons partir.

— Comment ? Elle aussi est convoquée ?

— Elle aussi.

— Eh bien, pourquoi tardez-vous ?

— Naturellement... faute d'argent. »

Néjdanof se leva et s'approcha de la fenêtre.

« Combien vous faut-il ?

— Cinquante roubles... pas un kopek de moins. »

Néjdanof se tut un instant.

« Je ne les ai pas en ce moment-ci, murmura-t-il enfin
en tambourinant avec les doigts sur la vitre ; mais... je
peux les trouver. Je les trouverai. As-tu la lettre sur toi ?

— La lettre ? Elle... c'est-à-dire... naturellement !...

— Pourquoi vous cachez-vous de moi constamment ? s'écria Pakline. N'ai-je pas mérité votre confiance ? Et quand même je ne sympathiserais pas entièrement à... ce que vous projetez, — pensez-vous vraiment que je sois capable de vous trahir ou de divulguer votre secret ?

— Sans intention... peut-être ! gronda la voix d'Ostrodoumof.

— Ni sans intention, ni avec intention ! Voilà mademoiselle Machourina qui me regarde en souriant... et moi je vous dis...

— Je ne souris pas du tout ! dit Machourina avec colère.

— Et moi je vous dis, messieurs, continua Pakline, que vous n'avez pas le moindre flair ; que vous ne savez pas distinguer quels sont vos véritables amis ! Parce qu'on rit quelquefois, vous vous imaginez qu'on n'est pas sérieux...

— Certainement ! riposta Machourina du même ton.

— Tenez, par exemple, reprit Pakline avec une nouvelle force, sans répondre cette fois à l'interruptrice, vous avez besoin d'argent... Néjdanof, en ce moment, n'en a pas... Eh bien, je peux vous en donner. »

Néjdanof quitta brusquement la fenêtre.

« Non... non... à quoi bon ?... J'en trouverai... Je prendrai une avance sur ma pension. « Ils » me doivent quelque chose, je m'en souviens. Mais à propos, Ostrodoumof, montre-moi la lettre ! »

Ostrodoumof resta d'abord un moment immobile ; puis il regarda autour de lui ; puis il se leva, se courba jusqu'à terre, releva le bas de son pantalon, retira de la tige de sa botte un morceau de papier soigneusement plié, souffla sur ce papier — on ne sait pourquoi — et le remit enfin à Néjdanof.

Celui-ci, après l'avoir déplié et lu attentivement, le passa à Machourina, qui, s'étant levée de sa chaise, le

lut à son tour et le rendit à Néjdanof, bien que Pakline avançât la main pour le prendre.

Néjdanof haussa les épaules, et tendit silencieusement la lettre à Pakline, qui, après l'avoir lue, serra les lèvres d'une façon significative et la replaça sur la table d'un air solennel, sans dire une parole.

Alors Ostrodoumof la prit, alluma une grosse allumette qui répandit dans la chambre une forte odeur de soufre, et, après avoir élevé le papier au-dessus de sa tête comme pour le montrer à tous les assistants, il le brûla à la flamme de l'allumette jusqu'à la dernière bribe, sans ménager ses doigts ; puis il jeta la cendre dans le feu.

Personne n'avait dit un mot, ni fait un mouvement pendant cette opération. Tous regardaient à terre ; Ostrodoumof avait l'air concentré et grave ; on lisait sur le visage de Néjdanof une expression presque méchante ; celui de Pakline indiquait une forte tension intérieure ; quant à Machourina, elle semblait assister à une cérémonie religieuse.

Deux minutes s'écoulèrent ainsi... Puis tous se sentirent un peu embarrassés. Ce fut Pakline qui, le premier, jugea à propos de rompre le silence :

« Eh bien ? dit-il, accepte-t-on, oui ou non, mon offrande sur l'autel de la patrie ? Puis-je apporter, sinon cinquante roubles, au moins vingt-cinq ou trente pour l'œuvre commune ? »

Néjdanof éclata tout d'un coup. La mauvaise humeur qui bouillait en lui, et que la solennelle crémation de la lettre n'avait pas apaisée, n'attendait qu'une occasion pour se faire jour.

« Je t'ai déjà dit que c'est inutile... entends-tu ? inutile ! Je ne permettrai pas... je ne prendrai pas cet argent. J'en trouverai, et tout de suite ! Je n'ai besoin du secours de personne.

— Allons, camarade, dit Pakline, je le vois : tu es un révolutionnaire, mais tu n'es pas un démocrate.

— Dis tout de suite que je suis un aristocrate !

— Eh! certainement tu es un aristocrate... jusqu'à un certain point. »

Néjdanof eut un rire forcé.

« Tu fais allusion à ma naissance irrégulière. Tu prends une peine inutile, mon cher... Je n'ai pas besoin de toi pour m'en souvenir. »

Pakline frappa dans ses mains.

« Voyons, Alexis, quelle mouche te pique? Comment peux-tu prendre ainsi mes paroles? Je ne te reconnais pas aujourd'hui. — Néjdanof fit de la tête et des épaules un mouvement d'impatience. — L'arrestation de Bassanof t'a bouleversé... Mais aussi il se conduisait si imprudemment...

— Il disait tout haut ses opinions! fit observer Machourina d'un air sombre. Ce n'est pas à nous de le blâmer.

— Fort bien; mais il aurait pu songer aux autres qu'il compromet peut-être maintenant.

— Pourquoi pensez-vous cela de lui? mugit à son tour Ostrodoumof. Bassanof est un caractère énergique; il ne livrera personne! Et quant à la prudence... voulez-vous que je vous dise? Il n'est pas donné à tout le monde d'être prudent, monsieur Pakline! »

Pakline, blessé, voulut répondre, mais Néjdanof lui coupa la parole.

« Messieurs, s'écria-t-il, croyez-moi, laissons en paix la politique pour quelque temps. »

Il y eut un silence. Ce fut de nouveau Pakline qui ranima la conversation.

« J'ai rencontré ce matin Skoropikhine, le grand critique esthétique de toutes les Russies. Quel personnage insupportable! Toujours bouillonnant, écumant, pétillant! On dirait une bouteille de mauvais kislistchi [1]... Le garçon qui l'a servie se hâte de la boucher avec son doigt

---

[1] *Kislistchi*, boisson fermentée et très-gazeuse, qui contient des raisins secs, du sucre, etc.

en guise de bouchon; un grain gonflé s'est arrêté dans le goulot; tout cela crache et siffle, et quand l'écume est partie, il reste au fond de la bouteille quelques gouttes d'un affreux liquide, qui n'étanche pas la soif et qui, par-dessus le marché, donne la colique... Ce Skoropikhine est un individu pernicieux pour les jeunes gens. »

L'assimilation faite par Pakline, si parfaitement exacte qu'elle fût, n'amena le sourire sur aucun visage. Ostrodoumof seul fit remarquer que les jeunes gens capables de s'intéresser à « l'esthétique » ne valaient pas qu'on les plaignît, quand même le grand critique leur ferait perdre le bon sens.

« Ah! mais pardon, permettez! s'écria Pakline avec feu (il s'échauffait toujours davantage à mesure qu'on l'approuvait moins); la question, pour n'être pas politique, n'en a pas moins une grande importance! A en croire Skoropikhine, toute ancienne production artistique est nulle, par cela seul qu'elle est ancienne... Mais, en ce cas, l'art n'est pas autre chose que la mode, et il ne vaut pas la peine qu'on en parle sérieusement! S'il n'y a pas dans l'art quelque chose d'invariable, d'éternel, alors que le diable l'emporte! Dans la science, dans les mathématiques, par exemple, regardez-vous Euler, Laplace, Gauss, comme de vieux chevaux de réforme? Non: vous reconnaissez leur autorité. Mais pour vous autres, Raphaël et Mozart sont des crétins, et votre orgueil se révolte contre leur autorité, à eux! Les lois de l'art sont plus difficiles à découvrir que celles de la science, je ne dis pas non, mais elles existent, et celui qui nie leur existence est un aveugle, volontaire ou involontaire, peu importe! »

Pakline s'arrêta... Tous restaient muets comme s'ils se fussent mordu la langue, ou comme s'ils l'eussent pris en grande pitié. Seul Ostrodoumof grommela :

« Tout ça n'empêche pas que je n'aie aucun égard pour les jeunes gens qui se laissent abrutir par Skoropikhine.

— Qu'ils aillent au diable! Je me sauve! » se dit Pakline.

Il était venu chez Néjdanof pour lui faire part de ses
idées au sujet de l'introduction en Russie d'exemplaires
de l'*Étoile polaire* (la *Cloche* n'existait déjà plus à cette
époque), mais la conversation ayant pris un tour si dé-
favorable, il jugea plus prudent de ne pas soulever cette
question.

Il prenait déjà son chapeau, quand tout à coup, sans
qu'aucun bruit préalable eût averti nos jeunes gens, une
voix se fit entendre dans l'antichambre :

« M. Néjdanof est-il chez lui ? »

C'était une voix de baryton très-agréable et étoffée,
dont le timbre éveillait dans l'esprit des idées de suprême
distinction, d'élégance parfaite, voire même de parfums
exquis.

Les jeunes gens s'entre-regardèrent avec stupeur.

« Monsieur Néjdanof est-il chez lui ? répéta la voix.

— Oui, » répondit enfin Néjdanof.

Le porte s'ouvrit discrètement, d'un mouvement égal
et souple, et sur le seuil apparut un homme d'environ
quarante ans, grand de taille, bien fait, presque majestueux, qui, ôtant sans précipitation son chapeau admirablement lustré, découvrit une belle tête aux cheveux
coupés ras. Vêtu d'un superbe paletot de drap anglais
dont le collet, quoique avril touchât à sa fin, était garni
d'une riche fourrure de castor, le visiteur frappa tout le
monde, Nédjanof, Pakline, Machourina elle-même —
mieux que cela, Ostrodoumof ! — par la noble assu-
rance de son allure et l'aimable sérénité de son abord.

Involontairement tous se levèrent en le voyant paraître.

III

L'élégant visiteur s'avança vers Néjdanof et, avec un sourire plein de condescendance :

« J'ai déjà eu le plaisir de me rencontrer, dit-il, et même de causer avec vous, monsieur Néjdanof, avant-hier, si vous voulez bien vous en souvenir, au théâtre. »

Le visiteur s'arrêta, attendant une réponse, Néjdanof fit un signe de tête et rougit.

« Oui!... et aujourd'hui je me présente chez vous en conséquence de l'annonce que vous avez fait insérer dans les journaux. J'aurais voulu causer avec vous à ce sujet, si toutefois cela ne gêne pas les personnes présentes... »

Il s'inclina vers Machourina et indiqua Ostrodoumof et Pakline d'un geste de sa main gantée de peau de Suède.

« ... Et si je ne les dérange pas...

— Du tout... du tout... répondit Néjdanof, non sans quelque effort, mes amis permettront... Prenez la peine de vous asseoir. »

Le visiteur, de l'air le plus aimable, s'inclina, saisit par le dossier une chaise qu'il rapprocha de lui, mais il ne s'assit pas, — car tout le monde était debout dans la chambre, — et promena autour de lui ses yeux clairs et pénétrants, quoique à demi fermés.

« Au revoir, Alexis Dmitritch, dit tout à coup Machourina, je passerai tantôt.

— Moi aussi, ajouta Ostrodoumof, moi aussi... tantôt. »

Par une sorte de bravade, Machourina, passant à côté du visiteur, alla prendre la main de Néjdanof, la secoua énergiquement et sortit sans saluer personne.

Ostrodoumof sortit à sa suite, faisant résonner ses talons sur le plancher plus que cela n'était nécessaire;

il haussa même les épaules à deux reprises comme s'il
eût voulu dire :

« Voilà pour toi, collet de castor ! »

Le visiteur les accompagna tous deux d'un regard
poli, légèrement curieux, qu'il ramena ensuite sur
Pakline, comme s'il se fût attendu à voir ce dernier
suivre l'exemple des deux autres.

Mais Pakline, dont le visage, depuis l'arrivée de
l'étranger, s'était éclairé d'une sorte de sourire contenu,
se fit tout petit et se réfugia dans un coin. Ce que voyant,
le visiteur s'assit. Néjdanof fit de même.

« Je me nomme Sipiaguine... Mon nom ne vous est
peut-être pas tout à fait inconnu ? » commença le visiteur, d'un air d'orgueilleuse modestie.

Mais avant tout, il faut raconter comment Néjdanof
l'avait rencontré au théâtre.

On donnait une comédie d'Alexandre Ostrowski : *Ne
t'assieds pas dans le traîneau d'autrui.* Néjdanof, dès le
matin, était allé au bureau de location, où il y avait
foule. Son intention était de prendre un simple billet de
parterre ; mais, au moment où il s'approchait du gui-
chet, un officier, placé derrière lui, tendit un billet de
trois roubles par-dessus la tête de Néjdanof en criant au
caissier :

« Monsieur aura sans doute besoin qu'on lui rende
de la monnaie, — et moi, non ; — passez-moi donc, je
vous prie, un fauteuil d'orchestre du second rang... Je
suis un peu pressé.

— Pardon, monsieur, lui dit Néjdanof d'un ton sec,
moi aussi je prends un fauteuil du second rang. »

Là-dessus, il jeta au caissier un billet de trois roubles,
toute sa fortune ; et, le soir venu, il se trouva établi
dans la région aristocratique du théâtre Alexandra.

Assez mal vêtu, sans gants, les bottes non cirées, il se
sentait troublé, et en même temps furieux contre lui-
même à cause de ce trouble. Son voisin de droite se
trouvait être un général constellé de décorations ; son

voisin de gauche était précisément cet élégant visiteur,
le conseiller privé Sipiaguine, dont l'apparition, deux
jours plus tard, devait si fort émouvoir Machourina et
Ostrodoumof.

Le général jetait, par intervalles, un regard sur Néjdanof comme sur quelque chose d'inconvenant, d'inattendu
et même de blessant ; quant à Sipiaguine, les regards
obliques qu'il dirigeait sur lui n'étaient nullement hostiles.

Les gens qui entouraient Néjdanof n'étaient pas de
simples individus ; c'étaient des personnages ; ils se connaissaient tous entre eux, et ils échangeaient de courtes
phrases, des compliments, de simples exclamations qui
passaient quelquefois, comme ce matin même devant la
caisse, par-dessus la tête de Néjdanof ; et lui se tenait
immobile, mal à l'aise dans son large et confortable fauteuil, se faisant à lui-même l'effet d'un paria. La mauvaise honte, l'amertume, toutes sortes de sentiments
méchants lui gonflaient le cœur. Tout à coup, — ô miracle ! — pendant un entr'acte, son voisin de gauche,
non pas le général constellé, mais l'autre, qui n'avait
aucune marque de distinction sur la poitrine, lui adressa
poliment la parole, avec un air de bienveillance où semblait percer une certaine envie de plaire. Il parlait de la
pièce d'Ostrowski, il demandait à Néjdanof, « comme à
un des représentants de la jeune génération », ce qu'il
pensait de cet ouvrage.

Étonné, presque effrayé, Néjdanof ne répondit d'abord
que par des monosyllabes, d'une voix saccadée... A vrai
dire, le cœur lui battait très-fort. Puis il se sentit de
nouveau furieux contre lui-même : pourquoi diable se
troublait-il ainsi ? Son voisin n'était-il pas un homme
comme les autres ?

Il se mit à énoncer ses idées sans hésitation, sans atté-
nuation ; à la fin, il se laissa si bien entraîner et parla si
haut que son voisin de droite en fut visiblement incom-
modé.

Néjdanof était un ardent admirateur d'Ostrowski;
mais, malgré tout le respect pour le talent déployé par
l'auteur dans cette comédie, il ne pouvait y approuver
une tendance évidente à rabaisser la civilisation, tendance que le type caricatural de Vikhoref [1] n'accusait
que trop.

Son aimable voisin l'écoutait avec attention, avec
complaisance; et, à l'entr'acte suivant, il renoua conversation avec lui, non plus sur la comédie d'Ostrowski,
mais en général sur des sujets tirés de la vie, de la
science, et même de la politique. Il s'intéressait visiblement à son jeune et éloquent interlocuteur. Néjdanof
non-seulement n'éprouvait plus de gène, mais par moments, comme on dit, « il donnait de la vapeur. »

« Ah ! tu fais le curieux ! pensait-il. Eh bien, je vais
t'en faire voir ! »

Quant au voisin de droite, ce qu'il éprouvait n'était
plus de l'inquiétude, mais une indignation mêlée de
soupçons.

A la fin du spectacle, Sipiaguine prit congé de Néjdanof de la façon la plus gracieuse; toutefois il ne
désira pas connaître son nom et lui-même ne se nomma
pas.

Pendant qu'il attendait sa voiture devant le péristyle,
il rencontra un de ses bons amis, le prince G..., aide de
camp de l'empereur.

« Je t'ai vu de ma loge, lui dit le prince en souriant
à travers ses moustaches parfumées. Sais-tu avec qui tu
causais ?

— Non, je ne sais pas; et toi?

— Un garcon intelligent, n'est-ce pas ?

— Très-intelligent ! Qui est-il ? »

---

[1] Dans la comédie d'Ostrowski, Vikhoref est un viveur ruiné qui se
fait aimer de la fille d'un riche marchand de petite ville, et qui enlève
la fille pour être plus sûr qu'on la lui donnera en mariage. Avec ou
sans intention, l'éminent dramaturge russe a mis en présence l'élément
patriarcal du passé et un produit vicieux de la civilisation.

Le prince se pencha vers Sipiaguine, et lui dit à l'oreille :

« Mon frère, oui, mon frère ! un fils naturel de mon père... il s'appelle Néjdanof. Je te conterai ça... mon père ne l'attendait pas, c'est pourquoi il le nomma Néjdanof[1]. Cependant il s'occupa de lui... *Il lui a fait un sort...*[2] nous lui payons une pension. C'est un garçon de tête... grâce à mon père, il a reçu une bonne éducation. Seulement, c'est un toqué... un républicain... Nous ne le recevons pas... *Il est impossible !* Mais voilà ma voiture ; au revoir. »

Le prince s'éloigna. Le lendemain, Sipiaguine, en lisant la *Gazette de police*, tomba sur l'annonce insérée par Néjdanof, et il se rendit chez lui.

« Je me nomme Sipiaguine, dit-il à Néjdanof en s'asseyant sur une chaise de paille vis-à-vis du jeune homme qu'il enveloppait d'un regard important et lucide. J'ai appris par les journaux que vous désirez accompagner une famille, et voici ce que je suis venu vous proposer. Je suis marié ; j'ai un fils âgé de neuf ans, un garçon très-bien doué, je n'hésite pas à le dire. Nous passerons à la campagne une partie de l'été et de l'automne, dans le gouvernement de S..., à cinq verstes du chef-lieu. Ne désireriez-vous pas nous accompagner pendant les vacances, pour enseigner à mon fils la langue russe et l'histoire, les deux sujets dont vous faites mention dans votre annonce ? J'ose croire que vous seriez content de moi, de ma famille et même de mon domaine. Un très-beau jardin, une jolie rivière, un bon air, une maison spacieuse... Consentez-vous ? En ce cas, il ne resterait plus qu'à me faire connaître vos conditions, quoique je suppose, ajouta-t-il avec un léger sourire, que, sur ce point, il ne peut pas s'élever entre nous la moindre difficulté. »

---

[1] Néjdanof, mot à mot : « non attendu. »
[2] Les phrases en italique sont en français dans l'original.

Pendant tout le temps que Sipiaguine parlait, Néjdanof était resté les yeux fixés sur lui ; il regardait ce front
étroit, peu élevé, mais intelligent, ce nez romain aux
lignes fines, ces yeux agréables, ces lèvres régulières d'où
sortait un flot de courtoises paroles, ces longs favoris
tombants à l'anglaise ; il regardait et ne savait que penser.

« Que signifie tout cela ? se demandait-il. Pourquoi
cet homme a-t-il l'air de me faire des avances ? Cet aristocrate... et moi, comment se fait-il que nous soyons là
ensemble ? Qu'est-ce qui l'a amené chez moi ? »

Il était si bien enfoncé dans ses réflexions, qu'il n'ouvrit pas la bouche, même alors que Sipiaguine, ayant
terminé son petit discours, rentra dans le silence et attendit la réponse.

Sipiaguine jeta un coup d'œil vers le coin où s'était
réfugié Pakline, qui le dévorait des yeux, pour le moins
autant que Néjdanof. Peut-être était-ce la présence de
ce tiers qui empêchait Néjdanof de parler ?

Sipiaguine leva les sourcils d'un air résigné, comme
acceptant la bizarrerie d'une situation dans laquelle,
d'ailleurs, il était venu se mettre volontairement ; puis,
après avoir levé les sourcils, il éleva la voix et répéta la
question.

Néjdanof tressaillit.

« Certainement, dit-il avec une certaine précipitation, je... consens... avec plaisir... quoique, je dois vous
l'avouer... je ne puisse m'empêcher d'être un peu surpris... n'ayant auprès de vous aucune recommandation...
et puis les opinions mêmes que j'ai énoncées avant-hier
au théâtre auraient dû plutôt vous détourner...

— Vous vous trompez complétement sur ce point,
cher monsieur Alexis... Alexis Dmitritch, je crois, n'est-ce
pas ? dit Sipiaguine en souriant. Pour ma part, j'ose l'affirmer, je suis connu comme un homme aux convictions
libérales, progressistes ; et vos idées, abstraction faite, —
permettez-moi de vous le dire, — d'une certaine dose
d'exagération qui est le propre de la jeunesse, vos idées

ne sont nullement en contradiction avec les miennes; — j'ajouterai même qu'elles me plaisent par leur ardeur juvénile. »

Sipiaguine parlait sans la plus légère hésitation; ses périodes arrondies et moelleuses coulaient, selon l'expression russe, « comme du miel sur de l'huile. »

« Ma femme partage ma manière de voir, continuat-il; peut-être même ses opinions se rapprochent-elles plus des vôtres que des miennes; c'est tout simple, elle est plus jeune que moi. Lorsque, le lendemain de notre entrevue, j'ai lu dans les journaux votre nom, que, par parenthèse, j'avais appris au théâtre, et que vous avez publié, contre l'usage ordinaire, en même temps que votre adresse, — ce fait m'a frappé. J'ai vu là-dedans, — dans cette coïncidence, — une sorte de... pardonnez ce qu'il y a de superstitieux dans mon expression... une sorte d'arrêt de la destinée. — Vous me parlez de recommandations. Votre extérieur, votre personnalité éveillent ma sympathie; cela me suffit. J'ai l'habitude de me fier à mon coup d'œil. Ainsi je puis espérer... Vous consentez?

— Je consens, certainement... répondit Néjdanof, et je m'efforcerai de justifier votre confiance. Cependant permettez-moi de vous avertir, dès à présent, que je suis prêt à être le professeur de votre fils, mais non son gouverneur. Je n'ai pas les aptitudes d'un gouverneur, et puis, je ne veux pas me lier, je ne veux pas renoncer à ma liberté. »

Sipiaguine fit avec la main le geste de chasser une mouche.

« Soyez tranquille, mon très-cher monsieur Néjdanof... Vous n'êtes pas du bois dont on fait les gouverneurs; et, du reste, ce n'est pas d'un gouverneur que j'ai besoin. Je cherche un professeur, et je l'ai trouvé. Et maintenant, les conditions? Les conditions pécuniaires? Le vil métal? »

Néjdanof, embarrassé, hésitait.

« Ecoutez, dit Sipiaguine se penchant en avant de
tout son corps, et touchant amicalement du bout du
doigt le genou de Néjdanof : — entre gens comme il
faut, deux mots suffisent. Je vous propose cent roubles
par mois ; les frais de voyage, aller et retour, naturellement à ma charge. — Cela vous va-t-il ? »

Néjdanof rougit de nouveau.

« C'est beaucoup plus que je n'avais l'intention de
vous demander... car... je...

— Très-bien ! parfait ! interrompit Sipiaguine. Je regarde l'affaire comme conclue, et vous comme étant de
la maison. »

Il se leva de sa chaise avec un air tout joyeux et tout
épanoui, comme si on lui eût fait un cadeau. Une sorte
de familiarité aimable, presque badine, apparut soudain
dans tous ses mouvements.

« Nous partons dans quelques jours, reprit-il d'un
ton dégagé ; j'aime à voir arriver le printemps à la campagne, bien que la nature de mes occupations fasse de
moi un homme prosaïque, rivé à la ville... Vous me
permettrez donc de compter votre premier mois à partir
d'aujourd'hui. Ma femme et mon fils sont déjà à Moscou. Elle est partie en avant. Nous les retrouverons à
la campagne... dans le sein de la nature. Vous et moi,
nous partirons ensemble... en garçons... Hé ! hé !... »

Sipiaguine eut un petit rire bref, partant du nez, très-
coquet d'ailleurs.

« Et maintenant... »

Il tira de la poche de son paletot un petit portefeuille
noir monté en argent, où il prit une carte de visite.

« Voici mon adresse de Pétersbourg. Venez me voir,
voulez-vous, demain, vers midi ? Nous causerons encore
un peu. Je vous développerai quelques idées que j'ai
sur l'éducation... Et puis nous fixerons le jour de notre
départ. »

Sipiaguine prit la main de Nédjanof.

« A propos, ajouta-t-il en baissant la voix d'un air

confidentiel, si vous avez besoin d'une avance... je vous
en prie, pas de cérémonies! Un mois si vous voulez. »

Néjdanof ne savait positivement que répondre ; il regardait, toujours incertain, ce visage radieux et avenant
qui lui était si étranger, et qui, pourtant, s'avançant là,
tout près du sien, lui souriait avec tant de bienveillance.

« Vous n'en avez pas besoin? hein? chuchota Sipiaguine.

— Si vous permettez, je vous dirai cela demain, répondit Néjdanof.

— Parfait! Donc, au revoir! A demain! »

Sipiaguine lâcha la main du jeune homme; il se préparait à sortir...

« Permettez-moi une question, dit tout à coup Néjdanof. Vous me disiez tantôt que c'est au théâtre même
que vous avez appris mon nom. Qui est-ce qui vous
l'a dit?

— Qui? mais une de vos bonnes connaissances, un
parent à vous, je crois, un prince... le prince G...

— L'aide de camp?

— Oui, lui-même. »

Néjdanof rougit — plus fort que jamais — et ouvrit la
bouche. Mais il la referma sans rien dire. Sipiaguine lui
serra de nouveau la main, — silencieusement cette fois,
— le salua, salua Pakline, remit son chapeau en arri-
vant au seuil, et sortit en emportant sur son visage un
sourire satisfait; on y lisait la conviction de l'impression
profonde que sa visite ne pouvait manquer d'avoir faite.

I V

Sipiaguine avait à peine disparu que Pakline, bondis-
sant de sa chaise et se précipitant vers Néjdanof, se mit
à féliciter son camarade.

« Voilà ce qui s'appelle pêcher un gros esturgeon !
disait-il en riant et en trépignant sur place.— Sais-tu qui
est Sipiaguine ? C'est un homme connu de tous, un
chambellan, un pilier de la société, si j'ose m'exprimer
ainsi, un futur ministre !

— Il m'est parfaitement inconnu, » dit Néjdanof d'un
air maussade.

Pakline leva les mains d'un air désespéré.

« Voilà justement notre malheur, mon bon Alexis,
c'est de ne connaître personne ! Nous voulons agir, nous
voulons mettre le monde entier sens dessus dessous, et
nous vivons à l'écart de ce même monde ; nous n'avons
de relations qu'avec deux ou trois amis, nous piétinons
sur place dans un tout petit cercle...

— Pardon, interrompit Néjdanof, ce n'est pas tout
cela. C'est seulement avec nos ennemis que nous refu-
sons de frayer ! Quant aux gens de notre acabit, quant
au peuple, nous sommes en constante communication
avec lui.

— Là, là, là, là !... interrompit à son tour Pakline.
D'abord, pour ce qui est des ennemis, permets-moi de te
rappeler les vers de Gœthe :

> Celui qui veut comprendre le poëte
> Doit aller au pays de poésie [1],

et moi je dis :

> Celui qui veut comprendre l'*ennemi*
> Doit aller dans le pays *ennemi*.

« Vivre à l'écart de ses ennemis, ignorer leurs mœurs
et leur vie, — absurdité ! — Ab...sur...di...té ! Oui ! oui !
Pour traquer un loup dans le bois, il faut avant tout
connaître toutes ses retraites !... Ensuite, tu parlais tout
à l'heure de te mettre en communication avec le peuple.

---

[1] Wer den Dichter will versteh'n
Muss im Dichter's Lande geh'n...

Mon pauvre ami! En 1862, les Polonais se sont « jetés dans les bois »... Et maintenant, c'est nous qui nous jetons dans les bois, c'est-à-dire dans le peuple, qui est pour nous plus sourd et plus sombre que la première forêt venue!

— Alors, selon toi, que faut-il faire ?

— Les Hindous se jettent sous les roues du char de Jaggernaut, continua Pakline d'un air sombre : il les écrase, et ils meurent dans la béatitude. Nous avons aussi notre Jaggernaut... Il nous écrasera, cela est très-certain, mais il ne nous donnera pas la moindre béatitude.

— Mais que faut-il donc faire, à ton avis? répéta Néjdanof en criant presque. Écrire des romans « à tendance », peut-être? »

Pakline écarta les bras et pencha la tête sur l'épaule :

« Des romans, tu pourrais en écrire, dans tous les cas, puisque tu as en toi la veine littéraire... Allons, ne te fâche pas, je me tais. Je sais que tu n'aimes pas qu'on fasse allusion à cela. Du reste, je suis d'accord avec toi : ce n'est pas un métier réjouissant que de fabriquer de pareilles machines « farcies », surtout avec les nouvelles tournures à la mode : — « Ah! je vous aime! *bondit-elle...* » « Cela m'est bien égal, *se secoua-t-il.* » C'est pourquoi, je te répète, pénètre dans toutes les classes, à commencer par la plus haute. Se reposer sur les Ostrodoumofs ne suffit pas. Les Ostrodoumofs sont d'honnêtes gens, de braves cœurs, mais bêtes, bêtes! Regarde notre ami. Rien chez lui, pas même les semelles de ses bottes, n'est fait comme chez les gens intelligents. Tiens, par exemple, tout-à-l'heure, pourquoi est-il sorti d'ici? Pour ne pas rester dans la même chambre, pour ne pas respirer le même air qu'un aristocrate!

— Je te prie de ne pas parler ainsi d'Ostrodoumof devant moi! s'écria Néjdanof avec emportement. Il porte de grosses bottes, parce que les grosses bottes coûtent moins cher!

— Ce n'est pas cela que je voulais dire... commença Pakline.

— Il ne veut pas rester dans la même chambre qu'un aristocrate, — continua Néjdanof en haussant le ton ; — eh bien ! justement je le loue pour cela ! Et surtout, il sait se sacrifier, et si cela est nécessaire, il ira au-devant de la mort, ce que ni toi, ni moi, ne ferons jamais ! »

Pakline fit une piteuse grimace et montra ses petites jambes torses.

« Comment pourrais-je aller me battre, mon cher ami, dis-moi ?... Mais laissons tout cela... Je te répète que je suis heureux de ton rapprochement avec M. Sipiaguine, et que je vois même d'avance là-dedans un grand profit pour notre œuvre. Tu vas te trouver dans le grand monde ; tu verras ces lionnes, ces femmes au corps de velours sur des ressorts d'acier, comme disent les *Lettres sur l'Espagne ;* étudie-les, mon ami, étudie-les ! Si tu étais un épicurien, j'aurais peur pour toi... vrai ! Mais ce n'est pas pour cela, n'est-il pas vrai, que tu as cherché une place ?

— J'ai cherché une place pour ne pas crever de faim ! répliqua Néjdanof, « et pour me débarrasser de vous tous pendant quelque temps », ajouta-t-il mentalement.

— Naturellement, naturellement ! C'est pourquoi je te répète : observe, étudie !... Quel parfum il a laissé après lui pourtant, ce monsieur ! — Pakline leva le nez pour humer l'air. — C'est justement le parfum *ambré* dont rêvait la femme du maire dans le *Revisor* [1].

— Il a interrogé le prince G... sur mon compte, dit d'une voix sourde Néjdanof, qui était retourné devant la fenêtre ; probablement, à l'heure qu'il est, toute mon histoire lui est connue.

— Non pas probablement, mais certainement. Qu'est-ce

---

[1] *Revisor*, c'est-à-dire l'*Inspecteur en tournée*, comédie de Nicolas Gogol.

que ça fait ? — Je parie que c'est précisément cela qui
lui a suggéré l'idée de t'avoir pour professeur. Tu as
beau dire, tu es un aristocrate par le sang. — Or donc
tu es des leurs ! Mais voilà longtemps que je suis ici ; il
est temps que je me rende à mon bureau, chez les vils
exploiteurs ! — Au revoir, camarade. »

Pakline se dirigeait vers la porte, mais il s'arrêta et se
retourna.

« Écoute, Alexis, dit-il d'une voix câline : tout à
l'heure tu m'as refusé... je sais bien qu'à présent tu vas
avoir de l'argent, mais permets-moi pourtant de faire une
toute petite offrande pour l'œuvre commune. Je ne peux
pas être utile autrement ; que je le sois au moins avec
ma bourse. Tiens, regarde : je mets sur la table un billet
de dix roubles. Est-il accepté ? »

Néjdanof ne bougeait pas...

« Qui ne dit rien consent. Merci ! » s'écria joyeusement
Pakline, et il disparut.

Néjdanof resta seul... Il continuait à regarder à travers
les vitres de sa fenêtre la cour étroite et sombre où les
rayons du soleil ne pénétraient jamais, même pendant
l'été ; et son visage était aussi sombre que cette cour.

Néjdanof était né, comme nous l'avons déjà appris, du
prince G..., riche personnage, général aide de camp, et
d'une gouvernante de sa fille, — jolie personne, ancienne
élève d'un institut de demoiselles nobles, morte le jour
même de ses couches. Il reçut son éducation première
dans une pension, chez un Suisse, intelligent et sévère
pédagogue, — puis, il entra à l'Université. Il désirait
faire son droit ; mais le général, son père, qui détestait
les nihilistes, le lança dans « l'esthétique », comme le disait Néjdanof avec une amère ironie, c'est-à-dire qu'il le
fit entrer à la faculté historico-philologique. Le père
de Néjdanof voyait son fils trois ou quatre fois, au plus,
par an, mais il s'intéressait à son sort, et, avant de mourir, il lui laissa par testament, « en souvenir de Nastia »
(sa mère), un capital de six mille roubles dont les inté-

rêts lui étaient servis sous forme de pension par ses frères, les princes G...

Ce n'est pas sans raison que Pakline le traitait d'aristocrate ; tout en lui rappelait son origine : la petitesse de ses oreilles, de ses mains, de ses pieds, la finesse de ses traits, un peu trop menus peut-être, la délicatesse de sa peau, la beauté de sa chevelure, le léger grasseyement de sa voix sympathique et chaude. Il était terriblement nerveux, terriblement chatouilleux et impressionnable, capricieux même ; la situation fausse dans laquelle il se trouvait placé depuis l'enfance, avait fort contribué à le rendre susceptible ; mais une générosité innée l'empêchait de devenir soupçonneux et méfiant. — Cette situation fausse expliquait aussi les contradictions qui se trouvaient en lui. D'une propreté scrupuleuse, difficile jusqu'à se dégoûter d'un rien, il affectait la grossièreté et le cynisme en paroles ; idéaliste par nature, passionné et chaste, audacieux et timide tout à la fois, il se reprochait à lui-même, comme un vice honteux, cette timidité, cette chasteté, et regardait comme un devoir de tourner l'idéal en ridicule. Il avait le cœur tendre, et il s'écartait des hommes ; il était facile à irriter, mais ne gardait jamais de rancune. Il s'indignait contre son père qui l'avait lancé dans « l'esthétique » ; ouvertement, il ne s'occupait que de politique et de questions sociales, il prêchait — (avec une parfaite conviction) — les idées les plus avancées ; — mais, en secret, il adorait la poésie, l'art, la beauté dans toutes ses manifestations... il faisait même des vers...

Il cachait très-soigneusement le petit cahier dans lequel il les écrivait, et, parmi ses amis de Pétersbourg, Pakline seul, — grâce au flair qui lui était propre, — en soupçonnait l'existence. Rien ne pouvait si fort blesser Néjdanof qu'une allusion, même très-discrète, à ses tendances poétiques, qu'il considérait comme une impardonnable faiblesse. Son professeur suisse lui avait appris un assez bon nombre de faits ; il ne craignait pas le tra-

vail ; il s'y livrait même avec plaisir, quoique un peu
fiévreusement et sans beaucoup de suite. Ses camarades
l'aimaient, attirés par la sincérité, la bonté et la pureté
qu'ils trouvaient en lui. Mais le pauvre Néjdanof n'était
pas né sous une heureuse étoile ; la vie ne lui était pas
facile. Il sentait cela profondément, et, malgré l'attachement de ses amis, il se faisait l'effet d'être à jamais
isolé...

Resté seul dans sa chambre, et toujours debout devant la fenêtre, Néjdanof songeait péniblement à son
prochain voyage, au tour nouveau et inattendu que prenait sa vie... Il ne regrettait guère Pétersbourg, n'y laissant rien qui lui fût particulièrement cher ; d'ailleurs,
ne reviendrait-il pas en automne ? Et pourtant il se sentait plein d'irrésolution, et une mélancolie involontaire
l'envahissait.

« Singulier professeur que je fais ! pensait-il ; étrange
pédagogue ! »

Il se reprochait presque d'avoir pris cet engagement,
quoique, en réalité, un pareil reproche fût injuste. Néjdanof possédait une instruction suffisante, et, malgré
les inégalités de son humeur, les enfants venaient à lui
sans répugnance, et lui-même s'attachait à eux facilement.

La tristesse qui s'était emparée de lui venait de cette
impression qu'éprouvent les mélancoliques, les rêveurs,
quand il leur faut changer de place. Les caractères aven-
tureux, les sanguins ignorent cette impression-là ; ils sont
plutôt portés à se réjouir quand le cours ordinaire de
leur vie est interrompu, quand l'occasion se présente
pour eux de changer de milieu.

Néjdanof s'était enfoncé si profondément dans ses
rêveries, que peu à peu, presque inconsciemment, il les
traduisit en paroles ; les impressions qui flottaient en lui
se cadençaient et rimaient entre elles.

« Au diable ! s'écria-t-il tout haut : je crois vraiment
que je vais composer des vers ! »

Il se secoua et s'éloigna de la fenêtre ; apercevant le billet de dix roubles que Pakline avait laissé sur la table, il le mit dans sa poche, et commença à se promener de long en large.

« Il faudra que je prenne une avance, se disait-il en lui-même, puisque heureusement ce monsieur me l'a offerte. Cent roubles... et chez mes frères, chez Leurs Altesses ! cent autres roubles... Cinquante pour mes dettes, soixante à soixante-dix pour le voyage, et le reste à Ostrodoumof... ainsi que les dix roubles de Pakline. De plus, nous recevrons encore quelque chose de Merkoulof... »

Pendant qu'il faisait ces calculs, les rimes recommençaient à se croiser dans sa tête. Il s'arrêta, rêveur, et, regardant vaguement de côté, resta sur place. Puis ses mains, comme à tâtons, cherchèrent et ouvrirent le tiroir de la table, au fond duquel elles trouvèrent un petit cahier couvert d'écriture.

Il s'affaissa sur sa chaise devant la table, sans changer la direction de son regard, et là, murmurant des mots insaisissables, secouant de temps en temps sa chevelure, effaçant, raturant, il se mit à aligner des vers.

La porte de l'antichambre s'ouvrit à moitié et la tête de Machourina apparut. Néjdanof ne s'en aperçut pas et continua son travail. Machourina le regarda longtemps fixement, puis secouant la tête à droite et à gauche d'un air de compassion, elle fit un pas en arrière. Mais Néjdanof se redressa tout à coup :

« Ah ! c'est vous ! dit-il, non sans dépit, en fourrant son cahier au fond du tiroir.

— Ostrodoumof m'a envoyée chez vous, dit-elle lentement, pour savoir quand on pourra toucher l'argent. Si vous en recevez aujourd'hui, nous partirons ce soir. »

Néjdanof fronça les sourcils :

« Impossible pour aujourd'hui ; revenez demain.

— A quelle heure ?

— A deux heures.

— Bien. »

Machourina se tut un instant, et tout à coup, tendant la main à Néjdanof :

« Je vous ai dérangé, je crois, dit-elle ; pardonnez-moi. Et puis... je vais partir. Qui sait si nous nous reverrons ? Je voulais vous dire adieu. »

Néjdanof serra la main rouge et froide de Machourina.

« Vous avez vu le visiteur de tout à l'heure ? dit-il. Je me suis entendu avec lui. Je l'accompagne dans son bien, près de S... »

Un sourire passa sur le visage de Machourina.

« Près de S...! En ce cas, nous nous reverrons peut-être. Il est possible qu'on nous envoie de ce côté-là. »

Machourina soupira.

« Ah! Alexis Dmitritch...

— Quoi donc ? » demanda Néjdanof.

Machourina prit un air concentré.

« Rien. Adieu! Rien. »

Elle lui serra la main encore une fois et s'éloigna.

« Personne, dans tout Pétersbourg, ne m'est aussi attaché que cette drôle de fille, pensa Néjdanof ; mais elle aurait bien pu ne pas me déranger! Bah! tout est pour le mieux. »

Le lendemain matin, Néjdanof se dirigea vers la demeure de Sipiaguine, et là, dans un superbe cabinet, plein de meubles d'un style sévère tout à fait d'accord avec la dignité de l'homme d'État libéral et du gentleman ; assis devant un vaste bureau sur lequel gisaient dispersés dans un savant désordre, côte à côte avec d'énormes couteaux d'ivoire qui n'avaient jamais rien coupé, des tas de papiers qui n'avaient jamais servi à rien ni à personne ; il écouta pendant une heure entière les discours sensés, bienveillants, onctueux comme un baume, que lui tenait son hôte, toucha enfin l'avance de cent roubles, et, dix jours après, le même Néjdanof, à demi

couché sur le divan de velours d'un compartiment particulier de première classe, à côté du même gentleman
homme d'État sage et libéral, roulait vers Moscou sur
les rails disjoints et durs du chemin de fer Nicolas.

V

Dans le salon d'une grande maison de briques à co-
lonnade et fronton, bâtie vers 1825 par le père de Sipiaguine, — très-connu comme agronome et comme un
« arracheur de dents » [1], — Mme Sipiaguine, une fort
jolie femme par parenthèse, attendait d'heure en heure
l'arrivée de son mari, annoncée par télégramme.

L'arrangement de ce salon portait l'empreinte d'un
goût délicat et moderne : tout y était gracieux et enga-
geant, tout, depuis l'aimable bariolage des tentures et
des draperies de cretonne, jusqu'aux formes variées des
bibelots en porcelaine, en bronze ou en métal, répandus
sur les tables et sur les étagères; tout cela se détachait
doucement et se fondait harmonieusement dans les joyeux
rayons d'un jour de mai, qui pénétraient en toute liberté à travers les hautes fenêtres grandes ouvertes.
Pleine d'un parfum de muguet (des bouquets de cette
délicieuse fleur printanière étaient dispersés çà et là),
l'atmosphère du salon frémissait parfois, à peine remuée
par une légère bouffée de vent qui avait frôlé en passant la verdure épanouie du jardin.

Charmant tableau! Et la dame elle-même, Valentine
Mikhaïlovna Sipiaguine, complétait ce tableau en lui
donnant la pensée et la vie.

C'était une femme d'environ trente ans, à la taille éle-

---

[1] Épithète donnée aux gentilshommes d'autrefois qui distribuaient
volontiers des horions.

vée, aux cheveux châtain foncé; son visage, d'un ton
uniforme, mais frais, rappelait celui de la madone Six-
tine, avec ses yeux veloutés et profonds. — Elle avait les
lèvres pâles et un peu épaisses, les épaules un peu hautes, les mains un peu grandes...˙Mais, en somme, celui
qui l'aurait vue aller et venir dans son salon, aisée et
légère, — tantôt penchant vers une fleur sa taille fine et
un peu serrée, pour en respirer le parfum, — tantôt
changeant de place quelque vase chinois, tantôt rajus-
tant ses cheveux lustrés devant la glace en fermant à
demi ses beaux yeux, — celui-là se serait certainement
écrié, en lui-même sinon tout haut, qu'il n'avait jamais
rencontré une créature plus ravissante !

Un joli petit garçon de sept ans, tout bouclé, vêtu à
l'écossaise avec les jambes nues, fortement pommadé et
frisé, entra en courant dans le salon, et s'arrêta court à
l'aspect de Mme Sipiaguine.

« Qu'y a-t-il, Kolia[1]? » lui dit-elle.

Sa voix était aussi moelleuse, aussi veloutée que ses
yeux.

« C'est que... maman... fit le petit garçon avec embarras, ma tante m'a envoyé ici... et m'a dit de prendre des
muguets... pour sa chambre... Elle n'en a pas... »

Mme Sipiaguine prit son fils par le menton et lui fit
lever la tête :

« Dis à ta tante qu'elle envoie chercher des muguets
chez le jardinier; ces muguets-ci sont à moi... Je ne
veux pas qu'on y touche. Dis-lui que je n'aime pas
qu'on dérange ce que j'ai arrangé. Sauras-tu lui répéter
mes paroles?

— Je saurai... balbutia le petit garçon.

— Voyons, comment diras-tu?

— Je dirai... je dirai... que tu ne veux pas. »

Mme Sipiaguine se mit à rire. — Et le rire aussi chez
elle était moelleux.

---

[1] *Kolia*, diminutif de *Nicolaï*, Nicolas.

« Je vois qu'on ne peut pas encore te donner des commissions. Mais, c'est égal, dis comme tu sauras. »

Le petit garçon baisa vivement la main chargée de bagues de sa mère et se précipita hors du salon.

Mme Sipiaguine le suivit des yeux, soupira, s'approcha d'une cage dorée sur le grillage de laquelle un perroquet vert grimpait en s'aidant prudemment du bec et des pattes, l'agaça un peu du bout du doigt, puis se laissa tomber sur un divan bas, et, prenant sur un guéridon sculpté le dernier numéro de la *Revue des Deux Mondes*, se mit à le feuilleter, appuyée au dos du divan.

Une toux respectueuse lui fit lever la tête. Un superbe serviteur en habit de livrée, cravaté de blanc, était sur le seuil de la porte.

« Qu'y a-t-il, Agathon ? dit-elle de la même voix douce.

— Siméon Pétrovitch Kalloméïtsef. Ordonnez-vous de le recevoir ?

— Certainement, fais entrer. Et fais dire à Mlle Marianne qu'elle est priée de vouloir bien venir au salon. »

Siméon Pétrovitch Kalloméïtsef était un jeune homme d'environ trente-deux ans. En le voyant entrer dans le salon, d'un air à la fois dégagé et nonchalant, presque langoureux, puis tout à coup laisser éclater une vive joie sur son visage ; s'incliner un peu en biais et se redresser aussitôt comme un ressort ; adresser la parole à la maîtresse du logis avec un nasillement douceâtre, prendre respectueusement et baiser avec effusion la main de Valentine, — en voyant tout cela, il était facile de deviner que le nouveau venu n'était pas un provincial, un riche voisin quelconque, mais bien un véritable Pétersbourgeois de haute volée.

Ajoutons qu'il était vêtu dans le style anglais le plus pur ; la poche de côté, absolument plate, de sa jaquette bigarrée, laissait dépasser en triangle le petit coin d'un mouchoir tout neuf en batiste blanche ; son monocle

3

pendait au bout d'un large ruban noir; le ton pâle et
mat de ses gants de Suède s'harmonisait merveilleusement avec la teinte gris-pâle de son pantalon quadrillé.

M. Kalloméïtsef portait les cheveux courts; il était rasé
de près; son visage, presque féminin, aux yeux petits et
placés près l'un de l'autre, au nez mince, aux lèvres mol-
les, respirait l'aimable aisance qui convient à un gentilhomme parfaitement élevé. Et pourtant ce visage affable prenait facilement une expression mauvaise et même
grossière, pour peu que n'importe qui se permît de toucher à n'importe quoi, notamment aux principes conservateurs, patriotiques et religieux de M. Kalloméïtsef;
— oh! alors, il était sans pitié. Toute sa distinction s'é-
vaporait à l'instant; ses yeux caressants s'allumaient
d'une vilaine flamme; sa petite bouche rose laissait
échapper de vilaines paroles et réclamait avec des cris
de paon le secours de l'autorité.

Kalloméïtsef était le descendant de simples jardiniers.
Son arrière-grand-père s'appelait Kolomentsof, du nom
de son lieu de naissance [1]; mais le grand-père avait déjà
transformé ce nom en Koloméïtsef; le père signait Ka-
loméïtsef; enfin Simon Pétrovitch, ayant ajouté un *l*, se
regardait sérieusement comme un noble de race pure;
il se plaisait même à répéter que leur famille descendait
directement des barons de Gallenmeyer, dont l'un avait
été feld-maréchal en Autriche à l'époque de la guerre
de Trente ans.

Il servait au ministère de la cour, avec le titre de gentilhomme de la chambre; le patriotisme l'avait empêché
d'entrer dans la diplomatie, où tout semblait devoir le
porter : son éducation, son habitude du monde, ses
succès auprès des femmes, et sa tournure... « Mais
quitter la Russie... jamais!... » disait-il en français.

Il avait une bonne situation de fortune, des relations;
on le considérait comme un homme d'avenir, bien doué.

[1] Kolomna, ville du gouvernement de Moscou.

quoique *un peu féodal dans ses opinions*, selon l'expression du prince B..., personnage bien connu, une
des lumières du monde bureaucratique à Saint-Pétersbourg.

Il était venu passer deux mois de congé dans le gouvernement de S... pour s'occuper de la gestion de ses
biens, c'est-à-dire « pour faire peur à l'un et serrer les
pouces à l'autre. » Sans ces procédés-là, rien pourrait-il
marcher ?

« Je me figurais trouver ici Boris Andreïtch, » dit-il en
se balançant agréablement sur ses pieds, puis en regardant brusquement de côté, à l'instar d'un très-puis-
sant personnage.

Mme Sipiaguine fit une légère moue.

« Sans cela vous ne seriez pas venu ? »

Kallomeïtsef se renversa en arrière, tant la question
lui parut injuste et peu motivée.

« Oh ! madame, s'écria-t-il, oh ! comment peut-on
supposer ?...

— Alors, très-bien ; asseyez-vous. Boris Andréïtch
sera ici tout à l'heure. J'ai envoyé une calèche à la station. Un peu de patience, vous allez le voir. Quelle heure
est-il ?

— Deux heures et demie, dit Kalloméïtsef, tirant de la
poche de son gilet une grosse montre d'or émaillée qu'il
tendit à Mme Sipiaguine. Avez-vous vu ma montre ? C'est
un présent de Michel... vous savez... le prince de Serbie...
Obrénovitch. Voilà son chiffre, tenez. Nous sommes
grands amis, lui et moi. Quel charmant garçon ! Et avec
cela, une main de fer, comme il convient à un gouver-
nant. Oh ! il ne plaisante pas ! no-o-o-on ! »

Kalloméïtsef s'allongea dans son fauteuil, croisa les
jambes, et commença à ôter tout doucement son gant
de la main gauche.

« Ah ! si nous avions un homme de cette trempe dans
notre gouvernement de S... !

— Eh quoi ! Qu'est-ce qui vous déplaît ? »

Kalloméïtsef fronça son nez.

« Mais ce ӡemstvo, parbleu ! ce ӡemstvo [1] ! à quoi sert-il ? Uniquement à affaiblir l'administration et à éveiller... des idées inutiles... (Kalloméïtsef battit l'air avec sa main dégantée, pour y ramener la circulation interrompue par la pression du gant) et des espérances irréalisables... (Kalloméïtsef souffla sur sa main.) J'ai dit tout cela à Pétersbourg... *Mais bah !* le vent ne vient pas de ce côté. Votre mari lui-même... figurez-vous ! Du reste il est connu pour un libéral. »

Mme Sipiaguine se redressa sur son divan :

« Comment ? et vous aussi, *m'sieu* Kalloméïtsef, vous faites de l'opposition au gouvernement ?

— Moi, de l'opposition ? Jamais ! Pour rien au monde ! *Mais j'ai mon franc parler.* Je critique quelquefois, et je me soumets toujours.

— Moi, c'est tout le contraire : je ne critique pas, et je ne me soumets pas.

— *Ah ! mais c'est un mot !* Me permettez-vous d'en faire part à mon ami Ladislas, vous savez ? Il se prépare à écrire un roman du grand monde ; il m'en a déjà lu plusieurs chapitres. Ce sera délicieux. *Nous aurons enfin le grand monde russe peint par lui-même.*

— Où cela paraîtra-t-il ?

— Dans le *Messager russe*, naturellement. C'est notre *Revue des Deux Mondes.* Vous la lisez, je vois.

— Oui ; mais, savez-vous, elle devient fort ennuyeuse.

— C'est possible... c'est possible... Et le *Messager russe*, lui aussi, je crois, dégringole un brin. »

Kalloméïtsef rit à gorge déployée ; il trouva que c'était bien *chic* de dire : dégringoler, et encore, un brin.

« Mais c'est un journal qui se respecte, continua-t-il, et voilà le principal. La littérature russe, je vous le

---

[1] *Zemstvo.* Il y a en Russie deux sortes d'assemblées locales de ce nom, qui correspondent à peu près à nos conseils municipaux et à nos conseils généraux.

confesse, ne m'intéresse guère; dans les romans d'à présent, il ne se trouve plus que des roturiers!... On en est venu à choisir pour héroïne une cuisinière, une simple cuisinière, ma parole d'honneur! Mais quant au roman de Ladislas, je le lirai certainement. Il y aura le petit mot pour rire... Et puis la tendance! la tendance! Les nihilistes seront traînés dans la boue, — j'en ai pour garant la façon de penser de Ladislas, — *qui est très-correcte.*

— Son passé ne l'est guère! fit observer Mme Sipiaguine.

— *Ah! jetons un voile sur les erreurs de sa jeunesse!* s'écria Kalloméïtsef en achevant d'ôter son gant de la main droite.

Mme Sipiaguine, pour la seconde fois, joua légèrement de la prunelle en clignant des paupières. Elle était un peu coquette de ses yeux incomparables.

« Siméon Pétrovitch, dit-elle, dites-moi, je vous prie, pourquoi, en parlant russe, vous employez tant de mots français? Il me semble que, — vous m'excuserez, —que c'est passé de mode.

— Pourquoi?... pourquoi?... Tout le monde ne possède pas sa langue natale aussi admirablement que... vous, par exemple. Pour ma part, je regarde le russe comme la langue des oukases et des choses officielles; j'attache une grande valeur à sa pureté! Je m'incline devant Karamzine!... Mais le russe,— si j'ose m'exprimer ainsi,—journalier... est-ce qu'il existe seulement? Tenez, par exemple, mon exclamation de tout à l'heure: *C'est un mot!* Impossible de dire cela en russe!

— J'aurais dit: C'est une expression heureuse. » Kalloméïtsef se mit à rire.

« Expression heureuse! Oh! madame! Mais ne voyez-vous pas que cela sent le maître d'école, le séminaire? Tout le sel a disparu!...

— Bon! vous ne me convaincrez pas. Mais que fait donc Marianne? »

Elle sonna; un petit groom entra.

« J'ai dit qu'on priât Mlle Marianne de venir au salon. Est-ce qu'on aurait oublié ? »

Le petit groom n'avait pas encore eu le temps de répondre, lorsque, derrière lui, sur le seuil, apparut une jeune fille aux cheveux coupés en rond, vêtue d'une large blouse de couleur sombre. C'était Marianne Vikentievna Sinetskaïa, nièce de Sipiaguine par sa mère.

V I

« Veuillez m'excuser, Valentine Mikhaïlovna, dit la jeune fille en s'avançant vers Mme Sipiaguine, j'étais occupée, et je me suis laissé attarder. »

Elle salua ensuite Kalloméïtsef, et s'écartant un peu, alla s'asseoir sur un petit pâté, dans le voisinage du perroquet, qui, aussitôt qu'il l'aperçut, se mit à battre des ailes et lui tendit le cou.

« Pourquoi t'es-tu assise si loin, Marianne ? fit observer Mme Sipiaguine, dont les yeux l'avaient suivie jusqu'au pâté. C'est pour te rapprocher de ton petit ami ? Figurez-vous, dit-elle à Kalloméïtsef, que ce perroquet est positivement amoureux de notre Marianne.

— Cela ne m'étonne pas.

— Et il ne peut pas me souffrir.

— Voilà qui est surprenant ! Probablement vous le taquinez ?

— Jamais; au contraire, je lui donne du sucre; seulement il ne le prend pas de ma main. Non... c'est une affaire de sympathie... et d'antipathie... »

Marianne regarda en dessous Mme Sipiaguine, et celle-ci la regarda.

Ces deux femmes ne s'aimaient point.

En comparaison de sa tante, Marianne pouvait passer

presque pour une laideron. Elle avait le visage rond, le
nez grand et aquilin, les yeux gris, grands aussi, et très-
clairs, les sourcils fins et les lèvres minces. Elle portait
courts ses épais cheveux châtains, et elle avait l'air
bourru. Mais toute sa personne respirait je ne sais quoi
de fort, de passionné et d'impétueux. Ses pieds et ses
mains étaient extrêmement mignons; son petit corps robuste et souple rappelait les statuettes florentines du
seizième siècle; ses mouvements étaient légers et har-
monieux.

La position de Mlle Sinetskaïa dans la maison Sipiaguine était assez difficile. Son père, homme hardi et intelligent, d'origine semi-polonaise, était parvenu au
grade de général; tout à coup on découvrit sa partici-
pation à un vol énorme au préjudice de l'État; il fut
jugé, condamné; il perdit ses grades et sa noblesse; il
fut envoyé en Sibérie. On le gracia par la suite; il revint
en Russie, mais il n'eut pas le temps de remonter l'é-
chelle, et il mourut dans la dernière misère. Sa femme,
sœur de Sipiaguine et mère de Marianne, son unique
enfant, ne put supporter ce coup, qui détruisait toute
une heureuse existence; elle mourut bientôt après son
mari.

L'oncle Sipiaguine recueillit Marianne dans sa maison. Mais la jeune fille avait en dégoût cette vie dépen-
dante; elle aspirait à la liberté avec toute l'énergie d'une
âme indomptable; entre elle et sa tante subsistait une
lutte constante, quoique cachée. Mme Sipiaguine la considérait comme une nihiliste et une athée; de son côté
Marianne détestait en Mme Sipiaguine une persécutrice
inévitable. Elle se tenait à distance de son oncle et de
tout le monde; elle évitait les hommes, mais sans les
craindre, son tempérament n'étant pas timide.

« L'antipathie ? répéta Kalloméïtsef, oui, c'est une
chose bien étrange. Ainsi, tout le monde sait que je suis
un homme profondément religieux, orthodoxe dans toute
l'acception du mot; mais je ne puis voir de sang-froid

la queue de rat d'un prêtre ; ça bouillonne en moi, ça bouillonne ! »

Pour exprimer combien ça bouillonnait dans sa poitrine, Kalloméïtsef leva deux fois son poing fermé.

« Les cheveux vous causent de l'ennui en général, monsieur Kalloméïtsef, fit remarquer Marianne ; je suis sûre que vous ne pouvez pas non plus voir de sang-froid ceux qui les portent courts, comme moi. »

Mme Sipiaguine leva lentement ses sourcils et secoua la tête comme pour exprimer son étonnement au sujet du sans-gêne avec lequel nos jeunes filles modernes se mêlent à la conversation ; — mais Kalloméïtsef sourit d'un air de condescendance.

« Certainement, dit-il, je ne puis faire autrement que de regretter ces belles boucles semblables aux vôtres, mademoiselle Marianne, qui tombent sous le tranchant impitoyable des ciseaux ; mais cela ne m'inspire pas d'antipathie, et dans tous les cas votre exemple pourrait me... me... convertir. »

Kalloméïtsef n'avait pas trouvé le mot russe, et comme il ne voulait pas parler français à cause de l'observation de Mme Sipiaguine, il en fabriqua un franco-russe.

« Dieu merci, Marianne ne porte pas encore de lunettes, dit Mme Sipiaguine, et jusqu'à présent elle n'a pas encore renoncé aux cols et aux manchettes ; en revanche, à mon grand regret, elle étudie les sciences naturelles et s'intéresse aussi à la question des femmes... N'est-ce pas, Marianne ? »

Tout ceci avait pour but de troubler Marianne, mais elle ne se troubla pas.

« Oui, ma tante, répondit-elle, je lis tout ce qui s'écrit à ce sujet, je m'efforce de comprendre en quoi consiste cette question.

— Ce que c'est que la jeunesse ! dit Mme Sipiaguine à Kalloméïtsef ; vous et moi ne nous occupons pas de cela, eh ? »

Kalloméïtsef eut un sourire d'approbation, il fallait

bien soutenir la plaisanterie enjouée de l'aimable dame.

« Mlle Marianne, commença-t-il, est encore imbue de cet idéalisme, de cette juvénilité romantique... qui... que... avec le temps...

— D'ailleurs, je me calomnie, interrompit Mme Sipiaguine ; ces questions m'intéressent aussi. Enfin, je ne suis pas tout à fait assez vieille pour rester tellement en arrière !

— Moi aussi je m'intéresse à tout cela, s'écria précipitamment Kallomeïtsef ; seulement, j'aurais défendu d'en parler.

— Vous auriez défendu d'en parler ? répéta Marianne.

— Oui, j'aurais dit au public : Je ne vous empêche pas de vous y intéresser, mais en parler... chchchut !... (Il posa un doigt sur ses lèvres.) Dans tous les cas, j'aurais défendu de rien imprimer là-dessus. Absolument ! ab... so...lu...ment ! »

Mme Sipiaguine se mit à rire.

« Comment ? A votre avis, ne faudrait-il pas nommer une commission au ministère pour résoudre cette question ?

— Une commission ? Pourquoi pas ? Pensez-vous que nous ne saurions pas résoudre la question aussi bien que ces gratte-papiers meurt-de-faim, qui n'y voient pas plus loin que le bout de leur nez et se figurent être des génies de premier ordre ? — Nous aurions nommé votre mari rapporteur. »

Mme Sipiaguine rit de plus belle.

« Attention, prenez garde ! Boris se montre quelquefois tellement jacobin...

— Jaco, Jaco, Jaco, » fit le perroquet.

Mme Sipiaguine agita son mouchoir pour l'effrayer.

« Ne dérange pas la conversation des gens d'esprit. Marianne, amuse-le. »

Marianne se tourna vers la cage et se mit à gratter avec l'ongle le cou que le perroquet lui tendit à l'instant.

3.

« Oui, reprit Mme Sipiaguine, quelquefois Boris m'é-
tonne moi-même. Il a en lui la fibre... la fibre du tribun.

— « C'est parce qu'il est orateur ! » dit Kalloméïtsef en
français cette fois-ci. Votre mari a le don de la parole
plus que personne, et il est accoutumé à briller... *Ses
propres paroles le grisent...* et là-dessus le désir de
la popularité... A propos, en ce moment, n'est-il pas un
peu fâché ? *Il boude, eh ?* »

Mme Sipiaguine dirigea un regard vers Marianne.

« Je n'ai pas remarqué cela, fit-elle après un court
silence.

— Oui, continua Kalloméïtsef sur un ton méditatif,
on lui a fait quelque passe-droit à Pâques... »

Mme Sipiaguine lui indiqua Marianne des yeux pour
la seconde fois.

Kalloméïtsef sourit, et cligna de l'œil pour expliquer
qu'il avait compris.

« Mademoiselle Marianne ! s'écria-t-il soudain, plus
haut qu'il n'était nécessaire, avez-vous l'intention de
donner encore des leçons cette année à l'école ? »

Marianne tourna le dos à la cage.

« Est-ce que cela vous intéresse aussi, Siméon
Pétrovitch ?

— Certainement ; beaucoup même !

— Vous n'auriez pas défendu cela ?

— Aux nihilistes, j'aurais défendu de penser seulement
aux écoles ; mais sous la direction du clergé, et en sur-
veillant le clergé, j'aurais été le premier à créer des
écoles.

— Vraiment ? Je ne sais pas encore ce que je ferai
cette année. L'année dernière tout est allé si mal ! Et
quelles classes voulez-vous qu'on ait en été ? »

En parlant, Marianne rougissait toujours comme si la
parole lui coûtait un effort, comme si elle se forçait à
continuer. Il y avait en elle encore beaucoup d'amour-
propre.

« Tu n'es peut-être pas suffisamment préparée ? de-

manda Mme Sipiaguine avec un certain frémissement
ironique dans la voix.

— Peut-être.

— Comment ? s'écria Kalloméïtsef, qu'entends-je ?
O Dieu ! Pour enseigner l'alphabet aux petites paysannes,
il faut une préparation antérieure ? »

Mais en ce moment Kolia se précipita dans le salon en
criant : « Maman ! maman ! voici papa ! » et à sa suite,
entra en se dandinant sur ses grosses jambes une dame
coiffée d'un bonnet, vêtue d'un châle jaune, qui annonça également que Borinka allait arriver !

Cette dame était une tante de Sipiaguine nommée
Anna Zakharovna.

Toutes les personnes présentes dans le salon se levèrent en hâte et se rendirent dans l'antichambre ; de là,
elles descendirent l'escalier et passèrent sur le perron
principal. Une large allée de sapins taillés conduisait
de la grande route à ce même perron, et le long de
cette allée roulait une calèche attelée de quatre chevaux.
Valentine, qui se tenait en avant, agita son mouchoir.

Kolia cria d'une voix perçante. Le cocher arrêta net
ses chevaux fumants juste devant le perron, le valet de
pied dégringola comme un tourbillon en bas du siége, ouvrit la portière de la calèche avec tant de violence, qu'il
faillit en arracher la serrure et les gonds, — et, un sourire bienveillant sur les lèvres, dans les yeux, sur tout
son visage, rejetant d'un seul mouvement aisé et fier le
manteau qui couvrait ses épaules, Boris Sipiaguine mit
pied à terre.

Valentine lui jeta les bras autour du cou avec
un geste rapide et gracieux, et ils s'embrassèrent trois
fois sur les deux joues. Kolia piétinait et tirait son
père par les pans de la redingote ; mais celui-ci, ayant
préalablement ôté une horrible casquette de voyage écossaise, aussi incommode que laide, embrassa d'abord
Anne Zakharovna, puis souhaita le bonjour à Marianne

et à Kalloméïtsef qui se tenait aussi sur le perron (il donna à ce dernier un vigoureux *shakehands* à l'anglaise, en imprimant à son bras un mouvement de branle, comme s'il sonnait une cloche), et alors seulement se tourna vers son fils qu'il prit sous ses aisselles, enleva de terre et approcha de son visage.

Pendant que se passait tout ceci, Néjdanof s'était glissé hors de la calèche comme un délinquant, et il était resté près de la roue de derrière, sans ôter son bonnet et regardant en dessous... Valentine, tout en embrassant son mari, avait jeté un coup d'œil scrutateur par-dessus son épaule sur ce visage nouveau; Sipiaguine l'avait prévenue qu'il amènerait un précepteur.

Alors toute la société, sans cesser d'échanger des compliments et des poignées de main avec le maître du logis nouvellement arrivé, se dirigea vers l'escalier, garni des deux côtés par les principaux serviteurs et servantes. Ils ne vinrent pas baiser la main du « barine », cette coutume asiatique ayant été depuis longtemps abolie, et se bornèrent à saluer respectueusement. Sipiaguine leur rendit leurs saluts, plutôt des sourcils et du nez que de la tête.

Néjdanof s'avança à son tour sur les larges marches; comme il entrait dans l'antichambre, Sipiaguine, qui le cherchait des yeux, le présenta à sa femme, à Marianne et à sa tante, puis il dit à Kolia :

« Voici ton précepteur, je te prie de lui obéir; donne-lui la main. »

Kolia tendit timidement la main à Néjdanof, puis le regarda fixement; mais, ne trouvant apparemment en lui rien de particulier ni d'agréable, il se raccrocha à son « papa ».

Néjdanof se sentait mal à l'aise. Comme au théâtre, il portait un vieux paletot passablement fripé; la poussière du voyage couvrait son visage et ses mains. Mme Sipiaguine lui dit un mot aimable, mais il ne l'entendit pas bien, et fit seulement la remarque qu'elle jetait sur son

mari des regards lumineux et caressants, et qu'elle se serrait contre lui. Le toupet frisé et pommadé de Kolia lui déplut; à l'aspect de Kalloméïtsef il pensa : « Quel museau bien léché ! » et ne fit pas du tout attention aux autres personnes.

Sipiaguine tourna deux fois la tête à droite et à gauche avec dignité, comme pour reconnaître ses pénates; ce mouvement fit admirablement ressortir ses longs favoris pendants et sa petite nuque rebondie. Ensuite, de sa voix étoffée et sonore, que la fatigue du voyage n'avait nullement altérée, il cria à l'un des domestiques :

« Ivan, conduis M. le précepteur à la chambre verte, et portes-y sa valise. »

Puis il. expliqua à Néjdanof qu'il pouvait maintenant se reposer, s'installer et se débarbouiller; quant au dîner, on le servait à cinq heures précises.

Néjdanof s'inclina et se rendit à la suite d'Ivan dans la chambre verte, située au second étage.

Toute la société passa dans le salon; là on répéta encore la bienvenue : — une vieille bonne à moitié aveugle vint saluer le maître. Par respect pour l'âge de celle-ci, Sipiaguine lui donna sa main à baiser, et, priant Kalloméïtsef de l'excuser, il se rendit dans sa chambre, accompagné de son épouse.

VII

La chambre propre et spacieuse à laquelle le domestique conduisit Néjdanof donnait sur le jardin. Les fenêtres étaient grandes ouvertes et un vent léger soulevait doucement les stores blancs, qui se gonflaient comme des voiles, s'avançaient, montaient et retombaient. Des reflets dorés glissaient lentement sur le plafond; la chambre était pleine d'une odeur de printemps, fraîche et un peu humide. Néjdanof commença par renvoyer le

domestique, tira ses effets de sa valise et fit sa toilette.
Le voyage l'avait absolument éreinté; la présence constante, pendant deux jours, d'un inconnu avec lequel il
avait parlé de tout et de rien, cette conversation dé-
cousue et inutile avait fatigué ses nerfs; un sentiment
amer, ennui ou colère, s'agitait sourdement au plus profond de son être; il s'indignait de son peu de courage,
de sa mollesse... et l'amertume persistait.

Il s'approcha de la fenêtre et se mit à regarder dans le
jardin.

C'était un vieux jardin, planté depuis un siècle au
moins, en pleine « terre noire », — un jardin dont on
n'aurait pas trouvé le pareil dans toute la région en deçà
de Moscou. Tracé sur la pente d'une longue colline, il
se composait de quatre parties nettement distinctes. En
face de la maison, jusqu'à une distance d'environ deux
cents pas, s'étendait le parterre, avec ses allées sablées
en ligne droite, ses corbeilles rondes, ses massifs d'aca-
cias et de lilas; à gauche, longeant l'écurie jusqu'à la
grange, se voyait le jardin fruitier aux rangs serrés de
pommiers, de poiriers, de pruniers, de groseilliers et de
framboisiers; plus loin, en face de la maison, se croisaient des allées de hauts tilleuls dont l'ensemble for-
mait un rectangle vaste et régulier. A droite, la vue
était bornée par un double rang de peupliers blancs qui
ombrageaient la route; le toit aigu de l'orangerie se
dressait derrière un bouquet de bouleaux pleureurs.

Tout le jardin avait revêtu le vert tendre du premier
épanouissement printanier; on n'entendait pas encore
le grand et vigoureux bourdonnement d'insectes qui
remplit l'air pendant les chaleurs de l'été; quelques pin-
sons chantaient çà et là, deux tourterelles roucoulaient
sur les branches d'un même arbre; un coucou isolé faisait entendre son appel en changeant à chaque fois de
place; et de là-bas, de bien loin, de derrière l'étang du
moulin, venait un croassement de corbeaux, immense
et continu, semblable au grincement d'une foule de

roues aux essieux de bois. Et par-dessus toute cette vie
jeune, retirée et solitaire, de grands nuages clairs passaient en arrondissant leurs poitrines comme de grands
oiseaux paresseux.

Néjdanof regardait, écoutait, aspirait l'air qui rafraî-
chissait ses lèvres entr'ouvertes. Il se sentait plus à l'aise:
ce calme qui l'entourait pénétrait aussi en lui.

Pendant ce temps on parlait de lui dans la chambre
au-dessous. Sipiaguine racontait à sa femme comment il
avait fait sa connaissance, et ce que lui avait confié le
prince G... et quels discours ils avaient tenus pendant le
voyage.

« Un garçon intelligent! répétait-il, et instruit! Il
est un peu rouge d'opinions, c'est vrai; mais tu sais que
pour moi cela n'a aucune importance; ces gens-là ont
au moins une chose pour eux : ils ont de l'amour-propre.
Et puis Kolia est trop jeune; ces folies ne mordront pas
sur lui. »

Mᵐᵉ Sipiaguine écoutait son mari avec un sourire caressant à la fois et moqueur, comme s'il eût confessé
quelque escapade un peu étrange, mais amusante; elle
éprouvait même une sorte de plaisir à voir que son
« seigneur et maître », un homme si posé, si grave, était
encore capable de faire un coup de tête comme à vingt
ans.

Debout devant un miroir, et orné d'une paire de bre-
telles en soie bleue sur une chemise blanche comme la
neige, Sipiaguine était en train de se coiffer à l'anglaise,
avec deux brosses; et Valentine Mikhaïlovna, qui s'était
couchée à demi, avec ses bottines, sur un petit divan
turc, lui donnait divers renseignements sur l'exploita-
tion du domaine; sur la fabrique de papier, qui, hélas!
n'allait pas comme il aurait fallu; sur le cuisinier, qu'il
faudrait remplacer; sur l'église, dont le plâtre était
tombé; sur Marianne, sur Kalloméïtsef.

Une franche confiance, une amitié sincère existaient
entre les deux époux; ils vivaient réellement en amour-

et concorde, selon la vieille formule; et lorsque Sipiaguine, ayant terminé sa toilette, demanda à Valentine,
en vrai chevalier, sa menotte à baiser; lorsque sa
femme lui tendit les deux mains et le regarda avec
une orgueilleuse tendresse les baiser tour à tour, le
sentiment qu'exprimaient les visages des deux époux
était un sentiment honnète et bon, bien qu'il brillât
chez elle dans des yeux dignes de Raphaël, et chez lui
dans de simples « lucarnes » de fonctionnaire.

A cinq heures précises, Néjdanof descendit pour le
dîner, qui était annoncé, non pas par le son d'une cloche,
mais par les beuglements prolongés d'un gong chinois.

Toute la société était réunie dans la salle à manger.
Sipiaguine souhaita de nouveau, et du haut de sa cravate, la bienvenue à Néjdanof, et lui assigna une place
à table entre Kolia et Anne Zakharovna.

Anne Zakharovna était une vieille fille, sœur du défunt Sipiaguine père; elle exhalait une odeur de cam-
phre comme un vêtement resté longtemps dans un coffre;
avec cela, l'air morne et inquiet. Elle remplissait dans la
maison le rôle de menin ou de gouverneur de Kolia;
quand on plaça Néjdanof entre elle et son élève, son visage ridé exprima le mécontentement. Kolia regardait du
coin de l'œil son nouveau voisin; l'intelligent petit
garçon devina bientôt que son professeur était embarrassé : — en effet, Néjdanof ne levait pas les yeux et ne
mangeait presque pas. Kolia n'en éprouva aucun déplaisir; il avait toujours eu peur que son professeur ne
fût un monsieur sévère et irascible.

Valentine aussi regardait Néjdanof. « Il a bien la tournure d'un étudiant, pensait-elle, et il n'a pas l'usage du
monde; mais il a l'air intéressant, et ses cheveux ont
une couleur originale, comme ceux de cet apôtre que
les anciens maîtres italiens peignaient toujours roux, et
il a les mains propres. »

Tous les convives, d'ailleurs, regardaient Nédjanof;
mais ils le ménageaient, ils le laissaient tranquille... pour

commencer; et lui, qui sentait fort bien tout cela, il en était en même temps satisfait et irrité sans trop savoir pourquoi.

C'étaient Kalloméïtsef et Sipiaguine qui alimentaient la conversation. Ils parlaient du zemstvo, du gouverneur, du péage des routes, des billets de rachat, de leurs amis communs à Pétersbourg et à Moscou, du lycée Katkof [1] qui venait de s'ouvrir, de la difficulté d'avoir des travailleurs, des amendes, des dégâts causés par les bestiaux, de Bismarck, de la guerre de 1866 et de Napoléon III, que Kalloméïtsef qualifiait de gaillard !

Le jeune gentilhomme de la chambre professait les opinions les plus rétrogrades : il en arriva même à répéter, — sous forme de plaisanterie, il est vrai, — le toast qu'un de ses amis avait porté à un banquet intime : « Je bois aux deux seuls principes que je reconnaisse, » s'était écrié ce propriétaire échauffé par les libations : « Au knout et au rœderer ! »

Mme Sipiaguine fronça les sourcils, et fit observer que cette citation était *de très-mauvais goût.*

Sipiaguine, lui, énonçait des idées très-libérales; il réfutait Kalloméïtsef avec une politesse quelque peu nonchalante, non sans un brin de persiflage.

« Vos frayeurs au sujet de l'émancipation, mon cher Siméon Pétrovitch, lui dit-il entre autres choses, me rappellent un rapport que l'excellent et très-respectable Tvéritinof présenta en haut lieu, en 1860, et qu'il lisait dans les salons de Pétersbourg. La plus belle phrase de ce rapport était celle où il disait que les paysans émancipés ne manqueraient pas de se répandre, une torche à la main, sur toute la face de la patrie. Il fallait voir notre brave Tvéritinof gonfler ses petites joues, écarquiller ses petits yeux et s'écrier en ouvrant sa bouche enfantine : « La torche ! la torche ! une torche à la main ! »

---

[1] Katkof, directeur du *Messager russe* et de la *Gazette de Moscou.*

Eh bien, l'émancipation s'est accomplie... Où sont les paysans avec leurs torches?

— Tvéritinof, répliqua Kalloméïtsef d'une voix sombre, se trompait sur un seul point : ce ne sont pas les paysans, ce sont d'autres qui porteront des torches. »

En ce moment, Néjdanof, qui, jusque-là, n'avait pas regardé une seule fois Marianne, — placée pourtant du même côté de la table que lui, — échangea un regard avec elle, et il sentit immédiatement que tous deux, cette jeune fille morose et lui, — avaient les mêmes convictions et tendaient vers le même but. Elle ne l'avait nullement frappé, lorsque Sipiagûine la lui avait présentée; pourquoi donc était-ce justement avec elle qu'il échangeait un regard? En même temps, une inquiétude vint le prendre : n'était-ce pas une chose honteuse, ignominieuse même, que d'être là, d'entendre de pareils discours, et de ne pas protester, donnant ainsi par son silence le droit de croire qu'il partageait ces opinions?

Ses yeux rencontrèrent de nouveau ceux de Marianne, et il crut y lire une réponse à sa question : « Attends; le moment n'est pas venu... ce n'est pas la peine... plus tard; il sera toujours temps... »

Il lui fut agréable de penser qu'elle le comprenait; puis il recommença à suivre la conversation... Mme Sipiaguine avait remplacé son mari, elle le dépassait presque en liberté d'opinions, en radicalisme! Elle ne comprenait pas, non, elle ne comprenait po-si-ti-ve-ment pas comment un homme jeune et instruit pouvait s'en tenir à une routine aussi démodée !

« Du reste, ajoutait-elle, je suis persuadée que vous dites cela tout bonnement pour le plaisir de taquiner. Quant à vous, Alexis Dmitritch, dit-elle avec un aimable sourire à Néjdanof, qui s'étonna de voir qu'elle savait ses prénoms, je sais que vous ne partagez pas les inquiétudes de M. Kalloméïtsef : mon mari m'a fait part de vos conversations avec lui pendant le voyage. »

Néjdanof rougit, s'inclina sur son assiette et balbutia

quelques paroles confuses; non par timidité, mais parce qu'il n'était pas habitué à causer avec d'aussi brillants personnages. Mme Sipiaguine continuait à lui sourire, pendant que son mari approuvait d'un signe de tête protecteur... Kalloméïtsef, sans se presser, insinua son monocle rond dans son arcade sourcilière, et se mit à examiner cet étudiant qui se permettait de ne pas partager ses « inquiétudes ».

Mais ce n'était pas cela qui pouvait intimider Néjdanof; au contraire : le jeune homme releva immédiatement la tête et soutint le regard du superbe bureaucrate; et la même impression soudaine qui lui avait fait deviner en Marianne une amie, lui montra en Kalloméïtsef un ennemi.

Kalloméïtsef, lui aussi, eut la même impression; il laissa tomber son monocle, se détourna, chercha une plaisanterie... et ne trouva rien. Seule, Anne Zakharovna, qui avait pour lui une vénération secrète, prit intérieurement son parti, et devint plus furieuse que jamais contre l'hôte malencontreux qui la séparait de Kolia.

La fin du dîner arriva bientôt. On passa sur la terrasse pour prendre le café. Sipiaguine et Kalloméïtsef allumèrent un cigare. Sipiaguine offrit à Néjdanof un régalia authentique; mais le jeune homme refusa.

« Ah ! oui, s'écria Sipiaguine, j'oubliais! vous ne fumez que vos cigarettes !

—C'est un goût assez curieux, » murmura Kalloméïtsef entre ses dents.

L'étudiant faillit éclater. Il avait envie de répondre : « Je connais très-bien la différence entre un régalia et une cigarette ; mais je ne veux rien devoir à personne! » Pourtant il se contint, non sans inscrire au « débit » de son ennemi cette nouvelle impertinence.

« Marianne ! dit tout à coup à haute voix Mme Sipiaguine : ne fais pas de cérémonies avec monsieur! va, fume ton paquitos ! d'autant plus, ajouta-t-elle en se

tournant vers Néjdanof, d'autant plus que dans votre société, m'a-t-on dit, toutes les demoiselles fument n'est-ce pas?

— C'est vrai, madame, répondit sèchement Néjdanof. » C'était la première fois qu'il adressait la parole à Mme Sipiaguine.

« Moi, je ne fume pas, — continua-t-elle en clignant avec une expression caressante ses yeux de velours... Je suis en retard sur mon siècle. »

Marianne, lentement et méthodiquement, comme par bravade, prit un paquitos, tira une allumette de la boîte, et se mit à fumer. Néjdanof alluma aussi une cigarette, en empruntant du feu à Marianne.

La soirée était magnifique. Kolia et Anne Zakharovna s'en allèrent dans le jardin; le reste de la société passa encore une heure environ sur la terrasse à respirer l'air pur.

La conversation était assez animée. Kalloméïtsef faisait une charge à fond sur la littérature; Sipiaguine, toujours libéral, défendait l'indépendance des lettres, démontrant leur utilité, citait même Chateaubriand, à qui l'empereur Alexandre Pavlovitch avait conféré l'ordre de « Saint-André, premier apôtre ».

Néjdanof ne se mêlait pas à cette discussion; Mme Sipiaguine le regardait, et l'expression de son visage semblait dire qu'elle approuvait cette réserve discrète, non sans en être un peu surprise.

A l'heure du thé, tout le monde revint au salon.

« Cher M. Néjdanof, dit Sipiaguine, nous avons ici une mauvaise habitude, le soir : c'est de jouer aux cartes, et qui plus est un jeu défendu : la stoukolka[1], figurez-vous! Je ne vous invite pas. Mais du reste Mlle Marianne aura la bonté de nous faire entendre un peu de piano. Vous aimez la musique, j'en suis sûr, n'est-ce pas? »

Et sans attendre de réponse, il prit en main un jeu

---

[1] Sorte de lansquenet.

de cartes. Marianne se mit au piano et joua, ni bien ni mal, quelques romances sans paroles, de Mendelssohn.

« Charmant! charmant! quel toucher! » s'écria Kalloméïtsef, comme un énergumène, de l'autre bout du salon.

En réalité, il avait poussé cette exclamation par pure politesse; quant à Néjdanof, malgré la certitude exprimée par Sipiaguine, il n'avait pas la moindre passion pour la musique.

En attendant, Sipiaguine, sa femme, Kalloméïtsef et Anne Zakharovna s'étaient mis à jouer...Kolia vint dire bonsoir, et, ayant reçu la bénédiction de ses parents ainsi qu'un grand verre de lait en guise de thé, il alla se coucher; pendant qu'il s'éloignait, son père lui cria qu'il commencerait ses leçons le lendemain avec M. Néjdanof. Quelque temps après, s'apercevant que Néjdanof restait là, désœuvré, au milieu du salon, et feuilletait par contenance un album photographique, il lui dit de ne pas se gêner et d'aller se reposer chez lui, d'autant plus qu'il devait être fatigué du voyage; d'ailleurs la devise de sa maison était : liberté!

Néjdanof profita de la permission, prit congé de tout le monde, et sortit. Sur le seuil de la porte, il se croisa avec Marianne, qu'il regarda en face; non-seulement elle ne lui souriait pas, mais encore elle fronçait légèrement les sourcils, et pourtant il sentit de nouveau qu'elle serait pour lui un ami, un camarade.

Il trouva sa chambre tout imprégnée d'une fraîcheur parfumée; les fenêtres étaient restées ouvertes tout le jour. Dans le jardin, juste en face de ses fenêtres, un rossignol jetait des sons courts et vibrants; et dans le ciel nocturne, au-dessus des cimes arrondies des tilleuls, s'étalait une lueur trouble, rougeâtre et chaude : la lune allait se lever.

Néjdanof alluma une bougie; des papillons gris, aux ailes cotonneuses, vinrent aussitôt en foule du jardin sombre, en tournoyant et se heurtant; et le vent qui les

poussait faisait vaciller la flamme bleue et jaune de la
bougie.

« Quelle chose étrange! pensait Néjdanof, qui était
déjà dans son lit; les maîtres, les gens, tout le monde
ici a l'air d'être bon, libéral, humain même... et pourtant je me sens tout déconfit. Un chambellan, un gentilhomme de la chambre... Bah! le matin est de meilleur
conseil que le soir! Pas tant de sensiblerie! »

Mais en ce moment même il entendit les coups re-
doublés que le veilleur frappait à tour de bras sur la
plaque de fonte; une voix prolongée cria:

« Veillez!...

— Veillez!... répondit une autre voix lamentable.

— Au diable! se dit Néjdanof. On se croirait dans une
forteresse! »

VIII

Néjdanof s'éveilla de bonne heure; sans attendre l'apparition d'un domestique, il s'habilla et descendit au
jardin.

C'était un grand et beau jardin, admirablement entre-
tenu. Des travailleurs loués ratissaient les allées; à travers l'éclatante verdure des buissons, on voyait passer
les mouchoirs rouges qui servaient de coiffure aux petites paysannes armées de râteaux.

Néjdanof s'en alla jusqu'au bord de l'étang; le brouillard du matin s'était déjà envolé, — mais l'eau fumait
encore çà et là, dans les recoins ombragés du rivage. Le
soleil, encore bas, lançait de grands reflets roses sur ce
large miroir de plomb à surface lisse et comme sa-
tinée.

Cinq charpentiers allaient et venaient près de la pas-
serelle; un canot tout neuf, fraîchement peint, roulait
lentement d'un flanc à l'autre; des rides légères cou-

raient sur l'eau autour de lui. Des voix humaines, contenues et discrètes, retentissaient de temps en temps ; tout respirait le calme matinal, l'assiduité consciencieuse du premier travail, l'ordre et la régularité d'une vie tranquille et bien établie. Et voilà qu'au détour d'une allée, Néjdanof vit apparaître la personnification même de l'ordre et de la régularité, — Sipiaguine lui-même.

Il portait une longue redingote couleur pois, — une sorte de robe de chambre, — et une casquette bariolée ; il marchait en s'appuyant sur une canne de bambou d'origine anglaise ; son visage, rasé de frais, exprimait la satisfaction ; il était sorti pour visiter son domaine.

Sipiaguine demanda à Néjdanof, d'un air affable, des nouvelles de sa santé :

« Ah ! ah ! lui dit-il, je vois, vous êtes jeune, mais matinal. (Il prenait le mot « matinal » au sens propre au lieu du sens figuré qu'a ce mot dans le proverbe russe : « Jeune, mais matinal, c'est-à-dire : sage de bonne heure. » Son intention était sans doute de féliciter Néjdanof qui, comme lui, Sipiaguine, n'avait pas abusé du lit.) Nous prenons le thé en commun à huit heures, dans la salle à manger, et nous déjeunons à midi ; à dix heures, Kolia prendra avec vous sa première leçon de russe, et à deux heures sa leçon d'histoire. Demain, 9 mai, jour de sa fête, il n'y aura pas de leçons ; mais commencez aujourd'hui, je vous prie. »

Néjdanof fit un signe de tête ; Sipiaguine prit congé de lui à la française, en agitant rapidement et plusieurs fois de suite sa main devant son nez, et continua son chemin en balançant sa canne et en sifflotant, non comme un haut dignitaire, mais comme un bon *country-gentleman* russe.

Néjdanof resta au jardin jusqu'à huit heures, écoutant le chant des oiseaux, aspirant la fraîcheur de l'air, se délectant à l'ombre des vieux arbres. L'appel du gong le

ramena vers la maison; il trouva toute la société dans la salle à manger.

Mme Sipiaguine lui fit l'accueil le plus gracieux; dans son costume du matin, elle lui fit l'effet d'une beauté accomplie. Marianne avait sur son visage l'expression concentrée et presque rude qui lui était habituelle.

A dix heures précises, la première leçon commença, en présence de Mme Sipiaguine; elle s'informa préalablement auprès de Néjdanof pour savoir si elle ne gênerait pas. Et son maintien, pendant tout le temps de la leçon, fut aussi modeste que possible.

Kolia se montra intelligent; après les premières hésitations et les maladresses inévitables, la leçon marcha à souhait. Valentine semblait tout à fait contente du professeur; elle lui adressa plusieurs fois la parole d'un air fort avenant. Il se tint sur la réserve, mais pas trop.

Mme Sipiaguine assista aussi à la seconde leçon, celle d'histoire russe. Sur ce sujet, disait-elle en souriant, elle avait besoin d'un professeur au moins autant que Kolia. Elle eut d'ailleurs une tenue aussi discrète que pendant la leçon du matin.

De trois à cinq heures, Néjdanof resta dans sa chambre pour écrire à Pétersbourg. Il se sentait assez à l'aise; il n'éprouvait plus d'ennui, plus d'angoisse; ses nerfs trop tendus étaient revenus peu à peu à leur état normal. Ils se tendirent de nouveau pendant le dîner, bien que Kalloméïtsef n'y assistât pas, et que la dame du logis continuât à avoir pour lui une aimable prévenance; mais c'était justement cette prévenance qui le gênait. De plus, sa voisine, la vieille fille, Anne Zakharovna, lui était évidemment hostile et boudait; Marianne persévérait dans son attitude sérieuse; Kolia enfin, avec un sans-gêne un peu excessif, lui donnait des coups de pied dans les jambes.

Sipiaguine lui-même avait un air de mauvaise humeur. Il était fort mécontent d'un Allemand qu'il avait

fait venir à grands frais pour diriger sa fabrique de papier.

Sipiaguine se mit à déblatérer contre tous les Allemands en général, et à ce sujet déclara qu'il était slavophile... jusqu'à un certain point, quoiqu'il ne fût pas fanatique ; il parla d'un jeune Russe, nommé Solomine, qui, disait-on, avait mis sur un excellent pied la fabrique d'un marchand voisin ; il désirait beaucoup faire la connaissance de ce Solomine.

Vers le soir arriva Kalloméïtsef, dont la propriété n'était qu'à dix verstes d'Arjanoïé ; c'est ainsi qu'on nommait le bien de Sipiaguine. L'arbitre de paix vint aussi, puis un propriétaire, de ceux que Lermontof a si nettement caractérisés par ces deux vers célèbres :

> Enseveli dans sa cravate, son habit descendant jusqu'aux talons, ·
> Moustachu, avec une voix de fausset et le regard trouble.

Un autre voisin vint encore ; celui-là avait un visage affreusement triste et édenté ; mais il était très-proprement vêtu ; le docteur du canton vint aussi ; c'était un pauvre médecin, qui aimait les termes scientifiques ; il assurait par exemple qu'il professait une bien plus grande estime pour Koukolnik [1] que pour Pouchkine, parce que celui-là renfermait beaucoup de « protoplasme ». On se mit aux cartes. Néjdanof s'éloigna et rentra chez lui, où il se mit à lire et à écrire jusqu'après minuit.

Le lendemain 9 mai était la fête patronymique de Kolia. Les « maîtres » en troupe, remplissant trois calèches découvertes avec des laquais derrière, se rendirent à l'église, bien qu'elle ne fût pas à trois cents mètres de la maison. Tout se passa d'une façon très-correcte et très-cossue. Sipiaguine avait arboré son grand ruban rouge. Mme Sipiaguine avait mis une superbe robe de Paris lilas clair, et pendant l'office elle lut les prières

---

[1] Poëte dramatique des plus médiocres.

dans un tout petit livre relié en velours cramoisi ; ce
livre intrigua quelques vieux paysans, et même l'un
d'eux, ne pouvant y tenir, demanda à son voisin :

« Dieu me pardonne, est-ce qu'elle ne se dit pas la
bonne aventure ? »

Le parfum des fleurs dont l'église était pleine se mêlait aux émanations énergiques des sarraux récemment
passés au soufre, des bottes goudronnées et des chaussures de paysannes, et par-dessus tout montait l'odeur
de l'encens, agréable, mais un peu étouffante. Les sous-
diacres et les sacristains chantaient en chœur avec de
louables efforts, grâce à l'aide des ouvriers de la fabrique qu'on leur avait adjoints ; ils essayèrent même
un concert ! Il y eut un moment où tous les assistants
éprouvèrent une impression tant soit peu pénible. Une
voix de ténor (elle appartenait à l'ouvrier Klime, homme
rachitique et souffreteux) se lança toute seule, sans être
soutenue le moins du monde, dans des gammes chroma-
tiques et mineures ; ces gammes furent terribles ; mais
si elles s'étaient arrêtées, tout le concert se serait effondré ! Enfin la chose passa sans trop d'accidents. Le père
Cyprien, prêtre de l'extérieur le plus digne, revêtu de
l'épigonate et de la mitre d'honneur, prêcha un sermon
extrêmement instructif, qu'il lut sur un petit cahier ;
par malheur, le trop consciencieux père jugea indispensable de citer les noms de certains rois d'Assyrie, qui le
gênèrent beaucoup pour la prononciation, et, s'il fit
preuve d'érudition, en revanche il se mit horriblement
en nage.

Néjdanof, qui depuis longtemps n'avait mis le pied
dans une église, s'était réfugié dans un coin, parmi les
paysannes ; elles ne le regardaient guère, occupées
qu'elles étaient à faire de grands signes de croix, des in-
clinations jusqu'à mi-corps et à moucher soigneusement
les nez de leurs enfants ; mais les petites paysannes, vê-
tues de sarraux neufs, avec leurs pendants de verroterie
sur le front, et les petits garçons en chemises retenues à

la ceinture, avec les épaulettes brodées et des carreaux
rouges sous les aisselles, regardaient bouche béante ce
nouveau fidèle, la face tournée de son côté... Néjdanof
aussi les regardait et pensait... à bien des choses.

Après la messe, qui avait duré fort longtemps, car on
sait que la prière à Nicolas-Thaumaturge est à peu près
la plus longue de toutes celles du rite orthodoxe, tous
les officiants, invités par Sipiaguine, se dirigèrent vers
la maison seigneuriale ; ils y accomplirent encore quelques cérémonies appropriées à la circonstance, asper-
gèrent d'eau bénite toutes les chambres, et furent enfin
gratifiés d'un copieux déjeuner, pendant lequel la conversation roula sur les sujets ordinaires, fort édifiants
certes, mais un peu lourds.

Les maîtres de la maison eux-mêmes, quoique cette
heure-là ne fût pas celle de leur déjeuner, prirent part
néanmoins, du bout des lèvres, à la collation ; ils firent
semblant de boire et de manger.

Sipiaguine daigna même raconter une anecdote fort
décente, mais légèrement comique, qui, venant de la
part d'un haut dignitaire orné d'un ruban rouge, produisit une impression, on peut le dire, délicieuse. Quant
au père Cyprien, cette anecdote éveilla dans son cœur
un sentiment d'admiration et de gratitude.

Par réciprocité, et aussi pour montrer qu'il était capable, à l'occasion, de raconter quelque chose d'instructif, le père Cyprien fit part de la conversation qu'il avait
eue avec l'archevêque lorsque celui-ci, parcourant son
diocèse, avait fait venir chez lui, dans le monastère de la
ville, tous les prêtres du district.

« C'est un homme sévère, très-sévère ! assurait le
père Cyprien ; il nous interrogea d'abord sur notre paroisse, sur nos revenus, puis il nous fit subir un examen.
« Quelle est la fête patronale de ton église ? me demanda-
t-il, à moi. — La Transfiguration. — Et le tropaire [1]

---

[1] Cantique.

de ce jour-là, le connais-tu ? — Comment donc ! — Chante-le ! » Je me mis tout de suite à chanter : Le Christ notre Seigneur se transfigura sur la montagne... « Assez ! Qu'est-ce que la Transfiguration et comment faut-il l'interpréter ? — Je répondis : Le Christ voulait montrer toute sa gloire à ses disciples ! — Très-bien ! me dit-il ; tiens, voici une petite image que je te donne comme souvenir. » Je me prosternai devant lui : « Merci, monseigneur !.. » De sorte que je ne me séparai pas de lui le ventre vide.

— J'ai l'honneur de connaître personnellement Son Éminence, dit Sipiaguine avec gravité. C'est un pasteur du plus grand mérite !

— Du plus grand mérite ! appuya le père Cyprien. Il a seulement un peu trop de confiance dans les doyens. »

Mme Sipiaguine parla de l'école du village, dont Mlle Marianne serait l'institutrice ; le diacre, inspecteur de l'école, homme d'une carrure athlétique, dont la longue chevelure ondulée rappelait confusément la queue bien peignée d'un trotteur des haras Orlof, voulut exprimer son approbation ; mais, faute d'avoir mesuré la force de son larynx, il poussa un son tellement puissant qu'il effraya tout le monde et en resta lui-même tout penaud. Après quoi, le clergé se retira.

Kolia, dans sa belle petite veste à boutons d'or, fut le héros de la journée ; on le combla de félicitations et de cadeaux ; sur l'escalier d'honneur et sur l'escalier de service, les ouvriers de fabrique, les dvorovié [1], les vieilles

[1] Avant l'émancipation, dans chaque domaine, un certain nombre de serfs étaient choisis par le seigneur (ou vivaient chez lui de père en fils) comme domestiques, valets d'écurie, charrons, menuisiers, etc., etc. Ces *dvorovié*, gens de la cour (du mot *dvor*, qui signifie cour), formaient une classe différente de celle des paysans. Lors de l'émancipation, en 1861, ils sont devenus libres, mais n'ont pas reçu de lots de terrain comme les paysans cultivateurs. Depuis quinze ans, par conséquent, les *dvorovié* sont des prolétaires qui se louent à l'année, soit comme domestiques, soit comme ouvriers dans les domaines seigneuriaux.

femmes, les petites filles, vinrent lui baiser la main; les paysans, suivant la vieille coutume du temps du servage, bourdonnaient confusément devant la maison, autour des tables couvertes de gâteaux et de bouteilles d'eau-de-vie.

Kolia, tout à la fois honteux et enchanté, fier et timide, tantôt allait embrasser ses parents, tantôt courait dehors. A la fin du dîner, Sipiaguine fit apporter du champagne, et, avant de porter la santé de son fils, prononça un speech.

Il dit d'abord ce qu'on doit entendre par « remplir son devoir ici-bas », et quel chemin il désirait voir prendre à son Nicolas (c'est ainsi qu'il l'appela à cette occasion), — et ce qu'avaient le droit d'attendre de lui : premièrement, sa famille; secondement, la société; troisièmement, le peuple, — oui, messieurs, le peuple; — quatrièmement, le gouvernement!

S'élevant peu à peu, il finit par atteindre à la véritable éloquence, en même temps qu'il insinuait, — à l'instar de Robert Peel, — sa main dans le revers de son habit; il prononça le mot « science » avec attendrissement, et termina son speech par l'exclamation : *laboremus*, qu'il traduisit immédiatement en langue russe.

Kolia, son verre à la main, fit le tour de la table pour remercier son père et embrasser tous les assistants. Néjdanof échangea de nouveau un regard avec Marianne... Ils éprouvaient probablement tous deux la même impression... Mais ils n'échangèrent pas une parole.

Ce spectacle, d'ailleurs, paraissait à Néjdanof amusant et même intéressant, plutôt que répugnant ou désagréable, et l'aimable hôtesse, Mme Sipiaguine, lui faisait l'effet d'une femme intelligente, qui sait qu'elle joue un rôle, et qui en même temps est secrètement heureuse d'être comprise par quelqu'un d'intelligent aussi et de perspicace... Néjdanof, sans doute, ne soupçonnait pas lui-même jusqu'à quel point il était flatté dans son amour-propre par la manière d'être de Mme Sipiaguine envers lui.

4.

Le lendemain, les leçons recommencèrent, et la vie reprit son cours habituel.

Une semaine s'écoula sans qu'on s'en aperçût...Quant aux impressions et aux pensées de Néjdanof pendant ce temps, le meilleur moyen d'en donner une idée, c'est de citer un fragment de la lettre qu'il écrivit à un certain Siline, son ancien camarade de collége et son meilleur ami.

Ce Siline vivait, non à Pétersbourg, mais dans un chef-lieu de gouvernement éloigné, chez un parent riche dont il dépendait entièrement. Sa situation était si irrévocablement fixée, que l'idée même de se tirer jamais de là ne pouvait lui venir à l'esprit. C'était un garçon maladif, timide et peu actif d'esprit, mais une âme exceptionnellement candide. Il négligeait la politique, lisait quelque peu, jouait de la flûte par désœuvrement, et évitait les demoiselles. Il avait pour Néjdanof la plus vive amitié; son cœur était, du reste, très-susceptible d'attachement.

Néjdanof ne se livrait jamais plus entièrement qu'avec Vladimir Siline; quand il lui écrivait, c'était comme s'il eût causé avec un être bien connu et sympathique, mais habitant un autre monde, ou avec sa propre conscience. Néjdanof ne se figurait même pas comment il pourrait vivre de nouveau avec Siline en camarade, dans la même ville... Si cela était arrivé, il se serait probablement refroidi bien vite à son égard, car les points de contact de leurs deux natures étaient peu nombreux; mais il lui écrivait volontiers, longuement, et en toute franchise. Avec les autres, dans sa correspondance du moins, — il était apprêté et posait quelque peu; — avec Siline, jamais !

Siline, inhabile à manier la plume, répondait rarement, en quelques phrases brèves et mal tournées; mais Néjdanof n'éprouvait pas le besoin de recevoir de longues réponses; il savait, — et c'était assez, — que son ami absorbait chacune de ses paroles comme la poussière

des chemins absorbe les gouttes de pluie ; qu'il gardait
ses secrets comme des choses saintes, et que, perdu dans
une solitude profonde et sans issue, il vivait uniquement
de la vie de son ami. Néjdanof ne parlait à personne de
cette correspondance avec Siline, qui lui était plus pré-
cieuse que tout au monde.

« Allons, mon bon ami, honnête Vladimir ! (il l'appelait ainsi dans ses lettres, et non sans raison), — félicite-
moi ! Je me suis mis au vert, et cela va me donner le
temps de me remettre. Je suis placé chez un riche dignitaire, nommé Sipiaguine ; je donne des leçons à son mou-
tard ; je mange admirablement ; jamais de ma vie je n'ai
mangé comme ça ! Je dors comme un plomb ; je me promène à loisir dans un très-beau pays, et surtout j'échappe
pour quelque temps à la tutelle de mes amis de Pétersbourg. Pendant les premiers jours, je me suis rudement
ennuyé, mais à présent ça va déjà mieux.

« Il me faudra bientôt reprendre le havre-sac, en d'autres termes, me laisser cueillir, puisque je me suis fait
passer pour champignon, comme dit le proverbe... c'est
précisément pour cela qu'ils m'ont laissé partir ; mais,
en attendant, je peux jouir de cette bonne vie animale,
— je peux me faire du ventre, et même, si la fantaisie
m'en prend, t'écrire des vers ! Quant aux observations
locales, je renvoie cela à plus tard : le domaine me paraît
bien en ordre, sauf pourtant la fabrique qui branle
dans le manche ; les paysans libérés par rachat sont à
peu près inabordables ; quant aux gens de service loués,
ils ont décidément une physionomie trop décente ! Mais
nous éclaircirons tout cela par la suite. Les maîtres de
la maison sont si polis, si libéraux ! le barine ne fait tout
le temps que condescendre, puis tout à coup il s'élève et
plane ; c'est un homme très-civilisé ! Sa femme est une
beauté et probablement une fine mouche ; elle a une
manière de surveiller son monde... et avec cela quel
moelleux ! On dirait qu'elle n'a pas un seul os ! Elle
m'effraie positivement ; tu sais, du reste, quel galant ca-

valier je fais! Il y a des voisins insupportables et une
vieille qui me persécute... Mais la personne qui m'intéresse le plus est une jeune fille, — une parente ou une
demoiselle de compagnie, je n'en sais rien du tout, — avec
qui je n'ai pas échangé deux mots, mais qui m'a l'air
d'être tout à fait de mon acabit... »

Ici venait la description du physique de Marianne et
de toute sa manière d'être; puis il continuait :

« Elle est malheureuse, fière, facile à blesser, renfer-
mée en elle-même, malheureuse surtout, cela ne fait pas
pour moi l'objet d'un doute. Pourquoi elle est malheureuse, voilà ce que je ne sais pas encore jusqu'à présent.
C'est une nature honnête, pour sûr. Est-elle bonne?
C'est encore une question.

« Mais peut-il exister des femmes complétement bonnes, si elles ne sont pas bêtes? Et est-il nécessaire qu'il
y en ait? Du reste, je ne connais guère les femmes... La
maîtresse de la maison ne l'aime pas... et elle est payée
de retour... Mais laquelle des deux a raison, je n'en sais
rien. Je suis plus porté à croire que c'est la dame qui a
tort... car elle est extraordinairement polie avec la demoiselle ; tandis que celle-ci, rien qu'à parler avec sa
patronne, a des frémissements nerveux dans ses sourcils.
Oui, c'est une créature très-nerveuse; en cela, nous
nous ressemblons. Elle est « démise» comme moi, quoique d'une autre manière probablement.

« Quand tout cela sera un peu débrouillé, je t'écrirai...

« Je t'ai déjà dit qu'elle ne cause presque jamais avec
moi ; mais dans le peu de paroles qu'elle m'a adressées
(toujours brusquement et d'une manière inattendue), on
sent une sorte de franchise de camarade. Cela m'est
agréable.

« A propos ! est-ce que ton parent te tiendra encore
longtemps au régime du pain sec? Quand fera-t-il son
paquet?

« As-tu lu dans le *Messager d'Europe* un article sur

les derniers faux prétendants du gouvernement d'Oren-
bourg? Cela se passait en 1834, mon cher! Je n'aime
pas cette revue, et l'auteur de l'article est un conserva-
teur, mais le fait est fort intéressant, et suggère bien des
réflexions... »

IX

Mai touchait à sa fin, amenant les premières journées
chaudes de l'été. Après avoir terminé sa leçon d'histoire,
Néjdanof sortit dans le jardin et passa de là dans le petit
bois de bouleaux qui y était attenant. Une partie du bois
avait été coupée une quinzaine d'années auparavant, et
sur cet emplacement avait poussé un épais taillis de jeunes arbres. Les tiges s'élevaient serrées et droites, semblables à des colonnettes d'un blanc mat d'argent cer-
clées de ronds grisâtres; leurs feuilles, toutes petites
encore et bien nombreuses, avaient un éclat net et vif,
comme si on les eût lavées et enduites de laque; l'herbe
printanière dardait ses langues fines et aiguës à travers
la couche unie des feuilles mortes, dont le dernier automne avait couvert le sol. Tout le taillis était sillonné
d'étroits sentiers; des merles noirs, au bec jaune, avec un
brusque cri d'effroi, traversaient à ras de terre ces petits
chemins et se précipitaient à corps perdu dans le fourré.

Après une demi-heure de promenade, Néjdanof s'assit
enfin sur une souche d'arbre coupé, entourée de vieux
copeaux noircis qui gisaient là en tas, comme ils étaient
tombés sous le coup de la hache. Bien des fois la neige
les avait recouverts, puis avait fondu, au printemps, sans
que personne songeât à les déranger.

Néjdanof, assis, tournait le dos à une muraille serrée
de jeunes bouleaux dont l'ombre courte et forte s'étendait en bande le long de la lisière. Il ne songeait à rien;
il se livrait tout entier à cette impression particulière que

fait éprouver le printemps et à laquelle, dans un cœur jeune ou vieux, se mêle toujours je ne sais quelle mélancolie : la mélancolie agitée de l'attente dans le cœur du jeune homme, l'immuable mélancolie du regret dans le cœur du vieillard.

Tout à coup Néjdanof entendit un bruit de pas qui se rapprochaient.

Ce n'était pas un homme seul qui marchait, ce n'était pas un paysan chaussé de souliers d'écorce ou de lourdes bottes, — ce n'était pas non plus une paysanne aux pieds nus. On aurait dit que deux personnes s'avançaient d'un pas mesuré, sans se hâter... Une robe de femme faisait un léger froufrou...

Tout à coup une voix sourde, une voix d'homme se fit entendre :

— Alors, c'est votre dernier mot ? Jamais ?

— Jamais ! reprit une voix féminine qui ne parut pas inconnue à Néjdanof, et une seconde après, à l'angle du sentier qui contournait en cet endroit le jeune taillis, apparut Marianne en compagnie d'un homme au teint basané, aux yeux noirs, que Néjdanof n'avait pas vu jusqu'alors.

A la vue du jeune homme ils s'arrêtèrent tous deux comme pétrifiés ; et celui-ci fut si étonné de leur apparition qu'il oublia même de se lever de la souche sur laquelle il était assis. Marianne rougit jusqu'à la racine des cheveux, mais fit sur-le-champ un sourire de mépris...

A qui s'adressait ce sourire ? Était-ce à elle-même pour avoir rougi, ou bien à Néjdanof ? Son compagnon fronça ses épais sourcils ; il y eut comme une lueur dans le blanc jaunâtre de ses yeux inquiets. Ensuite il échangea un regard avec Marianne, et tous deux, tournant le dos à Néjdanof, s'en allèrent silencieux, sans presser le pas, pendant qu'il les suivait d'un regard étonné.

Au bout d'une demi-heure, il revint à la maison dans sa chambre, et lorsque, appelé par les beuglements du gong, il entra dans le salon, il y trouva ce même in-

connu basané qu'il avait rencontré dans le petit bois.
Sipiaguine lui amena Néjdanof et présenta le nouveau
venu comme son *beau-frère*, le frère de Valentine Mikhaïlovna, Serge Mikhaïlovitch Markelof.

« Je vous prie, messieurs, de vous entendre et de
vous aimer, » s'écria Sipiaguine avec le sourire majestueusement affable et pourtant distrait, qui lui était familier.

Markelof fit un salut silencieux, et Néjdanof le lui
rendit... Quant à Sipiaguine, jetant tant soit peu en arrière sa petite tête et haussant les épaules, il s'éloigna
comme s'il voulait dire : Je vous ai présentés l'un à l'autre ; maintenant, que vous vous entendiez et vous aimiez
ou non, cela m'est parfaitement indifférent !

Valentine s'approcha alors du couple demeuré immobile, présenta derechef les deux hommes l'un à l'autre
et s'adressa à son frère avec cette expression caressante
et lumineuse qu'elle pouvait évoquer à son gré dans ses
beaux yeux.

« Eh bien, *cher Serge*, tu nous oublies tout à fait.
Tu n'es pas même venu pour la fête de Kolia ! Est-ce que
tu as tant d'affaires ? Il est en train d'établir de nouveaux
règlements avec ses paysans, dit-elle à Néjdanof ; c'est
très-original : il leur donne de tout les trois quarts, et
ne garde qu'un quart pour lui, et encore trouve-t-il qu'il
s'en réserve trop.

— Ma sœur aime la plaisanterie, dit à son tour Markelof à Néjdanof ; mais je conviens avec elle que, pour
soi tout seul, se réserver le quart de ce qui appartient
à cent personnes, c'est véritablement trop.

— Et vous, Alexis Dmitritch, avez-vous remarqué que
j'aime la plaisanterie ? » demanda Mme Sipiaguine avec la
même douceur câline dans le regard et dans la voix.

Néjdanof ne trouva point de réponse, et au même instant on annonça l'arrivée de Kalloméïtsef. La maîtresse
du logis alla au-devant de lui, et, quelques minutes plus
tard, un domestique apparut, et d'une voix solennelle
annonça que le dîner était prêt.

Pendant le dîner, Néjdanof ne cessa de regarder malgré lui Marianne et Markelof. Ils étaient placés l'un près
de l'autre, tous deux les yeux baissés et les lèvres pin-
cées, avec une expression sombre et sévère, presque
irritée. Néjdanof se demandait comment il se faisait que
Markelof fût le frère de Mme Sipiaguine. Il y avait si
peu de ressemblance entre eux !

Tous les deux, il est vrai, avaient la peau basanée;
mais le ton mat du visage, des mains et des épaules était
précisément une des perfections de la beauté de Mme Sipiaguine, tandis que chez son frère le même ton avait
tourné à ce noir que les gens polis nomment couleur de
bronze, mais qui, pour un œil russe, rappelle la couleur
tige de botte.

Markelof avait les cheveux crépus, le nez quelque peu
recourbé, les lèvres fortes, les joues creuses, le corps
efflanqué, les mains nerveuses. Tout son corps était sec
et nerveux; — il parlait d'une voix cuivrée, âpre et saccadée. Regard somnolent, air morose, il avait tout ce
qui caractérise un bilieux.

Il mangeait peu, roulait des boulettes de mie de pain,
et jetait de temps à autre un coup d'œil sur Kalloméïtsef. Celui-ci venait d'arriver de la ville, où il avait vu
le gouverneur à propos d'une affaire désagréable pour
lui, affaire sur laquelle d'ailleurs il gardait un silence
discret, tout en babillant comme une pie.

Sipiaguine, comme à l'ordinaire, lui tirait la bride
quand il s'emballait un peu trop ; mais il riait fort de
ses anecdotes et de ses bons mots, tout en le traitant
d'affreux réactionnaire.

Kalloméïtsef raconta, entre autres choses, quelle parfaite jouissance il avait éprouvée en apprenant comment
les paysans, — « oui! oui! les simples moujicks, » — appellent les avocats : aboyeurs. — « Aboyeurs! répétait-il
avec ravissement; ce peuple russe est délicieux! »

Il raconta encore comment, pendant une visite qu'il
avait faite à une école populaire, il avait demandé aux

élèves ce que voulait dire caméléopard, et comme personne ne pouvait répondre à sa question, pas même le maître d'école, il avait posé une seconde question : « Qu'est-ce qu'un babouin ? » en ayant soin de citer le vers de Khemnitser :

> L'imbécile babouin portraitiste des fauves.

Et personne non plus n'avait pu répondre. — Et voilà conclut-il, à quoi servent vos écoles populaires !

— Mais permettez, fit observer Mme Sipiaguine, je ne sais pas moi-même ce que c'est que ces bêtes-là !

— Oh ! madame, s'écria Kalloméïtsef, vous n'avez nullement besoin de savoir ces choses !

— Et pourquoi donc le peuple en a-t-il besoin ?

— Parce qu'il ferait mieux de connaître un babouin ou un caméléopard, qu'un Proudhon ou un Adam Smith quelconque. »

Mais ici de nouveau Sipiaguine remit Kalloméïtsef à sa place, en déclarant qu'Adam Smith était une des lumières de l'esprit humain, que l'on. devrait sucer ses principes... (il se versa un verre de Château-d'Yquem) avec le lait... (il approcha le verre de son nez et le flaira) maternel !

Il vida son verre. Kalloméïtsef en fit autant et jura ses grands dieux que le vin était exquis.

Markelof ne prêtait pas grande attention aux élucubrations du gentilhomme de la chambre, mais à deux reprises, il regarda Néjdanof d'un air tout singulier, et une boulette de pain qu'il avait lancée au plafond faillit tomber droit sur le nez de l'orateur.

Sipiaguine s'occupait peu de son beau-frère ; Mme Sipiaguine non plus ne causait pas avec lui ; tous les deux évidemment considéraient Markelof comme un original qu'il fallait éviter d'agacer.

Après le dîner, Markelof alla fumer sa pipe dans la allé de billard ; Néjdanof retourna dans sa chambre.

Dans le corridor, il se heurta presque à Marianne. Il essaya de l'éviter; mais elle l'arrêta d'un brusque mouvement de la main.

« Monsieur Nédjanof, lui dit-elle d'une voix mal assurée, en ce moment, ce que vous pensez de moi ne doit pas m'importer beaucoup; pourtant je crois... je crois... (elle cherchait un mot)... je crois opportun de vous dire que, ce matin, quand vous m'avez vue dans le bois avec M. Markelof... vous vous êtes probablement demandé, n'est-il pas vrai, pourquoi nous avons eu l'air troublé, et pourquoi nous étions là comme à un rendez-vous?

— En effet, commença Nédjanof, il m'a paru un peu étrange que... »

Marianne l'interrompit.

« M. Markelof, dit-elle, me faisait une proposition de mariage, et je lui ai dit non. Voilà tout ce que j'avais à vous dire; là-dessus, je vous souhaite le bonsoir. Et maintenant, pensez de moi ce qu'il vous plaira. »

Elle se retourna brusquement, et traversa le corridor à pas pressés.

Néjdanof, rentré dans sa chambre, s'assit devant la fenêtre, tout songeur. Quelle était cette étrange fille? Pourquoi cette démarche bizarre? Pourquoi cet accès de franchise qu'il n'avait pas réclamé? Était-ce désir de se singulariser, ou amour de la phrase, ou orgueil? Plus probablement c'était de l'orgueil. Elle ne voulait pas supporter le moindre soupçon. Elle ne voulait pas accepter que l'on portât sur elle un faux jugement. Singulière fille!

Ainsi songeait Néjdanof; et pendant ce temps, sur la terrasse, on parlait de lui; il entendait parfaitement toutes les paroles qu'on prononçait.

« Mon nez me dit, affirmait Kalloméïtsef, mon nez me dit que c'est un rouge! Autrefois, quand j'étais en mission spéciale auprès du général gouverneur de Moscou, avec Ladislas, j'ai eu occasion d'avoir affaire à ces

messieurs, les rouges, et aussi aux « raskolniks » [1]. J'avais un flair supérieur pour les découvrir. »

Kalloméïtsef, à ce propos, raconta comment un jour, dans les environs de Moscou, il avait attrapé « par le talon » un vieux raskolnik chez qui il était tombé à l'improviste avec la police, et « qui avait failli sauter par la fenêtre de son isba... Jusqu'à ce moment-là, il était resté assis sur son banc, le vaurien! »

Kalloméïtsef oubliait d'ajouter que ce même vieillard, conduit en prison, avait refusé toute nourriture, et s'était laissé mourir de faim.

«.Quant à votre nouveau professeur, continua le zélé gentilhomme, c'est un rouge, positivement! Avez-vous remarqué qu'il ne salue jamais le premier?

— Mais pourquoi saluerait-il le premier? objecta Mme Sipiaguine; moi, au contraire, je trouve cela très-bien de sa part.

— Je suis un hôte dans la maison où il sert, s'écria Kalloméïtsef, oui, oui, où il sert, pour de l'argent, *comme un salarié!...* Donc, je suis son supérieur! Et c'est son devoir de me saluer le premier.

— Vous êtes bien exigeant, mon très-aimable ami, intervint Sipiaguine en appuyant sur le mot « très »; — toutes ces idées, permettez-moi de le dire, m'ont l'air d'être extrèmement arriérées. J'ai acheté ses services, son travail, mais il est resté un homme libre.

— Il ne sent pas *le frein!* reprit Kalloméïtsef; ces rouges sont tous les mêmes. Encore une fois, mon flair ne me trompe jamais. Sur ce point, je ne connais que Ladislas qui puisse rivaliser avec moi. Si ce petit professeur m'était tombé entre les mains, c'est moi qui l'aurais secoué! Ah! comme je vous l'aurais secoué! Il aurait chanté une autre gamme, et comme il aurait mis chapeau bas devant moi!... Vous auriez vu! C'eût été un vrai charme!

---

[1] *Raskolnik,* dissident, sectaire.

— Mauvais fanfaron ! » faillit s'écrier Nédjanof du haut
de sa fenêtre.

Mais, en ce moment, la porte de sa chambre s'ouvrit,
et, à sa grande surprise, il vit entrer Markelof.

X

Néjdanof se leva pour aller à sa rencontre ; Markelof
marcha droit à lui, et, sans saluer ni même sourire, lui
dit :

« Vous êtes bien Alexis Dmitrief Néjdanof, étudiant
de l'Université de Saint-Pétersbourg ?

— Parfaitement, » répondit Nédjanof.

Markelof prit dans sa poche de côté une lettre déca-
chetée.

« En ce cas, lisez ceci. C'est de la part de Vassili
Nikolaïevitch, » ajouta-t-il en baissant la voix d'une façon
significative.

Néjdanof ouvrit la lettre et la lut. C'était une espèce
de circulaire semi-officielle, dans laquelle Serge Markelof était recommandé comme « un des nôtres », digne de
toute confiance ; puis suivait une instruction sur la nécessité immédiate d'une entente commune et sur la propagande des idées... connues. Cette circulaire était, d'ailleurs, adressée aussi à Néjdanof comme à un homme
digne de toute confiance, lui aussi.

Néjdanof tendit la main à Markelof, lui offrit un siége
et s'assit lui-même. Le visiteur, avant de prononcer un
seul mot, alluma une cigarette ; Néjdanof suivit son
exemple.

« Avez-vous déjà eu le temps d'entrer en relations
avec les paysans d'ici ? demanda enfin Markelof.

— Non, pas encore.

— Êtes-vous arrivé depuis longtemps ?

— Depuis bientôt quinze jours.

— Vous avez beaucoup d'occupation ?

— Pas trop. »

Markelof toussa d'un air de mauvaise humeur :

« Hum ! Il n'y a guère à compter sur les paysans d'ici, continua-t-il ; ce sont des gens nuls. Il faudrait les instruire. La pauvreté est grande parmi eux, et il n'y a personne pour leur expliquer les causes de cette pauvreté.

— Mais, autant qu'on peut en juger, les anciens serfs de votre beau-frère ne sont pas trop misérables, objecta Nédjanof.

— Mon beau-frère est un finaud, passé maître dans l'art de jeter de la poudre aux yeux. Les paysans d'ici ne comptent pas ; mais il a une fabrique ; voilà où nous devons concentrer nos efforts. Un coup de pioche dans cette fourmilière, et vous verrez comme tout ça remuera. Avez-vous des brochures ?

— Oui, mais pas beaucoup.

— Je vous en procurerai. Mais quelle négligence ! »

Néjdanof ne répondit pas ; Markelof resta un moment silencieux, en lançant par le nez la fumée de sa cigarette.

« Quel gredin pourtant que ce Kalloméïtsef ! dit-il tout à coup. Pendant le dîner, j'ai eu envie de me lever, d'aller droit à ce monsieur, et de planter des giffles sur son insolent museau pour que cela serve de leçon aux autres. Mais non ! par le temps qui court, il y a des choses plus importantes que de rosser un gentilhomme de la chambre. Ce n'est pas l'heure de se fâcher contre des imbéciles qui disent de méchantes paroles ; il s'agit de les empêcher de commettre de mauvaises actions. »

Néjdanof hocha la tête affirmativement, et Markelof se remit à fumer.

« Parmi toute la valetaille des « dvorovié », reprit-il de nouveau, il y a ici un gaillard solide ; non pas votre Ivan, celui-là n'est ni chair ni poisson, mais un certain Cyrille, qui est buffetier. »

Ce Cyrille était connu pour un ivrogne fini.

« Faites attention à lui. C'est un franc riboteur ; mais nous ne sommes pas là pour faire les délicats. Et que dites-vous de ma sœur ? ajouta-t-il brusquement en relevant la tête et en fixant sur Néjdanof le regard de ses yeux jaunes : Celle-là est encore plus rusée que mon beau-frère. Qu'en dites-vous ?

— Je dis que c'est une charmante et très-aimable dame... et de plus qu'elle est bien jolie.

— Hum ! Vous avez une manière si raffinée de dire les choses, vous autres messieurs de Pétersbourg ! Je vous admire ! Et que dites-vous de... ? »

Markelof fronça le sourcil, son visage se renfrogna ; il n'acheva pas la phrase commencée.

« Je vois, reprit-il, que nous aurons beaucoup à causer ensemble, mais non pas dans cette chambre. Qui diable sait s'il n'y a pas quelqu'un qui nous espionne derrière la porte ? Écoutez, c'est aujourd'hui samedi ; demain, je suppose, vous ne donnez pas de leçon à mon neveu... n'est-ce pas ?

— J'ai une répétition avec lui, demain, à trois heures.

— Une répétition ? Tout juste comme au théâtre. Ce doit être ma sœur qui invente ces expressions-là... mais peu importe. Voulez-vous partir tout de suite ? Ma propriété n'est qu'à dix verstes d'ici. J'ai de bons chevaux qui trottent ferme ; vous passerez chez moi la nuit et la matinée de demain, et je vous ramène ici avant trois heures. Consentez-vous ?

— Comme il vous plaira, » répondit Néjdanof.

Depuis l'arrivée de Markelof, Néjdanof était dans un état de surexcitation et de gêne. Ce rapprochement inopiné le troublait, et pourtant Markelof lui inspirait de la sympathie. Il sentait, il voyait que cet homme, probablement assez borné, était certainement honnête et fort. D'autre part, cette étrange rencontre dans le taillis, cette déclaration inattendue de Marianne...

« Allons, c'est bien ! s'écria Markelof. Préparez-vous,

et moi je vais donner ordre qu'on attelle le tarantass.
Je suppose que vous n'avez pas de permission à demander aux maîtres de la maison ?

— Je les avertirai. Il me semble que je n'ai pas le droit
de m'éloigner sans cela.

— Ne vous inquiétez pas, répliqua Markelof, j'arran-
gerai la chose. En ce moment-ci, ils jouent aux cartes ;
ils ne remarquèront pas votre absence. Mon beau-frère
se croit un homme d'État, et il n'a qu'une chose pour
lui, c'est qu'il joue très-bien aux cartes. Après tout, il y
a bien des gens qui sont arrivés par cette porte-là ! Te-
nez-vous prêt, je vais tout préparer. »

Markelof s'éloigna. Une heure après, Néjdanof était
installé à côté de lui sur un grand coussin de cuir, dans
un large tarantass, très-vieux et très-évasé, mais extrêmement commode ; un cocher microscopique, assis sur
un bout de planche, sifflotait sans cesse ; cela ressemblait
à un gentil gazouillement d'oiseaux ; la troïka de chevaux pies aux queues et aux crinières tressées courait
rapidement sur la route unie ; et, sous les premières
ombres de la nuit tombante (ils étaient partis à dix heures sonnant), ils voyaient glisser d'un mouvement uniforme, — en arrière ou en avant, selon la distance, — les
arbres, les buissons, les champs, les ravins et les prés.

Le petit domaine de Markelof, qui ne contenait que
deux cents dessiatines (hectares) et qui rapportait environ sept cents roubles de revenu annuel, s'appelait Borzionkovo ; il était situé à trois verstes du chef-lieu dont
le domaine de Sipiaguine était éloigné de sept verstes.
Pour arriver à Bozionkovo, il fallait passer à travers la
ville.

Les nouveaux amis n'avaient pas eu le temps d'é-
changer cinquante mots, lorsqu'ils aperçurent devant
eux les chétives maisonnettes des faubourgs, avec leurs
toits de planches à moitié effondrés et les taches de lumière jaune que faisaient les fenêtres disjointes ; puis
les pavés de la ville résonnèrent sous les roues du taran-

tass qui se mit à bondir, heurté, précipité de droite à
gauche; puis commencèrent à glisser devant eux, en sau-
tillant à chaque cahot, les ineptes maisons à frontons des
marchands, les églises à colonnes, les auberges...

C'était la veille d'un dimanche; il n'y avait guère de
passants dans les rues, mais en revanche les cabarets
regorgeaient. On entendait sortir de là des voix rauques,
des chansons avinées, mêlées aux sons nasillards des
accordéons; lorsqu'une porte s'ouvrait brusquement,
on recevait en plein visage une bouffée de chaleur malpropre, mêlée à l'odeur rude de l'eau-de-vie et au reflet
rouge des lampions.

Devant la porte de la plupart des cabarets étaient arrêtées des télègues de paysans, attelées de haridelles ven-
trues et à long poil, qui, penchant humblement leurs
têtes ébouriffées, semblaient dormir; parfois on voyait
un paysan tout débraillé, la ceinture défaite, coiffé de
son bonnet d'hiver, dont le fond, pareil à un sac, lui
tombait sur le dos... on le voyait sortir d'un cabaret,
appuyer sa poitrine à un brancard et rester là immobile,
en promenant faiblement autour de lui ses mains tâton-
nantes comme pour chercher quelque chose; ou bien
c'était un ouvrier de fabrique, maigre et malingre, la
casquette de travers, les pieds nus, — ses bottes étaient
restées en gage au cabaret, — qui faisait quelques pas
indécis, s'arrêtait, se grattait la nuque, et avec une exclamation soudaine revenait sur ses pas...

« Voilà ce qui tue le paysan russe... l'eau-de-vie! dit
Markelof d'un air sombre.

— C'est pour noyer le chagrin, petit père! répondit,
sans se retourner, le cocher, qui, en passant devant chaque cabaret, cessait de siffler et avait l'air de s'absorber
en lui-même.

— Marche! marche! » répliqua Markelof en secouant
énergiquement le collet de son propre manteau.

Le tarantass traversa la grande place du marché, toute
remplie d'une odeur de choux et de nattes de tilleul,

passa devant la maison du gouverneur, flanquée de guérites aux raies blanches et noires, devant le poste de
police surmonté d'une tour à signaux, suivit le boule-
vard récemment planté d'arbres tout jeunes et déjà à
demi morts, longea le gostinnoï-dvor [1], qui retentissait
d'aboiements de chiens et de grincements de chaînes;
atteignit, enfin, la barrière après avoir dépassé un long,
très-long convoi de chariots qui s'était mis en marche
dès minuit pour profiter de la fraîcheur nocturne, se re-
trouva de nouveau en plein air libre et recommença à
rouler d'une allure plus rapide et plus régulière sur le
grand chemin bordé de saules.

Markelof, — car il nous faut bien parler un peu de lui,
— était de six ans plus âgé que sa sœur, Mme Sipiaguine.
Élevé à l'école d'artillerie, il en était sorti officier; mais
il avait donné sa démission avec le grade de lieutenant,
par suite des désagréments qu'il avait eus avec son chef,
un Allemand.

Depuis cette époque, il abhorrait les Allemands, surtout les Allemands de Russie. Sa démission l'avait
brouillé avec son père, qui ne l'avait pas revu jusqu'à
sa mort et qui lui avait laissé le petit bien où il demeurait depuis.

Il avait fréquenté, à Pétersbourg, des hommes intelligents, aux idées avancées, qui lui inspiraient une sorte
de vénération et qui avaient donné à son esprit sa tournure définitive.

Il lisait peu, et presque exclusivement des écrits poli-
tiques : ceux de Herzen en particulier. Ayant gardé ses
allures militaires, il vivait en Spartiate et en moine.
Quelques années auparavant il s'était passionnément
épris d'une jeune fille; mais elle l'avait trahi de la façon
la moins cérémonieuse en épousant un aide de camp,
un Allemand encore. Markelof s'était mis à détester
les aides de camp.

---

[1] Le Bazar; assemblage de boutiques.

Il avait essayé d'écrire des articles spéciaux sur les défauts de l'artillerie russe ; mais, n'ayant pas le moindre talent d'exposition, il ne put mener un seul article à bonne fin, ce qui ne l'empêcha pas de continuer à noircir de sa grosse écriture maladroite et enfantine de vastes pages de papier d'écolier.

C'était un homme énergique, obstiné, d'une intrépidité désespérée, ne sachant ni pardonner, ni oublier, constamment blessé pour son propre compte ou pour celui de tous les opprimés, et prêt à tout.

Son esprit étroit s'était ramassé sur un seul point : ce qu'il ne comprenait pas n'existait pas pour lui ; mais il méprisait, il haïssait la fausseté et le mensonge. Avec les gens de la classe élevée, — les *réacs*, comme il les appelait, — il était brusque et même grossier ; avec les gens du peuple, simple ; avec les paysans, affable comme avec des frères.

C'était un assez médiocre propriétaire ; il roulait dans sa tête des plans socialistes qu'il n'avait jamais pu réaliser, pas plus qu'il n'avait pu terminer ses articles sur les défauts de l'artillerie russe. Règle générale, rien ne lui réussissait ; ses camarades de régiment l'avaient surnommé : « Pas de chance. » Caractère franc et loyal, nature passionnée et malheureuse, il pouvait, à un moment donné, se montrer impitoyable, sanguinaire, mériter le nom de monstre... et il était capable aussi de se sacrifier sans hésitation et sans retour.

A trois verstes de la ville, le tarantass pénétra tout à coup dans la molle obscurité d'un bois de tremble : chuchotement de feuilles invisibles et frémissantes, amère et fraîche senteur de l'air immobile, vagues éclaircies en haut, ombres épaisses et emmêlées en bas... c'était bien un bois que traversaient les voyageurs. La lune, rouge et large comme un bouclier de cuivre, venait de surgir au-dessus de l'horizon.

A peine sorti de l'ombre des arbres, le tarantass se trouva devant les bâtiments d'un petit domaine. Sur la

façade d'une maison basse, dont le toit cachait le disque de la lune, trois fenêtres éclairées se détachaient en rectangles lumineux; la porte cochère, toute grande ouverte, avait l'air de n'avoir jamais été fermée.

On entrevoyait dans la cour, à travers l'obscurité, une haute « kibitka », derrière laquelle étaient attachés deux chevaux de poste blancs; deux chiens blancs aussi, sortis on ne sait d'où, remplirent les airs de leurs aboiements sonores, mais point hostiles. Il y eut un va-et-vient dans la maison; le tarantass s'arrêta devant le perron, et cherchant du bout de sa botte, non sans efforts, le marchepied placé, selon la coutume des forgerons domestiques, à l'endroit le plus incommode, Markelof descendit du véhicule en disant à Néjdanof:

« Nous voici arrivés, et vous allez voir ici des hôtes très-connus de vous, mais que vous ne vous attendiez pas du tout à rencontrer. — Passez, je vous prie. »

XI

Ces hôtes étaient nos anciennes connaissances, Ostrodoumof et Machourina. Assis dans le petit salon, fort médiocrement meublé, de la maison de Markelof, ils prenaient de la bière et fumaient, à la lueur d'une lampe à pétrole.

Ils ne s'étonnèrent pas de l'arrivée de Néjdanof, car ils savaient que Markelof avait l'intention de l'amener avec lui, mais Néjdanof fut extrêmement surpris de les voir.

Quand il entra, Ostrodoumof lui dit simplement :
« Bonjour, frère ! »

Le visage de Machourina devint subitement tout rouge; elle lui tendit la main sans rien dire.

Markelof expliqua à Néjdanof que leurs deux amis avaient été envoyés « pour l'œuvre commune », qui de-

vait bientôt se réaliser ; qu'ils avaient quitté Pétersbourg
une semaine auparavant ; qu'Ostrodoumof resterait dans
le gouvernement de S... pour la propagande, et que
Machourina irait à K... pour avoir une entrevue avec
un affilié.

Markelof s'exalta tout d'un coup, bien que personne
ne le contredît : — les yeux enflammés, se mordant les
moustaches, il se mit à pérorer d'une voix émue et
sourde, mais distincte, sur les infamies qui s'accomplis-
saient de toutes parts, sur la nécessité d'une action immédiate ; il affirma qu'en réalité tout était prêt, que le
moindre retard serait de la lâcheté ; qu'un recours à la
force était indispensable, comme un coup de bistouri
dans un abcès tout à fait mûr ! Il répéta plusieurs fois
cette comparaison du bistouri ; elle lui plaisait évidemment ; — il ne l'avait pas inventée, il l'avait lue quelque
part. — N'ayant plus l'espoir de voir ses sentiments par-
tagés par Marianne, il semblait n'avoir plus rien à épargner, et ne songeait qu'à hâter le plus possible le moment d'aborder l'œuvre.

Il parlait comme à coups de hache, sans aucun biais,
allant droit au but avec une sorte de colère. Pesantes et
monotones, les paroles sortaient une à une de ses lèvres
pâlies, semblables à l'aboiement rauque d'un chien de
cour, vieux et vigilant.

Il déclara qu'il connaissait parfaitement les paysans
et les ouvriers de fabrique des environs, et que parmi
eux se trouvaient des gens solides, — par exemple Erémeï,
du village de Galapliok, — qui seraient prêts à tout sur-
le-champ. Cet Erémeï de Galapliok revenait constamment sur ses lèvres. A chaque bout de phrase, il frappait sur la table, non pas avec le plat, mais avec le
tranchant de la main droite, en même temps qu'il poussait devant lui l'index de la main gauche.

Ces mains osseuses et velues, ce doigt levé, cette voix
creuse, ces yeux en feu produisaient une forte impression. Pendant le trajet, Markelof n'avait guère causé

avec Néjdanof; la bile s'était amassée en lui... elle s'é-
panchait maintenant. Machourina et Ostrodoumof l'ap-
prouvaient du sourire, du regard, parfois d'une courte
exclamation. Quant à Néjdanof, il se passa en lui un
phénomène singulier. Au premier abord, il essaya de
faire des objections; il rappela les inconvénients de la
précipitation, le danger des entreprises prématurées, in-
suffisamment mûries; il·s'étonna surtout que l'on eût
ainsi tout décidé sans aucune hésitation, sans tenir
compte des circonstances, sans même se demander au
juste ce que le peuple .désire. Mais, peu à peu, ses nerfs,
tendus comme des cordes, se mirent à vibrer violemment, et alors, avec une ardeur désespérée, presque avec
des larmes de rage dans les yeux et des cris et des déchi-
rements dans la voix, il se lança à pérorer dans le sens
de Markelof, il alla même plus loin que lui.

Qu'est-ce qui avait produit ce changement? Il serait
difficile de le dire : était-ce le remords de ses dernières
hésitations, ou le dépit contre lui-même et contre les
autres, ou le besoin enfin d'étouffer je ne sais quel ver
intérieur qui le rongeait, ou le désir de faire une manifestation en présence des émissaires qu'il venait de retrouver? Ou bien était-ce réellement l'influence des paroles de Markelof qui lui avait allumé le sang?

La conversation se prolongea jusqu'à l'aurore; Ostrodoumof et Machourina n'avaient pas bougé de leurs
siéges; Markelof et Néjdanof ne s'étaient pas assis. Markelof restáit fixe à la même place, absolument comme
une sentinelle, et Néjdanof ne cessait de se promener
de long en large à pas inégaux, tantôt lents, tantôt rapides.

Ils s'entretinrent des mesures à prendre, des moyens
à employer, du rôle dont chacun devait se charger; ils
choisirent et mirent en paquets des feuillets et des brochures; ils parlèrent d'un certain Golouchkine, riche
marchand raskolnik, homme tout à fait sûr quoique
fort peu instruit; d'un jeune propagandiste, Kisliakoff,

très-intelligent, il est vrai, mais un peu trop vif et trop
convaincu de ses mérites; on prononça aussi le nom de
Solomine.

« Celui qui dirige une fabrique? demanda Néjdanof,
qui se rappela ce nom mentionné à table par Sipiaguine.

— Lui-même, répondit Markelof; il faut que vous
fassiez sa connaissance. Nous ne l'avons pas encore tâté,
mais c'est un homme sérieux, un homme solide. »

Erémeï de Galapliok vint de nouveau en scène. On y
joignit le Cyrille de chez Sipiaguine, et un certain Men-
deleïef, surnommé Doutik (le gonflé); seulement on ne
pouvait pas trop compter sur celui-ci : à jeun, il était
brave; mais après avoir bu il ne valait plus rien; malheureusement il était presque toujours entre deux vins.

« Et parmi vos paysans, demanda Néjdanof à Markelof, y a-t-il des gens sur qui vous puissiez compter? »

Markelof répondit que oui; mais il ne nomma personne; et il se lança dans des considérations sur les
bourgeois des villes et sur les séminaristes, qui, par parenthèse, seraient fort utiles à cause de leur grande force
corporelle; quand ceux-là commenceraient à jouer du
poing, oh ! alors, on verrait.

Néjdanof demanda si l'on aurait avec soi quelques
nobles. Markelof répondit qu'on en avait cinq ou six,
tous jeunes; — l'un d'eux était même Allemand d'origine
et bien radical; — par malheur, c'est une chose connue,
on ne peut pas se fier aux Allemands... Pour un rien,
ils vous trompent et vous lâchent! Du reste, il fallait
attendre les renseignements fournis par Kisliakof.

« Et l'armée? les soldats? » demanda Néjdanof.

Ici Markelof hésita, tirailla ses longs favoris, et déclara enfin que, de ce côté-là, il n'y avait rien, jusqu'à
présent... de décisif... que, du reste, il fallait attendre
les renseignements de Kisliakof.

« Mais quel est ce Kisliakof? » s'écria Néjdanof, non
sans impatience.

Markelof sourit d'un air significatif.

« C'est un homme... dit-il, oh! un homme!... Je dois dire que je ne le connais pas beaucoup, ne l'ayant rencontré que deux fois ; mais quelles lettres il écrit! quelles lettres! Je vous les montrerai... Elles sont étonnantes! Du feu, quoi! Et quelle activité! Il a parcouru la Russie de long en large au moins cinq ou six fois... et à chaque station, c'est une lettre de dix, de vingt pages! »

Néjdanof jeta un coup d'œil interrogateur du côté d'Ostrodoumof ; mais celui-ci ne bronchait pas plus qu'une statue. Machourina, dont les lèvres étaient contractées par un sourire amer, ne bougeait pas davantage.

Néjdanof voulut interroger Markelof sur le plan de réorganisation sociale que celui-ci avait eu l'idée de réaliser dans son domaine. Mais ici il fut interrompu par Ostrodoumof.

« A quoi bon parler de cela à présent? De façon ou d'autre, il faudra tout refaire après! »

La conversation revint sur le terrain politique. Le ver intérieur qui rongeait secrètement Néjdanof continuait sa besogne, et plus il rongeait, plus les discours de Néjdanof devenaient énergiques et même impitoyables. Il n'avait pris qu'un verre de bière, et pourtant il lui semblait par moment qu'il était tout à fait ivre. La tète lui tournait ; son cœur s'étirait à coups lents et douloureux. Et lorsqu'enfin, vers quatre heures, la discussion ayant pris fin, les interlocuteurs se furent dispersés, — en évitant de heurter le petit domestique endormi dans l'antichambre, — Néjdanof, avant de se mettre au lit, resta longtemps immobile, debout, les yeux obstinément fixés devant lui sur le plancher. Il entendait toujours résonner à ses oreilles ce son constamment amer qui traversait toutes les paroles de Markelof ; évidemment, cet homme avait été blessé dans son amour-propre par le refus de Marianne ; il ne pouvait pas ne pas en souffrir ; ses espérances de bonheur étaient

anéanties, et pourtant comme il s'oubliait lui-même !
comme il se donnait tout entier à ce qu'il croyait être
la vérité ! « C'est un esprit borné, pensait Néjdanof ; mais
ne vaut-il pas cent fois mieux être un esprit borné comme
celui-là, que d'être... que d'être, par exemple, ce que je
me sens être dans ce moment ? »

Ici il eut un mouvement de révolte contre sa propre
dépréciation de lui-même :

« Mais quoi ? Est-ce que, par hasard, je ne sais pas
me sacrifier, moi aussi ? Un peu de patience, messieurs...
Et toi, Pakline, tu verras un jour ce qu'un amateur
d'esthétique et un faiseur de vers... »

Il rejeta ses cheveux en arrière avec colère, grinça
des dents, et, dépouillant à la hâte ses vêtements, se jeta
dans son lit humide et froid.

« Bonne nuit ! dit derrière la porte la voix de Machourina. Je suis votre voisine.

— Bonne nuit ! » répondit Néjdanof.

Il se souvint, en ce moment, que Machourina ne l'a-
vait pas quitté des yeux pendant toute la soirée.

« Qu'est-ce qu'elle veut ? » murmura-t-il intérieurement. Puis il eut comme un mouvement de honte.
« Allons ! allons ! il faut dormir. »

Mais ses nerfs ne lui obéirent pas... et le soleil était
déjà assez haut dans le ciel, quand il finit par s'endormir
d'un sommeil lourd et pénible.

Il se réveilla tard dans la matinée, avec un grand mal
de tête. Il s'habilla, regarda par la fenêtre de sa chambre
et constata que Markelof n'avait pas d'établissement
proprement dit. Sa maisonnette était un bâtiment isolé,
non loin d'un bouquet de bois. A droite, une petite
grange, une écurie, une cave couverte, une isba au toit
de chaume à moitié effondré ; à gauche, un étang mi-
nuscule, un petit jardin potager, une chènevière et une
seconde isba en aussi mauvais état que l'autre ; plus
loin, un four à chauffer le grain, une petite aire à battre
le blé, et un enclos pour mettre les meules, — absolu-

ment vide, — voilà toutes les magnificences qui s'étalaient sous ses yeux. Tout cet ensemble, pauvre et chétif, avait l'air, non d'être abandonné et revenu à l'état sauvage, mais de n'avoir jamais fleuri, comme un arbre qui a mal pris racine.

Néjdanof descendit. Machourina était dans la salle à manger, assise devant le samovar; vraisemblablement, elle l'attendait.

Il apprit par elle qu'Ostrodoumof était parti pour travailler « à l'œuvre », et ne reviendrait pas avant quinze jours; quant au maître de la maison, il était allé se joindre à ses ouvriers. Comme mai touchait à sa fin, et que la besogne n'était pas pressée, Markelof avait eu l'idée d'entreprendre avec ses propres ressources l'abatage de son bois de bouleaux, et il était allé de bonne heure se mettre à l'ouvrage.

Néjdanof éprouvait une grande fatigue d'esprit. On avait tant parlé, la veille, de l'impossibilité d'un plus long retard, de la nécessité absolue « d'agir immédiatement... » Mais comment agir ? — et immédiatement encore !

Interroger Machourina là-dessus eût été inutile; elle ne connaissait pas l'hésitation; elle savait clairement ce qu'elle avait à faire, — c'était d'aller à K... Elle ne voyait rien au delà.

Néjdanof ne savait que lui dire; après avoir pris un verre de thé, il mit son bonnet et se dirigea vers le bois de bouleaux. Il rencontra sur son chemin des paysans, anciens serfs de Markelof, qui venaient de mener du fumier aux champs; il entama la conversation avec eux, sans en tirer grand profit. Eux aussi semblaient fatigués, mais d'une fatigue physique, naturelle, qui ne ressemblait en rien au sentiment qu'il éprouvait.

Leur ancien seigneur, Markelof, était, disaient-ils, un homme pas fier, seulement un peu bizarre; ils prédisaient qu'il se ruinerait, car « il ne s'entend pas aux choses, il veut tout arranger à sa façon, au lieu de faire

comme ses pères. Et trop savant, avec ça ! Faites ce que vous voudrez, pas moyen d'attraper un mot de ce qu'il dit !... C'est un brave homme, après tout. »

Néjdanof continua son chemin et rencontra Markelof lui-même.

Markelof marchait, entouré de toute une troupe de travailleurs ; on le voyait de loin parler, expliquer quelque chose, puis faire de la main un geste qui voulait dire : J'y renonce ! Près de lui se tenait son aide, jeune homme myope dont la tournure n'était guère imposante. Ce dernier répétait constamment : « Ce sera comme vous voudrez, » au grand dépit du patron, qui aurait voulu lui voir plus d'initiative.

Néjdanof aborda Markelof, et vit sur son visage l'expression de la fatigue morale qu'il éprouvait lui-même.

Ils se dirent bonjour ; Markelof se mit aussitôt à lui parler, très-brièvement, il est vrai, des « questions » discutées la veille, de l'imminence d'une catastrophe ; mais l'expression de la fatigue ne disparut pas de son visage. Il était tout couvert de poussière et de sueur ; des copeaux de bois et des brins de mousse s'étaient attachés à son vêtement, sa voix était enrouée.

Les gens qui l'entouraient gardaient le silence. On n'aurait su dire s'ils avaient peur de lui ou s'ils se moquaient de lui intérieurement..

Néjdanof regarda Markelof, et il entendit résonner en lui-même les paroles d'Ostrodoumof : « A quoi bon parler de cela à présent ? En tout cas, il faudra tout refaire après ! »

Un des travailleurs, qui avait commis une faute, pria Markelof de lui faire grâce de l'amende. Markelof commença par se fâcher, poussa des cris de fureur, et puis pardonna.

« En tout cas, il faudra tout refaire après ! »

Néjdanof demanda à Markelof des chevaux et un équipage pour retourner à la maison ; Markelof eut l'air

fort surpris de ce désir, il répondit pourtant que tout serait prêt dans quelques moments.

Il retourna chez lui avec Néjdanof; il chancelait en marchant, comme un homme exténué de fatigue.

« Qu'avez-vous? lui demanda Néjdanof.

— Je n'en puis plus! répondit Markelof d'un ton farouche. De quelque manière qu'on parle à ces gens-là, il n'y a pas moyen de se faire comprendre, et les ordres ne sont pas exécutés... Ils ne comprennent pas même le russe. — Le mot « part » leur est très-bien connu... Mais « prendre part »... Qu'est-ce que ça veut dire : prendre part? Ils n'en savent rien! C'est cependant du russe, que diable! — Ils se figurent que je veux leur donner une part de terrain ! »

Markelof avait eu l'idée d'expliquer aux paysans le principe de l'association, et d'introduire ce principe chez lui; — mais les paysans avaient opiniâtrément refusé. — Après toutes ses explications, un vieux paysan lui avait dit :

« Profond était le trou jusqu'à présent; et maintenant il l'est tellement qu'on ne voit plus le fond. » Et tous les autres avaient poussé un grand soupir, ce qui avait complétement anéanti Markelof.

Arrivé chez lui, il renvoya tout le monde, et prit des mesures pour faire préparer l'équipage et servir le déjeuner. Tout son personnel se composait d'un « kazatchok » [1], d'une cuisinière, d'un cocher et d'un bonhomme extrêmement vieux, aux oreilles velues, revêtu d'un caftan à longs pans en grosse cotonnade, qui avait été jadis le valet de chambre de son grand-père. Ce vieux bonhomme avait constamment les yeux fixés sur son maître, avec une expression d'indicible tristesse. Du reste, il ne faisait rien, et il était probablement incapable de rien faire; mais il se tenait toujours là présent à l'appel, assis sur le rebord du perron.

---

[1] Le *Kazatchok*,— diminutif de *Kasak*, Cosaque,— est un petit groom.

Après le déjeuner, composé d'œufs durs, de petites sardines et d'un hachis de viande et d'oignons (le kazatchok offrait la moutarde dans un vieux pot à pommade, et le vinaigre dans un flacon à eau de Cologne), Néjdanof monta dans un tarantass, le même qui l'avait amené la veille; mais, au lieu d'une « troïka », il n'y avait plus que deux chevaux; le troisième boitait; on l'avait blessé en le ferrant. Pendant ce repas, Markelof était resté presque muet, mangeant peu et respirant avec effort... Il lâcha deux ou trois paroles amères à propos de son domaine, et fit de nouveau un geste de renoncement et de fatigue...

« En tout cas, il faudra tout refaire après ! »

Machourina pria Néjdanof de la conduire jusqu'à la ville, où elle voulait faire quelques achats :

« Quant au retour, dit-elle, je trouverai bien une place dans une télègue; du reste, rien ne m'empêche de revenir à pied. »

En les accompagnant jusqu'au perron, Markelof rappela à Néjdanof qu'il irait bientôt le voir, et qu'alors... (cette idée le ragaillardit subitement), alors, on prendrait les arrangements définitifs; il ajouta qu'à cette époque, Solomine arriverait aussi; que lui, Markelof, attendait seulement un mot de Vassili Nicolaïevitch; et qu'alors il ne resterait plus qu'une chose à faire... « agir » immédiatement, car la patience du peuple était à bout !

La patience du peuple, du même peuple qui ne comprenait pas les mots « prendre part » !

« A propos, dit Néjdanof, — et ces lettres que vous vouliez me montrer ? Les lettres de... comment l'appelez-vous ?... Kisliakof ?

— Plus tard, plus tard, répondit vivement Markelof. Nous verrons tout ça en même temps. »

Le tarantass s'ébranla.

« Soyez prêts ! » cria une dernière fois la voix de Markelof.

Il était debout sur le perron, et, près de lui, — avec

son éternelle tristesse dans le regard, joignant les mains
derrière le dos, redressant sa taille voûtée, répandant
une odeur de pain de seigle et de vieille cotonnade, et
n'entendant rien de ce qu'on disait, — près de lui se tenait le serviteur modèle, le valet de chambre décrépit
de son grand-père.

Machourina, pendant le voyage, fuma silencieusement
une cigarette. En approchant de la barrière, elle poussa
tout à coup un gros soupir.

« Il me fait peine, ce pauvre Markelof... dit-elle, et
son visage s'assombrit.

— Oui, répondit Néjdanof, il se donne beaucoup de
mal pour rien ; ses affaires n'ont pas l'air de bien marcher.

— Oh ! ce n'est pas pour cela...

— Pourquoi donc ?

— Il est malheureux, il n'a pas de chance !... Où
trouver un meilleur que lui ?... Et pourtant... Non, on
n'en veut pas. »

Néjdanof la regarda.

« Est-ce que vous avez appris quelque chose ?

— Je n'ai rien appris... Mais chacun sent cela... par
soi-même. Adieu, Alexis Dmitritch. »

Machourina descendit du tarantass, — et, une heure
plus tard, Néjdanof entrait dans la cour de la maison
Sipiaguine. Il ne se sentait pas bien. Cette nuit sans
sommeil, et puis toutes ces discussions, tous ces discours...

Un charmant visage le regardait derrière une fenêtre
et lui souriait amicalement... C'était Mme Sipiaguine qui
accueillait son retour.

« Quels yeux elle a ! » pensa-t-il en lui-même.

XII

Après le dîner, qui avait réuni beaucoup de monde, Néjdanof profita de l'inattention générale pour s'esquiver et rentra dans sa chambre.

Il avait besoin de se trouver seul avec lui-même, ne fût-ce que pour mettre un peu d'ordre dans les impressions qu'il rapportait de son voyage de la veille.

Pendant le repas, Mme Sipiaguine l'avait regardé attentivement à plusieurs reprises, mais sans avoir l'occasion sans doute de causer avec lui; quant à Marianne, depuis la démarche inattendue qui l'avait tant étonné, elle avait l'air d'éprouver une sorte de gêne et de le fuir.

Néjdanof prit une plume; il avait envie de causer avec son ami Siline; mais il ne trouva rien à dire, même à son ami; peut-être ne parvenait-il pas à débrouiller les idées et les sentiments opposés qui se heurtaient dans sa tête; il renvoya tout cela au lendemain.

Kalloméïtsef était au nombre des convives; jamais il n'avait si bien montré que ce jour-là sa dédaigneuse arrogance de gentleman; mais l'outrecuidance de ses discours agissait peu sur Néjdanof, qui les remarquait à peine.

Le jeune homme était comme environné d'un nuage; on eût dit un rideau à demi opaque baissé entre lui et le reste du monde; et, chose étrange, à travers ce rideau, s'entrevoyaient seulement trois figures, — trois figures de femmes, — qui, toutes les trois, dirigeaient obstinément leurs regards sur lui.

C'étaient Mme Sipiaguine, Machourina et Marianne. Qu'est-ce que cela voulait dire? Et pourquoi ces trois figures-là? Qu'avaient-elles de commun? Et que lui voulaient-elles?

Il se coucha de bonne heure, mais sans pouvoir s'endormir. Il lui vint des pensées tristes, des pensées sombres, grises, pour mieux dire, des pensées de fin inévitable, de mort prochaine. Elles lui étaient devenues familières; il les tournait et les retournait en tout sens, reculant tantôt avec une secrète horreur devant la probabilité de l'anéantissement et l'accueillant tantôt presque avec joie.

Il finit par ressentir une émotion particulière, qui lui était bien connue. Il se leva, s'assit devant son bureau, rêva un moment, puis écrivit presque sans ratures les vers suivants :

> Quand je mourrai, cher ami,
> Voici mes dernières volontés :
> Détruis aussitôt
> Toutes mes inutiles paperasses.,.
> Entoure-moi de fleurs,
> Laisse entrer le soleil dans ma chambre,
> Derrière la porte ouverte
> Place des musiciens.
> Interdis-leur les chants lugubres !
> Que la valse insolente,
> Comme à l'heure du festin,
> Pousse ses cris perçants sous les coups de l'archet.
> Tout en buvant, avec mon oreille affaiblie,
> Les sons mourants des cordes frémissantes,
> Je mourrai aussi comme eux, je m'endormirai...
> Et, n'ayant pas troublé par de vains gémissements
> Le calme qui précède la fin,
> Je m'en irai dans un autre monde,
> Bercé par le bruit léger
> Des joies légères d'ici-bas.

En écrivant le mot : « ami », c'était à Siline qu'il pensait.

Il déclama ces vers à demi-voix, et fut étonné de voir ce qui était sorti de sa plume. Ce scepticisme, cette indifférence, cette incrédulité légère, comment tout cela s'accordait-il avec ses principes, avec ce qu'il avait dit à Markelof ?

Il jeta le cahier dans le tiroir de sa table et retourna à son lit; mais il ne s'endormit qu'au matin, alors que les premières alouettes tintaient comme des clochettes dans le ciel blanchissant.

Le lendemain, comme, après avoir fini de donner sa leçon, il venait de s'asseoir dans la salle de billard, Mme Sipiaguine entra, regarda autour d'elle, et, s'approchant de lui avec un sourire, elle l'invita à passer dans son cabinet.

Elle portait une légère robe de barége, très-simple et très-jolie; les manches garnies de ruches n'atteignaient pas plus bas que le coude, un large ruban entourait sa taille, ses cheveux tombaient sur son cou en tresses arrondies. Tout en elle respirait le bon accueil et la caresse, une caresse circonspecte... et encourageante; tout, depuis l'éclat adouci de ses yeux à demi clos et la langueur nonchalante de sa voix jusqu'à ses mouvements et à sa démarche.

Mme Sipiaguine emmena Néjdanof dans son cabinet; c'était une pièce commode, agréable, tout imprégnée de l'odeur des fleurs et des parfums, de la propreté fraîche des vêtements féminins, de la présence constante d'une femme. Elle le fit asseoir dans un fauteuil, s'assit elle-même auprès de lui et commença à le questionner au sujet de son voyage, de la manière de vivre de Markelof, et tout cela d'une façon si réservée, si bonne, si douce! Elle portait un intérêt si sincère à tout ce qui concernait son frère, duquel jusqu'à ce jour elle n'avait jamais parlé en présence de Néjdanof! Certaines de ses paroles laissaient deviner que le sentiment inspiré par Marianne n'avait pas échappé à son attention; elle s'en attrista un peu. Était-ce parce que ce sentiment n'avait pas été partagé par Marianne, ou bien parce que le choix de son frère était tombé sur une jeune fille qui, au fond, lui était étrangère?... Ce point resta obscur. Mais, avant toutes choses, elle s'efforçait visiblement d'apprivoiser Néjdanof, de lui inspirer de la confiance, de l'obliger à

sortir de sa réserve. Mme Sipiaguine sembla même s'affliger qu'il ne la comprît pas entièrement.

Néjdanof l'écoutait, regardait ses mains, ses épaules, jetait de temps en temps un rapide coup d'œil sur ses lèvres roses, sur les boucles de ses cheveux qui se balançaient tout doucement pendant qu'elle parlait. Les premières réponses de Néjdanof avaient été très-brèves : il sentait un poids sur la poitrine et de la gêne dans le gosier...

Peu à peu cependant cette impression se transforma en une autre, tout aussi inquiète, mais non exempte d'agrément : il n'avait jamais pu s'imaginer qu'une femme si distinguée, si jolie, — une aristocrate, — fût capable de s'intéresser à lui, pauvre diable d'étudiant; et non-seulement Mme Sipiaguine s'intéressait à lui, mais même elle faisait quelque peu la coquette !

« Pourquoi est-elle ainsi ? » se demandait-il; et il ne trouvait pas de réponse.

A vrai dire, il n'éprouvait pas le besoin d'en trouver une.

Mme Sipiaguine parla de Kolia; elle commença même par affirmer à Néjdanof que, si elle avait désiré une entrevue avec lui, c'était dans l'unique intention de connaître ses idées sur l'éducation des enfants en Russie.

La façon soudaine dont ce désir lui était venu pouvait paraître un peu étrange. Au fond, il s'agissait bien de cela ! La vérité, le mot de l'énigme, c'est qu'un souffle vague, un je ne sais quoi de sensuel était venu l'effleurer, et qu'elle éprouvait le besoin de subjuguer, de courber à ses pieds cette tête indocile...

Mais il nous faut remonter un peu en arrière.

Valentine Mikhaïlovna était fille d'un général fort médiocre et obscur, qui avait obtenu un seul crachat et la « boucle »[1] — au bout de cinquante ans de services, —

---

[1] Une boucle, avec le chiffre romain des années de service, à partir de vingt-cinq, qu'on porte sur la poi

6

et d'une Petite-Russienne très-fine et très-rusée, qui avait cet air simple et presque niais qu'ont beaucoup de ses compatriotes, et qui savait tirer de son extérieur un excellent parti.

Les parents de Mme Sipiaguine n'étaient pas riches ; elle fut néanmoins élevée au couvent de Smolna, où son application et sa conduite exemplaire lui valurent les bonnes grâces de ses supérieures, quoiqu'elle fût regardée comme une républicaine.

A sa sortie du couvent (son frère était rentré dans leur petit domaine, et le général décoré et « bouclé » était mort), elle s'installa avec sa mère dans un appartement proprement arrangé, mais tellement froid, que l'haleine des gens qui parlaient se condensait en une légère vapeur.

Valentine disait en riant :

« C'est comme à l'église ! »

Elle supporta courageusement tous les ennuis de cette existence étroite et mesquine, grâce à son caractère d'une égalité merveilleuse.

Avec l'aide de sa mère, elle parvint à nouer et à entretenir des relations : tout le monde, même dans les hautes sphères, parlait d'elle comme d'une charmante jeune fille, très-instruite et très « comme il faut ».

Les partis ne manquaient pas ; elle choisit Sipiaguine parmi tous les autres, et le rendit amoureux d'elle en un tour de main... Du reste, Sipiaguine lui-même comprit bien vite que c'était la femme qu'il lui fallait. Elle était intelligente, pas méchante... bonne plutôt, foncièrement froide et indifférente, et pourtant elle n'admettait pas que l'on pût rester indifférent à côté d'elle.

Valentine possédait ce genre particulier de grâce câline et tranquille qui est le propre des égoïstes « aimables » ; cette grâce où il n'y a ni poésie, ni sentiment véritable, mais qui respire la bienveillance, la sympathie et même une sorte de tendresse. Seulement ces charmants égoïstes n'aiment pas à être contredits ; ils sont despotiques et ne

supportent pas l'indépendance chez les autres. Les
femmes telles que Mme Sipiaguine agitent et troublent
les gens naïfs et passionnés ; elles-mêmes préfèrent à toute
chose la vie régulière et calme. La vertu leur est facile, rien ne les émeut ; mais leur constant désir de commander, d'entraîner et de plaire finit par leur donner de
la mobilité et de l'éclat : elles ont une volonté forte, —
et c'est précisément de cette volonté que vient en grande
partie leur prestige. Quand, dans une de ces créatures
impassibles et sereines, semble s'éveiller tout à coup et
courir en fugitives étincelles une langueur involontaire
et secrète, le moyen de lui résister ? On se dit que l'heure
est arrivée, que la glace va fondre, — mais la glace étin-
celante a beau jouer et lancer ses rayons, elle ne fondra
jamais, et jamais ne se troublera..

Mme Sipiaguine pouvait bien se hasarder à faire un
peu de coquetterie ; elle savait qu'il n'y avait là, qu'il ne
pouvait y avoir aucun danger pour elle. Mais faire à
volonté s'allumer ou s'assombrir les yeux d'un autre,
appeler sur les joues d'un autre la rougeur du désir ou
de la crainte, forcer une voix étrangère à trembler ou à
se briser, jeter le trouble dans l'âme d'autrui, oh ! que
cela était doux et charmant pour son âme à elle ! Et le
soir, très-tard, quand elle s'étendait dans sa blanche couche pour y goûter un paisible sommeil, quel plaisir de
se rappeler ces paroles émues, ces regards suppliants,
ces soupirs anxieux ! Quel sourire satisfait touchait ses
lèvres quand elle rentrait en elle-même pour y retrouver
la conscience de son inaccessibilité, ou bien quand elle
daignait recevoir les caresses légitimes de l'homme bien
élevé qui était son époux ! Ces pensées lui étaient si
agréables, que parfois elle en éprouvait de l'attendrissement, elle se sentait prête à accomplir quelque bonne
action, à venir en aide au prochain...

Un jour, un secrétaire d'ambassade, amoureux d'elle
jusqu'à la folie, ayant essayé de se couper la gorge, elle
avait fondé un petit hospice en son honneur. Elle avait

sincèrement prié pour ce jeune homme, quoique le sentiment religieux eût toujours été très-faible chez elle,
dès sa plus tendre enfance.

Donc, elle causait avec Néjdanof, cherchant par tous
les moyens à le courber sous ses pieds. Elle se faisait
accessible, elle se dévoilait pour ainsi dire devant lui; et
elle regardait avec une aimable curiosité, avec une tendresse quasi maternelle, comment ce joli garçon, ce radical intéressant et farouche, venait vers elle d'une allure maladroite et lente. Un jour, une heure, une minute après, tout cela aura disparu sans laisser de traces;
— mais en attendant elle éprouvait un plaisir mêlé d'envie de rire, d'un peu d'effroi et même de mélancolie.
Oubliant quelle était la naissance de Néjdanof, et sachant combien des questions de ce genre font plaisir à
ceux qui sont isolés dans la vie, elle l'interrogea sur ses
premières années, sur sa famille... Mais les réponses
brèves et embarrassées du jeune homme lui firent aussitôt deviner qu'elle avait fait fausse route, et, pour essayer de réparer sa faute, elle se livra un peu plus...
Telle, sous la pénétrante chaleur de midi, en été, une
rose ouverte écarte encore davantage ses pétales par-
fumés, que viendra resserrer et replier sur eux-mêmes la
fraîcheur fortifiante de la nuit.

Elle ne parvint cependant pas à réparer complétement
sa bévue. Touché au vif de sa blessure, Néjdanof ne
pouvait se laisser aller comme auparavant. L'amertume
qu'il portait toujours en lui, qu'il sentait toujours au
fond de son être, vint se soulever de nouveau; ses mé-
fiances et ses rancunes démocratiques se réveillèrent.

« Ce n'est pas pour cela que je suis venu ici, » pensa-
t-il.

Il se souvint des réflexions moqueuses de Pakline...
et, profitant du premier temps d'arrêt de la conversation,
il se leva, fit un bref salut et sortit « bêtement », comme
il se le dit involontairement à lui-même.

Son trouble n'avait pas échappé à Mme Sipiaguine...

Mais, à en juger par le sourire dont elle accompagna sa sortie, elle interprétait ce trouble d'une façon avantageuse à elle.

En entrant dans la salle de billard, Néjdanof rencontra Marianne. Les mains fortement croisées, debout non loin de la porte du cabinet, elle tournait le dos à la fenêtre. Son visage était dans une ombre presque noire; mais ses yeux hardis regardaient le jeune homme avec une telle persistance interrogatrice, ses lèvres serrées exprimaient un tel dédain, une pitié si injurieuse, qu'il s'arrêta d'un air irrésolu.

« Vous avez quelque chose à me dire? » fit-il.

Marianne resta un moment sans répondre.

« Non... Eh bien, oui! Mais pas maintenant.

— Quand donc?

— Nous verrons. Peut-être demain; peut-être jamais... Après tout, je ne sais pas au juste ce que vous êtes.

— Il m'avait pourtant semblé, commença Néjdanof, qu'entre nous...

— Et vous, vous ne me connaissez pas du tout, interrompit Marianne. Mais attendez, demain peut-être. En ce moment, il faut que j'aille chez ma... maîtresse. A demain... »

Néjdanof fit deux pas pour s'en aller, puis se retourna brusquement.

« A propos, Marianne Vikentievna... j'ai voulu tous ces jours-ci vous demander la permission d'aller à l'école avec vous, pour voir quelles y sont vos occupations... en attendant qu'on la ferme.

— Fort bien... Mais ce n'est pas de l'école que je voulais vous parler.

— Et de quoi donc?

— Demain, » répéta Marianne.

Mais elle n'attendit pas le lendemain. La conversation qu'elle voulait avoir avec Néjdanof eut lieu le même jour, dans une des allées de tilleuls qui commençaient non loin de la terrasse.

6.

XIII

Ce fut elle qui l'aborda.

« Monsieur Néjdanof, — commença-t-elle d'une voix hâtive, — vous êtes, je crois, complétement satisfait de Mme Sipiaguine ? »

Elle se détourna sans attendre de réponse, et marcha dans l'allée ; Néjdanof se mit à marcher à côté d'elle.

« Qu'est-ce qui vous faire croire cela ? demanda-t-il au bout d'un instant.

— Me tromperais-je ? En ce cas, elle aurait mal pris ses mesures aujourd'hui. Je m'imagine comme elle a manœuvré, comme elle a tendu ses petits filets ! »

Néjdanof, sans dire un mot, regarda en dessous son étrange interlocutrice.

« Ecoutez, continua-t-elle ; je vous parlerai franchement : je n'aime pas Mme Sipiaguine ; du reste, vous vous en êtes bien aperçu. Il est possible que je vous paraisse injuste ; mais attendez pour juger... »

La voix lui manqua. Elle rougit, elle se troubla. Chez elle, le trouble prenait toujours une forme qui le faisait ressembler à de la colère.

« Vous vous demandez sans doute, reprit-elle, pourquoi cette demoiselle, que vous ne connaissez pas, vous dit tout cela ? vous avez probablement pensé la même chose quand je vous ai fait cette communication... au sujet de M. Markelof. »

Elle se baissa soudain, cueillit un petit champignon, le cassa en deux et le jeta au loin.

« Vous vous trompez, mademoiselle Marianne, dit Néjdanof ; j'ai pensé, au contraire, que je vous inspirais de la confiance, et cette idée m'a été très-agréable. »

Néjdanof ne disait qu'une demi-vérité : cette pensée venait de lui venir à l'instant même.

Marianne lui jeta un coup d'œil rapide. Jusqu'alors, elle avait constamment détourné son visage.

« Ce n'est pas que vous m'ayez inspiré de la confiance, dit-elle d'un ton méditatif; je ne vous connais pas du tout. Mais votre situation ressemble beaucoup à la mienne. Nous sommes également malheureux ; voilà ce qui nous rapproche.

— Vous êtes malheureuse? demanda Néjdanof.

— Et vous, vous ne l'êtes pas? » répondit Marianne. Il garda le silence.

« Connaissez-vous mon histoire? dit-elle avec vivacité, l'histoire de mon père? Sa déportation?

— Non.

— Eh bien! sachez qu'il passa en jugement et fut trouvé coupable, qu'il perdit ses grades.... et tout, et qu'il fut déporté en Sibérie. Ensuite, il mourut... ma mère mourut aussi. Mon oncle, M. Sipiaguine, le frère de ma mère, me recueillit ; — je vis à ses frais, il est mon bienfaiteur ; Valentine Mikhaïlovna est ma bienfaitrice, et je les paie de la plus noire ingratitude, parce que, probablement, j'ai le cœur dur, — et que le pain d'autrui est amer, — et que je ne sais pas supporter les humiliations d'une fausse indulgence, et que je ne puis souffrir qu'on me protége... et que je ne puis feindre, — et que lorsqu'on me pique sans cesse à coups d'épingle, si je ne crie pas, c'est uniquement parce que je suis très-fière. »

En parlant de la sorte, par saccades, Marianne marchait de plus en plus vite. Tout à coup elle s'arrêta.

« Savez-vous que ma tante, uniquement pour se débarrasser de moi, me destine à ce vilain Kalloméïtsef? Elle connaît pourtant mes convictions. A ses yeux, je suis une nihiliste; et lui! Naturellement, je ne lui plais pas, car je ne suis pas belle, mais on peut me vendre. Ce serait aussi un bienfait!

— Alors, pourquoi, commença Néjdanof, n'avez-vous...? »

Il s'arrèta.

Marianne lui jeta un coup d'œil.

« Pourquoi, voulez-vous dire, n'ai-je pas accepté la proposition de M. Markelof, n'est-ce pas? Oui; mais qu'y faire? c'est un brave homme... Mais, ce n'est pas ma faute, je ne l'aime pas... »

Marianne hâta de nouveau le pas comme pour épargner à son interlocuteur la nécessité de faire une réponse quelconque à cet aveu inattendu.

Ils étaient arrivés tous deux au bout de l'allée.

Marianne prit rapidement un sentier étroit qui traversait une sapinière épaisse, et continua à marcher; Néjdanof la suivit. Il éprouvait une double perplexité : il lui semblait bien extraordinaire que cette fille ombrageuse lui parlât si franchement, — et ce qui l'étonnait plus encore, c'est que cette franchise ne le surprenait pas et qu'il la trouvait toute naturelle.

Soudain, Marianne se retourna et s'arrèta au milieu du sentier, si bien que son visage se trouva tout à coup tout près de celui de Néjdanof; elle fixa ses yeux sur les yeux du jeune homme.

« Alexis Dmitritch, dit-elle, ne pensez pas que ma tante soit méchante. Non! mais elle n'est que mensonge; c'est une comédienne, une poseuse; elle veut être adorée de tous, parce qu'elle est belle, et il faut en même temps qu'on la vénère comme une sainte! Elle invente quelque bonne phrase, bien sincère, bien partie du cœur, la dit à quelqu'un, puis la répète à un second, à un troisième, et toujours avec l'air de l'avoir trouvée à l'instant même; et alors, elle fait jouer à propos ses yeux magnifiques! Elle se connaît bien elle-mème, elle sait qu'elle ressemble à la Madone de Dresde, et elle n'aime absolument personne. Elle se donne les airs d'être toujours occupée de Kolia, et tout ce qu'elle fait, c'est de parler de lui avec des gens d'esprit. Elle ne veut de mal à personne, elle est toute bienveillance! Mais qu'on vous broie tous les os en sa présence, cela lui sera

parfaitement égal ! Elle ne remuera pas le doigt pour vous épargner une torture. Et si votre mal lui est utile ou profitable... alors... oh ! alors !... »

Marianne se tut. Le fiel l'étouffait ; elle s'était résolue à lui donner son cours, elle n'avait pu se contenir, et ses paroles avaient jailli malgré elle. Marianne appartenait à une classe particulière d'êtres malheureux, qu'on rencontre assez souvent en Russie depuis quelque. temps. La justice les satisfait sans les réjouir ; et l'injustice, pour laquelle ils ont une susceptibilité terrible, les trouble jusqu'au fond de l'âme.

Pendant qu'elle parlait, Néjdanof la regardait attentivement ; son visage couvert de rougeur, avec ses cheveux courts légèrement en désordre, et le tremblement de ses lèvres fines et contractées, lui paraissait menaçant, significatif et beau, superbement beau. Un rayon de soleil, passant au travers du réseau des branches serrées, se posait sur son front comme une tache lumineuse, et cette langue de feu s'accordait avec l'expression excitée de tout son visage, avec ses yeux brillants, fixes, grands ouverts, avec l'ardente vibration de sa voix.

« Dites-moi, fit enfin Néjdadof, pourquoi m'avez-vous nommé malheureux ? Connaissez-vous mon passé ? »

Marianne fit un mouvement de la tête.

« Oui.

— Mais... que connaissez-vous ? On vous a donc parlé de moi ? '

— Je connais... votre naissance.

— Vous savez... Qui vous a dit ?

— Mais elle ! toujours elle ! cette Mme Sipiaguine dont vous êtes si enchanté ! Elle n'a pas manqué de dire devant moi, — à mots couverts, mais très-clairement, — non pas avec compassion, mais de l'air d'une personne libérale qui est au-dessus des préjugés, quelle particularité il y a dans la vie de son nouveau professeur. Ne soyez pas étonné, je vous en prie : Mme Sipiaguine raconte de même au premier venu, avec compassion cette

fois, quelle... particularité il y a dans la vie de sa nièce, dont le père a été envoyé en Sibérie pour faits de concussion !... Elle se figure être une aristocrate, elle n'est qu'une cancanière et une poseuse, votre madone de Raphaël.

— Pardon ! pourquoi « ma » madone ? »

Marianne se détourna, et recommença à marcher dans le petit chemin.

« Vous avez eu ensemble une si longue conversation ! dit-elle enfin d'une voix sourde.

— Je n'ai presque pas dit un seul mot, répondit Néjdanof : c'est elle qui a parlé tout le temps. »

Marianne continua de marcher ; elle se taisait. Mais, à un endroit où le sentier déviait, les arbres de la sapinière semblèrent s'écarter devant eux ; une petite clairière apparut, au centre de laquelle s'élevait un bouleau pleureur dont le tronc vieux et crevassé était entouré d'un petit banc circulaire.

Marianne s'assit sur ce banc ; Néjdanof prit place à côté d'elle. De longues touffes de rameaux pendants, couverts de jeunes feuilles vertes, avaient un mouvement de va-et-vient, court et lent, au-dessus de leurs têtes. Autour d'eux, dans l'herbe menue, croissaient de blancs muguets, et toute la clairière exhalait un parfum de jeune gazon qui donnait une sensation de bien-être à leurs poitrines un peu oppressées encore par la senteur résineuse des sapins.

« Vous avez envie de voir notre école ? dit Marianne, soit ; allons. Seulement, je crois que vous n'aurez guère de plaisir. Vous savez qui est le chef de cette école ? le diacre. Un brave homme, du reste ; mais vous ne pouvez pas imaginer l'étrangeté de ses leçons ! Parmi les élèves, il y en a un nommé Garass ; il est orphelin, il a neuf ans ; eh bien, c'est lui qui est le meilleur élève de l'école. »

En changeant inopinément le sujet de leur entretien, on eût dit que Marianne s'était transformée elle-même :

elle avait pâli, elle s'était calmée, et son visage exprimait une sorte de confusion, comme si elle eût honte de tout ce qu'elle avait dit. Elle avait visiblement le désir d'amener Néjdanof sur une « question » quelconque, — à propos d'école ou de paysans, — rien que pour éviter de rentrer dans la conversation précédente.

Mais en ce moment-là, aucune « question » ne pouvait l'intéresser.

« Marianne Vikentievna, dit-il, franchement, je ne m'attendais guère à tout ce que... à tout ce qui vient de se passer entre nous. (Au mot de « se passer », Marianne fit un léger mouvement.) Il me semble que nous voilà tout d'un coup rapprochés. Mais cela devait être. Depuis longtemps, nous marchions l'un vers l'autre, mais nous n'avions pas encore échangé de salut. C'est pourquoi je vous parlerai sans réticence. Le séjour de cette maison vous est lourd et pénible ; mais votre oncle, qui malgré son esprit étroit, m'a l'air d'être un homme de cœur, autant que j'ai pu en juger, — votre oncle ne comprend donc pas votre position ? Il ne se met donc pas de votre parti ?

— Mon oncle ? D'abord, ce n'est pas du tout un homme, c'est un fonctionnaire ! sénateur, ministre... je ne sais. Ensuite... je ne veux pas me plaindre mal à propos et calomnier les gens ; la vie ici ne m'est ni lourde ni pénible ; on ne m'opprime pas ; les petits coups d'épingle de ma tante ne sont réellement rien à mes yeux... je suis tout à fait libre. »

Néjdanof regarda Marianne avec stupéfaction.

« En ce cas... tout ce que vous venez de me dire...

— Riez de moi à votre aise, interrompit-elle ; mais si je suis malheureuse, ce n'est pas de mon propre malheur. Il me semble par moments que je souffre pour tous les opprimés, les déshérités en Russie. Ou plutôt, non, je ne souffre pas, je m'indigne pour eux, je me révolte, je suis prête à donner ma vie pour eux. Je suis malheureuse d'être une demoiselle, une parasite, et de

ne rien pouvoir, rien... et de n'être capable de rien.
Pendant que mon père était en Sibérie, et que je vivais
à Moscou auprès de ma mère, oh! comme je m'élançais
vers lui, comme j'avais envie d'aller le trouver! non que
j'eusse pour lui beaucoup d'affection ou de respect,
mais j'avais un si grand désir d'aller voir de mes propres
yeux, de sentir sur mon propre corps comment vivent
les exilés... les persécutés!... Et comme j'étais irritée
contre moi-même et contre tous ces gens calmes, gras,
rassasiés!... Et puis, quand mon père revint, brisé, exténué, quand il lui fallut s'humilier, solliciter, chercher
les bonnes grâces des hommes puissants... Ah! que
c'était pénible et misérable! Comme il fit bien de mourir, et ma mère aussi! Moi, je suis restée dans ce monde.
Pourquoi faire? Pour sentir que j'ai un mauvais caractère, que je suis ingrate, qu'on ne peut pas s'arranger de
moi, que je ne suis utile absolument à rien, ni à personne!

Marianne se détourna, sa main glissa sur le banc. Néjdanof eut pitié d'elle; il voulut prendre cette main aban-
donnée... mais Marianne la retira vivement, non parce
que le mouvement de Néjdanof lui paraissait déplacé,
mais parce qu'elle n'eût voulu pour rien au monde avoir
l'air de mendier la sympathie de qui que ce fût.

Un vêtement de femme apparut au loin à travers le
fourré de sapins. Marianne se redressa.

« Regardez, dit-elle, votre Madone a envoyé son
espion. Cette femme de chambre est chargée de me surveiller, de dire à madame où je suis, et avec qui! Ma
tante a probablement pensé que j'étais avec vous, et elle
trouve cela peu convenable, surtout après la scène sen-
timentale qu'elle a jouée devant vous. Du reste, il est
temps de revenir, en effet. Allons. »

Marianne se leva; Néjdanof fit de même. Elle le regarda par-dessus son épaule, et tout à coup sur son visage passa une expression presque enfantine, gracieuse
te un peu embarrassée.

— Vous n'êtes pas fâché contre moi, n'est-ce pas ? Vous n'irez pas penser que, moi aussi, j'ai posé devant vous ? Non, vous ne le croirez pas, continua-t-elle avant que Néjdanof eût le temps de répondre. N'êtes-vous pas malheureux comme moi ? Votre caractère n'est-il pas... mauvais, comme le mien ? Demain nous irons à l'école ensemble, comme de bons amis que nous sommes maintenant. »

Lorsque Marianne et Néjdanof furent arrivés près de la maison, Mme Sipiaguine, du haut de son balcon, les regarda venir avec sa lorgnette, et, avec le petit sourire bienveillant qui lui était habituel, elle secoua doucement la tête ; puis, rentrant par la porte vitrée qui était restée grande ouverte, dans le salon où M. Sipiaguine était déjà installé pour jouer à la préférence avec le voisin édenté, elle dit à haute voix, lentement, en appuyant sur chaque syllabe :

« Comme il fait humide dehors ! c'est bien malsain. »

Marianne et Néjdanof échangèrent un coup d'œil ; Sipiaguine, qui venait de faire capot son partenaire, jeta sur sa femme un regard de côté et de bas en haut, un vrai regard de ministre ; puis ce même regard, froidement endormi, se posa sur le jeune couple qui revenait du jardin déjà sombre.

XIV

Quinze jours encore s'étaient écoulés. — Tout allait son train ordinaire. Sipiaguine distribuait les occupations de chaque jour, — comme un ministre, ou tout au moins comme un directeur de département ; — il conservait toujours son air de supériorité affable et quelque peu dégoûtée. Kolia prenait ses leçons. Une rage sourde, qui n'osait se faire jour, semblait conti-

nuellement ronger Anna Zakharovna. Les visiteurs arrivaient, discutaient, jouaient aux cartes, — et n'avaient
pas l'air de s'ennuyer. Valentine continuait son petit
manége avec Néjdanof, — bien qu'une nuance d'ironie
souriante se mêlât à son amabilité.

Néjdanof était devenu tout à fait intime avec Marianne, et, à sa grande surprise, il finit par découvrir
qu'elle avait le caractère assez égal, et qu'on pouvait lui
parler de toute sorte de sujets sans rencontrer chez elle
une contradiction trop marquée. Il était allé deux fois
visiter l'école avec elle; mais, dès la première visite, il
avait reconnu que c'était temps perdu. Le diacre était
maître absolu dans l'école, de par la volonté formelle de
Sipiaguine.

Ce diacre enseignait la lecture et l'écriture — assez
bien, en somme, quoiqu'il employât une méthode surannée ; — mais, aux examens, il posait des questions
fort saugrenues. Ainsi, un jour, il avait demandé à
Garass :

« Comment faut-il expliquer l'expression qui se
trouve dans la Bible : Les eaux sombres dans les
nuages ? »

A quoi Garass, selon les indications du diacre lui-
même, devait répondre : « Cela est inexplicable. »

Du reste, l'école allait être fermée, — à cause des travaux d'été, — jusqu'à l'automne.

Se souvenant des recommandations de Pakline et de
ses autres camarades, Néjdanof essaya de se mettre en
rapport avec les paysans; mais il s'aperçut bien vite qu'il
se bornait à les étudier, dans la mesure de ses facultés
d'observateur, et qu'il ne faisait pas la moindre propagande.

C'était un citadin, ayant passé la plus grande partie
de sa vie à Pétersbourg, de sorte qu'entre lui et les paysans existait un abîme, que tous ses efforts ne parvenaient pas à lui faire franchir.

Il avait eu l'occasion d'échanger quelques mots avec

l'ivrogne Cyrille et même avec Mendéleï Doutik; mais, chose étrange ! il se sentait timide en leur présence, et il n'avait jamais pu tirer d'eux que deux ou trois jurons violents, mais vagues.

Un autre mougik, nommé Fituïef, le plongea tout simplement dans la stupéfaction. Ce paysan avait une figure extraordinairement énergique, une vraie tête de brigand.

« Voilà notre affaire, cette fois, » pensa Néjdanof. Or, il se trouva que ce Fituïef était un homme sans feu ni lieu, à qui la commune avait retiré sa terre parce que, — bien portant et même robuste, — il ne « pouvait » pas travailler.

« Je ne peux pas ! sanglotait-il de sa voix creuse et gémissante, avec des soupirs qu'il semblait tirer de ses entrailles. Je ne peux pas travailler ! Tuez-moi si vous voulez ! Plutôt que de travailler, j'irai me pendre moi-même ! »

Et il finissait par demander l'aumône, — un petit kopek pour acheter un petit pain... Et avec cela une figure truculente, digne de Rinaldo Rinaldini !

Néjdanof ne fut pas plus heureux avec les ouvriers de fabrique : les uns étaient terriblement dégingandés, les autres terriblement renfermés en eux-mêmes... Il n'aboutit absolument à rien avec eux. Il écrivit là-dessus à son ami Siline une longue lettre dans laquelle il se plaignait de sa maladresse, qu'il attribuait à sa mauvaise éducation et à ses misérables tendances esthétiques.

Il s'imagina alors, tout d'un coup, que sa véritable vocation, dans l'œuvre de propagande, n'était pas de parler, mais d'écrire... Mais ça ne marcha pas davantage. Tout ce qu'il mettait sur le papier lui faisait l'impression de quelque chose de forcé, de théâtral, de faux dans l'expression et dans la langue ; et, à deux reprises, — ô horreur ! — il s'égara dans la versification ou dans des divagations sceptiques, purement personnelles.

Il se décida (grande marque de confiance et d'intimité) à parler de son insuccès à Marianne, et cette fois
encore, à sa non moins grande surprise, il trouva en elle
de la sympathie, non pour sa littérature, cela va sans
dire, mais pour cette maladie morale dont il était atteint, et qui ne lui était pas étrangère, à elle aussi. Marianne était comme lui une ennemie déclarée de « l'esthétique », et pourtant, par une contradiction dont elle
n'osait pas se rendre compte, c'était précisément l'absence complète de goûts « esthétiques » chez Markelof
qui l'avait empêchée d'aimer celui-ci ! Mais il n'y a de
fort en nous que ce qui reste en nous-mêmes et pour
nous-mêmes un secret à demi entrevu.

· Les jours se succédaient ainsi, lentement, inégale-
ment, mais sans ennui.

Néjdanof se trouvait dans un état d'esprit assez singulier. Il était mécontent de lui-même, de ce qu'il faisait,
ou plutôt de ce qu'il ne faisait pas ; ses paroles respi-
raient presque toujours cette amertume particulière de
la flagellation qu'on s'applique à soi-même : et pourtant,
tout au fond, là-bas, dans les plus secrets replis de son
âme, il sentait un certain bien-être, quelque chose qui
ressemblait à de l'apaisement. D'où cela pouvait-il pro-
venir ? du calme de la campagne ? de l'air, de l'été, de la
bonne chère, de la vie facile ? Était-ce peut-être parce
qu'il goûtait pour la première fois de sa vie la douceur
que donne le contact d'une âme féminine ? Quoi qu'il en
soit, malgré les plaintes — parfaitement sincères —
qu'il confiait à son ami Siline, il ne demandait pas à
changer.

Du reste, l'état d'esprit de Néjdanof n'allait pas tarder
à être inopinément et violemment bouleversé en un
seul jour.

Un beau matin, il reçut une lettre du mystérieux Vassili Nikolaïevitch, dans laquelle il lui était enjoint, ainsi
qu'à Markelof, — en attendant de nouvelles instructions, — de faire immédiatement connaissance et de

s'entendre avec Solomine, et avec un certain marchand, vieux croyant, domicilié à S...

Cette lettre remplit Néjdanof de trouble ; il y lut un reproche direct adressé à son inaction. L'amertume, qui pendant tout ce temps n'avait bouillonné que dans ses paroles, le remplit de nouveau tout entier.

A l'heure du dîner, Kalloméïtsef arriva, tout bouleversé, tout exaspéré :

« Imaginez-vous, s'écria-t-il d'une voix presque larmoyante, quelle horreur je viens de lire dans un journal ? Mon ami, mon brave Michel, le prince de Serbie, des misérables l'ont assassiné à Belgrade ! Où s'arrêteront-ils, ces jacobins, ces révolutionnaires, si on ne les retient pas avec une main de fer ? »

Sipiaguine se permit de lui faire observer « que ce meurtre abominable avait dû être commis, non par des jacobins, dont l'existence à Belgrade n'était guère présumable, mais par des gens du parti de Kara-Gheorghi, ennemis des Obrénovitch... »

Mais Kalloméïtsef ne voulut rien entendre ; il continua de raconter, avec la même voix pleureuse, quel ami le feu prince avait été pour lui et quel magnifique fusil il lui avait donné... Se montant peu à peu et s'excitant lui-même, Kalloméïtsef, des jacobins étrangers, passa aux nihilistes et aux socialistes du dedans, contre lesquels il fulmina toute une philippique. Il prit un pain blanc dans ses deux mains, et, le rompant au-dessus de sa soupe, comme le font les habitués du « café Riche », il exprima le désir de briser, de rompre, de réduire en poudre tous ceux qui font de l'opposition « à quoi que ce soit et à qui que ce soit ! » Ce furent ses propres expressions.

« Il n'est que temps ! s'écriait-il en portant sa cuiller à sa bouche. Il n'est que temps ! » répétait-il en présentant son verre au valet de pied qui lui versait du xérès.

Il parlait avec vénération des éminents publicistes de

Moscou ; et *Ladislas, notre bon et cher Ladislas,* revenait à chaque instant sur ses lèvres.

Pendant tous ces discours, il tenait avec intention son regard fixé sur Néjdanof, comme pour lui dire : « Voilà pour toi ! Attrape ce camouflet ! Et celui-ci... Et encore celui-là ! »

Le jeune étudiant perdit enfin patience, et, d'une voix un peu enrouée il est vrai, un peu frémissante (non de timidité pourtant), il se mit à défendre les espérances, les principes, les tendances de la jeune génération.

Kalloméïtsef commença aussitôt à piauler, — l'indignation chez lui se traduisait toujours par des notes de fausset, — et devint grossier.

Sipiaguine prit majestueusement la défense du jeune homme ; Valentine suivit l'exemple dè son mari ; Anne Zakharovna s'efforçait de détourner l'attention de Kolia, et jetait de côté et d'autre des regards furieux par-dessous les dentelles flottantes de son bonnet ; Marianne ne bougeait pas : on l'eût dite pétrifiée.

Mais tout à coup, en entendant le nom de Ladislas prononcé pour la vingtième fois, — Néjdanof éclata, et, frappant avec la paume de la main sur la table, il s'écria :

« Voilà une belle autorité ! Comme si nous ne savions pas ce que c'est que ce monsieur Ladislas ! Un vendu, un sicaire, rien de plus !

— Ah ! ah !... co... co... comment ! s'écria Kalloméïtsef bégayant de rage. — Voilà comment vous osez vous exprimer sur le compte d'un homme qui est hautement considéré par des personnages tels que le comte Blasenkrampf et le prince Kovrijkine ? »

Néjdanof haussa les épaules.

« Jolie recommandation ! le prince Kovrijkine, ce laquais enthousiaste...

— Ladislas est mon ami à moi ! cria Kalloméïtsef. Il est mon camarade, et je...

— Tant pis pour vous, interrompit Néjdanof; cela veut dire que vous partagez sa manière de voir, et mes paroles s'appliquent aussi à vous. »

Kalloméïtsef devint tout blême.

« Co... comment ? Quoi ? Vous osez ?... Vous mériteriez... à l'instant...

— Qu'est-ce que je mériterais à l'instant, monsieur ? » interrompit de nouveau Néjdanof avec une politesse ironique.

Dieu sait de quelle façon se serait terminée cette prise de bec entre les deux ennemis, si M. Sipiaguine ne s'était pas hâté d'y couper court. Élevant la voix, et prenant une attitude où l'on n'aurait su dire ce qui prédominait : la gravité de l'homme d'État ou bien la dignité du maître de maison, — il déclara, avec une fermeté tranquille, qu'il ne désirait pas entendre plus longtemps à sa table des expressions aussi peu mesurées; que depuis longtemps il s'était posé comme règle, — comme règle inviolable, — de respecter toutes les convictions, mais à la condition expresse (ici il leva son index orné d'une bague armoriée) qu'elles fussent maintenues dans les bornes de la dignité et de la convenance; que si, d'un côté, il ne pouvait ne pas blâmer chez M. Néjdanof une certaine intempérance de langage, excusable d'ailleurs à cause de sa jeunesse, d'autre part, il ne pouvait pas non plus approuver chez M. Kalloméïtsef la vivacité de ses attaques contre les personnes du camp opposé, vivacité explicable d'ailleurs par son zèle pour le bien public.

« Sous mon toit, conclut-il, sous le toit des Sipiaguine, il n'y a ni jacobins, ni sicaires, il n'y a que des personnes de bonne foi, qui, après avoir fini par se comprendre réciproquement, se donneront certainement la main. »

Néjdanof et Kalloméïtsef gardèrent tous deux le silence, mais ils ne se donnèrent pas la main; évidemment, l'heure où ils se comprendraient réciproquement n'était

pas encore arrivée. Loin de là; jamais ils n'avaient éprouvé l'un pour l'autre une haine plus vive.

Le repas s'acheva au milieu d'un silence gêné; Sipiaguine essaya de raconter une anecdote diplomatique, mais il la laissa à mi-chemin.

Marianne regardait obstinément le fond de son assiette. Elle ne voulait pas laisser voir la sympathie éveillée en elle par les paroles de Néjdanof. Ce n'est pas qu'elle eût peur, — non certes, — mais avant tout il fallait ne pas se trahir vis-à-vis de Mme Sipiaguine, dont elle sentait peser sur elle le regard attentif et pénétrant.

Le fait est que Mme Sipiaguine ne cessait de regarder Marianne et Néjdanof. La sortie inattendue du jeune étudiant l'avait d'abord étonnée, puis elle avait eu comme une sorte de révélation, une lueur intérieure, qui lui avait fait dire involontairement : « Ah!... » Mme Sipiaguine avait compris tout d'un coup que Néjdanof se détachait d'elle, « Néjdanof qui, il n'y avait pas longtemps encore, semblait venir à son appel... Que s'était-il donc passé ?... Est-ce que Marianne... Oui, sans aucun doute... Il lui plaisait... et elle...

« Il faudra prendre des mesures... » C'est ainsi que Mme Sipiaguine termina ses réflexions.

Pendant ce temps, Kalloméïtsef suffoquait d'indignation. Deux heures après, en jouant à la préférence, il disait encore « passe! » ou « j'achète! » d'un cœur ulcéré, et, tout en se donnant l'air d'être « au-dessus de tout cela », il avait dans la voix le sourd « trémolo » de l'injure non vengée.

Sipiaguine seul était positivement enchanté de toute cette scène. Il y avait trouvé l'occasion de montrer le pouvoir de son éloquence, d'apaiser la tempête qui allait s'élever... Sipiaguine savait le latin, et le *quos ego* de Virgile ne lui était pas inconnu. Il ne se comparait pas expressément à Neptune, mais, en ce moment, le souvenir de ce dieu ne lui était pas désagréable.

XV

Au premier moment propice, Néjdanof se retira et alla s'enfermer dans sa chambre. Il ne voulait voir personne, personne, excepté Marianne.

La chambre de la jeune fille se trouvait à l'extrémité d'un long corridor qui coupait tout l'étage supérieur. Néjdanof n'était jamais entré chez elle qu'une fois en passant, pour quelques minutes ; mais il lui sembla, ce soir-là, qu'elle ne se fâcherait pas s'il frappait à sa porte, et même qu'elle devait avoir envie de causer avec lui.

Il était assez tard, dix heures environ ; les maîtres de la maison, après la scène du dîner, ne s'étaient plus occupés de Néjdanof, et avaient continué leur partie avec Kalloméïtsef. Mme Sipiaguine, à deux reprises, s'était informée de Marianne qui, elle aussi, avait disparu peu après le dîner.

« Où donc est Marianne Vikentievna ? » avait-elle demandé une première fois en russe, une seconde fois en français, sans s'adresser à personne en particulier, mais en regardant les murs, comme font les gens étonnés ; après quoi elle n'avait pas tardé à se mettre au jeu.

Néjdanof se promena quelque temps de long en large dans sa chambre, puis enfila le corridor jusqu'à la porte de Marianne, et frappa doucement. Pas de réponse. Il frappa une seconde fois, essaya d'ouvrir... La porte était fermée. Mais il avait à peine eu le temps de retourner chez lui et de s'asseoir, lorsque sa propre porte grinça faiblement, et il entendit la voix de Marianne :

« Alexis Dmitritch, est-ce *vous* qui avez frappé chez moi ? »

Il se leva d'un bond et s'élança dans le corridor.

Marianne était debout devant la porte, pâle et immobile, un bougeoir à la main.

« C'est moi... oui... murmura-t-il.

— Venez, » répondit-elle.

Elle suivit le corridor; mais, avant d'atteindre le bout, elle s'arrêta devant une porte basse, qu'elle poussa de la main. Néjdanof aperçut une petite chambre presque vide.

« Entrons plutôt ici, Alexis Dmitritch; personne ne nous dérangera. »

Néjdanof obéit. Marianne posa sa bougie dans l'embrasure d'une fenêtre, et se tourna vers lui.

« Je comprends pourquoi vous aviez envie de me voir, moi, dit-elle; la vie vous est dure dans cette maison. Et à moi aussi.

— Oui, je voulais vous voir, Marianne Vikentievna, répondit Néjdanof; mais la vie ne m'est pas dure ici depuis que je me suis rapproché de vous. »

Marianne sourit d'un air pensif.

« Merci, Alexis Dmitritch; mais, dites-moi, auriez-vous vraiment l'intention de rester ici après toutes ces laideurs qui ont eu lieu?

— Je pense que je ne resterai pas ici, parce qu'on me renverra! répondit Néjdanof.

— Mais vous-même, vous ne refuserez pas de rester?

— Non.

— Pourquoi?

— Voulez-vous savoir la vérité? C'est parce que vous êtes ici. »

Marianne baissa la tête et recula un peu vers le fond de la chambre.

« Et puis, continua Néjdanof, je suis « obligé » de rester ici. Vous ne savez pas, mais je veux tout vous dire, je sens que ce m'est un devoir de vous parler franchement. »

Il s'approcha de Marianne, et lui prit la main; elle ne la retira pas.

« Écoutez! s'écria-t-il avec un soudain et violent transport, — écoutez-moi! »

Et aussitôt, sans prendre la peine de s'asseoir sur une des deux ou trois chaises qui meublaient la chambre, — toujours debout devant Marianne, et continuant à lui tenir la main, Néjdanof, avec un entraînement, un feu, une éloquence qui l'enleva lui-même, mit la jeune fille au courant de ses plans, de ses résolutions, de la cause qui lui avait fait accepter la proposition de Sipiaguine ; il lui parla de ses relations, de son passé, de tout ce qu'il cachait, de ce qu'il ne racontait à personne, des lettres qu'il avait reçues, de Vassili Nikolaïevitch, de tout enfin, — même de Siline !

Il parlait rapidement, sans interruption, sans la moindre hésitation, comme s'il se fût reproché d'avoir tant tardé à mettre Marianne dans la confidence de tous ses secrets, comme s'il eût voulu s'excuser vis-à-vis d'elle.

Elle l'écoutait avec une attention avide. Sa première impression avait été un étonnement profond... Mais ce sentiment s'évanouit presque aussitôt ; la reconnaissance, l'orgueil, le dévouement, une résolution inébranlable, voilà ce qui remplit son âme. Son visage, ses yeux rayonnèrent ; elle posa sa main restée libre sur la main de Néjdanof ; ses lèvres s'entr'ouvrirent avec une expression d'enthousiasme... Elle était devenue tout d'un coup admirablement belle !

Il s'arrêta enfin, la regarda, et il lui sembla qu'il voyait pour la première fois ce visage, qui lui était en même temps si cher et si connu.

Il respira longuement, profondément...

« Ah ! que j'ai bien fait de vous dire tout ! murmura-t-il avec effort.

— Oui, vous avez bien fait... vous avez bien fait... dit-elle aussi à voix basse : elle imitait involontairement Néjdanof. Et puis le souffle lui manquait. — Vous savez, n'est-ce pas ? que je suis à votre disposition, que je veux,

moi aussi, être utile à votre œuvre, que je suis prête à faire tout ce qui sera nécessaire, à aller où l'on m'ordonnera d'aller ; que j'ai toujours, et de toute mon âme, désiré ce que vous désirez, vous ! »

Elle aussi se tut. Un mot de plus, — et des larmes d'attendrissement auraient jailli de ses yeux. Sa forte nature était subitement devenue molle comme de la cire. La soif de l'action, du sacrifice, — du sacrifice immédiat, la consumait à présent.

En ce moment, derrière la porte se firent entendre des pas, — des pas furtifs, légers et rapides.

Marianne se redressa vivement, dégagea ses mains. Elle avait changé complétement, elle était devenue presque gaie. Un je ne sais quoi de dédaigneux et de hardi passa rapidement sur son visage :

« Je sais qui nous épie en ce moment, — dit-elle d'une voix si haute, que l'écho du corridor renvoyait chacune de ses paroles, — c'est madame Sipiaguine qui nous écoute... Mais cela m'est absolument égal. »

Le léger bruit de pas cessa.

« Eh bien ! dit Marianne à Néjdanof : Que dois-je faire ? Comment puis-je vous être utile ? Parlez, parlez vite... Que dois-je faire ?

— Je ne sais pas encore, répondit Néjdanof... J'ai reçu de Markelof une lettre...

— Quand cela ? Quand ?

— Ce soir. Il faut que j'aille demain avec lui à la fabrique de Solomine.

— Oui... oui... Quel excellent homme, que ce Markelof ! Quel ami véritable !

— Comme moi ? »

Marianne regarda Néjdanof en plein visage.

« Non... pas comme vous.

— Et comment, alors ? »

Elle se détourna.

« Ah ! ne savez-vous pas ce que vous êtes devenu pour moi, et ce que j'éprouve en ce moment ? »

Le cœur de Néjdanof se mit à battre haut et fort; involontairement il baissa les yeux. Cette jeune fille, qui l'aimait, lui, pauvre vagabond sans asile, — qui se confiait à lui, qui était prête à le suivre, à courir avec lui vers un seul et même but, — cette vaillante jeune fille, Marianne, devint en cet instant pour Néjdanof l'incarnation même de tout ce qu'il y a de bon et de généreux sur la terre, — l'incarnation de l'amitié féminine, fraternelle, familiale, qu'il n'avait jamais connue, — l'incarnation de la patrie, du bonheur, de la lutte et de la liberté.

Il releva la tête, et il vit les yeux de Marianne fixés de nouveau sur les siens... Oh! comme ce clair et franc regard pénétrait jusqu'au plus profond de son âme!

« Donc, reprit-il d'une voix mal assurée, je pars demain. Et quand je reviendrai de là-bas, je vous dirai... (il éprouvait à présent une sorte de difficulté à lui dire : vous)... je vous dirai... ce que j'aurai appris... ce qu'on aura décidé. A partir d'aujourd'hui, ce que je ferai, tout ce que je penserai, tout, tout, je *te* le dirai...

— Oh! mon ami! s'écria Marianne en lui saisissant de nouveau la main. Je ferai de même avec toi! »

Ce « toi » était venu si facilement, si simplement, comme le tutoiement d'un camarade.

« Puis-je voir la lettre ?

— Tiens, la voilà. »

Marianne parcourut la lettre et releva les yeux sur Néjdanof avec une sorte de vénération.

« On te confie des missions aussi graves ? »

Il répondit par un sourire et cacha la lettre dans sa poche.

« C'est étrange... dit-il ensuite; nous nous sommes appris l'un à l'autre que nous aimons, et pas un mot d'amour n'a été prononcé entre nous.

— A quoi bon ? » murmura Marianne, et brusquement elle se jeta à son cou, en appuyant la tête sur son épaule...

Mais ils n'échangèrent même pas un baiser, cela eût été vulgaire... et en même temps terrible, — telle était au moins leur impression, à tous deux, — et ils se séparèrent aussitôt, après s'être mutuellement serré la main bien fort.

Marianne reprit le bougeoir qu'elle avait posé dans l'embrasure de la fenêtre de cette chambre vide, et seulement alors elle eut comme une sensation d'ébahissement. Elle souffla la bougie, se glissa le long du corridor au milieu d'une épaisse obscurité, gagna sa chambre, se déshabilla et se coucha, toujours dans cette même obscurité, qui lui était agréable et chère en ce moment.

XVI

Le lendemain matin, en s'éveillant, Néjdanof n'éprouva aucun trouble au souvenir de ce qui s'était passé la veille; au contraire, il se sentait rempli d'une joie saine et paisible, comme s'il eût accompli une chose qui attendait depuis longtemps sa réalisation.

Après avoir demandé à Sipiaguine la permission de s'éloigner pour deux jours, permission que celui-ci lui accorda sans hésiter, mais d'un air sévère, Néjdanof se rendit chez Markelof.

Avant le départ, il avait eu le temps de voir Marianne. Elle non plus n'était ni confuse ni troublée; elle avait le regard tranquille, elle le tutoya tout aussi tranquillement.

Elle s'inquiéta seulement de ce qu'il apprendrait chez Markelof, et le pria de lui faire part de tout.

« Cela va sans dire, répondit Néjdanof.

— En effet, songeait-il, pourquoi serions-nous troublés ? Dans notre rapprochement, le sentiment personnel a joué un rôle... secondaire, et nous sommes unis

pour toujours... « au nom de l'œuvre » ? Oui, au nom
de l'œuvre. »

Ainsi pensait Néjdanof, et lui-même ne soupçonnait
pas combien il y avait de vrai — et de faux — dans ce
qu'il pensait.

Il trouva Markelof dans le même état d'esprit, farouche et fatigué. Après avoir dîné tous deux sur le
pouce, ils se mirent en route, dans le tarantass déjà
connu (le cheval de volée de Markelof boitait encore ;
on l'avait remplacé par un poulain de paysan, loué pour
la circonstance, et qui n'avait jamais été attelé), pour se
rendre à la grande filature du marchand Faléïef, dirigée
par Solomine.

La curiosité de Néjdanof était fort excitée : il avait
grande envie de faire connaissance avec cet homme dont
on lui avait tant parlé depuis quelque temps.

Solomine était averti ; dès que les deux voyageurs furent arrivés devant la porte de la fabrique et eurent
donné leur nom, ils furent introduits dans la chétive
maisonnette qu'occupait « le mécanicien-gérant ». Il
était en ce moment-là dans le bâtiment principal de la
fabrique ; pendant qu'un des ouvriers courait annoncer
les visiteurs, ceux-ci eurent le temps de s'approcher de
la fenêtre et de regarder autour d'eux.

La fabrique était visiblement en pleine prospérité et
surchargée de besogne ; de tous côtés s'élevait le vacarme
strident, le brouhaha d'une activité incessante ; les machines soufflaient, tapaient ; les métiers geignaient, les
roues ronronnaient, les courroies ronflaient ; de tous
côtés roulaient et disparaissaient les brouettes, les ton-
neaux, les télègues chargées ; les appels, les cris de com-
mandement, les coups de sifflet se croisaient dans l'air.
Des ouvriers, avec leurs chemises serrées à la ceinture
et les cheveux retenus par une petite courroie ; des ou-
vrières, en robes d'indienne fanée, traversaient la cour
en toute hâte, tandis que des chevaux attelés marchaient
d'un pas lourd et lent. On sentait tout autour la force

d'un millier d'êtres humains vibrer, palpiter, battre. Cela fonctionnait régulièrement, sans interruption, à pleine volée.

Non-seulement on ne voyait nulle part l'élégance ou un certain soin, mais la simple propreté faisait défaut; bien au contraire, partout la négligence, la saleté, la boue, la vieille suie; ici une vitre cassée, là, le crépi rongé, ailleurs des planches d'une cloison écroulée, une porte bâillant, les battants décrochés; une grande mare toute noire, avec un reflet irisé de pourriture, occupait le milieu de la cour principale, non loin de quelques tas de briques éparpillées; des débris de nattes, de toiles d'emballage, de caisses, des bouts de cordes traînaient sur le sol humide; des chiens aux poils hérissés, aux flancs creux, erraient çà et là sans même aboyer; un petit garçon de quatre ans, avec un gros ventre, les cheveux ébouriffés, tout barbouillé de suie, était assis dans un coin contre une palissade, et sanglotait comme si l'univers entier l'eût abandonné; tout auprès, barbouillée de la même suie, et entourée de ses petits cochons de lait bigarrés, une truie dévorait des trognons de choux; des haillons de linge pendaient le long d'une corde; et quelle puanteur, quelles exhalaisons infectes! Une vraie fabrique russe, en effet; et non une manufacture française ou anglaise.

Néjdanof se tourna vers Markelof.

« On m'avait tant vanté, dit-il, les aptitudes exceptionnelles de Solomine, que, je l'avoue, tout ce désordre me surprend; ce n'est pas là ce que j'attendais.

— Ce n'est pas du désordre, répondit Markelof avec humeur, c'est la saleté russe. Il y a pourtant des millions engagés là-dedans! Solomine a dû tenir compte et des vieilles habitudes, et de l'entreprise, et du caractère de son patron. Avez-vous une idée de ce qu'est Faléïeff?

— Aucune.

— C'est le plus grand pince-maille de Moscou. Un bourgeois, quoi! »

En ce moment, Solomine entra. Ce fut une nouvelle désillusion pour Néjdanof. Au premier coup d'œil, Solomine lui fit l'effet d'un Finnois ou plutôt d'un Suédois.

C'était un homme de haute taille, d'un blond filasse, maigre et vigoureux; il avait le visage long, jaunâtre, le nez court et large de narines, de petits yeux verts, le regard calme et assuré, les lèvres fortes et avançant un peu, les dents grandes et blanches, un menton carré et à peine ombragé d'un léger duvet.

Il portait un costume d'ouvrier, de chauffeur ; — vieille jaquette aux poches béantes, casquette en toile cirée, toute froissée, bottes goudronnées, écharpe de laine au cou.

En même temps que lui, était entré un homme d'une quarantaine d'années, qui avait l'air d'un tsigane, tant par l'extrême mobilité de sa physionomie que par ses yeux noirs et luisants, dont le regard rapide enveloppa Néjdanof du premier coup. Il connaissait déjà Markelof. On l'appelait Pavel, c'était une sorte de factotum de Solomine.

Solomine s'approcha de ses deux visiteurs, sans mot dire, leur secoua la main de sa main calleuse, sortit du tiroir un paquet cacheté, et le donna, toujours sans dire un mot, à Pavel qui disparut sur-le-champ. Puis il s'étira, poussa un hum, fit tomber sa casquette d'un seul mouvement de main, s'assit sur un tabouret en bois peint, et, indiquant du geste un divan du même genre, dit aux visiteurs :

« Je vous en prie. »

Markelof présenta d'abord Néjdanof à Solomine; celui-ci donna au nouveau venu une seconde poignée de main.

Puis Markelof commença à parler de « l'œuvre », de la lettre de Vassili Nicolaïevitch. Néjdanof donna cette lettre à Solomine. Pendant que celui-ci la lisait, — passant d'une ligne à l'autre avec grande attention et sans hâte, — Néjdanof le regardait.

Solomine était assis près de la fenêtre; le soleil, déjà bas, éclairait vivement son visage hâlé, un peu moite de sueur, et ses cheveux blonds couverts de poussière, où s'allumaient une foule de petits points dorés. Les narines de Solomine se gonflaient légèrement pendant la lecture, et ses lèvres remuaient comme s'il eût prononcé chaque mot; il tenait fortement de ses deux mains la lettre élevée à la hauteur des yeux. Tout cela, Dieu sait pourquoi, fit une bonne impression à Néjdanof.

Solomine rendit la lettre au jeune homme, lui sourit, et recommença à écouter Markelof, qui parla fort long-temps. Quand il eut fini:

« Écoutez, dit Solomine d'une voix un peu voilée, mais jeune et forte, qui plut aussi à Néjdanof, l'endroit n'est pas très-commode pour causer; allons plutôt chez vous, il n'y a que sept verstes. Vous êtes venus en tarantass, n'est-ce pas?

— Oui.

— Bon; il y aura bien assez de place. Dans une heure mes travaux finissent, et je serai libre. Nous causerons. Vous aussi vous êtes libre? dit-il en s'adressant à Néjdanof.

— Jusqu'à après-demain.

— Parfait! nous passerons la nuit là-bas. Vous permettez, Serge Mikhaïlovitch?

— Quelle question! Certainement.

— Très-bien; je serai prêt tout à l'heure. Laissez-moi seulement me brosser un peu.

— Et dans la fabrique, comment ça marche-t-il? » demanda Markelof d'un ton significatif.

Solomine détourna les yeux.

« Nous en causerons, répéta-t-il. Attendez... je serai là à l'instant... j'ai oublié quelque chose. »

Il sortit. Sans la bonne impression qu'il avait faite à Néjdanof, celui-ci aurait probablement pensé et peut-être même dit à Markelof: « Est-ce qu'il ne serait pas bon teint? » Mais rien de semblable ne lui vint à l'esprit.

Une heure après, pendant que tous les étages de l'é-
norme bâtiment vomissaient la foule bruyante des ouvriers par tous les escaliers et toutes les ouvertures, un
tarantass où étaient assis Markelof, Néjdanof et Solomine débouchait sur la route par la grande porte de la
cour.

« Vassili Fédoytch! cria Pavel à Solomine qu'il avait
accompagné jusqu'à la porte. Faut-il commencer?

— Attends encore un peu... répondit Solomine. C'est
à propos d'une certaine entreprise... » expliqua-t-il à ses
compagnons.

Ils arrivèrent à Borzionkovo, soupèrent plutôt pour
la forme, et, après avoir allumé leurs cigares, ils enta-
mèrent une de ces interminables conversations de nuit,
familières aux Russes, de ces conversations qui n'ont
guère lieu chez aucun autre peuple.

Ici encore Solomine trompa les espérances de Néjdanof. Il parlait remarquablement peu... si peu, qu'on
pouvait presque dire qu'il ne parlait pas; mais il écoutait avec une attention soutenue, et, quand il faisait une
remarque, elle était très-juste et surtout très-brève.

Il se trouva que Solomine ne croyait pas à l'imminence d'une révolution en Russie; mais, ne voulant pas
imposer son avis, il laissait les autres essayer leurs
forces, et les regardait faire, non de loin, mais de côté.
Il connaissait parfaitement les révolutionnaires de Pétersbourg, et, jusqu'à un certain point, il sympathisait
avec eux, car il était du peuple; mais il se rendait compte
de l'absence inévitable de ce même peuple, sans lequel
pourtant « rien ne marcherait », de ce peuple qu'il faudrait longtemps préparer, mais d'une tout autre façon
et vers un tout autre but. Voilà pourquoi il se tenait à
côté, non comme un finaud qui biaise, mais comme un
homme de bon sens qui ne veut perdre inutilement ni
lui-même, ni les autres. Quant à écouter, pourquoi
pas? et même s'instruire s'il y a lieu !

Solomine était l'unique fils d'un chantre d'église; il

avait cinq sœurs, toutes mariées à des popes et à des diacres; mais, du consentement de son père, homme sobre et rangé, il avait planté là le séminaire et s'était mis à étudier les mathématiques, la mécanique surtout, pour laquelle il s'était pris de passion. Un Anglais, directeur de fabrique, chez qui il était entré et qui l'avait pris en affection comme un fils, lui avait fourni les moyens d'aller à Manchester, d'y passer deux ans et d'y apprendre l'anglais. Entré depuis peu dans la filature de l'industriel de Moscou, il était exigeant avec ses subordonnés, parce qu'il avait vu les choses se passer ainsi en Angleterre, et, malgré cela, il était aimé d'eux.

« Il est des nôtres, » disaient-ils.

Son père était très-content de lui, disant qu'il était « un homme ponctuel », et ne regrettait qu'une chose, c'était qu'il ne voulût pas se marier.

Pendant cette conversation nocturne, Solomine, ainsi que nous l'avons dit, se tut presque constamment; mais, lorsque Markelof vint à parler des espérances basées sur les ouvriers de fabrique, Solomine, brièvement, selon sa coutume, fit observer que ces ouvriers-là, en Russie, sont tout ce qu'il y a de plus bénin et ne ressemblent en rien aux ouvriers des autres pays.

« Et les mougiks ? demanda Markelof.

— Les mougiks ? Il y a déjà un assez bon nombre d'accapareurs parmi eux, et il y en aura chaque année davantage, mais ceux-là ne connaissent qu'une chose, leur intérêt; quant aux autres, ce sont des moutons... et quelles ténèbres !

— Mais alors, où chercher ? »

Solomine sourit.

« Cherchez, et vous trouverez. »

Il souriait presque constamment, et son sourire était à la fois, comme toute sa personne, simple et réfléchi.

Vis-à-vis de Néjdanof, il avait une attitude particulière; le jeune étudiant éveillait en lui un sentiment sympathique, presque tendre.

Il y eut un moment où Néjdanof, tout d'un coup, s'excita jusqu'à en devenir tout rouge ; Solomine se leva doucement, et, traversant la chambre à pas comptés, alla fermer un vasistas qui était resté ouvert près de la tête de Néjdanof.

« Il ne faudrait pas vous enrhumer, » lui dit-il avec bonhomie... comme pour répondre à son regard surpris.

Néjdanof lui demanda ensuite quelles idées sociales il avait le projet d'introduire dans la fabrique qui lui était confiée, et s'il avait l'intention de faire participer les ouvriers aux bénéfices ?

« Mon pauvre ami ! répondit Solomine, rien que pour nous laisser organiser une école, un tout petit hôpital, le patron a regimbé comme un ours. »

Une seule fois, Solomine se mit sérieusement en colère, et frappa avec tant de force sur la table devant lui de son poing puissant qu'il fit tout tressauter, jusqu'à un poids de quarante livres qui se trouvait à côté de l'encrier : c'était à propos d'un jugement inique, de vexations subies par un « artél [1] » d'ouvriers...

Lorsque Néjdanof et Markelof arrivèrent à parler des « mesures à prendre » pour mettre leurs plans en action, Solomine continua de les écouter avec curiosité, avec respect même, mais il ne prononça plus une parole.

L'entretien dura jusqu'à quatre heures ; et de quoi ne parlèrent-ils pas ! Markelof fit allusion, entre autres, à l'infatigable voyageur Kisliakof, à ses lettres, qui devenaient de plus en plus intéressantes ; il promit à Néjdanof de lui en montrer quelques-unes et même de les lui laisser emporter, à cause de leur longueur et de leur écriture un peu difficile à déchiffrer ; et puis surtout, elles étaient si savantes ! Elles contenaient même des vers, non pas de la poésie légère quelconque ou frivole, mais de la poésie à tendance sociale !

---

[1] *Artél,* groupe de travailleurs du même métier, embryon de société coopérative qui existe depuis très-longtemps en Russie.

De Kisliakof, Markelof passa aux soldats, aux aides de camp, aux Allemands qui servent en Russie, et même à ses articles sur l'artillerie.

Néjdanof parla de l'antagonisme qui existait entre Heine et Bœrne, de Proudhon, du réalisme dans l'art.

Quant à Solomine, il écoutait attentivement, fumait son cigare; et sans cesser de sourire, sans avoir dit un seul mot saillant, il avait l'air de comprendre mieux que les autres où était la vérité.

Quatre heures sonnèrent... Néjdanof et Markelof, épuisés, se tenaient à peine debout, et Solomine était encore tout gaillard. Les amis se séparèrent après être convenus de partir le lendemain matin pour la ville, et d'aller voir le marchand Golouchkine, — le vieux croyant, — pour faire de la propagande. Golouchkine, personnellement, était plein d'ardeur, et il avait promis des prosélytes! Solomine commença par exprimer un doute :

« Était-ce bien la peine d'aller voir Golouchkine? » puis il finit par dire : « Pourquoi pas? »

XVII

Les hôtes de Markelof dormaient encore lorsqu'il reçut par un exprès une lettre de sa sœur, Mme Sipiaguine.

Valentine lui parlait, dans cette lettre, de quelques affaires insignifiantes, le priait de lui renvoyer un livre qu'elle lui avait prêté, et à propos de rien, en post-scriptum, lui faisait part d'une « plaisante » nouvelle : son ancienne passion, Marianne, s'était amourachée du précepteur Néjdanof, et réciproquement; et ce n'était pas

un commérage qu'elle répétait, car elle avait vu de ses propres yeux et entendu de ses propres oreilles.

Le visage de Markelof devint sombre comme la nuit... Mais il ne se prononça pas une seule parole ; il fit remettre le livre au messager, et, rencontrant Néjdanof qui descendait, il lui souhaita le bonjour comme à l'ordinaire ; il lui donna même le paquet de lettres de Kisliakof qu'il lui avait promis ; mais il ne resta pas avec lui, et sortit « pour surveiller les travaux ».

Néjdanof retourna dans sa chambre, et parcourut les lettres : le jeune propagandiste y parlait constamment de lui, de son activité fébrile : selon ses propres expressions, il avait roulé, pendant le dernier mois, sur les routes de onze districts, visité neuf villes, vingt-neuf villages, cinquante-trois hameaux, une métairie et huit fabriques ; il avait passé seize nuits dans des greniers à foin, une dans une écurie, et même une dans une étable à vaches (ici il ajoutait entre parenthèses, avec un *nota bene*, que les puces ne mordaient pas sur sa peau) ; il s'était faufilé dans les cabanes des ouvriers, dans les baraques des terrassiers au chemin de fer ; partout il avait instruit, endoctriné, partout il avait distribué des brochures et recueilli au vol des renseignements, rédigeant les uns sur place, et retenant les autres dans sa mémoire par les procédés les plus perfectionnés de la mnémonique moderne ; il avait écrit quatorze longues lettres, vingt-huit petites, dix-huit billets (dont quatre au crayon, un avec du sang, un avec de la suie délayée dans de l'eau) ; et s'il avait eu la possibilité de faire tant de choses, c'est parce qu'il savait distribuer systématiquement son temps, selon les préceptes de Quentin Johnson, de Sverlitsky, de Carélius et autres statisticiens et publicistes.

Puis il recommençait à parler de lui, de son étoile, de la façon dont il avait complété la théorie de l'attraction passionnelle de Fourier ; il était le premier, disait-il, qui eût trouvé le véritable « sol », et « il ne passerait

pas sur la terre sans laisser de trace » ; il s'étonnait
même que lui, un garçon de vingt-deux ans, il eût déjà
résolu tous les problèmes de la vie et de la science ; enfin,
il déclarait qu'il transformerait la Russie, qu'il la se-
couerait comme un prunier ! qu'il la retournerait comme
un gant !

Dixi! ajoutait-il à la ligne. Ce *dixi* revenait souvent
dans les lettres de Kisliakof, et toujours avec deux points
d'exclamation.

Une de ses lettres contenait une pièce de vers socialistes,
adressée à une jeune fille, et commençant par ces mots :
« Aime, non pas moi, mais l'idée ! »

Néjdanof s'étonna intérieurement, moins encore de
la présomption de M. Kisliakof que de la naïve bonhomie de Markelof... Mais, réflexion faite, il se dit :
« Bah ! Kisliakof sera aussi utile à sa manière ; — à
bas l'esthétique ! »

Les trois amis se retrouvèrent dans la salle à manger
à l'heure du thé ; pourtant la discussion de la veille ne
recommença pas. Aucun d'eux n'avait envie de parler.
Mais Solomine seul était tranquille ; le silence des deux
autres décelait une secrète agitation.

Après le thé, ils partirent pour la ville ; et le vieux
serviteur de Markelof, assis sur les marches du perron,
accompagna son maître de ce morne et triste regard
qui lui était habituel.

Le marchand Golouchkine, avec qui Néjdanof devait
lier connaissance, était le fils d'un vieux croyant qui
avait fait fortune à vendre des drogueries. Il n'avait pas
augmenté la fortune de son père, car c'était un viveur,
comme on dit, un épicurien à la manière russe ; — et
il n'avait rien de ce qu'il faut pour le commerce.

C'était un homme d'environ quarante ans, quelque
peu obèse, assez laid de figure, grêlé, avec de petits yeux
de cochon ; il parlait avec volubilité, embrouillant ses
mots, remuant constamment bras et jambes, avec des
bouffées de rire forcé... En somme, il avait l'air d'un

gros enfant gâté, passablement niais et vaniteux.

Il se considérait comme un homme civilisé, parce qu'il s'habillait à l'allemande, tenait maison ouverte et avait des relations avec des gens riches ; — il allait au théâtre, et protégeait des actrices cascadeuses avec lesquelles il s'entretenait dans une langue extraordinaire qui avait la prétention d'être du français.

Sa passion dominante était la soif de popularité : il aurait voulu que le nom de Golouchkine retentît dans l'univers entier, et qu'on parlât de Kapitone Golouchkine comme on parle de Souvorof et de Patiomkine[1]. Cette passion, qui avait vaincu son avarice native, l'avait, comme il disait non sans orgueil, jeté dans l'opposition (il prononçait d'abord « position », mais on l'avait corrigé). Il avait fini par devenir nihiliste : il professait les opinions les plus extrêmes, se moquait de sa propre secte, faisait gras en carême, jouait aux cartes et buvait du champagne comme de l'eau. Ses opinions ne lui avaient jamais causé d'ennuis, parce que toutes les autorités, disait-il, sont achetées à deniers comptants par moi, tous les joints sont calfeutrés, toutes les bouches sont fermées, toutes les oreilles bouchées.

Il était veuf, sans enfants ; les fils de sa sœur tournaient autour de lui avec une frayeur servile ; mais il les traitait de manants sans éducation, de barbares, et leur permettait à peine de se présenter devant lui.

Il vivait dans une belle maison de pierre, fort négligemment tenue ; certaines chambres étaient meublées tout à fait à l'européenne, tandis que d'autres ne contenaient absolument que quelques petites chaises et un divan en toile cirée. Il y avait partout des tableaux, — de vraies croûtes, — des paysages roux, des marines violettes, « le Baiser » de Moller, de grosses femmes nues, aux genoux et aux coudes rouges.

Bien que Golouchkine n'eût pas de famille propre-

---

[1] Prononciation russe de *Potemkin.*

8

ment dite, sa maison était remplie de valetaille et de pa-
rasites, qu'il accueillait non par libéralité, mais à cause
de cette inextinguible soif de popularité qui le consumait,
et aussi pour avoir des gens à commander et devant qui
poser.

« Mes clients ! » disait-il avec fierté. Il ne lisait jamais,
mais il retenait à merveille les expressions savantes.

Les trois jeunes gens trouvèrent Golouchkine, dans
son cabinet. Enveloppé dans un grand paletot, un cigare à la bouche, il faisait semblant de parcourir le
journal. En les apercevant, il bondit, alla à droite, alla à
gauche, rougit, cria qu'on apportât bien vite une collation, fit une question, éclata de rire à propos d'autre
chose, — tout cela à la fois !

Il connaissait deux de ces jeunes gens ; Néjdanof seul
était pour lui un nouveau visage. En apprenant qu'il
était étudiant, Golouchkine éclata de rire une seconde
fois, lui serra de nouveau la main et s'écria :

« Bravo ! bravo ! excellente recrue !... science, c'est
lumière ; ignorance, c'est ténèbres ! Pour ma part, je
n'ai pas eu d'instruction pour un liard, mais je comprends les choses, parce que je vais droit au but ! »

Néjdanof crut s'apercevoir que Golouchkine était embarrassé... qu'il avait peur... Il voyait parfaitement juste.
A l'aspect de tout nouveau visage, Golouchkine se disait :

« Tiens-toi bien, Kapitone, ne donne pas du nez dans
la boue ! »

Il se remit pourtant assez vite, et avec sa manière bé-
gayante, embrouillée et hâtive, commença à parler du
mystérieux Vassili Nikolaïevitch, de son caractère, de
la nécessité de la pro...pa...gan...de (il connaissait aussi
très-bien ce mot, qu'il prononçait pourtant avec lenteur) ;
d'un nouvel adhérent fort sérieux qu'il avait découvert,
lui, Golouchkine ; le moment, selon lui, était maintenant proche, tout était prêt pour le... pour le coup de
bistouri (en disant ce mot il regarda Markelof, qui ne
remua même pas les sourcils) ; puis, se tournant vers

Néjdanof, il commença à se vanter lui-même, de façon à rendre des points à Kisliakof, le grand correspondant.

Il avait depuis longtemps, disait-il, abandonné l'ancienne barbarie; il connaissait parfaitement les droits des prolétaires (ce mot-là aussi était ancré dans sa mémoire); s'il avait remplacé son commerce par des opérations de banque, qui augmentaient son capital, c'était uniquement pour que ce capital, à un moment donné, fût utile au... au mouvement général, utile... pour ainsi dire... au peuple; — mais quant à lui, lui, Golouchkine, au fond, il méprisait le capital.

En ce moment, un domestique entra apportant la collation. Golouchkine toussa d'un air signifieatif, invita ces messieurs « à faire un trou » et, donnant l'exemple, avala d'un trait son verre d'eau-de-vie poivrée.

Les hôtes se mirent à collationner. Golouchkine se fourrait dans la bouche des morceaux énormes de caviar pressé, et buvait à proportion.

« Allons, messieurs, disait-il, je vous en prie, goûtez-moi donc ce bon petit mâcon. »

S'adressant de nouveau à Néjdanof, il lui demanda d'où il venait, où il habitait, s'il était là pour longtemps; et ayant appris qu'il vivait chez Sipiaguine, il s'écria :

« Je connais ce monsieur-là, une tête vide ! »

Et à ce propos il tomba sur tous les propriétaires du gouvernement de S..., déclarant qu'ils manquaient non-seulement de toutes les qualités du citoyen, mais encore du sentiment de leurs propres intérêts.

Mais, chose étrange, pendant qu'il parlait aussi énergiquement, on pouvait lire une certaine inquiétude dans ses yeux, qui erraient çà et là. Néjdanof n'arrivait pas à comprendre clairement ce que pouvait être cet homme, ni en quoi il leur était utile. Solomine, selon son habitude, restait muet, et Markelof prit un air si sombre que Néjdanof finit par lui dire : « Qu'avez-vous ? » A quoi Markelof répondit : « Rien ! » du ton que l'on emploie pour

faire sentir qu'on a bien quelque chose à dire, mais qu'on aime mieux se taire.

Golouchkine recommença ses critiques, puis tout à coup se mit à faire l'éloge de la jeune génération : « Quels gaillards intelligents ! oh ! oh ! quels gaillards ! »

Solomine l'interrompit pour lui demander de quels jeunes gens il parlait, et où il les avait rencontrés.

Golouchkine éclata de rire selon son habitude, et répéta à deux reprises :

« Oh ! vous verrez ! vous verrez ! »

Puis, il interrogea Solomine sur sa fabrique et sur son « filou de patron ». Solomine ne répondit que par monosyllabes. Là-dessus, Golouchkine versa du champagne à tout le monde, et, se penchant vers Néjdanof, lui cria à voix basse :

« A la république !... »

Et houp, il engloutit son verre d'une lampée.

Néjdanof fit semblant de boire ; Solomine s'excusa, disant qu'il ne buvait jamais de vin dans la matinée ; Markelof, d'un air de colère, vida résolûment son verre jusqu'à la dernière goutte. L'impatience le rongeait visiblement. Nous sommes là à nous goberger, semblait-il dire, et nous n'abordons pas la question !

« Messieurs ! » s'écria-t-il enfin d'un air bourru en frappant sur la table...

Mais, au moment où il allait prendre la parole, on vit entrer un individu aux cheveux bien lisses, à l'air maladif, doué d'un de ces museaux qu'on nomme chez nous goulots de carafe. Il était vêtu du cafetan de nankin que portent d'ordinaire les marchands, et s'avançait avec prudence, les bras écartés. Cet individu salua la compagnie et chuchota quelques mots à l'oreille de Golouchkine.

« Tout de suite, tout de suite ! répondit celui-ci avec précipitation. Messieurs, ajouta-t-il, je vous prie de m'excuser... Vassia que voilà, mon commis, vient de m'insinuer une certaine chose qui me force à m'absenter

un moment ; mais j'espère, messieurs, que vous voudrez bien venir manger un morceau aujourd'hui à trois heures ; nous serions beaucoup plus à notre aise. »

Solomine et Néjdanof ne savaient que répondre ; mais Markelof, avec la même mauvaise humeur sur le visage et dans la voix, répondit aussitôt :

« Certainement nous y viendrons ! Sans cela, quelle sotte comédie jouerions-nous là ?

— Merci, merci ! répliqua Golouchkine ; et s'inclinant vers Markelof, il ajouta : — Quoi qu'il arrive, je donne mille roubles pour l'œuvre, n'en doute pas. »

Il poussa trois fois devant lui sa main droite avec le pouce et le petit doigt étendus, comme preuve de sa sincérité. Après avoir reconduit ses hôtes jusqu'à la porte, il s'arrêta sur le seuil, et cria :

« Je vous attends à trois heures.

— Attends-nous ! » répondit Markelof seul.

Quand ils se trouvèrent tous les trois dans la rue, Solomine leur dit :

« Messieurs, je prends un « isvochtchick » [1], et je retourne à ma fabrique. Que pourrions-nous faire jusqu'au dîner ? Battre le pavé ? Quant à notre hôte, il me fait l'effet d'être comme le bouc, qui ne fournit ni laine, ni lait.

— Pour de la laine, il y en aura ! grommela Markelof d'un air bourru. Golouchkine m'a promis de l'argent. A moins que vous ne vouliez faire les dégoûtés ! Il ne faut pas être si regardant dans notre position !

— Je ne suis pas un dégoûté, vous le savez ! répondit tranquillement Solomine. Mais je me demande seulement à quoi ma présence peut être utile. D'ailleurs, — ajouta-t-il en regardant Néjdanof avec un sourire, — si ça peut vous faire plaisir, je reste ; comme dit le proverbe : « Il fait bon mourir, quand on n'est pas seul. »

Markelof releva la tête.

[1] Cocher de fiacre.

8.

« En attendant, si nous allions au jardin de la ville? Il fait un temps superbe. Nous regarderons le monde.

— Allons. »

Ils se mirent en route, Markelof et Solomine en avant, Néjdanof derrière.

XVIII

Néjdanof était dans une étrange situation d'esprit. Depuis deux jours, que de nouvelles impressions et de nouveaux visages!... Pour la première fois de sa vie il s'était lié à une jeune fille que, — selon toute vraisemblance, — il aimait d'amour; il avait assisté aux premiers débuts d'une œuvre à laquelle, — aussi selon toute vraisemblance, — il avait consacré toutes ses forces... Et en somme, — était-il content? — Non!

Était-il hésitant, avait-il peur? Se sentait-il troublé? — Oh, certes non!

Éprouvait-il, au moins, cette tension de tout l'être, cet élan qui vous emporte dans les premiers rangs des combattants quand la lutte est imminente? — Pas davantage.

Mais croyait-il à cette œuvre enfin? croyait-il à son amour? — Oh! maudit faiseur d'esthétique! sceptique! murmuraient tout bas ses lèvres. — Pourquoi cette fatigue, pourquoi cette répugnance à parler, sauf les moments où il se mettait à crier, où il devenait furieux? — Quelle était cette voix intérieure qu'il essayait d'étouffer par ses cris? Et Marianne, cet excellent et fidèle camarade, cette âme pure et forte, cette vaillante jeune fille, elle l'aimait pourtant! Ne devait-il pas s'estimer heureux de l'avoir rencontrée, d'avoir mérité son amitié, son amour? Et ces deux hommes qui marchaient en ce moment devant lui, ce Markelof, ce Solomine

qu'il connaissait à peine, mais pour lequel il éprouvait tant de sympathie, n'étaient-ce pas d'excellents représentants de la vie russe? et leur intimité n'était-elle pas aussi un bonheur? Pourquoi donc ce sentiment d'angoisse vague et trouble? A propos de quoi cette tristesse? — Tu es un rêveur et un mélancolique, murmuraient de nouveau ses lèvres. — Quel diable de révolutionnaire veux-tu faire? Écris des versiculets, mets-toi dans un coin pour vivre avec tes petites pensées et tes petites impressions misérables, fouille dans toutes sortes de menues subtilités psychologiques, et surtout ne va pas t'imaginer que tes caprices, tes exaspérations maladives et nerveuses, aient rien de commun avec la mâle indignation, avec l'honnête colère d'un homme convaincu! O Hamlet, prince de Danemark! comment sortir de ton ombre? Comment faire pour n'être pas ton imitateur en tout, même dans la honteuse jouissance que l'on éprouve à s'injurier soi-même?

« Alexis! mon ami! Hamlet russe! dit tout à coup, comme un écho de toutes ces réflexions, une voix glapissante et bien connue. Est-ce toi que je vois? »

Néjdanof leva les yeux, et, à sa grande surprise, il vit devant lui Pakline, — Pakline en costume de berger Watteau, vêtu d'une jaquette d'été couleur beurre, sans cravate, un chapeau de paille sur la nuque, avec un ruban bleu de ciel tout autour, — et aux pieds des souliers vernis!

Pakline aussitôt s'approcha en boitant de Néjdanof et le prit par la main.

« Premièrement, lui dit-il, quoique nous soyons dans un jardin public, il faut nous jeter, selon la vieille coutume, dans les bras l'un de l'autre et nous embrasser trois fois... Une! deux! trois!... Secondement, sache que si je ne t'avais pas rencontré aujourd'hui, tu aurais eu le bonheur de me voir demain en propre personne, car je connais le lieu de ta résidence, et j'étais venu tout exprès dans cette ville... de quelle façon, tu le sau-

ras plus tard. Troisièmement, fais-moi faire connaissance avec tes nouveaux camarades. Dis-moi en deux mots ce qu'ils sont, et à eux, ce que je suis; après quoi, il ne manquera rien à notre félicité ! »

Néjdanof obéit au désir de son ami, le nomma, nomma Markelof, Solomine, et puis il dit qui était chacun d'eux, où il demeurait, ce qu'il faisait, etc.

« Parfait ! s'écria Pakline. Et maintenant permettez-moi de vous conduire loin de la foule, qui, d'ailleurs, n'existe pas, jusqu'à un banc solitaire sur lequel, aux heures de rêverie, je viens m'installer pour jouir des beautés de la nature. La vue, de là, est ravissante : on aperçoit la maison du gouverneur, deux guérites rayées de blanc et de noir, trois gendarmes et pas un chien ! Ne soyez pas trop surpris, d'ailleurs, des discours par lesquels je m'efforce si inutilement de vous faire rire. Mes amis affirment que je représente l'esprit russe... Voilà sans doute pourquoi je boite ! »

Pakline conduisit ses amis jusqu'au « banc solitaire » et les y fit asseoir après en avoir préalablement chassé deux mendiantes. Les jeunes gens « échangèrent leurs idées », occupation assez ennuyeuse, comme on sait, surtout dans les premiers moments, et d'une parfaite inutilité.

« Attendez ! s'écria tout à coup Pakline, et s'adressant à Néjdanof : Il faut pourtant que je t'explique comment il se fait que je sois ici. Tu sais que, chaque été, j'emmène ma sœur n'importe où ; quand j'ai appris que tu allais habiter dans le voisinage de cette ville, je me suis souvenu qu'il y a ici même deux personnages extrêmement curieux, un mari et sa femme, qui nous sont un peu parents... par ma mère. Mon père était un bourgeois (Néjdanof connaissait ce détail, mais Pakline le mentionnait pour les deux autres); ma mère était noble. Et, depuis très-longtemps, ces parents-là nous invitaient. — Attention ! me suis-je dit, voilà mon affaire ! Ma sœur sera là comme un coq en pâte, tout est pour le mieux.

Et v'lan! nous nous sommes mis en route... et nous voilà! Et vraiment, vraiment, on ne peut pas se figurer comme nous sommes bien ici. Mais quels individus, quels originaux! Il faut absolument que vous fassiez leur connaissance. Qu'est-ce que vous faites ici? Où dînez-vous? Et à propos de quoi êtes-vous venus?

— Nous dînons aujourd'hui chez un certain Golouchkine... un marchand, répondit Néjdanof.

— A quelle heure?

— A trois heures.

— Et vous êtes venus le voir pour... afin de...? »

Pakline jeta un coup d'œil sur Solomine, qui souriait; sur Markelof, dont le visage se rembrunissait rapidement...

« Mais dis-leur donc, mon cher Alexis... fais-leur un signe maçonnique quelconque; allons, dis-leur donc qu'il ne faut pas faire des façons avec moi... Ne suis-je pas des vôtres?...

— Golouchkine aussi est des nôtres, dit Néjdanof.

— Ah! ah! très-bien! Mais il y a loin d'ici à trois heures. Écoutez, allons ensemble chez mes cousins.

— Perds-tu la tête? Comment veux-tu que de but en blanc...?

— Ne t'inquiète pas! je prends tout sur moi. Figuretoi une oasis! Ni la politique, ni la littérature, ni rien de contemporain ne pénètre là-dedans. Une petite maison ventrue, comme on n'en voit plus nulle part; l'odeur qui la remplit est rococo; les gens rococo; l'air qu'on y respire rococo; tout ce qu'on y voit est rococo, Catherine II, poudre, paniers, dix-huitième siècle tout pur! Les maîtres... figure-toi deux petits vieux, mais vieux, tout vieux! mari et femme! du même âge, et sans rides; rondelets, grassouillets, proprets, de vrais perruches inséparables; et d'une bonté, qui va jusqu'à la bêtise, jusqu'à la sainteté... d'une bonté sans limites! On me dira que la bonté sans limites est souvent liée à l'absence de sens moral... Mais je n'entre pas dans ces

subtilités-là ; je ne sais qu'une chose, c'est que mes petits vieux sont la crème des braves ! Ils n'ont jamais eu
d'enfants. Heureux mortels ! Dans la ville, on les appelle
les bienheureux, — ou les imbéciles... ou les innocents,
au choix. Ils portent le même costume, une capote rayée,
faite d'une étoffe solide qu'on ne trouve aussi nulle part.
Ils se ressemblent étonnamment ; la seule différence
entre eux, c'est qu'elle porte un bonnet, et lui un « kol-
pak » avec des ruches pareilles à celles du bonnet, mais
sans nœud de rubans. C'est ce nœud seul qui les dis-
tingue, le mari n'ayant point de barbe. Il s'appelle Fomouchka [1] et elle Fimouchka. Je t'assure qu'on paie-
rait pour les voir. Ils s'aiment que c'en est incroyable ;
tous ceux qui vont les voir sont les bienvenus. Et gentils, avec ça ! On n'a qu'à dire un mot : ils vous exécu-
tent sur-le-champ tous leurs petits tours ! Une seule
chose est défendue chez eux, c'est de fumer, non pas
qu'ils soient « raskolniks [2] », mais ils détestent le tabac...
De leur temps, vous comprenez, on ne fumait guère...
On ne connaissait guère non plus les canaris à cette
époque ; aussi n'ont-ils pas de ces oiseaux-là chez eux...
Et c'est un fier bonheur, convenez-en ! Allons, venez-
vous ?

— Mais... je ne sais... commença Néjdanof.

— Attends ! je n'ai pas encore tout dit. Ils ont la
même voix ; si on fermait les yeux on ne saurait pas
quel est celui qui parle? Fomouchka a comme une
ombre de sensibilité de plus dans la voix ; voilà tout.
Vous, messieurs, qui vous préparez à votre grande
œuvre, peut-être à une lutte terrible, pourquoi, avant de
vous jeter dans la tempête, n'iriez-vous pas vous plonger
un moment...?

— Dans une eau stagnante? interrompit Markelof.

— Et quand cela serait ! Eau stagnante, soit, mais non

[1] Fomouchka, diminutif de Thomas ; Fimouchka, diminutif d'Euphémie.
[2] Les raskolniks, vieux croyants, ont le tabac en horreur.

pas corrompue. Il y a comme cela, dans la steppe, des étangs dont l'eau n'est pas courante, c'est vrai, mais qui restent limpides, parce qu'ils ont des sources d'eau vive au fond. Eh bien ! mes deux petits vieux ont aussi là-dedans, au fond du cœur, des sources cachées et pures, très-pures. Bref, voulez-vous savoir comment on vivait il y a cent ou cent cinquante ans ? Dépêchez-vous et venez avec moi. Sinon, il viendra un jour et une heure, — le même jour et la même heure, nécessairement, pour tous deux, — où ces pauvres petites perruches tomberont à la fin de leur perchoir, et tout le passé finira avec eux, et la petite maison ventrue disparaîtra, et à sa place naîtra tout ce qui pousse, comme disait ma grand'mère, là où il y a eu de « l'humanité » : ortie, bardane, laiteron, oseille sauvage et absinthe ; la rue même n'existera plus, d'autres hommes viendront, et on ne verra plus jamais rien de semblable dans les siècles des siècles !

— Eh bien, s'écria Néjdanof, si nous y allions tout de suite ?

— Pour ma part, j'irai avec grand plaisir, dit Solomine ; je n'ai rien à faire là-dedans, mais c'est curieux : et si en effet M. Pakline nous garantit que notre arrivée ne gênera personne... pourquoi ne pas...?

— Soyez persuadés, s'écria à son tour Pakline, qu'ils seront enchantés, sans ni plus ni moins. Pas n'est besoin de cérémonies ! Puisque je vous dis que ce sont des bienheureux ! Nous les ferons chanter ! Et vous, M. Markelof, viendrez-vous ? »

Markelof haussa les épaules d'un air de mauvaise humeur.

« Je ne peux pas rester tout seul ici ! Allons, conduisez-nous. »

Les jeunes gens se levèrent de leur banc.

« Quel sombre personnage tu as là ! dit Pakline à l'oreille de Néjdanof en montrant Markelof. Il me fait l'effet d'un saint Jean-Baptiste se nourrissant de sauterelles... rien que de sauterelles, sans miel ! L'autre, ajou-

ta-t-il en indiquant Solomine d'un mouvement de tête,
l'autre me plaît beaucoup. Quel sourire il a! Je n'ai jamais vu ce sourire que chez les gens qui sont supérieurs
aux autres sans le savoir.

— Est-ce qu'il y a des gens comme ça? demanda Néjdanof.

— C'est rare, mais il y en a, » répondit Pakline.

XIX

Fomouchka et Fimouchka, c'est-à-dire Foma (Thomas)
Lavrentiévitch et Evfimie (Euphémie) Pavlovna Soubotchef, qui appartenaient tous deux, par leur naissance, à la petite noblesse foncièrement russe, étaient
à peu près les plus vieux habitants de la ville de S...

Mariés très-jeunes, ils étaient venus s'établir, depuis
un temps presque immémorial, dans la maison de bois
de leurs aïeux, située à l'extrémité de la ville; jamais ils
n'en étaient sortis pour voyager, et jamais ils n'avaient
modifié en rien leurs habitudes ni leur genre de vie. Le
temps semblait avoir cessé de marcher pour eux; aucune « nouveauté » ne franchissait les limites de leur
« oasis ».

Ils n'étaient guère riches, mais, plusieurs fois chaque
année, leurs paysans venaient, comme au temps du servage, leur apporter de la volaille et des provisions; à
l'époque fixée, le *staroste* de leur village venait présenter l'*obrok* [1] et une couple de gelinottes, soi-disant tuées
dans la forêt des seigneurs, forêt qui en réalité n'existait
plus depuis longtemps; ils invitaient le staroste à prendre
le thé sur le seuil du salon, lui faisaient cadeau d'un

---

[1] *Obrok,* redevance annuelle que les paysans payaient à leur seigneur.

bonnet en astrakan, d'une paire de gants verts en peau de daim, et lui souhaitaient un bon voyage.

Leur maison était pleine de « dvorovié » (gens de service), selon l'ancienne coutume. Le vieux domestique Kalliopytch, vêtu d'une camisole à col droit, faite d'un drap extraordinairement épais et fermée par de petits boutons en cuivre, annonçait, comme jadis, d'une voix solennelle et traînante, que « le dîner était servi », et s'endormait debout derrière le siége de sa maîtresse. Il avait le buffet sous sa garde : il administrait « les différents bocaux, cardamomes et citrons ».

Quand on lui demandait s'il n'avait pas entendu parler de l'affranchissement des serfs, il répondait invariablement qu'il se dit bien des bêtises de par le monde ; que c'est chez les Turcs qu'il y a la liberté, et que, quant à lui, grâce à Dieu, ça l'a épargné jusqu'à présent.

Il y avait dans la maison une naine, Poufka, destinée à l'amusement des maîtres. La vieille bonne Vassilievna venait à l'heure du dîner, — coiffée d'un grand mouchoir foncé, — et, d'une voix chevrotante, parlait de tout ce qu'il y avait de nouveau : de Napoléon Ier, de la guerre de 1812, de l'antechrist, des nègres blancs ; quelquefois, le menton appuyé sur la paume de la main, dans une attitude dolente, elle racontait les songes qu'elle avait eus, et elle les interprétait ; elle disait aussi ce qu'elle avait vu dans les cartes.

La maison même des Soubotchef différait de toutes les autres maisons de la ville : elle était entièrement construite en chène, avec des fenêtres exactement carrées, dont les doubles châssis étaient à demeure, été comme hiver. Elle était remplie de toutes sortes de chambrettes, de cabinets, de coins et de recoins, de perrons à balustrades, de petites soupentes soutenues par des colonnettes en bois tourné, de cabinets noirs et de corridors.

Devant la maison, il y avait un enclos ; derrière, un

jardin; — et ce jardin était tout rempli de granges à paille, de cabanes pour les débarras, de hangars, de caves, de glacières, un vrai nid, quoi ! Il n'y avait pas grand approvisionnement dans ces constructions ; quelques-unes même étaient tombées en ruine ; mais c'était ancien et on n'y touchait pas.

Les Soubotchef n'avaient que deux chevaux, extrêmement vieux, tout velus, le dos ensellé ; l'un était si caduc qu'il en avait des plaques de poils blancs sur le corps, et s'appelait l'Immobile. On les attelait, — une fois par mois tout au plus — à un équipage étrange connu de toute la ville, fort semblable à un globe terrestre dont on aurait coupé le quart antérieur ; le dedans était garni d'une étoffe jaune, d'importation étrangère, et parsemée d'une multitude de petits pois en relief qui avaient l'air de verrues. Le dernier coupon de cette étoffe avait dû être tissé à Utrecht ou à Lyon, à l'époque de l'impératrice Élisabeth.

Le cocher était un bonhomme extraordinairement vieux aussi, tout saturé de l'odeur de graisse à cuir et de goudron ; sa barbe lui poussait dessous les yeux, et ses sourcils retombaient en petites cascades sur cette large barbe. Il était si lent dans ses mouvements, qu'il mettait cinq bonnes minutes à prendre une prise, deux minutes à passer son fouet dans sa ceinture, et plus de deux heures à atteler l'Immobile. Avec cela on l'appelait Perfichka [1].

Quand les Soubotchef se trouvaient en voiture, et que le chemin allait en montant le moins du monde, ils étaient pris de peur (c'était du reste exactement la même chose quand le chemin descendait), — ils s'accrochaient des deux mains aux courroies, et récitaient à haute voix une sorte d'incantation : « Aux chevaux, aux chevaux, la force de Samuel ; à nous, à nous, la légèreté du duvet ! »

[1] Diminutif de Porphyre.

Toute la ville les regardait comme des originaux, peut-être presque comme des fous ; eux-mêmes sentaient bien qu'ils ne suivaient pas les usages d'à présent... mais ils s'en inquiétaient peu. Ils vivaient absolument comme on vivait à l'époque où ils étaient nés, où ils avaient grandi, où ils s'étaient mariés. Sur un seul point, ils s'écartaient des vieilles coutumes : jamais, au grand jamais, ils n'avaient fait poursuivre ni puni personne. Quand un de leurs gens se trouvait être un ivrogne ou un voleur fieffé, ils commençaient par le supporter longuement, patiemment, — comme on supporte le mauvais temps, — avant de se résoudre à se débarrasser de lui, à le colloquer chez d'autres maîtres : « Chacun son tour, disaient-ils ; c'est aux autres à le supporter un peu maintenant ! »

Mais cette calamité leur arrivait très-rarement, si rarement que cela faisait époque dans leur existence. Ils disaient, par exemple : « Il y a bien longtemps de cela ; c'était à l'époque où nous avions ce mauvais sujet d'Aldochka, » ou encore « à l'époque où l'on nous a volé le bonnet de fourrure à queue de renard, qui avait appartenu à grand-père. » Chez les Soubotchef, on pouvait trouver encore des bonnets de cette forme-là.

Il y avait un autre trait caractéristique des mœurs d'autrefois, qui manquait aux deux époux : ni Fomouchka, ni Fimouchka, n'étaient très-religieux. Fomouchka se piquait même d'être un voltairien, et les prêtres inspiraient une frayeur mortelle à Fimouchka, qui prétendait qu'ils avaient le mauvais œil.

« Un pope vient me voir ! disait-elle ; il n'est pas resté longtemps, et pourtant... bon ! voilà que la crème a tourné. »

Ils allaient rarement à l'église et ne faisaient maigre qu'à la façon des catholiques, qui se permettent les œufs, le beurre et le lait. On savait cela dans la ville, et, naturellement, leur réputation n'en était pas meilleure. Mais rien ne résistait à leur bonté, et, malgré les railleries qu'on

n'épargnait pas aux deux originaux, malgré le nom de bienheureux, d'innocents, qu'on leur donnait, ils étaient respectés de tous.

Oui, on les respectait, mais on ne leur faisait pas de visites, ce qui d'ailleurs ne les chagrinait guère. Ils ne s'ennuyaient jamais en tête-à-tête ; c'est pourquoi ils vivaient toujours ensemble et ne désiraient pas d'autre société.

Ni Fomouchka ni Fimouchka n'avaient jamais été malades, et, si l'un d'eux se sentait légèrement indisposé, ils prenaient tous deux une infusion de tilleul, ou se frottaient les reins avec de l'huile tiède, ou se versaient de la graisse fondue sur la plante des pieds, et l'indisposition était promptement guérie.

L'emploi de leur journée ne variait jamais. Ils se levaient tard, ils prenaient du chocolat le matin dans de petites tasses semblables à des mortiers : « le thé, assuraient-ils, n'était pas encore à la mode, de notre temps ; » ils s'asseyaient en face l'un de l'autre, causaient (les sujets ne leur manquaient jamais) — ou lisaient le *Passe-temps agréable*, le *Miroir du monde*, les *Aonides*, ou feuilletaient un vieil album relié en maroquin rouge à bordure d'or, qui avait appartenu jadis, comme en faisait foi une inscription manuscrite, à une certaine madame Barbe de Kabiline. Quand et comment cet album était tombé entre leurs mains, c'est ce qu'eux-mêmes avaient oublié.

Cet album contenait quelques poésies françaises, un assez grand nombre de poésies russes ou d'articles en prose dont pourra donner une idée cette courte réflexion sur « Cécéron » :

« Dans quelle disposition d'esprit Cécéron accepta le grade de questeur, c'est ce qu'il explique lui-même ainsi qu'il suit : « Ayant pris les dieux à témoin de la pureté de ses sentiments dans tous les grades dont il avait été honoré jusque-là, il se considéra comme lié par les liens les plus sacro-saints à remplir dignement lesdits

grades ; et, dans cette intention, non-seulement il ne se laissa pas entraîner, lui, Cécéron, aux douceurs de l'infraction aux lois, mais il évita même avec un soin extrême les amusements qui sembleraient être les plus parfaitement indispensables. »

Au-dessous, on lisait : « Écrit en Sibérie, parmi les rigueurs de la faim et du froid. »

Il y avait aussi une pièce de vers très-curieuse, intitulée *Tircis*, où l'on trouvait des strophes comme celles-ci :

> Le calme règne sur l'univers,
> La rosée avec agrément brille,
> Elle caresse et rafraîchit la nature
> Et lui donne une nouvelle vie.
>
> Seul, Tircis, l'âme oppressée,
> Souffre, se tourmente et s'afflige...
> Quand l'aimable Annette n'est pas auprès de lui,
> Rien ne peut l'égayer !

Et un impromptu écrit en passant par un capitaine, « le sixième jour du mois de mai 1790. »

> Je ne t'oublierai jamais,
> O toi, agréable campagne !
> Et je garderai un éternel souvenir
> Du temps qui a coulé si agréablement !
> Ce temps que j'ai eu l'honneur
> De passer chez ta propriétaire
> Pendant les cinq meilleurs jours de ma vie,
> Dans le cercle le plus respectable,
> Au milieu de beaucoup de dames et de demoiselles,
> Et d'autres *antéressants* personnages!

La dernière page de l'album contenait, outre des poésies, des recettes contre les maux d'estomac, les spasmes et même, hélas! contre les vers.

Les Soubotchef dînaient à midi précis et ne mangeaient que des mets d'autrefois : beignets de lait caillé, soupe aigre aux concombres, viande hachée à la crème et à l'ail, bouillie de blé noir, pâté de poissons, poule au

safran, flans au miel. Après le dîner, ils faisaient la
sieste,— une heure, pas davantage,— puis se réveillaient
pour se rasseoir en face l'un de l'autre et buvaient de
l'eau d'airelles ou une sorte de limonade très-gazeuse
qui, la plupart du temps, s'en allait tout entière en
mousse, au grand amusement des maîtres et au grand
ennui de Kalliopytch ; celui-ci devait essuyer « partout »
et grommelait longuement contre la femme de charge
et le cuisinier, qui avaient inventé cette boisson...

« A quoi est-elle bonne ? disait-il ; à gâter les meubles,
voilà tout ! »

Puis les époux Soubotchef faisaient encore une lecture, ou s'amusaient à rire avec la naine Poufka, ou
chantaient ensemble de vieilles romances (ils avaient
des voix parfaitement semblables, hautes, faibles, un
peu incertaines et même enrouées , surtout après la
sieste, mais pas désagréables en somme), ou enfin
jouaient aux cartes, mais toujours à d'anciens jeux, tels
que le krebs, la mouche et même le « boston sans
prendre ».

Puis le samovar faisait son apparition ; ils prenaient
du thé le soir... c'était la seule concession qu'ils eussent
faite à l'esprit du temps ; mais ils répétaient tous les
jours que c'était une faiblesse, et que l'emploi de cette
herbe chinoise était cause d'un grand dépérissement dans
le peuple.

En général, ils se gardaient de blâmer le présent et de
faire l'éloge du passé : ils avaient toujours vécu de la
même manière depuis leur naissance, mais ils accordaient
fort bien que d'autres pussent vivre autrement, et même
mieux, pourvu qu'on ne les forçât pas, eux, à changer.

A huit heures, Kalliopytch servait le souper, avec
l'inévitable « okrochka » [1], et à neuf, les grands lits de
plume embrassaient de leur moelleuse étreinte les corps
dodus de Fomouchka et de Fimouchka, et un paisible

---

[1] Espèce de vinaigrette au *kvas*.

sommeil ne tardait pas à descendre sur leurs paupières. Tout bruit s'apaisait dans la vieille maisonnette ; la lampe brûlait devant les images, un vague. parfum de musc et de mélisse flottait dans l'air, le grillon chantait, et le bon couple risible et innocent dormait en paix.

Voilà ce qu'étaient les fous, ou, comme disait Pakline, les « perruches inséparables » qui avaient donné asile à sa sœur et chez qui il conduisit ses amis.

La sœur de Pakline était une fille intelligente, assez jolie, — ses yeux surtout étaient magnifiques ; — mais sa malheureuse difformité lui ôtait toute liberté d'allure, toute gaieté, et la rendait méfiante, presque méchante. Par-dessus le marché, elle avait un prénom très-étrange : elle s'appelait Snandoulie! Son frère avait essayé de la rebaptiser Sophie ; mais elle avait obstinément tenu à garder son bizarre prénom, disant que, quand on est bossu, on mérite de s'appeler Snandoulie.

Elle était bonne musicienne et jouait passablement du piano :

« C'est à cause de mes longs doigts, disait-elle, non sans amertume, des doigts de bossue!... »

Les quatre visiteurs arrivèrent chez Fomouchka et Fimouchka au moment où ceux-ci, réveillés de leur sieste, étaient en train de boire de l'eau d'airelles.

« Entrons dans le dix-huitième siècle ! » s'écria Pakline, en franchissant le seuil de la maisonnette.

Et en effet, le dix-huitième siècle leur apparut, dès l'antichambre, sous la forme d'un petit paravent à fond bleu, sur lequel étaient collées des silhouettes noires de dames et de cavaliers coiffés à la mode du siècle dernier.

Ces silhouettes, introduites par Lavater, étaient fort à la mode en Russie, vers 1780.

L'apparition inattendue d'un si grand nombre d'étrangers,— trois à la fois! — produisit une vive émotion dans cette maisonnette si rarement visitée. On entendit un va-et-vient de pieds nus et chaussés; quelques figures se

montrèrent pour disparaître aussitôt ; une porte se ferma ;
quelqu'un gémit, quelqu'un pouffa de rire, une voix saccadée chuchota :

« Au diable !... »

Enfin Kalliopytch parut avec son éternel casaquin, et,
après avoir ouvert la porte du « salon », cria d'une voix
retentissante :

« Ça ! c'est le seigneur Syla Samsonytch avec d'autres
seigneurs ! »

Les maîtres se troublèrent beaucoup moins que leurs
serviteurs. L'irruption de quatre grands gaillards dans
leur salon, d'ailleurs assez vaste, leur causait, il est vrai,
quelque étonnement, mais Pakline les rassura tout de
suite, et, avec ses bons mots habituels, leur présenta
successivement les trois nouveaux venus comme des
gens paisibles et point « de la couronne ».

Fomouchka et Fimouchka avaient une particulière
antipathie contre les gens de la « couronne », c'est-à-dire
les employés du gouvernement.

Snandoulie, appelée par son frère, fit son apparition ;
elle était beaucoup plus agitée, beaucoup plus embarrassée que les vieux Soubotchef. Ceux-ci, — tous deux
ensemble et dans les mêmes termes, — prièrent leurs
hôtes de s'asseoir et leur demandèrent ce qu'ils préfé-
raient : thé, chocolat, ou bien eau gazeuse avec des con-
fitures. Mais apprenant que leurs hôtes ne désiraient
rien prendre, — parce qu'ils venaient de déjeuner chez
un marchand nommé Goļouchkine et devaient y dîner,
— ils n'insistèrent pas davantage, et croisant tous deux
de la même manière leurs petits bras courts sur leurs
petits ventres, ils se mirent en devoir de causer.

La conversation, d'abord un peu languissante, s'anima
bientôt. Pakline amusa extrêmement les deux vieillards
avec l'anecdote connue de Gogol, sur un général, qui
avait pénétré facilement dans une église pleine à étouffer, parce que c'était un général, — et sur un pâté qui se
trouve être aussi fort que le général, en pénétrant non

moins facilement dans un estomac aussi plein que l'église !

Cette anecdote les fit rire aux larmes. Leur rire, comme tout le reste, était pareil, glapissant, entrecoupé et se terminant par de la toux, de la rougeur sur le visage et une forte transpiration.

Pakline avait fait la remarque que les gens de l'espèce des Soubotchef sont vivement et en quelque sorte spasmodiquement impressionnés par des citations de Gogol ; mais comme son intention était moins d'amuser les deux vieillards que de les montrer à ses compagnons, il changea ses batteries, et s'arrangea si bien qu'au bout de peu d'instants le couple prit courage et se lança tout à fait.

Fomouchka sortit de sa poche et montra à ses hôtes sa tabatière favorite en bois sculpté, sur laquelle on pouvait compter jadis trente-six figures humaines dans diverses poses : toutes ces figures étaient depuis longtemps effacées par le frottement, mais Fomouchka les voyait encore ; il les voyait ; il pouvait les compter l'une après l'autre, et les montrer du doigt.

« Tenez, disait-il, en voilà un qui regarde par la fenêtre. Voyez-vous, il avance la tête. »

Et l'endroit qu'il indiquait du bout de l'ongle retroussé de son petit index était aussi uni que le reste du couvercle.

Puis il appela l'attention de ses visiteurs sur un tableau peint à l'huile, qui était accroché au-dessus de sa tête et qui représentait un chasseur vu de profil, sur un cheval isabelle, de profil aussi, qui traversait au triple galop une plaine de neige. Ce chasseur portait un grand bonnet blanc en peau de mouton avec flamme bleue, une tunique tcherkesse en poil de chameau bordée de velours et serrée à la taille par une ceinture à plaques de métal doré ; un gant brodé de soie était passé à cette ceinture ; un poignard à manche d'argent niellé pendait à côté. Le chasseur, qui avait l'air jeune et dodu,

9.

tenait d'une main un cor gigantesque orné de glands rouges; de l'autre, les rênes et un fouet; les quatre pieds du cheval étaient en l'air tous à la fois, et l'artiste avait soigneusement peint les quatre fers, sans oublier même les clous.

« Et remarquez, » disait Fomouchka en montrant de ce même doigt potelé quatre taches demi-circulaires tracées dans le fond blanc, en arrière des pieds du cheval, remarquez les traces dans la neige! il n'a rien oublié! »

Pourquoi ces traces n'étaient-elles qu'au nombre de quatre? Pourquoi n'y en avait-il pas d'autres plus loin, en arrière? C'est un point que Fomouchka passait sous silence.

« Ce chasseur... c'est moi! ajouta-t-il après un moment d'hésitation, avec un sourire pudique et satisfait.

— Comment! s'écria Néjdanof, vous avez été chasseur?

— Oui... mais pas longtemps. Une fois, en plein galop, je passai par-dessus la tête de mon cheval, et je me blessai le « kourpéï ». Là-dessus Fimouchka eut une terrible frayeur et me défendit de chasser. Et ce fut fini.

— Qu'est-ce que vous vous étiez blessé? lui demanda Néjdanof.

— Le « kourpéï » répéta Fimouchka en baissant la voix.

Les visiteurs s'entre-regardèrent sans rien dire. Ils ignoraient absolument ce que signifiait ce mot. Markelof seul, il est vrai, savait qu'on appelle « kourpéï » le plumet d'un bonnet cosaque ou tchernesse; mais comment Fomouchka aurait-il pu se blesser ce plumet-là? Et personne n'eut le courage de lui demander un éclaircissement.

« Ah! c'est comme ça que tu te vantes! s'écria tout à coup Fimouchka. Eh bien, moi aussi, je vais me faire valoir! »

Elle ouvrit un tout petit « bonheur du jour », — on nommait ainsi un antique bureau sur pieds tors, dont le couvercle bombé, quand on le levait, glissait dans une

rainure, — et elle en tira une miniature à l'aquarelle, entourée d'un cadre ovale en bronze ; cette miniature représentait un petit enfant de quatre ans, entièrement nu, un carquois sur les épaules, un ruban bleu en sautoir sur la poitrine, qui, du bout de son doigt, essayait la pointe d'une flèche. L'enfant, extrêmement frisé, louchait un peu, et souriait.

Fimouchka montra l'aquarelle aux jeunes gens :

« C'est moi ! dit-elle.

— Vous ?

— Oui, moi... quand j'étais petite. Il y avait un peintre français, un excellent peintre, qui venait chez mes parents ; c'est lui qui fit mon portrait pour le jour de la fête de mon défunt père. Et qu'il était gentil, ce Français ! Il vint nous voir plusieurs fois, plus tard. Quand il entrait, il retirait son pied en arrière en glissant sur le parquet, puis il le secouait un peu en l'air, et vous baisait la main ! Et quand il sortait, il baisait ses propres doigts, ma parole ! Et il saluait à droite, à gauche, en avant, en arrière ! Il était bien gentil, ce Français ! »

Les visiteurs louèrent le travail du peintre. Pakline trouva même que c'était encore assez ressemblant.

A ce propos, Fomouchka parla des Français d'aujourd'hui, et dit que probablement ils étaient devenus extrêmement méchants.

« Pourquoi cela, Foma Lavrientiévitch ? lui demanda-t-on.

— Pourquoi ? voyez plutôt quels noms ils ont !

— Par exemple ?

— Par exemple : Nojan-Tsin-Lorran (Nogent-Saint-Laurent), c'est un vrai nom de bandit ! »

Fomouchka s'informa aussi du souverain actuel de la France. On lui dit que c'était Napoléon. Cela parut l'étonner et l'attrister.

« Comment ? Un homme si vieux ?... » commença-t-il.

Mais il s'interrompit et regarda autour de lui d'un air inquiet.

Il ne connaissait guère la langue française et n'avait lu Voltaire qu'en traduction (il avait sous son oreiller, dans un coffret favori, une traduction manuscrite de *Candide*), mais il lui échappait parfois des expressions telles que : *fausse parquet* (dans le sens de : « c'est suspect, douteux »), expression dont on s'était beaucoup moqué jusqu'au jour où un Français très-savant avait expliqué que c'était un vieux terme parlementaire employé dans son pays avant 1789.

Profitant de ce que la conversation roulait sur la France et les Français, Fimouchka se décida à éclaircir un doute qui lui était resté dans l'esprit. Elle pensa d'abord à interroger Markelof, mais il la regardait d'un air tellement grave! Solomine l'effrayait moins. « Mais non! se dit-elle, il a l'air d'un homme simple, il ne doit pas comprendre le français! » Elle s'adressa à Néjdanof.

« Je voudrais vous demander... commença-t-elle, — excusez-moi, — mais voilà mon cousin, Sila Samsonytch, qui se moque toujours de moi, pauvre vieille, à cause de mon ignorance...

— Demandez, je vous en prie.

— Voilà ce que c'est. Si quelqu'un veut employer le « dialecte » français pour demander ce qu'est une certaine chose, doit-il dire : *Quécé—quécé—qué—céla ?*

— Oui.

— Et peut-il dire : *Quécé—quécé—qué—céla ?*

— Sans doute.

— Et simplement : *Qué—céla ?*

— Mais oui.

— Et tout ça, c'est la même chose ?

— Oui. »

Fimouchka réfléchit un instant, puis fit un geste de résignation :

« Eh bien, Sila, dit-elle enfin, j'avais tort et tu avais raison. Mais vraiment, ces Français sont bien drôles!...»

Pakline pria ensuite les deux vieillards de chanter une petite romance... Ils se mirent à rire tous deux et s'étonnèrent que cette idée lui fût venue; mais ils ne se firent pas longtemps prier, et posèrent seulement pour condition que Snandoulie se mettrait au clavecin et accompagnerait, — elle savait déjà quoi.

Il y avait dans un coin du salon un tout petit clavecin que les visiteurs n'avaient pas remarqué. Snandoulie s'assit devant, et prit quelques accords... Ce clavecin rendit des sons si pauvres, si aigres, si chétifs, si édentés, — jamais de sa vie Néjdanof n'avait rien entendu de pareil; mais les vieillards entonnèrent aussitôt leur romance :

> Est-ce pour trouver la tristesse,

commença Fomouchka,

> La tristesse dans l'amour,
> Que nous avons reçu des dieux
> Un cœur capable d'aimer ?

Fimouchka continua :

> Existe-t-il quelque part sur la terre
> Un sentiment d'amour
> Sans douleur, sans souffrance ?

Fomouchka répondit :

> Nulle part, nulle part, nulle part !

Et Fimouchka répéta :

> Nulle part, nulle part, nulle part !

Puis tous deux ensemble :

> L'amour vit avec la souffrance
> T'artout, partout, partout !

Et Fomouchka répéta en solo :

> Partout, partout, partout !

« Bravo! s'écria Pakline, bravo pour le premier couplet! Au second, à présent!

— Très-bien ! répondit Fomouchka ; mais seulement, Snandoulie Samsonovna, qu'est-ce que vous faites du trille ? Après ma réplique, il faut un trille !

— Très-bien ! répondit Snandoulie, je vous ferai un trille. »

Fomouchka commença :

> Y a-t-il quelqu'un, dans l'univers,
> Qui ait aimé sans tortures,
> Qui ait jamais aimé
> Sans pleurer, sans gémir ?

Et Fimouchka :

> Si le cœur doit sombrer dans la tristesse
> Comme une nacelle dans la mer...
> Alors, pourquoi nous fut-il donné ?
>
> Pour souffrir, souffrir, souffrir !

s'écria Fomouchka ; puis il s'arrêta pour laisser à Snandoulie le temps de faire son trille. Après quoi, Fimouchka reprit :

> Pour souffrir, souffrir, souffrir !

Et tous deux à l'unisson :

> Dieux, reprenez-moi mon cœur,
> Je n'en veux plus, plus, plus !

Et le couplet fut terminé par un nouveau trille.

« Bravo ! bravo ! » s'écrièrent tous les assistants,—sauf Markelof, — en battant des mains.

Pendant que les applaudissements se calmaient peu à peu, Néjdanof se demandait :

« Ces gens-là comprennent-ils qu'ils jouent le rôle de bouffons, ou peu s'en faut ? Probablement non ; après tout, peut-être qu'ils le sentent et qu'ils se disent : « Qu'importe ? Nous ne faisons de mal à personne et « nous amusons nos visiteurs ! » Et, tout bien réfléchi, ils ont raison, cent fois raison ! »

Sous cette pensée, il se mit tout d'un coup à leur faire de très-grands compliments auxquels ils répondirent par

de profondes révérences, en restant toutefois assis dans leurs fauteuils...

En ce moment, la porte de la pièce voisine, — chambre à coucher ou chambre de servantes, où, depuis quelques instants, on entendait chuchoter, — s'ouvrit brusquement et livra passage à la naine Poufka accompagnée de la vieille bonne Vassilievna. La naine se mit à glapir et à faire des grimaces, pendant que la bonne la retenait tantôt et tantôt l'excitait.

Markelof, qui, depuis longtemps déjà, donnait des signes d'impatience (Solomine se contentait de sourire un peu plus que de coutume), Markelof se tourna tout à coup vers Fomouchka.

« Je n'aurais jamais imaginé, commença-t-il, que vous, avec votre esprit cultivé, vous, un admirateur de Voltaire, à ce qu'on m'assure, vous pourriez vous divertir d'une chose qui doit inspirer de la pitié ; en un mot, d'une infirmité ! »

Ici il se souvint que la sœur de Pakline était contrefaite, et il arrêta son discours. Fomouchka rougit comme un enfant, arrangea son bonnet sur sa tête, balbutia : « Quoi ? ce n'est pas moi... c'est elle... » Mais ici Poufka fit une charge à fond de train sur Markelof :

« Qui est-ce qui t'a permis, s'écria-t-elle en grasseyant, de venir injurier nos maîtres ? Tu es jaloux parce qu'on m'a accueillie, assistée et nourrie, moi pauvre malheureuse ! Le bien d'autrui te fait loucher ! D'où sors-tu, noiraud, va-nu-pieds, propre à rien, avec tes moustaches de hanneton ?... »

En disant cela, elle imitait avec ses gros doigts courts les moustaches de Markelof. Vassilievna riait à fendre jusqu'aux oreilles sa bouche édentée, — et dans la pièce voisine d'autres rires faisaient écho aux siens.

« Je ne suis pas votre juge, vous comprenez, reprit Markelof en s'adressant à Fomouchka ; recueillir les pauvres et les infirmes, c'est une bonne œuvre. Cependant, permettez-moi de vous dire mon opinion : vivre

dans l'abondance, — comme un coq en pâte, — ne dépouiller personne, mais ne pas remuer le bout du doigt pour venir en aide au prochain, ce n'est pas être bon ; pour ma part, au moins, à parler franc, je ne donnerais pas ça de cette bonté-là ! »

Là-dessus, Poufka se mit à glapir d'une façon assourdissante. Elle n'avait pas saisi une seule parole du discours de Markelof, mais elle comprenait que ce « noiraud » se permettait de maltraiter ses maîtres ! — L'impertinent !

Vassilievna aussi murmurait je ne sais quoi d'un air courroucé. Quant à Fomouchka, il avait croisé ses mains sur sa poitrine, et, tournant la tête du côté de sa femme :

« Fimouchka, s'écria-t-il presque avec des sanglots, ma petite colombe, entends-tu ce que monsieur notre hôte vient de dire ? Toi et moi, nous sommes des pécheurs, des méchants, des pharisiens... nous vivons comme des coqs en pâte, oï, oï, oï !... notre devoir est d'aller dans la rue, de quitter notre maison, avec un balai à la main, afin de gagner notre vie, ho ! ho ! ho !... »

En entendant de si tristes discours, Poufka glapit plus fort que jamais, et Fimouchka, les yeux à demi fermés, les lèvres contractées, aspira l'air profondément, préparant un lamentable gémissement.

Dieu sait comment l'affaire se serait terminée, si Pakline ne s'en était mêlé.

« Qu'est-ce que c'est ? Voyons ! dit-il en agitant les mains, avec un gros rire ; n'avez-vous pas honte ? Monsieur Markelof voulait plaisanter ; seulement, comme il a un visage extrêmement sérieux, sa plaisanterie a pris une tournure sévère... et vous avez donné dedans ? Mais ça n'est pas ça du tout ! Ma bonne petite Euphémie Pavlovna, nous allons être forcés de partir tout à l'heure. Savez-vous ce qu'il faut faire ? Pour nos adieux, dites-nous la bonne aventure... vous la dites si bien ! Allons, Snandoulie, donne des cartes. »

Fimouchka jeta un coup d'œil vers son mari; et, le voyant assis dans sa pose habituelle et tout à fait calmé, elle se calma aussi.

« Des cartes, des cartes... dit-elle ; mais je ne sais plus, mon petit père, j'ai oublié ! Il y a longtemps que je n'ai eu des cartes dans les mains !... »

Et déjà elle prenait des mains de Snandoulie un jeu de cartes très-ancien, un jeu d'hombre.

« A qui dois-je faire les cartes ?

— A tous ! s'écria Pakline, et il se dit à lui-même : « Voilà, par exemple, une charmante petite mère ! on la « tourne où on veut... C'est un vrai plaisir ! » — A tous, grand'maman, à tous ! répéta-t-il à haute voix. Dites-nous notre destinée, notre caractère, notre avenir... tout ! »

Fimouchka commença à étaler les cartes, mais tout à coup elle jeta le jeu sur la table.

« A quoi bon des cartes ? s'écria-t-elle. Je n'en ai pas besoin pour connaître le caractère de chacun de vous ! Et tel caractère, telle destinée. — Celui-là (elle montra Solomine) est un homme rafraîchissant et constant; celui-ci (elle menaça Markelof du doigt) est un homme bouillant, un dangereux... (Poufka tira la langue à Markelof); toi (elle regarda Pakline), je n'ai pas besoin de te dire ce que tu es, tu le sais très-bien; tu es un évaporé. Celui-ci... »

Elle montra du doigt Néjdanof, et eut un mouvement d'hésitation.

« Quoi donc ? demanda-t-il. Parlez, je vous en prie : quel homme suis-je ?

— Quel homme tu es ? dit lentement Fimouchka : tu es un homme digne de pitié, voilà. »

Néjdanof tressaillit.

« Digne de pitié ! Pourquoi donc ?

— Tout simplement... tu me fais pitié, voilà tout.

— Mais pourquoi ?

— Parce que mes yeux me disent ça. Tu crois que je suis une bête ? Je suis plus fine que toi, malgré tes che-

veux rouges. Tu me fais pitié... voilà ta bonne aventure. »

Tous se turent, s'entre-regardèrent, et se turent encore.

« Allons, adieu, mes amis! s'écria Pakline. Voilà longtemps que nous sommes ici; nous avons dû vous ennuyer. Ces messieurs doivent partir... et moi aussi je pars. — Adieu! merci pour votre bon accueil.

— Adieu, adieu, revenez nous voir, ne nous oubliez pas, » dirent Fomouchka et Fimouchka d'une seule voix.

Puis Fomouchka entonna la réponse liturgique :

« Nombreuses, nombreuses, nombreuses années...

— Nombreuses, nombreuses...» répéta tout à coup, en basse taille, Kalliopytch, qui ouvrait la porte aux jeunes gens...

Et tous les quatre se trouvèrent devant la petite maison ventrue, pendant qu'on entendait Poufka glapir à travers les fenêtres : « Imbéciles! imbéciles! »

Pakline rit à gorge déployée; mais son rire n'eut pas d'écho, et même Markelof regarda ses compagnons l'un après l'autre, comme s'il eût attendu d'eux une parole d'indignation...

Seul, Solomine, comme à son ordinaire, souriait.

XX

« Eh bien! dit Pakline, qui fut le premier à parler, nous sortons du dix-huitième siècle, filons maintenant vers le vingtième. Golouchkine est un homme si avancé, qu'on lui ferait injure en le mettant dans le dix-neuvième, dans le nôtre !

— Tu le connais donc? lui demanda Néjdanof.

— La terre est remplie du bruit de son nom; et j'ai

dit « nous », parce que j'ai l'intention d'aller chez lui avec vous.

— Comment? mais si tu ne le connais pas?

— Tu es drôle! Est-ce que, vous autres, vous connaissiez mes perruches?

— Mais tu nous as présentés!

— Eh bien, présente-moi! — De vous à moi, il ne peut y avoir de secrets. Quant à Golouchkine, c'est un homme à vues larges. Il sera enchanté de l'arrivée d'un nouveau visage, tu vas voir! Du reste, chez nous, à S..., on est sans façons!

— Oui, grommela Markelof, je vois en effet que chez vous on est sans façons. »

Pakline secoua la tête.

« Vous dites peut-être ça pour moi... Que faire? J'ai mérité ce reproche. Mais croyez-moi, mon nouveau camarade, laissez là, pour un moment, les idées noires qu'engendre votre tempérament bilieux. Et surtout...

— Monsieur mon nouveau camarade, interrompit Markelof d'un ton brusque, permettez-moi de vous dire, à mon tour, par mesure de précaution, que je n'ai jamais eu le moindre goût pour la plaisanterie, et aujourd'hui moins que jamais. Quant à mon tempérament, vous n'avez guère eu le temps de le connaître, puisque nous nous sommes vus aujourd'hui pour la première fois.

— Bon, bon, ne vous fâchez pas; pas tant de dignité, je vous crois sans cela. »

Et se tournant vers Solomine, il s'écria :

« O vous, que la pénétrante Fimouchka elle-même regarde comme un homme rafraîchissant et qui avez en effet en vous quelque chose de sédatif, dites si j'ai eu la pensée d'être désagréable à quelqu'un ou de plaisanter mal à propos? J'ai simplement demandé à vous accompagner chez Golouchkine, et du reste je suis un être inoffensif. Ce n'est pas ma faute si M. Markelof a le teint jaune. »

Solomine haussa une épaule, puis l'autre; c'était sa manière quand il hésitait à répondre.

« Sans aucun doute! dit-il enfin. Vous ne pouvez ni
ne voulez blesser personne; et pourquoi n'iriez-vous pas
chez M. Golouchkine? Nous passerons notre temps là-
bas, j'en suis sûr, aussi agréablement que chez vos cousins, et avec autant de fruit. »

Pakline le menaça du doigt.

« Ah! ah! vous aussi, à ce que je vois, vous êtes ma-
licieux! Mais enfin, tout de même, vous allez chez Golouchkine ?

— Mon Dieu, oui! à présent que ma journée est perdue!

— Eh bien, donc, « en avant, marchons! » Au vingtième siècle! au vingtième siècle! Néjdanof, toi qui es
un pionnier du progrès, montre-nous le chemin!

— Très-bien; marche! Mais ne répète pas tes bons
mots plusieurs fois. On pourrait se figurer que tu n'en
as plus une bien grande provision.

— Sois tranquille, toi et tes pareils vous en aurez encore par-dessus les yeux, » répéta gaiement Pakline; et il
s'élança en avant au pas accéléré, ou plutôt, comme il le
disait, au clopinement accéléré.

« Il est très-amusant, ce garçon-là, dit Solomine, qui
marchait à sa suite, en donnant le bras à Néjdanof; si par
hasard, ce qu'à Dieu ne plaise, on nous envoyait tous en
Sibérie, nous aurions quelqu'un pour nous distraire. »

Markelof, silencieux, allait tout seul derrière les autres.

Pendant que tout ceci se passait, dans la maison de
Golouchkine on prenait toutes les mesures nécessaires
pour donner un dîner « chic ». On avait préparé une
« oukha[1] » très-grasse et très-mauvaise; divers « paticho »
(pâtés chauds) et « fricasséï » (Golouchkine qui, malgré
sa religion de vieux-croyant, vivait sur les sommets de
la civilisation européenne, n'admettait que la cuisine
française; il avait pris son cuisinier dans un club, d'où
on l'avait chassé pour sa malpropreté); et surtout on

---

[1] « Oukha », bouillon de poisson.

avait mis à la glace un nombre convenable de bouteilles de champagne.

Le maître de la maison reçut ses hôtes avec les grimaces, l'allure gauche et précipitée et les éclats de rire forcé qui lui étaient habituels ; il fut enchanté de la venue de Pakline, comme celui-ci l'avait prédit, et se borna à dire :

« Il est des nôtres, n'est-ce pas ? »

Puis il s'écria, sans attendre la réponse :

« Ça va sans dire ! »

Ensuite il raconta qu'il venait de chez ce « toqué » de gouverneur, qui le tourmentait constamment à propos d'on ne savait quelles diables d'institutions de bienfaisance !...

En réalité, il eût été difficile de dire ce qui enchantait le plus Golouchkine : l'honneur d'être reçu chez le gouverneur ou le plaisir de dire du mal de ce personnage en présence de jeunes gens du parti avancé. Puis il leur présenta le prosélyte promis, qui se trouva être précisément l'individu bien léché, à l'air phthisique, au museau proéminent, qui était venu le matin parler à l'oreille de Golouchkine, et que celui-ci nommait Vassia, en un mot, son commis.

« Il n'est pas éloquent, fit observer Golouchkine en le désignant des cinq doigts à la fois, mais il est dévoué à notre œuvre de toute son âme. »

Et Vassia saluait, rougissait, battait des paupières, souriait en montrant ses dents, tout cela d'un tel air qu'on ne pouvait pas non plus deviner si on avait affaire à un simple imbécile ou à la crème des fripons.

« En attendant, à table, messieurs, à table ! » s'écria l'amphitryon.

On se mit à table après s'être solidement lestés de hors-d'œuvre.

Aussitôt après l'« oukha », Golouchkine fit verser du champagne qui tombait à gros grumeaux dans les verres, semblables à du suif gelé.

« A notre... notre entreprise ! » exclama Golouchkine en clignant de l'œil et en indiquant le domestique d'un signe de tête, comme pour faire entendre qu'en présence d'un étranger il fallait être prudent.

Le prosélyte Vassia persistait dans son mutisme ; assis sur le bord de sa chaise, il montrait dans toute son attitude une servilité obséquieuse peu en harmonie avec les convictions énergiques que lui attribuait son patron, mais il buvait désespérément ! Les autres convives causaient ; les autres, cela veut dire l'amphitryon et Pakline, surtout Pakline.

Néjdanof ressentait un dépit sourd et vague ; Markelof était indigné et colère, autrement que chez les Soubotchef, mais non pas moins ; Solomine observait.

Pakline s'amusait comme un roi ! — Ses paroles hardies plaisaient énormément à Golouchkine, qui ne soupçonnait guère que ce « petit boiteux » glissait dans l'oreille de son voisin Néjdanof les plus cruelles railleries sur son compte à lui, Golouchkine ! Il prenait même Pakline, et c'était précisément ce qui lui plaisait, pour un bon enfant que l'on pouvait traiter de haut. S'il l'avait eu à côté de lui, il lui aurait depuis longtemps fourré son doigt dans les côtes ; il lui faisait des signes amicaux à travers la table. Il hochait la tête à son intention. Malheureusement il était séparé de lui par Markelof, ce « sombre nuage », et par Solomine. Mais, à chaque mot de Pakline, il riait à se tordre, il riait de confiance, d'avance, en se tapant sur le ventre et en montrant ses vilaines gencives bleues.

Pakline comprit vite ce qu'on attendait de lui et se mit à déblatérer sur tout (occupation qui d'ailleurs lui allait comme un gant) et sur tous : conservateurs, libéraux, bureaucrates, avocats, administrateurs, propriétaires, membres du « Zemstvo »[1], gens de Pétersbourg, gens de Moscou, tout y passa.

---

[1] Assemblées provinciales, conseils municipaux de province.

« Oui, oui, oui, oui! répétait Golouchkine, c'est ça, c'est ça! Tenez, notre maire, par exemple, un âne de premier ordre! une véritable bûche! Vous lui expliquez ceci, cela, il n'y comprend goutte! Notre gouverneur n'es pas pire que ça!

— Votre gouverneur est bête? demanda Pakline.

— Je vous ai dit que c'est un âne!

— Avez-vous remarqué s'il grasseye ou s'il parle du nez?

— Pourquoi? demanda Golouchkine avec quelque perplexité.

— Comment! vous ne savez pas? Chez nous, en Russie, les hauts dignitaires civils grasseyent, et les généraux parlent du nez; les plus hauts personnages de l'empire, seuls, grasseyent et parlent du nez en même temps. »

Golouchkine rit tellement fort, que les larmes lui coulaient sur le visage.

« Oui... oui... balbutiait-il : il parle du nez... c'est un militaire!

— Butor! » se dit Pakline intérieurement.

Quelques instants après, Golouchkine s'écria : « Chez nous, en Russie, tout est pourri, tout! »

Pakline était en train de dire tout bas à son voisin Néjdanof : « Qu'est-ce qu'il a donc à remuer les bras comme si sa redingote le gênait aux entournures? » Mais il ajouta tout haut d'un air insinuant :

« Très-respectable Kapitone Andréïtch, croyez-moi, les demi-mesures, chez nous, ne serviraient à rien.

— Des demi-mesures! hurla Golouchkine, qui cessa brusquement de rire et prit une expression farouche : — Il faut tout arracher, y compris la racine! Vassia, bois! fils de chien!

—Vous voyez, je bois, Kapitone Andréïtch! » répondit le commis en s'enfonçant le verre à champagne jusqu'au gosier.

Goulouchkine aussi siffla un verre plein.

« Comment fait-il pour ne pas éclater ? chuchota Pakline à l'oreille de Néjdanof.

— L'habitude, » répondit celui-ci.

Mais le commis n'était pas seul à boire. Le vin délia la langue à tout le monde, et Néjdanof, Markelof, Solomine lui-même, prirent part, petit à petit, à la conversation.

Néjdanof, d'abord, avec une sorte de dégoût et de mépris contre lui-même, parce qu'il ne savait pas soutenir son caractère, et qu'il se laissait aller à battre l'eau avec un bâton, Néjdanof commença par dire qu'il était temps de laisser là les vaines paroles et qu'il fallait « agir ! »

Il parla du terrain que l'on avait trouvé, et un instant après, sans soupçonner qu'il fût en contradiction avec lui-même, il demanda qu'on lui montrât les éléments sérieux et réels sur lesquels on pourrait s'appuyer, disant que, pour sa part, il ne les voyait pas. « Dans la société, pas de sympathies ; chez le peuple, aucun sentiment de la situation... Tirez-vous de là ! »

Personne ne lui fit d'objections, non pas qu'il n'y eût rien à répondre, mais parce que chacun suivait son idée.

Markelof prit la parole ; sa voix sourde et morose résonna longuement, en phrases monotones et obstinées.

« On dirait qu'il hache des choux, » murmura Pakline.

Quant au véritable sujet de son discours, il eût été difficile de le démêler ; par moments, il prononçait le mot « artillerie » ; il faisait probablement allusion aux défauts qu'il avait découverts dans son organisation. Les Allemands et les aides de camp eurent aussi leur paquet.

Solomine prit la parole, lui aussi, et fit observer qu'il y a deux manières d'attendre : — attendre en se croisant les bras, et attendre en prenant les mesures nécessaires.

« Nous n'avons pas besoin des progressistes modérés, grommela Markelof.

— Ceux-là, jusqu'à présent, répliqua Solomine, avaient essayé d'agir par en haut, mais nous autres nous essayons par en bas.

— Au diable les modérés ! s'écria Golouchkine d'un air féroce. Il faut en finir d'un seul coup !

— En d'autres termes, il faut sauter par la fenêtre ?

— Oui, et j'y sauterai ! hurla Golouchkine. J'y sauterai ! Et Vassia sautera ! Je lui dirai : Saute, et il sautera ! N'est-ce pas, Vassia, tu sauteras ? »

Le commis acheva de vider son verre.

« Où vous irez, Kapitone Andréïtch, nous irons aussi. Est-ce que nous nous permettrions de raisonner ?

— Il faudrait voir ! Je te tordrais en spirale comme une corne de bouc ! »

La discussion dégénéra bientôt en ce qui s'appelle dans le langage des buveurs « la construction de la tour de Babel ». Ce fut un vacarme grandiose. — De même que dans l'air encore tiède de l'automne tournoient et se croisent rapidement les premiers flocons de neige, — de même, dans l'atmosphère échauffée de la salle à manger de Golouchkine, tourbillonnaient, se heurtaient, se pressaient les mots : progrès, gouvernement, littérature, question des impôts, question religieuse, question des femmes, question des tribunaux; classicisme, réalisme, communisme, nihilisme; international, clérical, libéral, capital; administration, organisation, association et même cristallisation !

Golouchkine paraissait ravi, transporté; c'était précisément ce vacarme qui le comblait de joie; il ne voyait rien au delà, il était béat !... Il triomphait. « Voilà comme nous sommes, nous autres ! semblait-il dire. Range-toi ou je te tue ! Kapitone Golouchkine va passer ! »

Le commis Vassia s'était si bien égaré dans les vignes du Seigneur, qu'il tenait des discours à son assiette;

puis, comme un furieux, il se mit à crier : « Que diable
est-ce qu'un progymnase ? »

Golouchkine se redressa tout à coup, et, rejetant en
arrière sa figure cramoisie, où un sentiment de triomphe
et de domination grossière se mêlait étrangement à une
sorte d'effroi secret et même de trépidation, il cria de
tous ses poumons :

« J'en sacrifie encore « mille » ! Vassia, aboule !

— C'est ça ! ne te gêne pas ! » répondit Vassia à demi-
voix.

Pakline, tout pâle et couvert de sueur (pendant le
quart d'heure précédent, il avait fait autant de libations
que le commis), Pakline s'élança alors de sa place, et,
levant ses deux mains au-dessus de sa tête, s'écria en
pesant sur chaque syllabe :

« Sacrifie ! il a dit : sacrifie ! O profanation d'une
parole sainte ! Sacrifice ! Quoi ! nul n'ose s'élever jusqu'à
toi, nul ne peut remplir les obligations que tu imposes,
nul de ceux qui sont ici, au moins, et cette espèce de lour-
daud, cet imbécile, ce vil sac d'argent donne une se-
cousse à son ignoble panse, il jette une poignée de roubles, il crie : Sacrifice ! Et il veut qu'on le remercie !
Et il attend qu'on le couronne de lauriers ! Canaille !
pleutre ! »

Probablement Golouchkine n'entendit pas ou ne
comprit pas; peut-être même prit-il les paroles de Pakline pour des plaisanteries, car il répéta encore une
fois : « Oui ! « mille » roubles ! Parole de Kapitone
Golouchkine, parole d'Évangile ! »

Il fourra tout d'un coup sa main dans sa poche :

« Tenez, le voilà, l'argent! Gorgez-vous-en, avalez, et
souvenez-vous de Kapitone ! »

Quand il était un peu lancé, il parlait de lui-même
comme les petits enfants, à la troisième personne.

Markelof, sans dire un mot, ramassa les billets étalés
sur la nappe inondée de champagne. Après quoi, comme
il n'y avait plus de raison pour rester, et que d'ailleurs

il se faisait tard, tout le monde se leva. Chacun prit son chapeau, et sortit.

Quand ils furent dans la rue, ils eurent tous un peu de vertige, Pakline surtout.

« Eh bien, où allons-nous à présent ? dit-il avec quelque difficulté.

— Je ne sais pas où vous allez, vous, répondit Solomine, mais moi je retourne chez moi.

— A la fabrique ?

— A la fabrique.

— A cette heure-ci ? De nuit et à pied ?

— Pourquoi pas ? Il n'y a ni voleurs ni loups, par ici, et la marche me fait du bien... Et puis, pendant la nuit, il fait frais.

— Mais c'est à quatre verstes !

— Eh bien, quand même il y en aurait cinq ! Au revoir, messieurs ! »

Solomine boutonna sa redingote, enfonça sa casquette sur sa tête, alluma un cigare et partit à grands pas.

« Et toi, où vas-tu ? demanda Pakline à Néjdanof.

— Chez lui. »

Il montra du doigt Markelof qui se tenait debout, immobile, les bras croisés sur sa poitrine.

« Nous avons des chevaux et un équipage.

— Ah ! très-bien... Et moi, camarade, je vais à l'oasis, chez Fomouchka et Fimouchka. A présent, camarade, veux-tu que je te dise mon opinion ? La maison de là-bas et celle d'ici sont deux maisons de fous... Seulement, dans celle du dix-huitième siècle, on est plus près de la vie russe que dans celle du vingtième. — Bonsoir, messieurs ; je suis gris... ne faites pas attention. — Écoutez encore ceci. Il n'y a pas sur la terre une seule femme meilleure que ma sœur... Snandoulie. Eh bien, ma sœur est bossue — et elle s'appelle Snandoulie ! Et c'est toujours comme ça sur la terre ! Du reste, elle a raison de s'appeler ainsi. Voulez-vous savoir

ce que c'était que Snandoulie ? C'était une femme bien-
faisante, qui allait dans les prisons, qui pansait les plaies
des prisonniers, qui soignait les malades. — Mais bonsoir ! bonsoir, Néjdanof, homme digne de pitié ! Et toi,
officier... hou ! loup-garou ! bonsoir ! »

Il s'en alla tout doucement, clopinant et titubant, vers
l'oasis.

Markelof et Néjdanof se dirigèrent vers l'auberge où
ils avaient laissé leur tarantass, firent atteler, et, une
demi-heure plus tard, ils roulaient sur le grand chemin.

XXI

Le ciel se couvrait de nuages bas; il ne faisait pas
complétement sombre, et les traces des roues sur le chemin blanchissaient vaguement en avant de l'équipage ;
mais, à droite et à gauche, tout s'enveloppait de brume,
et les formes des objets isolés se fondaient en de grandes
taches confuses. C'était une nuit terne, incertaine ; le
vent soufflait par petites bouffées humides, apportant
l'odeur de la pluie et des vastes plaines couvertes de
blé. Quand l'équipage eut dépassé un buisson de chênes
qui servait de repère, et qu'il fallut prendre la traverse,
le voyage devint encore moins commode, car l'étroit
sentier, par intervalles, disparaissait complétement... Le
cocher modéra l'allure de ses chevaux.

« Pourvu que nous ne nous perdions pas ! dit Néjdanof, qui était resté silencieux jusqu'à ce moment-là.

— Non, soyez tranquille, répondit Markelof : — il
n'arrive jamais deux malheurs en un jour.

— Et quel est donc le premier ?

— Le premier ?... Et la journée que nous venons de
perdre, pour quoi la comptez-vous ?

— Oui, certainement, ce Golouchkine ! nous aurions
dû boire un peu moins. La tête me fait un mal horrible.

— Ce n'est pas de Golouchkine que je parle ! Lui, au
moins, il a donné de l'argent ; de cette façon notre visite
n'aura pas été tout à fait inutile.

— Ah ! alors, c'est de Pakline que vous vous plaignez,
parce qu'il nous a conduits chez ses inséparables, comme
il les appelle ?

— Il n'y a pas là de quoi se plaindre... ni de quoi se
réjouir. Je ne suis pas de ceux qui s'intéressent à de
pareilles amusettes... Ce n'est pas de ce malheur-là que
je voulais parler.

— Mais duquel, donc ? »

Markelof ne répondit rien, et se renfonça dans son
coin, comme pour se cacher. Néjdanof ne pouvait pas
distinguer les traits de son visage ; seules les moustaches
se détachaient en une ligne noire transversale ; mais,
depuis le matin, il sentait chez Markelof quelque chose
qu'il évitait d'approfondir ; — comme une irritation
sourde et secrète.

« Écoutez, Serge Mikhaïlovitch, — lui dit-il après un
moment de silence, — sérieusement, vous plaisent-elles
tant que cela, les lettres de ce monsieur Kisliakof, que
vous m'avez données à lire ? A mon sens, — pardonnez-
moi la crudité de l'expression, — elles ne sont qu'un
pur galimatias ! »

Markelof se redressa tout à coup.

« D'abord, dit-il d'une voix courroucée, je ne partage
en aucune façon votre avis sur ces lettres ; je les trouve
extrèmement remarquables... et consciencieuses ! De
plus, Kisliakof travaille ; il se donne de la peine, et surtout il a la foi ! Il croit à notre œuvre, il croit à la
ré-vo-lu-tion ! Et, permettez-moi de vous le dire, Alexis
Dmitritch, je remarque que *vous*, vous devenez tiède
à l'égard de notre œuvre, — vous n'y croyez pas !

— D'où concluez-vous cela ? fit lentement Néjdanof.

.— D'où je conclus cela ? Mais de toutes vos paroles,
de toute votre manière d'être ! Aujourd'hui, chez
Golouchkine, qui est-ce qui a dit qu'il ne voyait pas sur
quels éléments on pourrait s'appuyer ? Vous ! Qui a demandé qu'on les lui montrât ? Encore vous ! Et quand
votre ami, ce Pakline, ce farceur, ce bouffon, a prétendu,
en levant les yeux au ciel, qu'aucun de nous n'était
capable de faire un sacrifice, qui est-ce qui l'a soutenu ;
qui est-ce qui a remué la tête d'un air approbateur ?
N'est-ce pas vous ? Dîtes de vous-même ce que vous
voudrez, pensez de vous ce qu'il vous plaira, c'est votre
affaire ; quant à moi, je connais des gens qui ont eu le
courage de repousser loin d'eux tout ce qui fait la vie
belle, jusqu'au bonheur de l'amour lui-même, pour
rester les serviteurs de leurs idées, pour ne pas trahir
leurs convictions ! Mais vous, aujourd'hui, naturellement, vous avez bien autre chose en tête !

— Aujourd'hui ? Pourquoi justement aujourd'hui ?

— Eh ! mon Dieu ! ne cherchez pas tant à feindre,
heureux Don Juan, amant couronné de myrtes ! s'écria
Markelof, oubliant complétement le cocher, qui, bien
qu'il ne tournât pas la tête, pouvait parfaitement tout
entendre.

En ce moment-là, il est vrai, le cocher se préoccupait
beaucoup plus du chemin que des querelles des gens qui
étaient assis derrière son dos ; il essayait avec précaution,
et presque avec timidité, de calmer le cheval de brancard, qui secouait obstinément la tête et se mettait sur
la croupe ; le tarantass glissait sur un talus escarpé
qu'on n'aurait pas dû trouver là.

« Pardon... je ne comprends pas bien... » dit Néjdanof.

Markelof éclata d'un rire forcé et amer :

« Vous ne comprenez pas ! Ha ! ha ! ha ! Mais je sais
tout, mon cher monsieur ! je sais à qui vous avez fait
votre déclaration d'amour hier soir ; je sais qui vous
avez charmé par votre heureuse prestance et vos beaux

discours; je sais qui vous laisse entrer dans sa chambre...
après dix heures du soir!

— Maître, dit tout à coup le cocher à Markelof, tenez
un peu les rênes... Je descends, pour voir... Je crois que
nous nous sommes égarés un brin... Il y a là une espèce
de trou... »

En effet, le tarantass penchait fortement.

Markelof prit les rênes que lui passait le cocher et
continua sans baisser la voix :

« Je ne vous blâme pas, Alexis Dmitritch ! Vous avez
profité de l'occasion... C'était votre droit. Je dis seulement que je ne m'étonne pas si vous vous refroidissez pour
l'œuvre commune; je vous le répète, vous avez autre
chose en tête. Et j'ajoute à ce propos ceci, qui est de
mon cru : Où est l'homme qui peut savoir d'avance
avec certitude ce qui plaît à un cœur de jeune fille, ou
deviner ce qu'elle désire ?

— Je vous comprends maintenant, commença Néjdanof; je comprends votre amertume, je devine qui nous
a espionnés et qui s'est hâté de vous avertir... »

Mais Markelof, sans avoir l'air de l'entendre, continua
en traînant avec intention sur chaque syllabe, comme
s'il eût chanté :

« Ce n'est pas une affaire de mérite, ni de qualités
extraordinaires, physiques ou morales... Non !... c'est
tout bonnement la chance... la maudite chance des s...s
bâtards !... »

Markelof prononça ces derniers mots d'une façon rapide et saccadée, puis se tut brusquement et resta
comme pétrifié.

Néjdanof, au milieu de l'obscurité qui l'enveloppait,
sentit son visage pâlir et des frissons courir sur ses
joues. Il fit un violent effort pour s'empêcher de bondir
sur Markelof et de le prendre à la gorge... « Il faudra du sang pour laver cette offense, il faudra du
sang !... »

« J'ai retrouvé le chemin ! s'écria le cocher, qui appa-

rut près de la roue droite de devant, je m'étais un peu trompé, j'avais pris à gauche... mais ça n'est rien, à présent ! nous serons arrivés dans une minute ; il n'y a pas une verste jusqu'à la maison. Restez assis. »

Il grimpa sur le rebord qui lui servait de siége, prit les rênes des mains de Markelof et remit dans le droit chemin le cheval de brancard... Le tarantass, d'abord violemment secoué à deux ou trois reprises, roula ensuite plus sûr et plus rapide sur la route unie. Les ténèbres semblèrent s'écarter, se soulever. Un monticule apparut en avant ; une petite lumière brilla, disparut, puis une autre... Un chien aboya.

« Voici nos premières cabanes, dit le cocher. Allons, mes bons petits chats ! en avant ! hue ! »

Les lumières devenaient de plus en plus nombreuses.

« Après une telle insulte, dit enfin Néjdanof, vous comprendrez sans peine, monsieur Markelof, qu'il m'est impossible de passer la nuit sous votre toit ; il ne me reste donc qu'à vous prier, quelque pénible que cela soit pour moi, de me prêter votre tarantass quand vous serez arrivé chez vous, pour que je me rende à la ville ; demain je trouverai moyen de rentrer à la maison, et vous recevrez une communication à laquelle vous vous attendez probablement. »

Markelof resta un moment sans répondre.

« Néjdanof ! dit-il tout à coup d'une voix contenue, mais avec un accent presque désespéré ; Néjdanof ! au nom du ciel, entrez dans ma maison, ne fût-ce que pour me laisser vous demander pardon à genoux ! Néjdanof, oubliez... oublie, oublie cette parole d'insensé ! Ah ! si quelqu'un pouvait sentir jusqu'à quel point je suis malheureux ! »

Markelof se frappa d'un coup de poing la poitrine, qui sembla répondre par un gémissement.

« Néjdanof ! sois généreux ! Donne-moi ta main... Ne me refuse pas le pardon ! »

Néjdanof lui tendit la main, non sans indécision,

mais il la lui tendit. Markelof la serra avec une telle force que Néjdanof faillit pousser un cri.

Le tarantass s'arrêta devant le perron de la demeure de Markelof.

« Écoute, Néjdanof, — disait Markelof à son compagnon, un quart d'heure après, dans son cabinet, écoute ! »

Il ne lui disait plus autrement que *tu*, et dans ce tutoiement inattendu, — adressé à l'homme en qui il avait découvert son rival heureux, à l'homme qu'il venait d'insulter mortellement, qu'il avait eu envie de tuer et de mettre en pièces, — dans ce tutoiement il y avait à la fois une renonciation sans retour, une prière humble et douloureuse, et même une sorte de droit... Et la preuve que Néjdanof reconnaissait ce droit, c'est que lui-même se mit aussi à tutoyer son compagnon.

« Écoute ! Je t'ai dit tout à l'heure que je m'étais refusé aux joies de l'amour, que je les avais repoussées afin de me vouer uniquement à mes convictions... C'était un mensonge, une fanfaronnade ! On ne m'a jamais rien offert de pareil, et je n'ai pas eu à le repousser ! Je suis né malchanceux, et malchanceux je suis resté. Peut-être était-ce écrit. — Je ne suis pas fait pour aimer ; sans doute, ma mission est ailleurs. Puisque tu peux réunir l'un et l'autre... aimé, être aimé... et en même temps servir l'œuvre... tu es un heureux mortel ! Je t'envie... Mais moi, non, je ne peux pas ! tu es heureux, tu es heureux ! Mais moi, je ne peux pas... »

Markelof disait tout cela à voix basse, assis sur une chaise, la tête penchée, les bras pendants.

Néjdanof était debout devant lui, plongé dans une attention rêveuse, et quoique Markelof le félicitât de son bonheur, il ne se sentait pas heureux et n'avait pas l'air de l'être.

« Dans ma jeunesse, une femme m'a trompé, continua Markelof, c'était une adorable jeune fille, et pourtant elle m'a trompé ; pour qui ? Pour un Allemand ! pour un aide de camp ! Et Marianne... »

Il s'interrompit. C'était la première fois qu'il prononçait son nom, et ce nom semblait lui brûler les lèvres.

« Marianne ne m'a pas trompé : elle m'a dit sans détour que je ne lui plaisais pas... En effet, pourquoi lui aurais-je plu ? Elle s'est donnée à toi... Eh bien après ? N'était-elle pas libre ?

— Mais pardon, pardon ! s'écria Néjdanof... Qu'est-ce que tu dis là ? Elle s'est donnée ?... Je ne sais pas ce que ta sœur a pu t'écrire, mais je te jure...

— Je ne dis pas cela !... Elle s'est donnée à toi moralement, elle t'a donné son cœur, son âme ! interrompit Markelof, non sans un secret soulagement causé par l'exclamation de Néjdanof. Et elle a très-bien fait. Quant à ma sœur... certainement elle n'avait pas l'intention de me faire de la peine, ou plutôt, véritablement, cela lui est bien égal ; mais ce qui est sûr et certain, c'est qu'elle te déteste, ainsi que Marianne. Elle n'a pas menti... D'ailleurs, qu'elle fasse ce qu'elle voudra, peu m'importe !

— Oui, pensa Néjdanof, elle nous déteste.

— Tout est pour le mieux, reprit Markelof sans changer d'attitude. Maintenant que les derniers liens sont rompus, rien ne peut plus me gêner ! Tu me diras que Golouchkine est un imbécile : c'est possible ! Les lettres de Kisliakof sont ridicules ! soit ! mais l'important, ce qu'il faut voir, c'est que, d'après ses lettres, tout est prêt partout. Tu doutes peut-être aussi de cela ? »

Néjdanof ne répondit pas.

« Tu as peut-être raison ; mais si l'on attendait que tout fût prêt, absolument tout, on ne commencerait jamais. Si l'on pesait toujours d'avance toutes les conséquences, on en trouverait certainement dans le nombre quelques-unes de mauvaises. Par exemple, quand nos prédécesseurs préparèrent l'émancipation des paysans, dis-moi, pouvaient-ils prévoir qu'un des résultats de cette même émancipation serait l'apparition de toute une classe de propriétaires usuriers qui vendent au pay-

san, pour six roubles, un tchetvert[1] de blé pourri, et qui
reçoivent en échange (Markelof plia un doigt), premièrement du travail pour au moins six roubles; secondement (Markelof plia un second doigt), un tchetvert entier
de bon blé, et encore (il plia un troisième doigt), quelque chose en plus comme intérêt. C'est-à-dire qu'ils su-
cent les dernières gouttes du sang de ce paysan ! Est-ce
que les émancipateurs pouvaient prévoir cela, dis ? Et
pourtant, quand bien même ils l'auraient prévu, ils auraient bien fait de libérer les serfs, et de ne pas consi-
dérer d'avance tous les résultats ! C'est pourquoi... ma
résolution est prise. »

Néjdanof fixa sur Markelof un regard interrogateur et
étonné; mais celui-ci détournait les yeux. Ses sourcils
rapprochés cachaient ses prunelles; il mordait ses lèvres
et mâchonnait ses moustaches.

« Oui, ma résolution est prise ! répéta-t-il en frappant
violemment son genou de son poing velu et basané. —
Je suis têtu, moi... Ce n'est pas pour rien que je suis à
moitié Petit-Russien. »

Puis il se leva, et, traînant ses pieds comme s'il n'eût
plus eu la force de les lever, il passa dans sa chambre à
coucher, d'où il sortit au bout d'un moment, tenant à
la main un petit portrait de Marianne encadré sous verre.

« Prends, dit-il d'une voix triste, mais calme, c'est
moi qui ai fait cela. Je suis un pauvre dessinateur, mais
regarde, je crois qu'il est ressemblant (ce portrait, de
profil, dessiné au crayon, était en effet assez ressemblant). Prends-le, mon ami, c'est mon testament. Avec
ce portrait, je te donne, non pas mes droits... je n'en
avais pas, mais tout... vois-tu, tout ! Je te donne tout,
et elle... mon ami, c'est une brave... »

Markelof s'arrêta; sa poitrine se gonflait visiblement.

« Prends. Tu n'es plus fâché avec moi, dis ? Eh bien,
prends, moi, je n'ai plus besoin de rien de semblable... »

---

[1] Deux hectolitres.

Néjdanof prit le portrait; mais une étrange sensation l'oppressait. Il lui semblait qu'il n'avait pas le droit d'accepter un pareil présent; que, si Markelof avait pu lire ce qui se passait dans son cœur, il ne lui aurait peut-être pas donné ce portrait. Néjdanof tenait dans sa main ce petit morceau de carton, soigneusement entouré d'un cadre noir à bordure d'or, et se demandait ce qu'il devait en faire.

« C'est la vie entière d'un homme que je tiens là dans ma main, » pensait-il.

Il comprenait quel cruel sacrifice faisait Markelof en ce moment; mais pourquoi, pourquoi précisément à lui? Fallait-il rendre ce portrait à Markelof? Non! c'eût été une injure encore plus cruelle... Après tout, ce visage lui était cher, il aimait cette femme!

Néjdanof porta son regard sur Markelof, non sans quelque crainte : celui-ci ne l'observait-il pas? ne cherchait-il pas à deviner ses pensées? Mais Markelof, les yeux toujours détournés, s'était remis à mâchonner ses moustaches.

Le vieux domestique entra une bougie à la main.

Markelof tressaillit.

« Il est temps de dormir, camarade Alexis, s'écria-t-il. Le matin est de meilleur conseil que le soir. Demain je te donnerai des chevaux, tu rouleras jusque chez toi, et adieu!

— Adieu, toi aussi, mon vieux! ajouta-t-il soudain en s'adressant au domestique et lui frappant sur l'épaule. Ne me garde pas rancune, toi aussi! »

Le vieillard fut si surpris qu'il faillit laisser tomber sa bougie, et le regard qu'il attacha sur son maître exprima quelque chose d'autre, quelque chose de plus que sa tristesse habituelle.

Néjdanof se retira dans sa chambre. Il n'était guère content. Le vin qu'il avait bu lui faisait encore mal à la tête, ses oreilles bourdonnaient, et il voyait passer comme des ombres devant ses yeux, bien qu'il les fer-

mât... Golouchkine, Vassia le commis, Fomouchka, Fimouchka tourbillonnaient devant lui; l'image lointaine
de Marianne, défiante pour ainsi dire, semblait craindre
de s'approcher. Tout ce que lui-même avait fait et dit
lui paraissait mensonge et fausseté, absurdité inutile et
écœurante, et ce qu'il eût fallu faire, le but vers lequel
on devait tendre, était caché dans quelque endroit inconnu, inaccessible, sous une triple serrure, enfoui au
fond même de la terre... Et il éprouvait un désir inces-
sant de se lever, d'aller à Markelof, de lui dire : « Prends
ton présent, reprends-le ! »

« Pouah ! quel chose dégoûtante que la vie ! » s'écria-
t-il à la fin.

Le lendemain il partit de bonne heure. Markelof était
déjà sur le perron, entouré de paysans... Les avait-il
convoqués ou étaient-ils venus d'eux-mêmes ? Néjdanof
n'en put rien savoir. Markelof lui dit adieu d'une façon
sèche et laconique... Cependant il avait l'air d'avoir
quelque chose de très-grave à communiquer à ses paysans. Et le vieux domestique se tenait toujours là avec
son éternel regard morne.

Le tarantass dépassa rapidement la ville, et, quand il
eut atteint les champs, il roula bon train. Les chevaux
étaient ceux de la veille, mais le cocher, soit parce que
Néjdanof vivait dans une maison riche, soit pour toute
autre raison, comptait sur un bon « pourboire », et chacun sait que, lorsque le cocher a bien bu ou qu'il espère
bien boire, les chevaux vont comme le vent.

La journée, quoique un peu fraîche, était une vraie
journée de juin. Des nuages rapides et hauts traversent
le ciel bleu; le vent égal et fort ne soulève aucune poussière sur le chemin raffermi par la pluie de la veille;
les saules tout bruyants ondulent et brillent, tout se
meut, tout s'élance; le cri de la caille, parti des collines
lointaines, arrive par-dessus les ravins verts en notes
claires et liquides qui semblent elles-mêmes avoir des
ailes et venir en volant; les corbeaux reluisent au soleil,

et, sur la ligne plate de l'horizon nu, on voit marcher
quelque chose qui ressemble à de gros insectes noirs...
ce sont les chevaux des paysans qui donnent un second
labour à leurs jachères.

Mais Néjdanof passa devant tout cela sans le voir; il
ne s'aperçut même·pas qu'il était revenu au domaine
des Sipiaguine, tant il était absorbé dans ses pensées...

Pourtant il tressaillit quand il aperçut le toit de la
maison, l'étage supérieur, la fenêtre de la chambre de
Marianne. « Oui, se dit-il, et il sentit une bonne chaleur
au cœur : il a raison, elle est une brave fille, et je
l'aime. »

XXII

Il alla bien vite changer de costume, puis descendit
pour donner sa leçon à Kolia. Sipiaguine, qu'il rencontra dans la salle à manger, lui fit un salut froid et poli,
demanda du bout des lèvres s'il avait fait un bon voyage
et passa dans son cabinet. L'homme d'État avait déjà
décidé dans son esprit de ministre que, dès la fin des
vacances, il renverrait à Pétersbourg ce professeur « positivement trop rouge », et qu'en attendant il le surveil-
lerait. « Je n'ai pas eu la main heureuse cette fois-ci, se
disait-il à lui-même; mais, après tout, j'aurais pu *tomber pire* [1]. »

Les sentiments de Mme Sipiaguine envers Néjdanof
étaient beaucoup plus accentués et plus énergiques. Elle
ne pouvait pas le souffrir !... Ce gamin ne l'avait-il pas
offensée ?

Marianne ne s'était pas trompée en pensant que c'était

[1] En français dans l'original.

Mme Sipiaguine qui les écoutait, elle et Néjdanof, dans le corridor... Oui, cette grande dame ne dédaignait pas de pareils moyens. Pendant les deux jours qu'avait duré l'absence du jeune homme, elle n'avait pas eu d'explication avec son « étourdie » de cousine, mais elle lui faisait entendre à chaque instant qu'elle savait tout, qu'elle éprouvait moins d'indignation encore que de surprise, et que sa surprise même aurait été plus grande, s'il ne s'y était mêlé un peu de mépris et un peu de pitié... En effet, un mépris intime et contenu gonflait ses joues, une sorte de raillerie mêlée de commisération relevait ses sourcils, pendant qu'elle regardait Marianne ou qu'elle causait avec elle ; ses yeux superbes s'arrêtaient avec une perplexité languissante, avec un air de dégoût attristé sur cette fille présomptueuse qui, après tant de « fantaisies et d'excentricités », en était arrivée à s'em... bras... ser dans des chambres sombres avec le premier petit étudiant venu !

Pauvre Marianne ! Ses lèvres rigides et fières n'avaient encore jamais subi le contact d'un baiser.

Du reste, Valentine Mikhaïlovna ne parla pas à son mari de sa découverte ; elle se contentait d'accompagner les rares paroles qu'elle adressait à Marianne devant Sipiaguine, d'un sourire significatif qui n'était nullement motivé par le sens de ces paroles.

Il lui arrivait même, par moments, de se repentir un peu d'avoir écrit à son frère... Mais, en fin de compte, elle aimait mieux se repentir et avoir écrit que de ne pas se repentir et de ne pas avoir écrit.

Néjdanof ne vit Marianne qu'un moment, dans la salle à manger, après le déjeuner. Il la trouva maigrie et pâlie : elle n'était pas à son avantage, ce jour-là ; mais le coup d'œil rapide qu'elle jeta sur lui à son entrée pénétra jusqu'au fond de son cœur.

Quant à Mme Sipiaguine, elle le regardait comme quelqu'un qui répète constamment, en dedans : « Bravo ! parfait ! très-bien joué ! » Et, en même temps, elle

essayait de deviner à l'expression de son visage si Markelof lui avait montré sa lettre ou non ? — Elle finit par
décider que oui.

Sipiaguine, apprenant que Néjdanof était allé voir la
fabrique dirigée par Solomine, se mit à l'interroger sur
« cet établissement industriel si curieux à tous les points
de vue », mais il ne tarda pas à se convaincre, par les
réponses du jeune homme, que celui-ci n'avait rien vu ;
et il rentra dans un silence majestueux, comme se re-
prochant d'avoir attendu quelque renseignement sérieux
de la part d'un sujet encore si peu développé !

En quittant la salle à manger, Marianne eut le temps
de dire tout bas à Néjdanof :

« Attends-moi dans le bosquet de bouleaux, au bout
du jardin ; je t'y rejoindrai dès que je pourrai.

— Elle aussi me dit « tu », pensa Néjdanof. Que
c'était doux... et inattendu... et un peu bizarre... et
bon ! Et comme il aurait trouvé étrange, impossible,
qu'elle recommençât à lui dire « vous », qu'elle s'éloi-
gnât de lui !...

Il sentait que cela eût été pour lui un vrai malheur.
L'aimait-il d'amour, cette jeune fille ? il n'en savait encore rien : mais il sentait, dans tout son être, qu'elle lui
était devenue chère — et intime, — et nécessaire... nécessaire, surtout.

Le bosquet où Marianne l'avait envoyé se composait
d'une centaine de vieux et grands bouleaux, des bou-
leaux-pleureurs pour la plupart. Le vent soufflait toujours aussi égal et aussi fort ; les longues touffes des fines
branches se balançaient et s'agitaient comme des chevelures dénouées ; les nuages continuaient de courir vite
et haut dans le ciel clair ; quand l'un d'eux passait sur
le soleil, tout devenait, non pas sombre, mais d'une
même teinte. Mais le nuage s'envolait, et aussitôt, partout à la fois, des taches de lumière recommençaient à
s'agiter tumultueusement... vives et mobiles, elles oscil-
laient avec les taches d'ombre dans un désordre bigarré.

Le bruit et le mouvement restaient les mêmes ; mais il s'y était ajouté comme un air de joie et de fête. C'est avec la même violence joyeuse que la passion pénètre dans un cœur assombri et agité... Et c'était un cœur comme celui-là que Néjdanof apportait dans sa poitrine.

Il s'appuya debout contre le tronc d'un bouleau et attendit. Il ne savait pas au juste ce qu'il éprouvait et il ne désirait pas le savoir ; il se sentait à la fois plus inquiet et plus à l'aise que chez Markelof. Avant tout, il voulait la voir, lui parler ; ce lien qui lie ensemble, tout d'un coup, deux êtres vivants, l'avait déjà saisi. Néjdanof pensa à l'amarre qu'on lance du bateau au rivage, quand un vapeur s'apprête à aborder... La voilà enroulée autour du poteau, et le bateau s'arrête... Il est arrivé au port ! Dieu soit loué !

Tout à coup il tressaillit. Un vêtement de femme apparaissait au loin dans le sentier. C'était elle. Mais marchait-elle vers lui, s'éloignait-elle de lui ? Il douta d'abord, puis il remarqua que les taches de lumière et d'ombre couraient de « bas en haut » sur son vêtement, donc elle s'approchait. Les taches auraient glissé de « haut en bas » si elle s'était éloignée. Quelques instants encore, elle était près de lui, devant lui, avec son visage animé et amical, un éclat caressant dans les yeux, un sourire faible mais gai sur les lèvres. Il saisit ses mains qu'elle lui tendait, la voix lui manqua ; elle non plus ne disait rien. Sa marche très-rapide l'avait essoufflée, mais on voyait qu'elle se sentait heureuse de ce que lui était heureux de la voir.

Ce fut elle qui parla la première.

« Eh bien, dit-elle, parle vite, qu'y a-t-il de décidé ? »

Néjdanof parut surpris.

« Décidé ?... Mais nous n'avons rien à décider tout de suite.

— Oh ! tu me comprends bien. Raconte-moi ce dont vous avez parlé. Qui as-tu vu ? As-tu fait connaissance avec Solomine ? Raconte-moi tout... tout ! Mais attends,

allons d'abord par là. Je connais un endroit... Nous serons moins en vue. »

Elle l'entraîna, et il la suivit docilement à travers l'herbe haute, rare et sèche.

Elle le conduisit jusqu'à un endroit où gisait un grand bouleau abattu par quelque orage. Ils s'assirent sur le tronc.

« Raconte ! » répéta-t-elle.

Mais elle ajouta aussitôt :

« Ah ! que je suis contente de te voir ! Il me semblait que ces deux jours ne finiraient jamais. Tu sais, à présent je suis certaine que Mme Sipiaguine nous a entendus.

— Elle en a écrit à Markelof, dit Néjdanof.

— A lui ? »

Marianne se tut, et peu à peu son visage devint rouge, non de honte, mais d'un autre sentiment plus fort.

« La méchante, la vilaine femme ! murmura-t-elle lentement ; elle n'avait pas le droit de faire cela. Mais bah ! qu'importe ? Raconte, raconte-moi. »

Néjdanof commença son récit. Elle l'écoutait, silencieuse, comme pétrifiée d'attention, et ne l'interrompait que quand elle le voyait se hâter et glisser sur les détails. Du reste, tous les incidents de son voyage n'avaient pas le même intérêt pour elle ; Fomouchka et Fimouchka la faisaient rire, mais ne l'intéressaient pas. Leur manière de vivre était trop éloignée de ses idées.

« C'est comme si tu me parlais de Nabuchodonosor, ce que tu me racontes-là, » lui dit-elle.

Mais ce que disait Markelof, ce que pensait Golouchkine lui-même (bien qu'elle eût compris au premier mot quel oiseau c'était), et surtout les opinions de Solomine, et quel homme il était, voilà les choses qu'elle voulait savoir, voilà ce dont elle s'inquiétait.

« Quand donc agirez-vous ? »

Quand ? était la question qui lui traversait constamment la tête et qu'elle avait sur les lèvres pendant que

Néjdanof parlait. Et lui, on eût dit qu'il évitait tout ce qui pouvait donner à cette question une réponse positive. Il finit par s'apercevoir lui-même qu'il appuyait précisément sur les détails auxquels Marianne s'intéressait le moins... et qu'il y revenait malgré lui.

Ses descriptions humoristiques éveillaient l'impatience chez Marianne ; le ton désenchanté ou triste la peinait... Elle ne voulait entendre parler que de l'« œuvre », de la « question ». Sur ce point, aucun discours ne lui semblait prolixe. Cela rappelait à Néjdanof le temps où il n'était pas encore étudiant, et où, passant l'été à la campagne chez des amis, il avait eu l'idée de raconter des contes à leurs enfants ; eux non plus n'appréciaient ni les descriptions, ni les récits d'impressions purement personnelles... eux aussi demandaient de l'action, det faits ! Marianne n'était pas une enfant, mais elle en avai les impressions vraies et simples.

Néjdanof vantait sincèrement et chaudement Markelof, et parlait de Solomine avec une sympathie toute particulière.

Au milieu de ses discours enthousiastes, il se demandait à lui-même sur quoi il basait la haute opinion qu'il se faisait de cet homme : Solomine, en effet, n'avait rien dit de particulièrement remarquable, et certaines de ses paroles avaient même été directement à l'encontre de ses convictions à lui, Néjdanof...

« C'est un caractère équilibré, se dit-il, voilà ; c'est un homme exact, posé, frais, comme a dit Fimouchka ; c'est un homme ; une force tranquille et solide ; il sait ce qu'il veut et il a confiance en lui-même, et il éveille la confiance ; il ne se trouble jamais... L'équilibre, l'équilibre !... voilà l'important ; et c'est justement ce qui me manque. »

Néjdanof s'interrompit et resta plongé dans ses réflexions.

Tout à coup, il sentit une main se poser sur son épaule.

Il releva la tête : Marianne fixait sur lui un regard tendre et soucieux.

« Mon ami ! qu'as-tu ? »

Il prit la main posée sur son épaule, et baisa pour la première fois cette petite main, à la fois jolie et forte. Marianne eut un léger éclat de rire, comme étonnée que l'idée d'une telle amabilité lui fût venue à l'esprit. Puis à son tour elle devint pensive.

« Markelof t'a-t-il montré la lettre de Mme Sipiaguine ? demanda-t-elle enfin.

— Oui.

— Et... qu'a-t-il dit ?

— Lui ? C'est la générosité, l'abnégation en personne. Il... »

Néjdanof allait parler à Marianne du portrait, mais il se contint, et se borna à répéter :

« C'est la générosité même !

— Oh ! oui, oui. »

Marianne redevint pensive, puis tout à coup, se tournant vers Néjdanof sur le tronc de bouleau qui leur servait de siége, elle lui dit vivement :

« Ainsi donc... qu'avez-vous décidé ? »

Néjdanof haussa les épaules.

« Mais, je te l'ai dit ; jusqu'à présent, il n'y a rien de décidé ; il faut attendre encore.

— Attendre encore ? Attendre quoi ?

— Les dernières instructions. (Je sais bien que je mens, pensa Néjdanof.)

— De qui ?

— De... tu sais... de Vassili Nicolaïevitch. Et puis aussi il faut attendre le retour d'Ostrodoumof. »

Marianne regarda Néjdanof d'un air interrogateur.

« Dis-moi, est-ce que tu l'as jamais vu, ce Vassili Nicolaïevitch ?

— Je l'ai vu deux fois... un petit moment.

— Eh bien... est-ce un homme remarquable ?

— Mon Dieu ! que te dirai-je ? Il est notre chef, et c'est

lui qui dirige tout; sans discipline, notre œuvre ne marcherait pas; il faut savoir obéir. (Et tout cela aussi n'est
que fadaises, pensa de nouveau Néjdanof.)

— Comment est-il fait?

— Il est petit, trapu, basané; il a un visage rude, à
pommettes saillantes, — une tête de Kalmouk; — mais
les yeux sont très-vifs.

— Et comment parle-t-il?

— Il commande plutôt qu'il ne parle.

— Et pourquoi est-il le chef?

— C'est un homme de grande volonté. Il ne cède devant personne. Il tuerait plutôt quelqu'un, si c'était nécessaire. Bref, on a peur de lui.

— Et Solomine, comment est-il? demanda Marianne
au bout d'un moment.

— Solomine non plus n'est pas beau; mais il a une
excellente figure, simple et loyale. On rencontre des
têtes comme cela parmi les séminaristes, parmi les bons,
s'entend. »

Néjdanof décrivit Solomine en détail. Marianne regarda Néjdanof longtemps... longtemps... Puis, comme
se parlant à elle-même :

« Toi aussi, tu as une bonne figure. Je crois qu'avec
toi la vie doit être facile. »

Ces paroles touchèrent Néjdanof, qui lui prit de nouveau la main et voulut la porter à ses lèvres.

« Pas tant d'amabilités, lui dit Marianne en riant;
elle riait toujours quand on lui baisait la main. — Tu
ne sais pas, continua-t-elle, j'ai un pardon à te demander.

— Comment cela?

— Voici. Pendant ton absence, je suis entrée dans ta
chambre, et j'ai vu sur la table un petit cahier de poésies... (Néjdanof tressaillit, il se rappela qu'il avait en
effet oublié ce petit cahier sur sa table) et je te le confesse, je n'ai pas pu résister à ma curiosité, et j'ai lu. Ce
sont des vers de toi, n'est-ce pas?

— Oui; et sais-tu, Marianne, ce qui prouve mieux que toute autre chose jusqu'à quel point je te suis attaché et combien j'ai de confiance en toi, c'est que je ne suis presque pas fâché contre toi.

— Presque? Cela veut dire que tu l'es un peu? A propos! tu m'appelles par mon petit nom; moi, je ne peux pas t'appeler Nédjanof! Je t'appellerai Alexis. Et cette pièce de vers qui commence par ces mots : « Cher ami, quand je mourrai... » elle est aussi de toi?

— Oui... oui... seulement, je t'en prie, ne parle plus de cela... ne me tourmente pas. »

Marianne secoua la tête.

« Elle est bien triste cette poésie... J'espère que tu l'as écrite avant notre rencontre; mais les vers sont bons, autant que j'en puis juger. Il me semble que tu aurais pu te faire écrivain; mais ce dont je suis sûre, c'est que tu as une vocation meilleure et plus élevée que la littérature. Écrire était bon autrefois, quand autre chose était impossible. »

Néjdanof jeta sur elle un regard rapide.

« Tu crois? Oui, c'est vrai. Mieux vaut périr là-bas que réussir ici. »

Marianne se leva d'un élan.

« Oui, mon ami, tu as raison! s'écria-t-elle, et son visage, embelli par l'attendrissement des sentiments généreux, s'enflamma tout à coup d'enthousiasme; tu as raison! mais peut-être que nous ne périrons pas tout de suite; nous aurons le temps; tu verras, nous serons utiles, notre vie ne s'écoulera pas en vain, nous irons nous mêler au peuple... Sais-tu quelque métier? Non? C'est égal, nous travaillerons, nous leur apporterons, à eux, à nos frères, tout ce que nous savons; moi, s'il le faut, je me ferai cuisinière, couturière, blanchisseuse. Tu verras, tu verras... Et il n'y aura aucun mérite à cela, mais le bonheur, le bonheur! »

Marianne se tut, et son regard, fixé dans le lointain, — non dans celui qui s'étendait devant elle, mais dans

un autre lointain invisible, encore à venir, visible pour elle,—son regard était brûlant...

Néjdanof se pencha vers elle en s'inclinant jusqu'à ses genoux :

« O Marianne, murmura-t-il, je ne suis pas digne de toi. »

Elle tressaillit tout à coup.

« Il est temps de rentrer vite, s'écria-t-elle, sans quoi on enverra encore à notre recherche ! Du reste, je crois que Mme Sipiaguine a renoncé à s'occuper de moi. A ses yeux, je suis « une perdue ».

Marianne, en prononçant ce mot, avait sur son visage une expression de joie si radieuse, que Néjdanof, le regard dans les yeux de la jeune fille, ne put s'empêcher de sourire en répétant : « Perdue ! »

« Seulement elle est horriblement blessée, continua Marianne, de ce que tu te permets de n'être pas à ses pieds. Mais tout cela n'importe guère ; écoute... naturellement je ne peux pas rester ici... mais voilà... il faudra nous enfuir !

— Nous enfuir ?

— Mais oui, nous enfuir... tu ne voudrais pourtant pas rester, n'est-ce pas ? Nous partirons ensemble. Il faudra que nous travaillions ensemble... tu viendras avec moi ?

— Au bout du monde ! s'écria Néjdanof, et sa voix vibra soudainement sous le coup d'une émotion, d'une reconnaissance tumultueuse. Au bout du monde ! »

Dans ce moment-là, en effet, il serait allé avec elle, sans regarder en arrière, n'importe où elle l'aurait conduit.

Marianne le comprit, elle poussa un soupir court et heureux.

« Eh bien, prends ma main... seulement, ne la baise pas... et serre-la fortement, en camarade, en ami... comme ça ! tiens ! »

Ils retournèrent ensemble à la maison, silencieux, cal-

mes, contents; l'herbe nouvelle frôlait doucement leurs
pieds; les jeunes feuilles bruissaient tout autour; les taches d'ombre et de soleil se mirent à courir en glissant
sur leurs vêtements; et tous deux souriaient à ce jeu
rapide et changeant de la lumière, aux gaies bouffées de
vent, au frais miroitement du feuillage, et à leur propre
jeunesse, — et l'un à l'autre.

XXIII

L'aurore commençait déjà à poindre dans le ciel, lorsque Solomine, ayant allègrement parcouru ses cinq verstes après le dîner chez Golouchkine, frappa à la petite
porte de la haute palissade d'enceinte qui entourait la
fabrique.

Le veilleur lui ouvrit aussitôt, et, accompagné de trois
énormes chiens de garde qui agitaient largement leurs
queues velues, le conduisit dans son logement avec un
empressement respectueux. Le retour du chef lui faisait
évidemment plaisir.

« Vous arrivez de nuit, M. Solomine. Nous ne vous
attendions que demain.

— Bah! la promenade est encore plus agréable pendant la nuit. »

Les rapports qui existaient entre Solomine et ses ouvriers étaient bons, quoique un peu différents de l'ordinaire : les ouvriers le respectaient comme un supérieur,
et se conduisaient avec lui comme avec un égal, comme
avec un des leurs; mais à leurs yeux c'était un homme
très-fort dans sa partie! « Quand Vassili Fédotoff dit
quelque chose, répétaient-ils entre eux, c'est sacré, parce
que c'est un fier savant, et il vous enfoncerait tous
les « Aglitchans » (Anglais). »

Les ouvriers se rappelaient, en effet, qu'un grand ma-
nufacturier anglais était venu un jour visiter la fabrique;

et, soit parce que Solomine avait causé avec lui en anglais, soit que réellement il appréciât l'étendue de ses connaissances, cet Anglais avait frappé à plusieurs reprises sur l'épaule de Solomine, lui avait demandé en riant s'il voulait venir avec lui à Liverpool, puis avait répété aux ouvriers, en son russe incorrect : « Lui, bonne, aoh ! très-bonne ! » Cela fit beaucoup rire les ouvriers, et ils disaient, non sans orgueil : « Ah ! notre chef est un rude lapin ! Et il est des nôtres ! »

Le fait est qu'il était des leurs, qu'il était à eux.

Le lendemain matin, Solomine fut éveillé par son favori Paul qui, en l'aidant à s'habiller, lui donna quelques renseignements et lui en demanda d'autres. Puis ils prirent le thé ensemble, rapidement ; Solomine, ayant passé sa vieille jaquette de travail, descendit à la fabrique, et sa vie se mit de nouveau à tourner régulièrement comme une roue de machine.

Mais un nouveau temps d'arrêt lui était réservé.

Cinq jours après son retour, Solomine vit entrer dans la cour de la fabrique un élégant phaéton attelé de quatre superbes chevaux, et aussitôt un laquais à livrée grissable, amené par Paul, lui remit solennellement une lettre à cachet armoirié, de la part de « Son Excellence le général Sipiaguine. »

Dans cette lettre tout imprégnée non de parfums, — fi donc ! — mais d'une certaine senteur anglaise aussi distinguée que désagréable, dans cette lettre écrite à la troisième personne, il est vrai, mais de sa propre main de haut dignitaire, le noble seigneur du village d'Arjanoïé, s'excusant d'abord de s'adresser à un homme qui ne lui était pas personnellement connu, mais dont lui, Sipiaguine, avait entendu faire l'éloge de la façon la plus flatteuse, prenait « la liberté » d'inviter chez lui M. Solomine, dont les conseils pourraient lui être d'une fort grande utilité au sujet d'une importante entreprise industrielle ; et, dans l'espérance que M. Solomine aurait l'amabilité d'accepter son invitation, il

lui envoyait un équipage. Dans le cas, cependant, où
M. Solomine serait dans l'impossibilité de s'absenter ce
jour-là, il le priait de vouloir bien lui indiquer un autre
jour quelconque, à sa convenance, et alors, lui Sipiaguine, mettrait avec empressement son équipage à la
disposition de M. Solomine. Puis venaient les formules
d'usage, suivies d'un élégant paraphe tout à fait digne
d'un ministre, et absolument incompréhensible, cela va
sans dire, pour tout autre qu'un initié.

La lettre était terminée par un post-scriptum, à la première personne, cette fois : « J'espère que vous ne refuserez pas de venir dîner sans cérémonie, en redingote. »
Les mots « sans cérémonie » était soulignés.

En même temps que cette lettre, le laquais gris-sable,
non sans quelque hésitation, présenta à Solomine un
simple billet, pas même cacheté. Ce billet, écrit par Néjdanof, ne contenait que quelques mots :

« Venez, je vous en prie; on a grand besoin de vous
ici, et vous pouvez rendre un grand service, mais non
pas à M. Sipiaguine, cela va sans dire. »

En lisant la lettre de Sipiaguine, Solomine se dit :
Parbleu ! je serais bien en peine d'aller autrement que
sans cérémonie; je n'ai jamais eu de frac, moi! Et pourquoi diable me ferai-je traîner là-bas? Pour perdre du
temps, rien de plus. » Mais quand il eut ouvert le billet
de Néjdanof, il se gratta la nuque, et, tout irrésolu, s'approcha de la fenêtre.

« Quelle réponse monsieur daignera-t-il donner ? » lui
demanda respectusement le laquais gris-sable.

Solomine resta encore un moment à la fenêtre, puis
enfin, secouant ses cheveux et passant la main sur son
front, il répondit :

« Je pars. Donnez-moi le temps de changer de costume. »

Le laquais sortit d'un air digne; Solomine fit appeler
Paul, causa avec lui, et courut encore une fois à la fabrique. Ayant revêtu une redingote noire à taille trop lon-

gue, cousue par un tailleur du cru, et s'étant coiffé d'un
chapeau cylindre un peu roussi, qui lui donna immédiatement un air tout raide, il monta dans le phaéton;
mais tout à coup il se souvint qu'il n'avait pas pris de
gants; il appela « l'omniprésent » Paul, qui alla lui
chercher une paire de gants en peau de daim récemment lavés, dont chaque doigt, élargi au bout, avait
l'air d'un biscuit.

Solomine fourra les gants dans sa poche et dit qu'on
pouvait partir. Aussitôt le laquais, avec une énergie
aussi imprévue qu'inutile, bondit sur le siége, le cocher
bien stylé poussa un cri en fausset pour exciter les chevaux et l'équipage s'ébranla.

Pendant que Solomine roulait vers le domaine de Sipiaguine, l'homme d'État, assis dans son salon avec une
brochure politique à demi coupée sur les genoux, causait avec sa femme au sujet du jeune fabricant. Il lui
avait écrit, disait-il à sa femme, pour essayer de lui faire
lâcher la filature du marchand de Moscou et de l'amener
à se charger de sa fabrique à lui, qui allait de mal en
pis et qu'on devrait réorganiser de fond en comble.

Sipiaguine n'admettait pas l'idée que le jeune homme
refuserait de venir ou même renverrait son voyage à un
autre jour, bien que dans sa lettre il lui en eût laissé le
choix.

« Mais nous avons une fabrique de papier, et c'est une
filature qu'il dirige! lui fit observer Mᵐᵉ Sipiaguine.

— C'est égal, ma chère : il y a des machines là-bas
comme ici... et Solomine est un mécanicien.

— Mais, qui sait? peut-être que c'est un spécialiste!

— Ma chère, d'abord, en Russie, il n'y a point de spé-
cialistes; et ensuite, je te le répète, il est mécanicien. »

Mᵐᵉ Sipiaguine sourit.

« Sois prudent, mon ami : tu as déjà eu du malheur
avec les jeunes gens; pourvu qve cela n'arrive pas une
seconde fois!

— C'est à Néjdanof que tu fais allusion? mais après

tout, il me semble que j'ai atteint mon but : comme ré-
pétiteur pour Kolia, il est parfait. Et puis tu sais : *non
bis in idem!* Pardonne-moi mon pédantisme : cela veut
dire que la même chose ne se répète pas.

— Tu crois? Et moi, je pense que dans ce monde
tout se répète, surtout ce qui est dans la nature des choses... et surtout entre jeunes gens.

— *Que voulez-vous dire?* demanda Sipiaguine en jetant, d'un geste arrondi, sa brochure sur la table.

— *Ouvrez les yeux, et vous verrez!* » répondit-elle.

Quand ils parlaient français, ils se disaient vous, naturellement.

« Hum! fit Sipiaguine, c'est de ce petit étudiant que
tu parles?

— De monsieur l'étudiant, oui.

— Hum! Est-ce qu'il s'est fourré là-dedans (il tapota
de ses doigts sur son front) quelque chose? Hein?

— Ouvre les yeux.

· Marianne? Hein? »

Ce second « hein? » fut dit d'un ton plus nasillard que
le premier.

« Ouvre les yeux, je te dis. »

Sipiaguine fronça les sourcils.

« Bon, nous éclaircirons tout cela plus tard. Pour le
moment, voici ce que je voulais te dire : ce Solomine,
problablement, sera un peu intimidé... c'est bien naturel... le manque d'habitude! Il faudra tâcher d'être aimable pour ne pas l'effaroucher. Ce n'est pas pour toi
que je dis cela. Toi, tu es une perle, et, quand tu veux,
tu ensorcelles ton monde en un clin d'œil. *J'en sais
quelque chose, madame!* Mais je dis cela pour les autres,
par exemple, pour celui-là... »

Il montra du doigt un chapeau gris, à la dernière
mode, déposé sur une étagère : ce chapeau appartenait à
Kallomeïtsef, qui se trouvait à Arjanoïé depuis le matin.

« Il est très-cassant », tu sais ; il méprise absolument le peuple, ce que je condamne absolument! En

outre, depuis quelque temps. je remarque chez lui une sorte d'irritation, une tendance agressive... Est-ce que ses affaires, « là-bas » (Sipiaguine fit, d'un mouvement de tête, une indication vague... mais sa femme le comprit), marcheraient mal ? Hein ?

— Ouvre les yeux, je te le répète. »

Sipiaguine se redressa.

« Hein ? (Ce hein était tout différent, prononcé sur un ton... beaucoup plus bas.) — Ah bah ! Mais alors il pourrait arriver que je les ouvrisse trop ! Qu'on y prenne garde !

— C'est ton affaire. Quant à ton nouveau jeune homme, s'il arrive aujourd'hui, sois tranquille ; on prendra toutes les mesures de précaution. »

Or, il se trouva que toutes les mesures de précaution étaient parfaitement inutiles. — Solomine ne fut ni intimidé, ni effarouché.

Quand le domestique l'annonça, Sipiaguine se leva immédiatement, et s'écria à haute voix, de façon à être entendu de l'antichambre :

« Faites entrer ! ça va sans dire, faites entrer ! »

Puis il se dirigea vers la porte du salon, et s'arrêta tout près de l'entrée. A peine Solomine eut-il franchi le seuil, que Sipiaguine, qu'il avait failli heurter, lui tendit les deux mains, et, balançant la tête à droite et à gauche, avec un aimable sourire, lui dit d'un air charmé :

« Ah ! voilà qui est gentil de votre part !... Que de reconnaissance je vous ai ! »

Et il le conduisit aussitôt à Mme Sipiaguine.

« Voilà ma petite femme, dit-il en appuyant doucement la main sur le dos de Solomine comme pour le pousser vers sa femme. — Ma chère amie, je te présente le premier mécanicien et le premier chef de fabrique de ce gouvernement, Vassili... (Il hésita) Fédocéïtch Solomine. »

Mme Sipiaguine se dressa légèrement, leva avec grâce ses belles paupières, sourit d'abord au jeune homme

d'un air bon enfant, comme à une vieille connaissance, puis tendit vers lui sa petite main, la paume en dessus, le coude serré contre le corps, la tête un peu penchée du côté de cette main, comme si elle demandait une petite aumône.

Solomine laissa au mari et à la femme le temps de terminer leurs petites façons, serra la main à tous les deux, et s'assit dès la première invitation.

Sipiaguine lui demanda alors avec sollicitude s'il ne voulait rien prendre. Mais le jeune homme répondit qu'il n'avait besoin de rien, qu'il n'était nullement fatigué du voyage, et qu'il se mettait entièrement à sa disposition.

« Alors, on pourrait donc vous prier de bien vouloir visiter la fabrique ? demanda Sipiaguine, de l'air de quelqu'un qui avait peur d'être indiscret et qui n'osait pas croire à une telle complaisance de la part de son hôte.

— Tout de suite, si vous voulez, répondit Solomine.

— Ah ! que vous êtes obligeant ! Voulez-vous qu'on attelle un drochki ? Vous préférez peut-être aller à pied ?

— Mais votre fabrique, je suppose, n'est pas loin d'ici ?

— Une demi-verste, tout au plus.

— Alors, à quoi bon faire atteler ?

— Allons, très-bien. Mon chapeau, ma canne, vite ! Et toi, ma petite ménagère, mets-toi en mouvement. Mon chapeau ! »

Sipiaguine s'agitait beaucoup plus que son hôte. Il répéta encore une fois : « Eh bien ! ce chapeau ? » et lui, un grand dignitaire ! il bondit dehors comme un écolier turbulent.

Pendant que son mari avait causé avec Solomine, Mᵐᵉ Sipiaguine avait regardé à la dérobée, mais attentivement, « ce nouveau jeune ».

Assis tranquillement dans un fauteuil, les deux mains nues posées sur ses genoux (il n'avait décidément pas mis ses gants), Solomine considérait tranquillement, mais avec curiosité, les meubles, les tableaux.

« Qu'est-ce que ça veut dire ? pensait-elle. C'est un plébéien, un vrai plébéien, et pourtant comme il a une tenue simple ! »

En effet, Solomine se tenait très-simplement, non pas comme les gens qui, tout en s'efforçant de paraître naturels, désirent qu'on le remarque, mais comme un homme dont les pensées et les sentiments sont très-peu compliqués, mais forts.

Mᵐᵉ Sipiaguine voulut entamer une conversation, mais, à sa grande surprise, elle eut de la peine à trouver quelque chose à dire :

« Ah! ça, pensa-t-elle, est-ce que cet ouvrier de fabrique m'imposerait ?

— Mon mari, commença-t-elle enfin, vous doit beaucoup de reconnaissance pour le temps précieux que vous voulez bien lui sacrifier...

— Il n'est pas très-précieux, madame, répondit-il, et puis je ne suis venu ici que pour un moment.

— « *Voilà où l'ours a montré sa patte* », pensa-t-elle en français.

En ce moment, son mari réapparut sur le seuil de la porte restée ouverte, un chapeau sur la tête, un stick à la main. Se tournant à demi, il dit d'un air détaché :

« Vassili Fédocéïtch, je suis à vos ordres. »

Solomine se leva, salua la dame, et suivit Sipiaguine.

« Par ici, suivez-moi, par ici, — répétait Sipiaguine, comme s'ils se fussent trouvés dans une forêt vierge, et que Solomine eût eu besoin d'un guide. — Faites attention, il y a des marches, Vassili Fédocéïtch !

— Puisque vous voulez bien m'appeler par mes prénoms, dit Solomine sans se presser, je ne suis pas Fédocéïtch, — mais Fédotytch. »

Sipiaguine le regarda par-dessus l'épaule, avec une sorte d'effroi.

« Ah! je vous demande pardon, Vassili Fédotytch !

— Oh! ça ne fait rien du tout. »

Au moment où ils sortaient de la maison, ils rencontrèrent Kalloméïtsef.

« Où allez-vous comme ça? demanda-t-il à Sipiaguine en jetant un regard de travers sur Solomine... A la fabrique? *C'est là l'individu en question?* »

Sipiaguine ouvrit de gros yeux et secoua légèrement la tête pour l'engager à la prudence.

« Oui, à la fabrique... montrer mes péchés et mes misères à monsieur le mécanicien que voilà. Permettez-moi de vous présenter monsieur Kalloméïtsef, un propriétaire de nos voisins, monsieur Solomine... »

Kalloméïtsef fit un ou deux hochements de tête presque imperceptibles, sans se tourner du côté de Solomine; lui, au contraire, regarda fixement Kalloméïtsef, et quelque chose de particulier passa dans ses yeux à demi fermés...

« Peut-on vous accompagner? demanda Kalloméïtsef. Vous savez que j'aime à m'instruire.

— Sans doute. »

Ils débouchèrent de la cour sur le chemin. A peine avaient-ils fait vingt pas qu'ils aperçurent le prêtre de la paroisse, qui, sa soutane retroussée, retournait au presbytère. Kalloméïtsef se détacha du groupe, marcha à pas fermes et rapides vers le prêtre, qui ne s'attendait pas à cela et qui se sentit un peu intimidé, lui demanda sa bénédiction, mit sur sa main rouge et couverte de sueur un baiser retentissant, et, se tournant vers Solomine, lui jeta un regard provocateur. Évidemment il avait des données sur le nouveau venu; il voulait donner une leçon à ce manant qu'on disait être si savant.

« C'est une manifestation, mon cher? » lui dit Sipiagine entre ses dents.

Kalloméïtsef se rebiffa :

« Oui, mon cher, une manifestation nécessaire par le temps qui court! »

Arrivés à la fabrique, ils furent reçus par un Petit-Russien à immense barbe et à fausses dents, qui avait

remplacé l'intendant allemand, définitivement chassé par Sipiaguine. Ce Petit-Russien n'était là que provisoirement : il paraissait absolument incapable ; il se bornait à répéter à tout propos : « Voilà » ou : « S'il plaît à Dieu » et soupirait à chaque instant.

L'inspection de la fabrique commença. Plusieurs ouvriers connaissaient Solomine de vue, et le saluaient. Il dit même à l'un d'eux :

« Ah ! bonjour, Grégoire. Tu es ici ?... »

Il ne tarda pas à se convaincre que l'affaire était mal dirigée. On avait dépensé beaucoup d'argent, mais sans discernement. Les machines étaient de mauvaise qualité ; il y avait beaucoup de choses inutiles et superflues, tandis que beaucoup de choses nécessaires manquaient.

Sipiaguine regardait constamment Solomine dans les yeux pour deviner son opinion, il lui faisait des questions timides ; il lui demanda si, au moins, il trouvait qu'il eût assez d'ordre.

« L'ordre y est bien, répondit Solomine, mais y a-t-il des revenus ? J'en doute. »

Sipiaguine et même Kalloméïtsef sentaient que le jeune homme était dans cette fabrique comme chez lui, que tout lui était connu et familier, jusque dans les moindres détails. Il posait la main sur une machine comme un cavalier pose la sienne sur le cou de son cheval ; il touchait une roue du bout du doigt, et la roue s'arrêtait ou se mettait à tourner ; il prenait à la cuve dans le creux de sa main un peu de la pâte avec laquelle on fait du papier, et aussitôt cette pâte montrait tous ses défauts.

Il ne parlait guère, il ne regardait même pas l'intendant petit-russien. Il sortit de la fabrique sans prononcer une parole. Sipiaguine et Kalloméïtsef marchaient derrière lui.

Sipiaguine ne permit à personne de l'accompagner ; il tapa même du pied et grinça des dents. Il avait l'air complétement déconfit.

« Je vois à votre air, dit-il enfin au jeune homme, que vous n'êtes pas content de ma fabrique, et je sais bien, moi, qu'elle n'est pas dans de bonnes conditions, qu'elle est d'un mauvais rapport ; mais dites-moi au juste... je vous en prie, sans cérémonie... quels sont ses principaux défauts ? Et que pourrait-on faire pour les corriger ?

— La fabrication du papier n'est pas de mon ressort, répondit Solomine ; tout ce que je peux vous dire, c'est que les établissements industriels ne sont pas l'affaire des gentilshommes.

— Vous regardez ces occupations comme humiliantes pour les gentilshommes ? lui dit Kalloméïtsef.

— Oh non ! pas du tout. Qu'y a-t-il d'humiliant là-dedans ? Du reste, quand même il y aurait quelque chose de semblable, la noblesse n'est pas à cela près.

— Quoi ? Comment ?

— Je veux dire simplement, continua Solomine d'un air paisible, que les nobles ne sont pas habitués à ce genre d'occupation. Il faut pour cela avoir un esprit commercial, mettre tout sur un autre pied ; il faut avoir de la suite et de la patience. Les nobles n'entrent pas dans ces considérations. Aussi que voit-on toujours et partout ? Ils établissent des fabriques de drap, de papier, des filatures, et, au bout du compte, dans les mains de qui toutes ces fabriques tombent-elles ? Dans les mains des marchands. C'est dommage, car les marchands sont de vraies sangsues. Mais il n'y a rien à y faire.   .

— A vous entendre, s'écria Kalloméïtsef, nous autres nobles, nous ne pouvons rien comprendre aux questions financières ?

— Oh ! bien au contraire ! Les nobles sont passés maîtres en fait de finances... d'un certain genre. Quémander et recevoir des concessions de chemins de fer, organiser des banques, obtenir des monopoles, et tout ce qui s'en-suit, personne ne vaut les nobles pour cela ! Ils consti-tuent de cette façon de grands capitaux. C'est à cela que je faisais allusion, quand vous avez pris la peine de vous

fâcher. Mais je parle des entreprises industrielles régulières, car ouvrir des cabarets, des boutiques d'échange
au détail, prêter du blé ou de l'argent aux paysans avec
des intérêts de cent ou cent cinquante pour cent, comme
le font en ce moment-ci beaucoup de propriétaires
nobles, — ce ne sont pas là, selon moi, des opérations
financières dans le vrai sens du mot. »

Kalloméïtsef ne répondit rien. Il appartenait précisément à cette nouvelle race de propriétaires usuriers —
dont Markelof avait parlé dans son dernier entretien avec
Néjdanof,— et il était d'autant plus inhumain dans ses
exigences qu'il n'avait jamais affaire directement avec les
paysans (auxquels l'entrée de son cabinet parfumé était
naturellement interdite), et qu'il ne communiquait avec
eux que par l'intermédiaire d'un commis.

En écoutant le discours que le jeune homme laissait
tomber de ses lèvres lentement et comme avec indifférence, il bouillait intérieurement... mais pour cette fois
il ne dit mot; et seul, le jeu de muscles de ses joues, produit par la pression convulsive des mâchoires, laissait
deviner ce qui se passait en lui.

« Pourtant, permettez, permettez, monsieur Solomine,
répliqua Sipiaguine; tout ce dont vous parlez là était
parfaitement juste dans les temps passés, quand les nobles jouissaient... de droits tout différents, quand ils se
trouvaient... en général... dans une autre situation. Mais
maintenant, après toutes les bienfaisantes réformes qui
se sont accomplies, dans notre époque industrielle, pourquoi les nobles ne pourraient-ils pas tourner leur attention, leurs capacités enfin, vers de pareilles entreprises?
Pourquoi ne seraient-ils pas capables de comprendre ce
que comprend un simple marchand parfois illettré? Ils
ne manquent pourtant pas de développement intellectuel,
et même on peut affirmer avec une certitude à peu près
absolue qu'ils sont jusqu'à un certain point les représentants de la civilisation et du progrès! »

Sipiaguine parlait très-bien; son éloquence aurait eu

un grand succès n'importe où, à Pétersbourg, dans une section de ministère ou même plus haut; — mais il ne produisit pas la plus légère impression sur Solomine.

« Les nobles ne peuvent pas manier ces sortes de choses, répéta-t-il encore une fois.

— Mais pourquoi donc? pourquoi? cria presque Kalloméïtsef.

— Parce que les nobles sont de véritables employés, des « tchinovniks. »

— Des tchinovniks? »

Kalloméïtsef eut un ricanement caustique.

« Vous ne vous rendez probablement pas compte, monsieur Solomine, de ce que vous avez bien voulu dire? »

Solomine continuait de sourire:

« Pourquoi pensez-vous cela, monsieur Kolomentsof? (Kalloméïtsef fit un soubresaut en entendant « mutiler » ainsi son nom.) — Soyez sûr que je m'en rends parfaitement compte toujours.

— Alors, expliquez ce que vous entendez par cette phrase.

— Voici: à mon point de vue, tout « tchinovnik » est et fut toujours un étranger, un intrus; et les nobles, actuellement, sont devenus des étrangers et des intrus.»

Kalloméïtsef se mit à rire de plus belle.

« Veuillez m'excuser, mon cher monsieur, mais je ne comprends rien du tout à ce que vous avancez là.

— Tant pis pour vous. Faites un effort... et vous comprendrez peut-être.

— Monsieur !

— Messieurs, messieurs ! se hâta de dire Sipiaguine, en se donnant l'air de chercher des yeux quelqu'un qu'il ne trouvait pas. Je vous en prie... de grâce!... Kalloméïtsef, je vous supplie de vous calmer. Mais le dîner doit être prêt, ou peu s'en faut. Suivez-moi, je vous en prie, messieurs. »

Cinq minutes après, Kalloméïtsef, entrant comme une

bombe dans le cabinet de Mme Sipiaguine, s'écriait :

« Valentine Mikhaïlovna ! Si vous saviez ce que votre mari a fait ! Un nihiliste s'était introduit chez vous, et voilà qu'il en amène un autre ! Et celui-là est encore pire que le premier !

— Pourquoi donc ?

— Pourquoi ? Il énonce Dieu sait quelles opinions ; et puis, remarquez ceci : il a causé pendant uue heure entière avec votre mari, et il ne lui a pas dit une seule fois « Votre Excellence » ! *Le vagabond !* »

XXIV

Avant le dîner, Sipiaguine appela sa femme dans son cabinet. Il avait besoin de causer avec elle en tête-à-tête.

Il lui fit part de la triste situation de la fabrique ; il ajouta que Solomine lui faisait l'effet d'être un homme intelligent, quoique un peu... cassant, et qu'on devait continuer à être avec lui *aux petits soins.*

« Ah ! si on pouvait l'attirer ici, quelle bonne affaire ce serait ! » dit-il à deux reprises.

Sipiaguine était fort vexé de la présence de Kalloméïtsef...

« Diable soit de lui ! Il voit partout des nihilistes, et il ne pense qu'au moyen de les exterminer ! Eh bien, qu'il aille les exterminer chez lui ! Il n'est pas capable de tenir sa langue ! »

Mme Sipiaguine lui fit observer qu'elle ne demandait pas mieux que d'être « aux petits soins » avec le nouveau visiteur ; mais que celui-ci avait l'air de n'avoir aucun besoin de ses petits soins, et de n'y pas faire la moindre attention ; ce n'est pas qu'il fût grossier, mais il était indifférent à tout, chose très-étonnante de la part d'un homme du commun.

« N'importe... fais de ton mieux, je t'en prie, » lui dit Sipiaguine.

Mme Sipiaguine promit de faire de son mieux, et elle tint parole. D'abord elle eut un entretien en tête-à-tête avec Kalloméïtsef. Nul ne sait ce qu'elle lui dit, mais il vint se mettre à table avec l'air d'un homme qui s'est juré à lui-même de rester calme et discret, quoi qu'il puisse entendre.

Cette « résignation » anticipée donnait à tout son être une légère teinte de mélancolie; mais aussi quelle dignité... oh! qu'il y avait de dignité dans chacun de ses mouvements!

Mme Sipiaguine présenta Solomine à toutes les personnes de la maison (il considéra Marianne plus attentivement que les autres), et elle le fit asseoir à table à sa droite. Kalloméïtsef était à sa gauche; en dépliant sa serviette, il cligna des yeux et sourit comme pour dire : « Allons, messieurs, jouons la comédie. »

Sipiaguine était en face et le suivait du regard, non sans anxiété.

Par suite de la nouvelle disposition des places, Néjdanof n'était plus le voisin de Marianne; on l'avait placé entre Sipiaguine et Anne Zakharovna.

Marianne trouva son billet (c'était un dîner de cérémonie) sur sa serviette entre Kalloméïtsef et Kolia.

Le dîner était admirablement servi; il y avait même, devant chaque couvert, un « menu » écrit sur une petite feuille à sujet colorié.

Aussitôt après le potage, Sipiaguine ramena l'entretien sur sa fabrique, et en général sur la production industrielle en Russie; Solomine, selon sa coutume, répondait par phrases très-brèves. Dès qu'il commençait à parler, Marianne fixait ses yeux sur lui. Kalloméïtsef, assis près d'elle, lui dit quelques amabilités (pour éviter, ainsi qu'il l'avait promis, d'engager une polémique); mais elle ne l'écoutait pas. Du reste, il débitait ses compliments sans conviction, par acquit de conscience, sen-

tant fort bien qu'entre cette jeune fille et lui il y avait
un abîme qu'il ne pouvait franchir.

Quant à Néjdanof, quelque chose de pire encore s'était
interposé entre lui et le maître de la maison... Sipiaguine
le considérait désormais comme un simple meuble, ou
comme un espace vide; positivement, il avait oublié jusqu'à son existence ! Cette nouvelle situation s'était établie si vite et si complétement que, Néjdanof ayant prononcé quelques mots pendant le dîner, pour répondre à
une remarque d'Anna, Sipiaguine tourna la tête avec
étonnement, comme s'il se fût demandé d'où partait ce
son-là.

Évidemment, Sipiaguine possédait quelques-unes des
qualités qui distinguent spécialement nos hauts dignitaires russes.

Après le poisson, Valentine, qui prodiguait toutes ses
avances et toutes ses séductions du côté droit, c'est-à-
dire vers Solomine, dit en anglais à son mari, à travers
la table :

« Notre hôte ne boit pas de vin ; peut-être prendrait-il
de la bière... »

Sipiaguine se hâta de crier :

« De l'ale ! »

Mais Solomine, se tournant tranquillement vers Valentine :

« Madame, vous ignorez probablement, lui dit-il, que
j'ai passé plus de deux ans en Angleterre, et que je comprends et parle l'anglais ; je vous informe de ceci pour
le cas où vous désireriez dire quelque chose en secret
devant moi. »

Valentine s'empressa de lui assurer en riant que cette
précaution était inutile, car il n'aurait entendu sur son
compte que des choses favorables. Au fond de son âme,
elle trouva cette démarche de Solomine un peu étrange,
mais délicate, à sa façon.

Kalloméïtsef ne put se contraindre plus longtemps :

« Vous avez été en Angleterre, commença-t-il, et vous

connaissez probablement les mœurs de ce pays ? Permettez-moi de vous demander si elles méritent d'être imitées ?

— Sur certains points, oui; sur d'autres, non.

— C'est court... et peu clair, riposta Kalloméïtsef, en évitant de voir les signes que lui faisait Sipiaguine. Mais, tenez, vous parliez des nobles, tantôt... vous devez avoir eu l'occasion d'étudier sur place ce que les Anglais appellent *landed gentry*.[1]

— Non, je n'en ai pas eu l'occasion; j'ai vécu dans une tout autre sphère; — mais je me suis fait une opinion sur ces messieurs.

— Ah! eh bien, pensez-vous que l'existence d'une pareille « landed gentry » soit impossible chez nous? Et qu'en tout cas cela ne soit pas à désirer?

— Je crois, en effet, d'abord que c'est impossible; ensuite, que ce n'est pas désirable.

— Pourquoi donc, mon cher monsieur Solomine? »

Ce « cher monsieur » avait pour but de rassurer Sipiaguine, qui avait l'air fort inquiet et qui s'agitait sur sa chaise.

« Mais parce que, dans vingt ou trente ans d'ici, votre « landed gentry » disparaîtra toute seule...

— Mais permettez, mon cher monsieur, repartit Kalloméïtsef, qu'est-ce qui vous fait croire cela ?

— Je vais vous le dire : à cette époque, la terre appartiendra aux propriétaires, sans distinction d'origine.

— Aux marchands?

— Pour la plus grande part aux marchands, c'est probable.

— Et de quelle façon cela se fera-t-il?

— Les marchands achèteront la terre, tout simplement.

— Aux nobles?

— A messieurs les nobles. »

[1] Propriétaires appartenant à l'aristocratie et habitant la province.

Kalloméïtsef sourit d'un air de condescendance.

« Vous disiez la même chose, tantôt, si je m'en souviens bien, à propos des fabriques et des établissements industriels. Et maintenant vous parlez du sol tout entier ?

— Et maintenant je parle du sol tout entier.

— Et vous serez enchanté de ce résultat, je suppose ?

— Pas le moins du monde ; je vous l'ai dit tout à l'heure, le peuple n'en sera pas plus heureux. »

Kalloméïtsef leva légèrement une main...

« Quelle sollicitude pour le peuple ! »

« Monsieur Solomine ! cria Sipiaguine à tue-tête, on vous a apporté de la bière !—Voyons, Siméon !...» ajouta-t-il à demi-voix.

Mais Kalloméïtsef était lancé.

« A ce que je vois, reprit-il en s'adressant de nouveau à Solomine, vous n'avez pas des marchands une opinion favorable ; pourtant ils sont du peuple, par leur origine.

— Parfaitement.

— Je pensais que tout ce qui appartient au peuple, de près ou de loin, vous semblait parfait.

— Oh ! non, monsieur. Vous aviez grand tort de penser cela. Notre peuple mérite des reproches sur bien des points, quoiqu'il ne soit pas toujours coupable. Nos marchands, jusqu'à présent, sont des hommes de proie ; ils gouvernent leurs propres affaires en hommes de proie... Que faire ? On est écorché... on écorche ! Quant au peuple...

— Quant au peuple ? répéta Kalloméïtsef d'une voix flûtée.

— C'est un grand endormi.

— Et vous désirez le réveiller ?

— Ce ne serait pas si mauvais !

— Ah ! ah ! voilà ce qu'il vous faut !

— Permettez, permettez, » intervint Sipiaguine d'un ton impératif. Il comprenait que le moment était venu

de poser une barrière, et il la posa, cette barrière! Appuyant le coude de son bras droit sur la table et agitant en l'air, à droite, à gauche, la main de ce même bras, il prononça un discours long et détaillé. D'une part il loua le conservateurs et d'autre part il approuva les libéraux, en accordant une légère préférence à ces derniers, dont il déclara faire partie; il exalta le peuple, mais non sans indiquer ses côtés faibles; il exprima une entière confiance dans le gouvernement, mais il se demanda si tous ses subordonnés se conformaient à ses intentions paternelles? Il proclama l'utilité et l'importance de la littérature, mais en faisant observer qu'une modération absolue était la condition *sine quâ non* de son existence! Il tourna ses regards vers l'occident : d'abord il se réjouit, puis il éprouva des doutes; il tourna ses regards vers l'orient : il eut d'abord une impression de tranquillité, puis il rebondit plein d'espoir! et finalement il proposa un toast à la triple alliance : de la religion, de l'agriculture et de l'industrie!

« Sous l'égide du pouvoir! ajouta Kalloméïtsef d'un ton sévère.

— Sous l'égide d'un pouvoir sage et bienveillant, » reprit Sipiaguine.

Les convives burent en silence. L'espace vide situé à gauche de l'orateur, en d'autres termes Néjdanof, émit, il est vrai, une parole désapprobatrice; mais n'ayant éveillé l'attention de personne, il redevint silencieux; et le dîner, que nulle discussion nouvelle ne vint troubler, atteignit heureusement le bout de sa carrière.

Valentine, avec son plus ravissant sourire, offrit une tasse de café à Solomine. Il ne le prit pas, et déjà il cherchait des yeux son chapeau... lorsque Sipiaguine, passant doucement la main sous son bras, l'entraîna dans son cabinet, et lui offrit premièrement un excellent cigare; secondement il lui proposa de venir gérer sa fabrique à lui, Sipiaguine, dans les conditions les plus avantageuses.

« Vous serez le maître absolu, monsieur Solomine, le maître absolu! »

Solomine accepta le cigare, mais refusa la proposition. Les plus pressantes sollicitations de Sipiaguine ne purent l'ébranler.

« Au moins, ne me dites pas d'emblée : « non! » mon cher monsieur Solomine, dites-moi que vous réfléchirez jusqu'à demain!

— Mais ce sera bien la même chose, puisque je ne peux pas accepter.

— Jusqu'à demain, je vous en prie! Qu'est-ce que cela vous coûterait? »

Solomine fut forcé de convenir qu'en effet cela ne lui coûterait rien... Toutefois, en sortant du cabinet, il se remit à chercher son chapeau. Mais Néjdanof, avec qui, jusqu'à ce moment-là, il n'avait pas eu l'occasion d'échanger une parole, s'approcha de lui et lui dit vivement :

« Ne partez pas, je vous en supplie, car nous ne pourrions pas causer. »

Solomine laissa en paix son chapeau ; du reste, en ce moment, Sipiaguine, le voyant errer d'un air irrésolu dans le salon, lui cria :

« Vous passez la nuit chez nous, n'est-ce pas? Ça va sans dire.

— A vos ordres! » répondit Solomine.

Marianne, de l'embrasure d'une fenêtre, lui jeta un regard si reconnaissant, qu'il en devint tout pensif.

XXV

Avant de voir Solomine, Marianne se l'était figuré tout autre. Au premier coup d'œil, il lui parut bien terre à terre, comme le premier venu. Décidément, elle avait

vu, dans sa vie, beaucoup d'hommes comme lui, blonds, maigres et musculeux.

Mais, à mesure qu'elle le regardait et qu'elle écoutait ses discours, elle sentait grandir en elle un sentiment de confiance; c'était bien de la confiance et pas autre chose qu'il lui inspirait. Cet homme à l'air tranquille, non pas gauche, mais un peu lourd, ne pouvait être ni menteur, ni vantard, et l'on devait pouvoir s'appuyer sur lui comme sur un mur de pierre. Il ne trahirait pas; mieux que cela : il saurait vous comprendre et vous soutenir. Marianne finit par se persuader que Solomine devait faire naître cette impression non-seulement chez elle, mais chez tous ceux qui étaient présents. Elle n'attribuait pas une importance particulière à ce qu'il disait; toutes ces discussions au sujet des fabriques et des marchands ne l'intéressaient guère; mais ce qui lui plaisait extrêmement, c'était la façon dont il disait ces choses, c'était le regard, le sourire dont il les accompagnait.

C'était un homme véridique... voilà ce qui était l'important à ses yeux, voilà ce qui la touchait.

Chose certaine, quoique difficile à expliquer, les Russes sont les gens les plus perdus de mensonge du monde entier, et ils n'aiment, ils n'estiment rien tant que la vérité. En outre, aux yeux de Marianne, Solomine était ceint d'une espèce d'auréole... il était de ceux que Vassili Nikolaïévitch recommandait à ses adhérents.

Pendant le dîner, Marianne avait échangé, « à son sujet », des regards avec Néjdanof, et, vers la fin du repas, elle se surprit à faire entre eux une comparaison — qui n'était pas à l'avantage de Néjdanof.

Néjdanof, il est vrai, avait les traits beaucoup plus fins et plus agréables; mais son visage exprimait un mélange de sentiments inquiets : du dépit, du trouble, de l'impatience... et même un certain abattement; il avait l'air d'être assis sur des aiguilles; il essayait de parler, et il se taisait brusquement; son rire était forcé...

Solomine, au contraire, quoiqu'il semblât s'ennuyer un peu, était là comme chez lui ; rien qu'à le voir, on sentait que la manière d'être de cet homme était absolument indépendante de celle des autres.

« Décidément, je lui demanderai conseil, pensait Marianne ; il me dira certainement quelque chose d'utile. »

C'était elle qui lui avait dépêché Néjdanof après le dîner.

La soirée s'écoula d'une façon assez terne. Heureusement le dîner s'était terminé fort tard, et la nuit n'était pas loin. Kalloméïtsef boudait poliment et se taisait.

« Qu'avez-vous ? lui dit Mme Sipiaguine d'un air misérieux, mi-plaisant. Auriez-vous perdu quelque chose ?

— Précisément, répondit Kalloméïtsef. — On raconte qu'un de nos généraux de la garde se plaignait de ce que ses soldats avaient perdu leur « talon ». « Qu'on me cherche ce talon ! » s'écriait-t-il. Et moi, je dis : « Qu'on me cherche le : Daignez ordonner, monsieur !

Le « monsieur, » a disparu, et avec lui tout respect et toute subordination. »

Mme Sipiaguine lui déclara qu'elle ne l'aiderait pas dans sa recherche.

Encouragé par le succès de son speech du dîner, Sipiaguine prononça deux autres petits discours ; il se livra à des considérations gouvernementales sur certaines mesures indispensables ; il lança même des « mots » à grande portée plutôt que fins, qu'il avait préparés spécialement pour Pétersbourg. Il répéta même un de ces mots, qu'il fit précéder de la formule : « S'il m'est permis de m'exprimer ainsi ». C'était à propos d'un des ministres au pouvoir en ce moment-là ; il le traita d'esprit inconstant et vain, toujours tendu vers des buts chimériques et illusoires ! D'un autre côté, Sipiaguine, n'oubliant pas qu'il avait affaire à un Russe, à un homme du peuple, eut grand soin d'employer certaines expressions destinées à prouver qu'il était lui-même un vrai Russe,

tout ce qu'il y a de plus Russe, et que les arcanes mêmes de la vie de son peuple lui étaient familiers.

Ainsi, Kalloméïtsef ayant fait remarquer que la pluie pouvait gâter la récolte de foin, il lui répondit immédiatement par le dicton : « Si le foin est noir, le blé sarrasin sera blanc; » il cita aussi une série de proverbes, tels que : « La marchandise sans le marchand est comme une orpheline; » — « Mesure le drap dix fois avant de le couper une; » — « Quand il y a du blé, les boisseaux ne manquent pas; » — « Lorsqu'à la Saint-Georges les bouleaux ont des feuilles larges comme un liard, tu mettras le blé dans la grange pour la fête de Notre-Dame-de-Kazan. »

Il lui arriva bien, deux ou trois fois, de se blouser et de dire par exemple (en confondant deux proverbes) : « Que le courlis reste à son perchoir ! » Ou bien : « L'or de la cage nourrit l'oiseau ! »

Mais la société, au milieu de laquelle ces accidents lui arrivaient, ne soupçonnait même pas que notre Russe pur sang venait de donner à côté; et, d'ailleurs, grâce au prince Kovrijkine, elle était déjà habituée à de semblables pataquès russes. De plus, Sipiaguine prononçait ces adages et ces sentences d'une voix spéciale, forte et même un peu grosse, « d'une voix rustique ».

Ces sentences, débitées à Pétersbourg en temps et lieu convenables, faisaient dire aux hautes et puissantes dames : « Comme il connaît bien les mœurs de notre peuple ! » Et les hauts et puissants dignitaires ajoutaient : « les mœurs et les besoins ! »

Valentine se donnait beaucoup de mouvement autour de Solomine; mais l'insuccès évident de ces tentatives la décourageait; et, en passant près de Kalloméïtsef, elle ne put s'empêcher de dire à demi-voix : « Mon Dieu, que je me sens fatiguée ! »

A quoi l'autre répondit avec un salut ironique : « Tu l'as voulu, Georges Dandin ! »

Enfin, après la recrudescence d'amabilités et de compliments qui précède ordinairement l'instant de la sépa-

ration dans une compagnie où l'on s'est bien ennuyé ; après les soudaines poignées de main, les sourires et les nasillements amicaux que commande l'usage, les visiteurs et leurs hôtes, aussi fatigués les uns que les autres se séparèrent.

Solomine, qu'on avait mis dans une des plus belles chambres, sinon la plus belle, du deuxième étage, avec toilette à l'anglaise et salle de bain, alla trouver Néjdanof.

Celui-ci commença par le remercier chaudement d'avoir consenti à rester.

« Je sais, lui dit-il, que c'est pour vous un sacrifice...

— Allons donc ! lui répondit Solomine avec sa manière tranquille : quel sacrifice y a-t-il là ? Du reste, je ne pouvais pas vous refuser ça, à vous.

— Pourquoi donc ?

— Parce que je vous ai pris en amitié, voilà tout. »

Néjdanof se montra aussi heureux que surpris ; Solomine lui serra la main ; puis il se mit à cheval sur une chaise, alluma un cigare, et les deux coudes appuyés sur le dossier :

« Voyons, dit-il, de quoi s'agit-il ? »

Néjdanof se mit aussi à cheval sur une chaise, mais n'alluma pas de cigare.

« De quoi il s'agit ? Il s'agit que je veux m'enfuir d'ici.

— Vous voulez quitter cette maison ? Eh bien, à la grâce de Dieu !

— Non pas la quitter... mais m'enfuir.

— On vous retient donc ici ? Est-ce que, par hasard, vous auriez pris de l'argent d'avance ? En ce cas, dites un mot... Je me ferai un plaisir...

— Vous ne me comprenez pas, mon cher Solomine... j'ai dit : fuir, et non partir, parce que je ne m'en vais pas seul. »

Solomine releva la tête.

« Avec qui donc ?

— Avec cette jeune fille que vous avez vue ici aujour-
d'hui.

— Ah !... Elle a une bonne figure. Alors, vous vous
aimez ? ou peut-être, tout simplement, vous avez décidé
de quitter ensemble une maison où vous vous sentez
mal ?

— Nous nous aimons.

— Ah ! — Solomine réfléchit un instant. — C'est une
parente des maîtres de la maison ?

— Oui. Mais elle partage toutes nos convictions, et
elle est prête à tout ! »

Solomine sourit.

« Et vous, Néjdanof, êtes-vous prêt ? »

Néjdanof fronça légèrement le sourcil.

« Pourquoi cette question ? Vous me verrez à l'œuvre !

— Je ne doute pas de vous, Néjdanof ; si je vous ai fait
cette question, c'est que, à part vous, je suppose, personne n'est prêt.

— Et Markélof ?

— Oui, c'est vrai, il y a Markelof. Mais celui-là est né
tout prêt, je m'imagine. »

En ce moment, quelqu'un frappa à la porte deux coups
rapides et discrets. Puis on entra sans attendre de réponse. C'était Marianne. Elle marcha tout droit vers
Solomine.

« Je suis sûre, commença-t-elle, que vous ne serez pas
surpris de me voir ici à une pareille heure. Il vous a tout
dit, naturellement. (Elle montra du doigt Néjdanof.)
Donnez-moi votre main, et sachez que c'est une honnête
fille qui est devant vous. »

— Oui, je le sais, » répondit Solomine d'un ton
grave.

Il s'était levé de sa chaise dès l'apparition de Marianne.

« Je vous regardais pendant tout le dîner, et je me disais : Quels yeux honnêtes elle a, cette demoiselle ! Néj-

danof m'a parlé, en effet, de votre projet. Mais dites-moi au juste... pourquoi voulez-vous vous enfuir ?

— Pourquoi ? Mais l'œuvre à laquelle je sympathise... Ne soyez pas surpris, Néjdanof ne m'a rien caché... Cette œuvre commencera dans quelques jours... et je resterais dans cette maison de seigneurs, où tout n'est que fausseté et mensonge ! Ceux que j'aime vont courir des dangers, et moi... »

Solomine l'interrompit d'un geste.

« Ne vous agitez pas. Asseyez-vous, je vais m'asseoir aussi. Vous aussi, Néjdanof, asseyez-vous. Écoutez : s'il n'y a pas d'autre motif que celui-là, ce n'est pas la peine de partir encore. L'œuvre dont il s'agit commencera plus tard que vous ne pensez. Un peu de prudence ne gâtera rien. Il n'y a pas à se précipiter en avant comme cela, tête baissée. Croyez-moi. »

Marianne s'assit et s'enveloppa dans un grand plaid qu'elle avait jeté sur ses épaules.

« Mais je ne peux pas rester ici plus longtemps ! Ici, tout le monde m'insulte. Aujourd'hui encore, cette folle d'Anna ne m'a-t-elle pas dit devant Kolia, en faisant allusion à mon père, que la pomme tombe toujours près du pommier ? Kolia, étonné, a demandé ce que cela voulait dire. Quant à Mme Sipiaguine, je n'en parle même pas ! »

Solomine l'interrompit de nouveau, cette fois, en souriant. Marianne sentit bien qu'il se raillait un peu d'elle, mais le sourire de Solomine ne pouvait jamais blesser personne.

« Qu'est-ce qui vous prend, chère demoiselle ? Je ne connais ni cette Anna, ni ce pommier auquel vous faites allusion... Mais quoi ? une sotte femme vous dit une sotte parole, et vous ne pouvez pas supporter cela ? Comment ferez-vous donc pour vivre ? Le monde entier est bâti sur les sottes gens ! Non ; cette raison-là n'est pas bonne. En auriez-vous une autre ?

— J'ai la conviction, intervint Néjdanof d'une voix

13

sourde, qu'un jour ou l'autre, M. Sipiaguine va me renvoyer. On lui a certainement dit quelque chose; il me traite... de la façon la plus méprisante. »

Solomine se tourna vers Néjdanof.

« Eh bien, alors, pourquoi vous enfuir, si vous êtes sûr qu'on ne doit pas vous garder ? »

Néjdanof resta un moment interdit.

« Je vous ai déjà expliqué, commença-t-il...

— Il a parlé de fuir, s'écria Marianne, parce que je pars avec lui. »

Solomine la regarda, et secouant la tête avec bonhomie :

« Oui, parfaitement, chère mademoiselle; mais je vous le répète, si vraiment vous voulez quitter cette maison parce que vous imaginez que la révolution va éclater...

— C'est justement, interrompit Marianne, pour savoir où en sont les choses que nous vous avons prié de venir.

— En ce cas, reprit Solomine, je vous le répète : vous pouvez rester encore dans cette maison, et même assez longtemps. Mais si vous voulez fuir parce que vous vous aimez et qu'il n'y a pas d'autre moyen de vous réunir, en ce cas...

— En ce cas ?

— Il ne me reste plus qu'à vous souhaiter, selon la vieille formule, amour et concorde, — et à vous aider dans la mesure de mes forces, si cela est nécessaire et possible. — Car du premier coup, vous, mademoiselle, — et lui, — je vous ai pris en affection comme un frère. »

Marianne et Néjdanof s'approchèrent de lui, d'un commun mouvement, et lui saisirent chacun une main.

« Dites-nous seulement ce qu'il faut faire, s'écria Marianne. — La révolution est encore loin, soit ! Mais indiquez-nous seulement quels sont les démarches, les préparatifs nécessaires, préparatifs impossibles dans cette maison et dans ces conditions, mais que nous ferions de

si grand cœur, — ensemble ! Dites-nous seulement où il nous faut aller... Envoyez-nous ! — Vous nous enverrez, n'est-ce pas ?

— Où cela ?

— Au milieu du peuple, naturellement ! »

« Dans la forêt, » pensa Néjdanof, qui se rappelait les paroles de Pakline.

Solomine fixa un regard attentif sur Marianne.

« Vous voulez connaître le peuple ?

— Oui ; c'est-à-dire non pas seulement le connaître, mais aussi agir... travailler pour lui.

— Très-bien ; je vous promets que vous le connaîtrez. Je vous donnerai le moyen d'agir, de travailler pour lui. Et vous, Néjdanof, avez-vous l'intention de vous vouer... à elle... et au peuple ?

— Sans aucun doute ! répondit vivement Néjdanof... « Djaggernaut ! » pensa-t-il en se rappelant de nouveau les paroles de Pakline. « Voilà l'énorme chariot qui s'avance... j'entends déjà le grincement et le grondement de ses roues. »

— Très-bien, répéta Solomine d'un air pensif. Mais quand avez-vous l'intention de fuir ?

— Demain, si vous voulez.

— Très-bien. Où ?

— Chut... parlez plus bas, murmura Néjdanof. On marche dans le corridor. »

Tous les trois se turent un instant.

« Où avez-vous l'intention de vous réfugier ? reprit Solomine en baissant la voix.

— Nous n'en savons rien, » répondit Marianne.

Solomine reporta son regard vers Néjdanof, qui fit un signe de tête négatif.

Solomine allongea le bras et moucha soigneusement la chandelle ; puis il reprit :

« Écoutez, mes amis, venez chez moi à la fabrique. Ce n'est pas beau... mais vous serez en sûreté. Je vous cacherai. J'ai justement une chambre. Personne n'ira vous

y chercher. Arrivez seulement jusque-là... et nous ne
vous trahirons pas. Vous me direz que dans une fabrique il y a beaucoup de monde. C'est justement cela
qui est bien. Là où il y a beaucoup de monde, il est
plus facile de se cacher. Ça va-t-il ? hein ?

— Il ne nous reste plus qu'à vous dire merci, » répondit Néjdanof.

Et Marianne, que l'idée de la fabrique avait d'abord
un peu effrayée, ajouta vivement :

« Oh ! oui, oui, que vous êtes bon ! mais vous ne nous
garderez pas là longtemps, n'est-ce pas ? Vous nous enverrez quelque part ?

— Cela ne tiendra qu'à vous... Et, dans le cas où
vous auriez envie de vous marier, j'aurais aussi ce qu'il
vous faut pour cela. Il y a dans le voisinage, tout près de
la fabrique, un pope nommé Zossime, un brave homme
très-accommodant, qui se trouve être mon cousin. Il
vous marierait en un tour de main. »

Marianne eut un sourire silencieux ; Néjdanof serra
de nouveau la main à Solomine ; puis, au bout d'un instant :

« Dites-moi, lui demanda-t-il, le patron, le propriétaire de la fabrique, est-ce qu'il ne prendra pas tout
cela de travers ? Ne pourrait-il pas vous faire des désagréments ?

— Ne vous inquiétez pas à mon sujet, c'est parfaitement inutile, répondit Solomine. Pourvu que sa fabrique
marche comme il faut, le reste lui est bien égal. Et ni
vous ni cette charmante demoiselle n'aurez à vous plaindre de lui. Vous n'avez rien, non plus, à craindre de la
part des ouvriers ; seulement prévenez-moi. Vers quelle
heure faut-il vous attendre ? »

Marianne et Néjdanof s'entre-regardèrent.

« Après-demain matin, de bonne heure, ou le jour
suivant, dit enfin Néjdanof. Il n'y a plus de temps à
perdre. D'un moment à l'autre, on peut me remercier.

— C'est entendu, répliqua Solomine, en se levant, je

vous attendrai tous les matins, et pendant toute la semaine je ne m'absenterai pas. Toutes les mesures seront
prises. »

Marianne, qui avait fait un pas vers la porte, s'avança
vers lui.

« Adieu, cher Vassili Fédotytch... C'est bien ainsi
que vous vous appelez ?

— Oui.

— Adieu... ou plutôt, non, au revoir. Et merci,
merci !

— Adieu... bonne nuit, ma chère enfant.

— Adieu, Néjdanof !... A demain... » ajouta-t-elle, et
elle sortit rapidement.

Les deux jeunes gens restèrent un moment immobiles
et silencieux.

« Néjdanof !... dit enfin Solómine ; puis il se tut.

— Néjdanof ! reprit-il, racontez-moi, au sujet de cette
jeune fille... ce que vous pouvez raconter. Quelle a été
sa vie jusqu'à présent ? Qui est-elle ?.:. comment se
trouve-t-elle ici ? »

Néjdanof raconta brièvement ce qu'il savait.

Solomine l'écoutait avec une attention profonde.

« Néjdanof... lui dit-il enfin, veillez bien sur cette
jeune fille. Car... si jamais... s'il arrivait... ce serait bien
mal de votre part. Adieu. »

Il s'éloigna ; Néjdanof resta quelque temps au milieu
de sa chambre, puis murmura : « Tant pis, n'y pensons
plus, » et se jeta sur son lit.

Marianne, en rentrant chez elle, trouva sur son guéridon un petit billet ainsi conçu :

« Vous me faites peine. Vous vous perdez. Réfléchissez. Dans quel abîme allez-vous vous jeter les yeux fermés ! Pour qui, et à propos de quoi ?

« V. »

Un parfum frais et subtil était resté dans la chambre :
évidemment Valentine venait d'en sortir.

Marianne prit une plume et écrivit au bas du billet :

« Ne me plaignez pas. Dieu sait laquelle de nous deux est la plus digne de pitié; je sais, moi, que je ne voudrais pas être à votre place.

                                        « M. »

Elle laissa le billet sur la table, parfaitement sûre que sa réponse tomberait dans les mains de Valentine.

Le lendemain matin, Solomine, ayant causé avec Néjdanof et définitivement refusé la proposition de Sipiaguine, retourna chez lui.

Il réfléchit tout le long du chemin, ce qui ne lui arrivait guère : l'ébranlement d'une voiture le plongeait ordinairement dans un demi-sommeil.

Il pensait à Marianne, et aussi à Néjdanof; il se disait que si *lui-même* avait été amoureux, il aurait eu un autre air, il aurait parlé autrement. Mais, ajouta-t-il, comme cela ne m'est jamais arrivé, je ne sais pas du tout quel air j'aurais eu.

Il se rappela une Irlandaise qu'il avait vue un jour dans un magasin, derrière le comptoir; elle avait de magnifiques cheveux, presque noirs, et des yeux bleus, avec de grands cils; elle le regardait d'un air à la fois triste et interrogateur; il s'était longtemps promené dans la rue, devant les vitrines; plein d'agitation, il s'était demandé s'il ferait, oui ou non, sa connaissance.

En ce moment-là, il était de passage à Londres; son patron l'y avait envoyé pour des achats, en lui confiant une somme assez considérable. Solomine avait failli renvoyer l'argent et rester à Londres, tant avait été forte l'impression produite sur lui par la belle Polly... (Il savait son nom : une de ses camarades de magasin l'avait appelée). Cependant il avait fini par se vaincre, et il était retourné chez son patron. Polly était plus jolie que Marianne; mais celle-ci avait le même regard triste et interrogateur; et elle était Russe.

« Mais qu'est-ce qui me prend? dit-il tout à coup presque à haute voix; voilà que je m'inquiète des fiancées des autres! »

Et il secoua le collet de son manteau comme s'il eût voulu secouer en même temps toutes les pensées inutiles. Il arrivait justement à la fabrique, et sur le seuil de sa porte apparaissait la silhouette de son fidèle Paul.

XXVI

Le refus de Solomine vexa profondément Sipiaguine; il s'aperçut même tout d'un coup que ce Stephenson de terroir n'était pas un mécanicien déjà si remarquable, et que, s'il n'était pas un poseur, en tout cas, il faisait l'important et le difficile comme un vrai plébéien qu'il était.

« Tous ces Russes, quand ils s'imaginent savoir quelque chose, deviennent impossibles! » « Au fond, » Kalloméïtsef a raison! »

Sous l'influence de ces impressions désagréables et irritantes, l'homme d'État en herbe regarda Néjdanof de plus haut et de plus loin que jamais; il fit savoir à Kolia qu'il pourrait ne pas prendre sa leçon ce jour-là avec son précepteur, car il devait s'accoutumer à se passer de guide... Toutefois, il ne mit pas immédiatement le précepteur à la porte, comme celui-ci le craignait. Il continua d'ignorer son existence.

En revanche, Valentine n'ignora pas celle de Marianne. Une terrible scène se passa entre elles deux.

Environ deux heures avant le dîner, le hasard fit qu'elles se trouvèrent seules dans le salon. Chacun d'elles sentit immédiatement que l'heure du choc inévitable était arrivée; aussi, après un moment d'hésitation, elles s'approchèrent lentement l'une de l'autre.

Valentine souriait légèrement; Marianne avait les lèvres serrées. Toutes deux étaient pâles. Tout en traversant le salon, Valentine regardait à droite, à gauche, ar-

rachait une feuille de géranium... Les yeux de Marianne
étaient fixés tout droit sur ce visage souriant qui se rap-
prochait d'elle.

Mme Sipiaguine s'arrêta la première, et, tambourinant
du bout des doigts sur le dos d'une chaise :

« Mademoiselle Marianne, dit-elle négligemment, il
me semble que nous voilà en correspondance réglée...
Pour deux personnes qui vivent sous le même toit, c'est
assez bizarre, et vous savez que j'ai peu de goût pour
les bizarreries.

— Ce n'est pas moi, madame, qui ai entamé cette correspondance.

— Oui... vous avez raison. Pour cette fois, c'est moi
qui suis coupable de bizarrerie. Mais je n'ai pas trouvé
d'autre moyen pour réveiller en vous le sentiment...
comment vous dire ?... le sentiment...

— Parlez hardiment; ne vous gênez pas; ne craignez
pas de me blesser.

— Le sentiment... des convenances. »

Valentine se tut. On n'entendait plus dans le salon
que le léger choc de ses doigts sur le dossier de la
chaise.

« En quoi trouvez-vous que j'aie manqué aux convenances? » répliqua Marianne.

Valentine haussa les épaules.

« Ma chère, vous n'êtes plus une enfant, et vous me
comprenez fort bien. Vous figurez-vous peut-être que
votre conduite ait pu rester un secret pour moi, pour
Anna, pour toute la maison, enfin? Du reste, vous ne
vous êtes guère inquiétée de la tenir secrète. Vous avez
tout simplement bravé tout. — Mon mari seul, peut-
être, n'a rien remarqué jusqu'à présent. Il a d'autres
préoccupations, plus intéressantes pour lui et plus importantes. Mais, lui excepté, tout le monde connaît votre
conduite, tout le monde! »

Marianne pâlissait de plus en plus.

« Je vous prierai, madame, de vous expliquer plus

clairement. De quoi, au juste, êtes-vous mécontente ? »

« L'insolente ! » pensa Valentine, mais elle se contint.

« Vous désirez savoir de quoi je suis mécontente, soit ! Je suis mécontente de vos entrevues prolongées avec un jeune homme qui, par sa naissance, par son éducation et par sa position sociale, se trouve être trop inférieur à vous. Je suis mécontente... — non, ce mot-là n'est pas assez fort, — je suis révoltée de vos visites à une heure indue... de vos visites nocturnes chez ce jeune homme ! Et où cela se passe-t-il ? sous mon toit ! Vous trouvez peut-être que cela est convenable, que je dois me taire et protéger en quelque sorte votre légèreté ? Comme honnête femme... oui, mademoiselle, je l'ai été, je le suis et le serai toujours ! — Comme honnête femme, il m'est impossible de ne pas éprouver de l'indignation ! »

Valentine se laissa tomber dans un fauteuil, comme écrasée sous le poids même de cette indignation.

Marianne sourit pour la première fois.

« Je ne doute pas de votre honnêteté, passée, présente et future ; je le dis en toute sincérité. Mais vous vous indignez mal à propos. Je n'ai apporté aucune honte sous votre toit. Le jeune homme auquel vous faites allusion, oui, en effet... je l'aime...

— Vous aimez m'sieu Néjdanof ?

— Je l'aime. »

Valentine se redressa sur son fauteuil.

« Mais, voyons, Marianne ! c'est un étudiant, sans naissance, sans famille ; il est plus jeune que vous ! (Valentine n'eut pas de déplaisir à prononcer ces derniers mots.) Que peut-il sortir de tout cela ? Vous qui êtes intelligente, qu'est-ce que vous avez donc pu trouver en lui ? C'est un blanc-bec insignifiant !

— Vous n'avez pas toujours été de cet avis.

— Oh ! mon Dieu ! ma chère, ne vous occupez pas de moi ! Pas tant d'esprit que ça, je vous prie. Il s'agit de

13.

vous, de votre avenir ! Voyons, sérieusement, est-ce un parti pour vous ?

— Je vous confesse que je ne pensais pas à un parti, comme vous dites.

— Comment ? Quoi ? Comment. dois-je vous comprendre ? Vous avez suivi l'impulsion de votre cœur, admettons-le... Mais naturellement cela doit se terminer par un mariage.

— Je n'en sais rien... Je n'ai pas pensé à cela.

— Vous n'avez pas pensé ! Mais vous perdez l'esprit ! »

Marianne se détourna légèrement.

« Coupons court à cet entretien, madame. Il ne peut aboutir à rien du tout. Nous ne pouvons pas nous comprendre. »

Valentine se leva brusquement.

« Je ne peux pas, je ne dois pas couper court à cet entretien ! Il est trop grave... Je réponds de vous devant... » Valentine voulait dire : « Devant Dieu ! » Mais elle hésita et dit : « Devant le monde entier ! » Je ne peux pas me taire lorsque j'entends de pareilles extravagances ! Et pourquoi donc ne pourrais-je pas vous comprendre ? Que signifie cet insupportable orgueil chez tous ces jeunes gens ? Non... je vous comprends fort bien ; je comprends que vous vous nourrissez de ces nouvelles idées, qui vous conduiront infailliblement à votre perte ! Mais il sera trop tard, alors !

— Peut-être ; mais, croyez-le bien : quand même nous devrions périr, nous ne tendrons pas le bout du doigt pour que vous nous sauviez ! »

Valentine frappa dans ses mains.

« Encore cet orgueil, cet effroyable orgueil ! Mais voyons, Marianne, écoutez-moi, » ajouta-t-elle en changeant soudainement de ton... — Elle voulut attirer Marianne à elle, mais celle-ci recula. — « Écoutez-moi, je vous en conjure ! Après tout, je ne suis ni si vieille, ni si bête qu'on ne puisse s'entendre avec moi ! Je ne suis pas une encroûtée ! Quand j'étais jeune, on m'a regardée

comme une républicaine... ni plus ni moins que vous. Écoutez : à parler bien franchement, je n'ai jamais eu de tendresse maternelle pour vous, et, du reste, il n'est pas dans votre caractère que vous le regrettiez... mais je savais, je sais que j'ai de grands devoirs envers vous, et je me suis toujours efforcée de les remplir. Peut-être le parti auquel j'avais songé pour vous, et à propos duquel, mon mari et moi, nous n'aurions reculé devant aucun sacrifice, peut-être ce parti ne répondait-il pas complétement à vos idées... mais, croyez-le, au fond de mon cœur... »

Marianne regardait Valentine, ces yeux magnifiques, ces lèvres roses, imperceptiblement peintes, ces mains blanches avec leurs doigts couverts de bagues et légèrement écartés, que la belle dame pressait d'une façon si expressive sur le corsage de sa robe de soie... Elle l'interrompit brusquement :

« Un parti, dites-vous, un parti, cet homme vil et sans âme qui s'appelle Kalloméïtsef ? »

Valentine retira ses doigts de dessus son corsage.

« Oui, Marianne, je parle de M. Kalloméïtsef, de ce jeune homme excellent et parfaitement bien élevé, qui fera certainement le bonheur de sa femme, et qui ne peut être refusé que par une folle ! Par une folle !

— Que faire, ma tante ? Il faut croire qu'en effet, je suis folle.

— Mais encore une fois, sérieusement, qu'est-ce que tu peux lui reprocher ?

— Oh ! rien absolument. Je le méprise, voilà tout. »

Valentine secoua la tête à droite et à gauche d'un air d'impatience, et se laissa retomber dans son fauteuil.

« Ne parlons plus de lui. Retournons à nos moutons. Ainsi, tu aimes Néjdanof ?

— Oui.

— Et tu as l'intention de continuer... tes entrevues avec lui ?

— Oui, bien arrêtée.

— Et... si je te le défends ?

— Je ne vous écouterai pas. »

Valentine bondit sur son fauteuil.

« Ah ! vous ne m'écouterez pas ! C'est ainsi... Et je m'entends dire cela par une jeune fille que j'ai comblée de bienfaits, par une jeune fille que j'ai recueillie dans ma maison, par... par la...

— Par la fille d'un père déshonoré... acheva Marianne d'une voix sombre. Continuez, ne vous gênez pas !

— Ce n'est pas moi qui vous le fais dire, mademoiselle, mais, en tout cas, il n'y a pas là de quoi faire la fière ! Une jeune fille qui mange mon pain...

— Ne me reprochez pas ce pain-là, madame ! Une gouvernante française pour votre Kolia vous aurait coûté plus cher, puisque c'est moi qui lui donne des leçons de français. »

Valentine leva sa main droite, qui tenait un mouchoir de batiste orné d'un chiffre enlacé dans un coin et tout parfumé d'ylang-ylang ; elle voulut parler ; mais Marianne continua impétueusement :

« Vous auriez raison, mille fois raison, si, au lieu de tout ce que vous énumérez maintenant, au lieu de tous ces prétendus bienfaits, de ces prétendus sacrifices, vous pouviez simplement dire : « Cette jeune fille que j'ai aimée... » Mais vous avez encore assez de loyauté pour ne pas mentir à ce point-là ! » — Marianne tremblait comme dans un accès de fièvre. — « Vous m'avez toujours détestée. En ce moment même, au fond de votre cœur dont vous parliez encore tout à l'heure, vous êtes enchantée, oui, enchantée de voir que je réalise vos éternelles prédictions, que je me couvre de honte, et la seule chose qui vous déplaise, c'est qu'une part de ce scandale doive retomber sur votre aristocratique... votre honnête maison !...

— Vous m'insultez, balbutia Valentine... Sortez ! »

Mais Marianne ne se contenait plus.

« Votre maison, m'avez-vous dit, toute votre maison,

et Anna et tout le monde connaissent ma conduite! Et tout le monde est rempli d'épouvante et d'indignation. Mais, est-ce que, par hasard, je vous demande quelque chose, à vous et à tous ces gens-là? Est-ce que je peux attacher le moindre prix à leur opinion? Est-ce que votre pain ne m'est pas amer? Quelle pauvreté ne préférerais-je pas à votre richesse? Est-ce que, entre moi et votre maison, il n'y a pas un abîme? un abîme que rien ne peut combler? Est-il possible que vous, car vous aussi, vous êtes une femme intelligente, vous n'ayez pas conscience de tout cela? Et si vous avez pour moi de la haine, est-il possible que vous ne compreniez pas le sentiment que moi j'éprouve pour vous, et que je ne nomme pas... uniquement parce qu'il est trop clair?

— Sortez, sortez, vous dis-je... » répétait Valentine en frappant de son mignon petit pied sur le parquet.

Marianne fit un pas vers la porte :

« Je vais vous délivrer de ma présence. Mais laissez-moi vous dire ceci : on assure que Rachel, Rachel-elle-même, dans le *Bajaçet* de Racine, ne parvenait pas à dire comme il faut ce mot : « Sortez. » Et vous donc! Et puis, comment disiez-vous tout à l'heure : « Je suis une honnête femme, je l'ai été et je le serai toujours? » Eh bien, figurez-vous, j'ai la conviction que je suis beaucoup plus honnête que vous. Adieu. »

Marianne sortit lestement. Valentine s'élança de son fauteuil, voulut crier, voulut pleurer... Mais elle ne trouva rien à dire, et les larmes ne lui vinrent pas.

Elle se contenta de s'éventer avec son mouchoir; mais le parfum qu'il répandait ne fit que lui exciter encore davantage les nerfs. Elle se sentait malheureuse, blessée... Elle s'avouait qu'il y avait une part de vrai dans ce qu'elle venait d'entendre. Mais, comment avait-on pu la juger si durement et si injustement?

« Serais-je vraiment si méchante? » pensa-t-elle.

Elle se regarda dans une glace qui se trouvait là, entre deux fenêtres. Cette glace lui renvoya un visage

charmant, bien qu'un peu altéré et marbré de taches rouges, et des yeux superbes, doux comme du velours.

« Moi ? moi, méchante ? pensa-t-elle. Avec ces yeux-là ? »

Mais en ce moment, son mari entra, et elle plongea de nouveau son visage dans son mouchoir.

« Qu'as-tu ? lui demanda-t-il avec sollicitude. Qu'as-tu, Valia ? » (Il avait inventé pour elle ce diminutif de Valentine, et il ne se permettait de l'employer que dans le tête-à-tête le plus absolu; de préférence, à la campagne.)

Elle commença par dire qu'elle n'avait rien du tout, mais finalement, se retournant sur son fauteuil, d'un mouvement gracieux et touchant, elle lui jeta les deux mains sur les épaules (il était debout, penché sur elle); elle cacha son visage dans l'échancrure de son gilet et lui raconta tout, bien sincèrement, sans arrière-pensée, sans le moindre détour; elle tâcha même, sinon de disculper Marianne, au moins de l'excuser dans une certaine mesure; elle rejeta toute sa faute sur sa jeunesse, sur son tempérament passionné, sur les défauts de sa première éducation; jusqu'à un certain point aussi, et avec la même absence d'arrière-pensée, elle s'accusa elle-même : « Si elle avait été ma fille, cela ne serait pas arrivé ! Je l'aurais surveillée davantage. »

Sipiaguine l'écouta jusqu'au bout d'un air sympathique et condescendant, mêlé de quelque sévérité; il se tint courbé en deux, tant qu'elle ne retira pas ses mains et sa tête, il l'appela ange, la baisa au front, lui déclara qu'il savait maintenant quelle ligne de conduite lui était tracée par son rôle de maître de maison, et il s'éloigna comme s'éloigne un homme humain, mais énergique, qui se prépare à remplir un devoir désagréable, mais nécessaire.

Entre sept et huit heures, après le dîner, Néjdanof, dans sa chambre, écrivait à son ami Siline.

« Mon cher Vladimir, je t'écris à l'heure d'un chan-

gement définitif dans mon existence. On m'a renvoyé de cette maison; je pars. Mais cela ne serait rien... je pars accompagné. La jeune fille dont je t'ai parlé part avec moi. Tout nous réunit : la ressemblance de nos destinées, la conformité de nos opinions, de nos aspirations, enfin la réciprocité de nos sentiments.

« Nous nous aimons; au moins suis-je persuadé que je ne puis éprouver le sentiment de l'amour sous une forme différente de celle sous laquelle il s'offre à moi maintenant.

« Mais je mentirais si je te disais que je n'éprouve pas une crainte secrète, que je n'aie même une étrange angoisse dans le cœur... Devant nous tout est sombre, et c'est dans ces ténèbres que nous allons nous lancer tous deux. Je n'ai pas besoin de t'expliquer où nous marchons et quel rôle nous avons choisi. Marianne et moi, nous ne cherchons pas le bonheur, la vie douce et facile; nous voulons lutter à deux, côte à côte, nous soutenant l'un l'autre. Notre but est bien défini; mais quels chemins doivent nous y conduire, nous l'ignorons.

« Trouverons-nous, sinon sympathie et secours, au moins la possibilité d'agir ? Marianne est une excellente, une honnête jeune fille; si notre destinée est de périr, je ne me ferai aucun reproche de l'avoir entraînée, car il n'y avait déjà plus d'autre existence possible pour elle. Et pourtant, Vladimir, vois-tu, j'ai un poids sur le cœur... un doute me tourmente, non pas au sujet de mes sentiments pour elle, oh ! non ! mais... je ne sais... Seulement, il est trop tard à présent pour reculer.

« Tends-nous la main de loin à tous deux, et souhaite-nous la patience, l'abnégation et la force d'aimer... surtout la force d'aimer. Et toi, peuple russe, que nous ne connaissons pas, mais que nous chérissons de tout notre être, de tout le sang de notre cœur, reçois-nous... sans trop d'indifférence, et apprends-nous ce que nous devons attendre de toi ! »

« Adieu, Vladimir, adieu ! »

Après avoir écrit ces quelques lignes, Néjdanof s'en alla du côté du village.

La nuit suivante, au moment où l'aurore commençait à poindre, il attendait sur la lisière du bois de bouleaux, non loin de la maison de Sipiaguine. Un peu en arrière, à travers le fouillis de verdure d'un large buisson de noisetiers, on entrevoyait une télègue de paysan, attelée de deux chevaux débridés; sous le siége, formé de cordes entre-croisées, dormait un vieux petit moujik tout gris, sur une poignée de foin, la tête cachée dans une souquenille rapiécée.

Néjdanof regardait obstinément du côté de la route, vers le massif de saules qui bordait le jardin; la nuit, grise et calme, s'étendait encore à l'entour; quelques petites étoiles, perdues dans le vide profond du ciel, clignotaient faiblement tour à tour. Le long des bords arrondis des nuages qui moutonnaient étendus à travers le ciel, arrivait, en glissant du côté de l'orient, une pâle rougeur, et du même point arrivait aussi le petit froid acide du premier matin.

Tout à coup Néjdanof tressaillit et se redressa : quelque part, près de lui, une porte de jardin avait grincé, puis était retombée; une mignonne figure de femme, le haut du corps enveloppé d'un grand mouchoir, tenant un petit paquet au bout de son bras nu, sortit sans se hâter de l'ombre immobile des saules, sur la molle poussière du chemin, et, l'ayant traversée sur la pointe des pieds, se dirigea vers le petit bois.

Néjdanof s'élança à sa rencontre.

« Marianne! murmura-t-il.

— C'est moi, répondit tout bas une voix de dessous le mouchoir qui retombait sur le visage.

— Par ici, suis-moi, » dit Néjdanof en la prenant maladroitement par le bras nu qui portait le sac.

Elle eut un frisson de petite mort, et serra les coudes.

Il la conduisit à la télègue et réveilla le paysan. Celui-ci se releva vivement; passa sur le devant du véhicule,

enfila les manches de sa souquenille, saisit les rênes. Les chevaux firent mine de partir, il les calma d'une voix enrouée par le sommeil.

Néjdanof fit asseoir Marianne sur le filet qui servait de siége, après y avoir préalablement étendu son manteau ; il lui enveloppa les pieds dans une couverture, — le foin était un peu humide, — se plaça près d'elle, puis se penchant vers le paysan, lui dit à voix basse :

« Où tu sais ; en route ! »

Les chevaux, renâclant, s'ébrouant, sortirent de la lisière du bois, et la télègue, secouée et cahotée sur ses vieilles roues étroites, roula sur le chemin.

Néjdanof soutenait sa compagne par la taille ; Marianne, écartant avec ses doigts glacés le mouchoir qui lui protégeait la figure, se tourna vers lui en souriant, et lui dit :

« Ah ! qu'il fait bon, qu'il fait frais, Alexis !

— Oui ! répondit le paysan, il y aura beaucoup de rosée. »

Il y en avait déjà tant, que les moyeux des roues, qui heurtaient les sommets des brins d'herbe du chemin, en faisaient jaillir des grappes de fines gouttelettes ; la verdure de l'herbe en était toute grise, d'un gris d'acier.

Marianne eut encore un frisson de froid.

« Il fait frais, il fait frais ! répéta-t-elle joyeusement. Et la liberté, Alexis, la liberté ! »

XXVII

Solomine, apprenant qu'un monsieur et une dame étaient arrivés en télègue et demandaient à le voir, s'élança aussitôt vers la porte de l'enceinte de sa fabrique.

Il ne demanda pas aux nouveaux venus des nouvelles de leur santé, et, se bornant à les saluer de quelques

signes de tête, il ordonna au paysan cocher d'entrer dans la cour, le fit avancer tout droit jusqu'à son pavillon et aida Marianne à descendre.

Néjdanof sauta après elle.

Solomine leur fit traverser un long corridor obscur, monter un étroit escalier, et les amena dans une partie reculée du pavillon, au second étage. Là il ouvrit une porte basse, et ils entrèrent tous les trois dans une petite chambre à deux fenêtres assez proprement meublée.

« Soyez les bienvenus ! dit Solomine avec son éternel sourire, qui cette fois semblait plus large et plus cordial que de coutume. Ceci est votre logement. Voici une chambre, et en voici une autre à côté. Ça n'est pas magnifique, mais enfin on peut s'en contenter, et personne ne viendra fourrer son nez ici. Sous vos fenêtres, il y a ce que mon patron appelle un parterre ; moi, je l'appelle un potager ; il est fermé de tous côtés par des murailles. On y est chez soi. Allons, bonjour encore une fois, ma charmante demoiselle, et vous aussi, Néjdanof, bonjour. »

Il leur serra la main à tous deux.

Les deux jeunes gens restaient là immobiles, sans ôter leur vêtement de voyage, et regardaient droit devant eux, dans un trouble muet, moitié surpris, moitié joyeux.

« Eh bien, qu'est-ce que c'est ? dit Solomine. Débarrassez-vous ! Quels effets avez-vous apportés ? »

Marianne montra le petit paquet qu'elle avait encore à la main.

« Je n'ai que cela.

— Moi, dit Néjdanof, j'ai un sac de voyage et une valise qui sont restés dans la télègue. Mais je vais...

— Restez ! restez ! »

Solomine ouvrit la porte.

« Paul ! cria-t-il en se penchant vers l'escalier obscur, vite... Il y a des effets dans la télègue, apportez-les.

— Tout de suite ! répondit la voix de l' « omniprésent ».

Solomine revint vers Marianne qui avait ôté son châle et qui dégrafait sa mantille.

« Tout s'est bien passé ? lui dit-il.

— Oui... personne ne nous a vus. J'ai laissé une lettre à M. Sipiaguine. Je n'ai pris avec moi ni vêtements, ni linge, parce que, comme vous allez nous envoyer... (Elle n'osa pas, on ne sait pourquoi, dire : parmi le peuple), ce n'était pas la peine ; je n'aurais pas pu m'en servir. Et j'ai de l'argent pour acheter ce qu'il me faudra.

— Nous arrangerons tout ça ensuite... Mais tenez, dit Solomine en leur montrant Paul qui rentrait avec les effets de Néjdanof, je vous recommande mon meilleur ami dans cette maison ; vous pouvez absolument compter sur lui... comme sur moi-même. As-tu parlé à Tatiana pour le samovar ? ajouta-t-il à demi-voix.

— On va l'apporter, répondit Paul, et la crème et tout.

— Tatiana, c'est sa femme, continua Solomine, elle est aussi sûre que lui. En attendant que vous... eh ! oui, que vous vous accoutumiez, elle vous servira, mademoiselle. »

Marianne jeta sa mantille sur un divan de cuir qui occupait un coin.

« Appelez-moi Marianne ; je ne tiens pas à être une mademoiselle ! Quant à une servante, je n'en ai pas besoin... Je ne suis pas partie de là-bas pour avoir des servantes. Ne faites pas attention à mon costume. Je n'en avais pas d'autre là-bas. Il faudra changer tout cela. »

Son costume en drap de dame, de couleur brune, était fort simple ; mais, taillé par une couturière de Pétersbourg, il dessinait élégamment la taille et les épaules de Marianne ; il était, en somme, à la mode.

« Bah ! ce ne sera pas une servante, ce sera une aide à l'américaine. Mais cela ne vous empêchera pas de prendre du thé. Quoiqu'il soit de bonne heure, vous

devez être fatigués tous les deux. Je vais m'occuper de la fabrique pour le moment; nous nous retrouverons plus tard. Si, vous avez besoin de n'importe quoi, demandez-le à Paul et à Tatiana. »

Marianne lui tendit vivement les deux mains.

« Comment vous remercier ? » lui dit-elle en le regardant d'un air attendri;

Solomine lui caressa doucement la main.

« Je pourrais vous répondre que je n'ai pas mérité de remercîments... et ce serait vrai. Mais j'aime mieux vous dire que votre reconnaissance me fait grand plaisir. Comme ça, nous sommes quittes. Au revoir! Allons, Paul ! »

Marianne et Néjdanof restèrent seuls.

Elle s'élança vers lui, et, le regardant comme elle avait regardé Solomine, mais d'un regard plus joyeux encore, plus attendri et plus lumineux :

« O mon ami, lui dit-elle, nous commençons une vie nouvelle... Enfin! enfin! tu ne saurais croire combien ce pauvre logement me paraît aimable et charmant, comparé à ces détestables palais! Dis, es-tu content ? »

Néjdanof lui prit les mains et les serra sur sa poitrine.

« Je suis heureux, Marianne, parce que je commence cette nouvelle vie avec toi. Tu seras mon étoile conductrice, mon appui, ma force...

— Cher Alexis! Mais pardon, il faut que j'aille mettre un peu d'ordre dans ma toilette. Je passe dans ma chambre, attends-moi ici. Je reviens à l'instant. »

Marianne passa dans la seconde pièce, tira la porte derrière elle, puis une minute après, entr'ouvrant la porte, et avançant la tête par l'entre-bâillement : « Qu'il est gentil, ce Solomine! » dit-elle. Après quoi elle disparut de nouveau, et on entendit la clef tourner dans la serrure.

Néjdanof s'approcha de la fenêtre, regarda dans le

jardin... et, sans qu'il sût pourquoi, ses yeux choisirent un vieux pommier tout rabougri pour s'y fixer avec attention.

Il se secoua, s'étira, ouvrit son sac de voyage, et, sans y rien prendre, se mit à rêver.

Au bout d'un quart d'heure, Marianne reparut, gaie, rapide, animée, le teint ravivé par l'eau fraîche ; et, quelques instants après, Tatiana, la femme de Paul, apportait le samovar, le service à thé, des petits pains blancs et de la crème.

Tatiana faisait un parfait contraste avec la figure de son bohémien de mari ; c'était une véritable femme russe, solidement bâtie, blonde, blanche, nu-tête, avec une large tresse fortement assujettie autour d'un peigne en corne, des traits un peu gros, mais agréables, et des yeux gris, bons et francs. Elle était vêtue d'une robe d'indienne, fanée mais en bon état ; ses mains, un peu grandes, étaient propres et belles.

Elle s'inclina tranquillement, dit d'une voix ferme et claire, sans accent traînant : « Je vous souhaite le bonjour, » et se mit en devoir de disposer le samovar, les tasses et le reste.

Marianne s'approcha d'elle.

« Laissez-moi vous aider, Tatiana. Si vous me donnez une serviette...

— Ça n'est rien, mademoiselle ; cette besogne nous connaît. Vassili Fédotytch m'a parlé. Si vous désirez quelque chose, daignez donner un ordre, nous ferons ce qu'il faut.

— Tatiana, ne m'appelez pas mademoiselle, je vous prie... Je suis habillée comme les seigneurs, mais je... je suis tout à fait... »

Marianne, troublée par le regard persistant de Tatiana, s'interrompit.

« Qu'est-ce que vous êtes alors ? lui demanda Tatiana avec son ton tranquille.

— Si vous voulez... en effet... je suis une noble ; mais

je veux mettre tout cela de côté et devenir une... femme
du peuple.

— Ah! oui; je comprends à présent. Alors, vous êtes
de ceux qui veulent se simplifier. Il y en a beaucoup
dans ce temps-ci.

— Comment avez-vous dit, Tatiana?... Se simplifier?

— Oui... c'est une manière de dire que nous avons à
présent : vivre tout à fait comme le peuple. Se simplifier, quoi ! C'est de la bonne besogne, enseigner au peuple à raisonner. Mais ça n'est pas commode, oh! non!
Dieu vous donne de la chance!

— Se simplifier ! répéta Marianne. Entends-tu, Alexis?
en ce moment nous sommes des simplifiés ! »

Néjdanof se mit à rire et répéta aussi :

« Simplifiés !

— Et qu'est-ce qu'il est, celui-ci, eh ? un petit mari,
un frère? demanda Tatiana à la jeune fille tout en rin-
çant soigneusement les tasses avec ses grandes mains
adroites et en considérant avec un sourire mi-railleur
mi-caressant, tantôt Néjdanof, tantôt Marianne.

— Non, répondit Marianne, il n'est ni mon mari ni
mon frère. »

Tatiana releva la tête.

« Alors, vous vivez comme ça, en « libre grâce » ? Ça
aussi, à présent, ça se voit souvent. Dans les temps d'autrefois, ça arrivait plutôt chez les vieux croyants, les ras-
colniks; mais, au jour d'aujourd'hui, il y en a d'autres
qui font de même. Pourvu que Dieu donne sa bénédiction et qu'on vive en contentement et confiance ! Il n'y
a pas besoin de prêtre pour ça. Il s'en trouve aussi dans
notre fabrique de ces gens-là, et pas des pires !

— Comme vous avez de jolies expressions, Tatiana!
« En libre grâce ! » Cela me plaît beaucoup. A propos,
Tatiana, j'ai quelque chose à vous demander. Je voudrais me coudre ou m'acheter une robe, tenez, comme
la vôtre, où encore plus simple; et des souliers, des bas,
un fichu, tout comme vous. J'ai l'argent qu'il faut.

— Bon, tout ça peut se faire, mademoiselle... Ne vous fâchez pas, je ne le dirai plus, je ne vous dirai plus mademoiselle. Mais comment faut-il vous appeler ?

— Marianne.

— Et le petit nom de votre père ?

— Mais à quoi bon le prénom de mon père ? Appelez-moi tout simplement Marianne. Je vous appelle bien Tatiana !

— Tout de même... ça n'est pas la même chose. Dites-moi plutôt son petit nom.

— Allons, soit. Mon père s'appelait Vikenti. Et le vôtre ?

— Le mien ? Ossip [1].

— Eh bien, je vous appellerai Tatiana Ossipovna.

— Et moi, je vous appellerai Marianne Vikentievna [2]. Ça sera tout à fait bien.

— Vous prendrez le thé avec nous, Tatiana Ossipovna ?

— Pour le premier jour, ça ne se refuse pas, Marianne Vikentievna ; une petite tasse.

— Asseyez-vous, Tatiana Ossipovna.

— Je veux bien, Marianne Vikentievna. »

Tatiana s'assit et prit son thé à la façon du peuple russe ; elle tournait constamment entre ses doigts un petit morceau de sucre qu'elle croquait par bribes en clignant de l'œil du côté où elle mordait.

Marianne entra en conversation avec elle. Tatiana répondait sans timidité, interrogeait elle-même et racontait. Elle parla de Solomine presque comme d'un dieu, et plaça son mari au premier rang après Solomine. Toutefois, la vie de fabrique lui pesait.

« Ce n'est pas la ville, ici, disait-elle, et ce n'est pas le village. Sans M. Solomine, je n'y resterais pas une heure ! »

---

[1] *Vikenti*, Vincent. — *Ossip*, Joseph.

[2] L'adjonction du nom patronymique à un prénom, en Russie, équivaut à celle de « monsieur » ou « mademoiselle » dans le reste de l'Europe.

Marianne écoutait attentivement ses récits. Néjdanof, assis un peu à l'écart, regardait sa compagne et n'était pas surpris de cette attention ; pour Marianne, tout cela était nouveau ; — quant à lui, il lui semblait avoir vu des centaines de Tatiana pareilles à celle-là et avoir cent fois causé avec elles.

« Écoutez, Tatiana Ossipovna, dit Marianne à un certain moment, vous pensez que nous voulons instruire le peuple ; non, nous voulons le servir.

— Comment, le servir ? Enseignez-le, voilà votre service. Tenez, moi, par exemple, quand je me suis mariée, je ne savais ni lire ni écrire, et je sais à présent, grâce à Vassili Fédotytch ! Ce n'est pas lui qui me l'a appris, il a payé un vieux bonhomme qui m'a tout montré. Eh ! je suis encore jeune, quoique grande ! »

Marianne resta un moment silencieuse.

« Je voudrais, reprit-elle, apprendre quelque métier... Mais nous reparlerons de cela et plus d'une fois. Je suis une piètre couturière : si j'apprenais un peu de cuisine, je pourrais me faire cuisinière. »

Tatiana s'étonna.

« Cuisinière ! comment ? mais les cuisinières vivent chez les gens riches, chez les marchands ! Et les pauvres font la cuisine eux-mêmes. Dans un « artel », peut-être, chez des travailleurs ? Oh ! il n'y a pas de plus triste métier !

— Et quand même je serais chez des riches, pourvu que je me rencontre avec des pauvres. Sans ça, où irais-je les chercher ? Je n'aurai pas toujours une occasion comme celle d'aujourd'hui, avec vous ! »

Tatiana remit sa tasse dans la soucoupe, l'ouverture en bas.

« Ça n'est pas une affaire facile, dit-elle enfin avec un sourire ; on ne tourne pas ça autour du doigt comme un brin de fil. Ce que je sais moi-même, je vous le montrerai ; mais je ne suis pas une grande savante, moi ! Parlez-en à mon mari. Lui, c'est une autre affaire. Il lit

toute espèce de livres, et il vous débrouillera tout comme avec la main ! »

En ce moment, elle regarda Marianne, qui roulait une cigarette.

« Pardon, Marianne Vikentievna, lui dit-elle; mais si vous voulez véritablement vous simplifier, il vous faudra mettre ça de côté. (Elle montra du doigt la cigarette.) Parce que dans ces métiers, dans celui de cuisinière, par exemple, ça ne se fait pas; et tout le monde reconnaîtra tout de suite que vous êtes une demoiselle. Oui ! »

Marianne jeta sa cigarette par la fenêtre.

« Je ne fumerai plus... C'est une habitude facile à perdre. Les femmes du peuple ne fument pas, il ne convient donc pas que je fume.

— Vous avez dit la vérité. Les hommes se passent ces bêtises, chez nous; les femmes, non. Voilà !... Eh ! mais, voilà M. Solomine qui vient; c'est son pas. Demandez-lui... il vous expliquera tout ça, clair comme eau de roche. »

En effet, la voix de Solomine se fit entendre derrière la porte.

« Peut-on entrer ?

— Entrez, entrez ! cria Marianne.

— C'est une habitude anglaise que j'ai prise, dit Solomine en entrant. Eh bien, comment ça va-t-il ? Vous n'avez pas encore eu le temps de vous ennuyer ? Vous prenez le thé avec Tatiana, à ce que je vois. Écoutez-la : elle est pleine de bon sens... Mon patron arrive aujourd'hui fort mal à propos. Et il restera pour dîner. Que faire ? C'est mon patron.

— Quel homme est-ce ? demanda Néjdanof, qui sortit de son coin.

— Un homme comme tout le monde. Il n'est plus au biberon, comme on dit, mais pas malin, après tout. Avec moi, il est doux comme de la soie. Il a besoin de moi. Mais je suis venu vous dire que probablement nous ne nous reverrons plus aujourd'hui. On vous apportera

votre dîner ; ne vous montrez pas dans la cour, surtout. Pensez-vous, Marianne, que les Sipiaguine vous fassent chercher, qu'ils courent après vous ?

— Je pense que non, répondit Marianne.

— Et moi, je suis persuadé que oui, dit Néjdanof.

— N'importe, reprit Solomine ; en tout cas, il faut être prudents pendant les premiers temps. Puis cela ira tout seul.

— Oui, mais écoutez, lui fit observer Néjdanof ; il faut que Markelof sache où me trouver. Nous devrons l'avertir.

— Pourquoi ça ?

— C'est indispensable pour notre affaire... Il doit toujours savoir où je suis. Je le lui ai promis. Du reste, il ne parlera pas.

—Très-bien. Nous enverrons Paul.

— Et mon vêtement sera prêt ? demanda Néjdanof.

— Le costume ? comment donc ! ce sera une vraie mascarade, pas chère, Dieu merci. Adieu, reposez-vous. Allons, Tatiana. »

Marianne et Néjdanof restèrent seuls de nouveau.

XXVIII

Ils commencèrent, comme la première fois, par s'étreindre fortement les mains, puis Marianne s'écria :

« Attends, je vais t'aider à arranger ta chambre ! »

Et elle se mit à retirer les effets du sac de voyage et de la valise.

Néjdanof voulut l'aider, mais elle lui déclara qu'elle ferait cela toute seule, « parce qu'il fallait qu'elle s'accoutumât à servir ». Et, en effet, toute seule elle pendit ces effets à des clous qu'elle avait trouvés dans le tiroir de la table et qu'elle ficha dans le mur en se servant du

bois d'une brosse en guise de marteau; elle mit le linge dans une vieille petite commode qui se trouvait entre les deux fenêtres.

« Qu'est-ce que c'est? dit-elle tout à coup, un revol· ver? Est-il chargé ? Pourquoi as-tu un revolver?

— Il n'est pas chargé... donne-le-moi tout de même. Tu me demandes pourquoi ? Mais dans notre métier, on ne marche pas sans cela! »

Elle se mit à rire et reprit son travail, secouant chaque pièce de vêtement et la battant avec la paume de la main; elle déposa même sous le canapé deux paires de bottes; quelques livres, un paquet de papiers et le fameux cahier de poésies furent solennellement rangés sur une table de coin, à trois pieds, qu'elle baptisa table à écrire et table de travail, par opposition à l'autre, qui était ronde et qu'elle appela table à manger et table à thé.

Cela fait, elle prit à deux mains le cahier de vers, l'éleva jusqu'à la hauteur de ses yeux, et, regardant Néjdanof par-dessus la ligne horizontale du bord, elle lui dit en souriant :

« Nous lirons tout cela ensemble, n'est-ce pas, pendant le loisir que nous laisseront nos occupations, hé ?

— Donne-moi ce cahier, je vais le jeter au feu! s'écria Néjdanof. Il ne mérite pas autre chose.

— Mais alors, pourquoi l'as-tu emporté ? — Non, non, je ne te le laisserai pas brûler. Du reste, on prétend que les poëtes menacent de brûler leurs ouvrages, mais qu'ils ne les brûlent jamais. En tout cas, je le garde chez moi, c'est plus sûr. »

Néjdanof voulut protester, mais Marianne s'enfuit dans sa chambre avec le cahier, et revint les mains vides.

Elle s'assit près de Néjdanof, et se releva aussitôt.

« Tu n'as pas encore été chez moi... dans ma chambre. Veux-tu la voir? Elle n'est pas plus mal que la tienne. Viens, je te la montrerai. »

Néjdanof se leva aussi, et suivit Marianne. Sa chambre, comme elle disait, était un peu plus petite que celle du jeune homme ; mais l'ameublement en était plus propre et plus moderne ; il y avait sur la fenêtre un vase de cristal avec des fleurs, et, dans le coin, un lit de fer.

« Vois-tu comme il est gentil, Solomine ? s'écria-t-elle ; mais il ne faut pas que nous nous laissions gâter ; nous n'aurons pas souvent un logement comme celui-ci. Sais-tu ce qui serait bien ? Il faudrait nous arranger pour ne pas nous séparer, pour trouver une place tous deux dans le même endroit ! Ce sera difficile, ajouta-t-elle au bout d'un moment ; enfin, nous verrons. En tout cas, tu ne retournes pas à Pétersbourg, n'est-ce pas ?

— Qu'irais-je faire à Pétersbourg ? Suivre les cours de l'Université et donner des leçons ? A quoi bon ?

— Voyons ce que dira Solomine ; il sait mieux que nous ce qu'il faut faire et comment il faut le faire. »

Ils retournèrent dans la première pièce, et s'assirent de nouveau l'un près de l'autre. Ils firent l'éloge de Solomine, de Tatiana, de Paul ; ils parlèrent de Sipiaguine, de leur vie passée qui venait de disparaître tout à coup dans le lointain, comme derrière un brouillard ; ils se serrèrent les mains en échangeant des regards radieux ; puis ils parlèrent des nouvelles classes dans lesquelles ils devaient pénétrer, et de la façon dont ils s'y prendraient pour ne pas exciter la méfiance.

Néjdanof assura que, moins ils penseraient à tout cela, mieux ils y réussiraient.

« Sans aucun doute ! s'écria Marianne. Puisque nous voulons nous « simplifier », comme dit Tatiana.

— Ce n'est pas dans ce sens-là... commença Néjdanof. Je voulais dire qu'il ne faut pas se forcer... »

Marianne l'interrompit par un éclat de rire.

« Je pensais à ce que j'ai dit tantôt, Alexis, que nous sommes tous deux des simplifiés. »

Néjdanof rit aussi, répéta : « simplifiés », puis devint pensif. Et Marianne, à son tour, devint pensive.

« Alexis ! dit-elle.

— Quoi ?

— Il me semble que nous sommes un peu gênés. Les « nouveaux mariés » (elle dit ces deux mots-là en français) doivent éprouver quelque chose de ce genre pendant le premier jour de leur voyage de noces. Ils sont heureux, très-heureux, et en même temps ils sont un peu gênés. »

Néjdanof sourit, d'un sourire contraint.

« Des nouveaux mariés... Tu sais très-bien, Marianne, que ce n'est pas notre cas. »

Marianne se leva, et, debout devant Néjdanof :

« Cela dépend de toi, dit-elle.

— Comment ?

— Alexis, écoute, quand tu me diras, sur ta parole d'honnête homme, et je te croirai, parce qu'en effet tu es un honnête homme, quand tu me diras que tu m'aimes de cet amour... de cet amour qui lie pour la vie entière, je serai à toi. »

Néjdanof rougit et se détourna légèrement.

« Quand je te dirai cela... fit-il.

— Oui, quand tu me le diras ! Mais tu vois bien, tu ne me le dis pas en ce moment... Oh ! oui, Alexis, tu es un honnête homme, en effet ! Et maintenant, parlons de choses plus sérieuses.

— Mais enfin, Marianne, est-ce que je ne t'aime pas ?

— Je le sais... et j'attendrai. Mais ta table à écrire n'est pas encore en ordre. Tiens, il y a quelque chose d'enveloppé là-dedans, quelque chose de dur... »

Néjdanof s'élança de sa chaise.

« Laisse ça, Marianne... je t'en prie... N'y touche pas ! »

Marianne le regarda par-dessus l'épaule, levant les sourcils avec étonnement.

« C'est... un secret ? Tu as un secret ?

— Oui... oui... balbutia Néjdanof ; et, tout troublé, il ajouta en guise d'explication : C'est un portrait. »

Ce mot lui était échappé malgré lui. Le papier que
Marianne avait entre les mains contenait en effet le portrait donné au jeune homme par Markelof.

« Un portrait?... dit-elle lentement... de femme ? »

Elle lui tendit le petit paquet ; mais il le prit si maladroitement qu'il faillit le laisser tomber, et que l'enve-
loppe s'entr'ouvrit.

« Mais c'est... c'est mon portrait ! s'écria Marianne vivement... Oh ! alors, puisque c'est mon portrait, j'ai le
droit de le prendre ! »

Elle le prit des mains de Néjdanof.

« C'est toi qui l'as dessiné ?

— Non... ce n'est pas moi.

— Qui donc ? Markelof ?

— Tu as deviné. C'est lui.

— Comment se fait-il que tu l'aies en ta possession ?

— C'est lui qui m'en a fait cadeau.

— Quand cela ? »

Néjdanof lui raconta dans quelles circonstances cela
était arrivé. Pendant qu'il parlait, Marianne jetait alter-
nativement ses regards sur lui et sur le portrait, et les
jeunes gens avaient tous deux à la fois un vague sentiment qui leur disait : « Si *lui* avait été dans cette chambre, *il* aurait eu le droit d'exiger... »

Mais ni Marianne ni Néjdanof n'énoncèrent cette pensée à haute voix... peut-être parce que chacun d'eux la
lisait dans l'esprit de l'autre.

Marianne enveloppa doucement le portrait dans la papier, et le remit sur la table.

« Brave garçon ! murmura-t-elle... Où est-il en ce moment?

— Où il est? Mais chez lui, dans sa maison. J'irai le
voir demain ou après-demain pour des livres et des brochures qu'il voulait me donner, mais qu'il a oubliés au
moment du départ.

— Vrai, Alexis, tu crois qu'en te donnant ce portrait,
il ait voulu renoncer à tout, absolument à tout ?

— C'est ce qu'il m'a semblé.

— Et cependant, tu comptes le trouver chez lui ?

— Certainement.

— Ah ! »

Marianne baissa les yeux et laissa tomber ses bras.

« Tiens ! voilà Tatiana qui nous apporte le dîner ! s'écria-t-elle tout à coup. Quelle excellente femme ! »

Tatiana parut, portant les couverts, les serviettes, la vaisselle. En mettant la table, elle raconta ce qui s'était passé à la fabrique.

« Le patron est arrivé de Moscou « par la machine », et il s'est mis à courir par tous les étages comme un excommunié ; il ne comprend rien de rien à tout ça ; mais c'est pour l'effet, pour l'exemple. Solomine est avec lui comme avec un enfant : le patron a voulu lui faire une contrariété, mais Solomine lui a donné sur le nez. « Je lâche tout, lui a-t-il dit, et tout de suite ! » Alors le patron a baissé l'oreille ! Et comment ! A présent ils dînent ensemble. Le patron a amené avec lui un compagnon : celui-là admire tout. Ça doit être un homme d'argent, ce compagnon ; il se tait presque tout le temps, il branle seulement la tête. Un gros homme, très-gros ! Un gros bonnet de Moscou. Le proverbe a bien raison de dire : Moscou est au fond de l'entonnoir, tout y roule.

— Comme vous remarquez bien toute chose ! s'écria Marianne.

— Mais oui, j'ai l'œil ouvert, répondit Tatiana. Voilà votre dîner prêt. Mangez de bon appétit. Et moi, je vais m'asseoir un peu et vous regarder. »

Les jeunes gens se mirent à table ; Tatiana s'assit, la joue appuyée sur la paume de la main, dans l'embrasure de la fenêtre.

« Je vous regarde, répéta-t-elle. Comme vous êtes petiots et faiblots, tous deux ! C'est si bon de vous regarder, si bon, que ça fait presque peine ! Ah ! mes gentils pigeons ! vous prenez un fardeau trop lourd pour vos

reins! Des jeunesses comme vous, les gens du tsar aiment à les fourrer dans le coffre.

— Bah! ma commère, ne vous effrayez pas! répondit
Néjdanof. Vous savez le proverbe : « Qui se baptise
champignon, doit aller au panier. »

— Oui, je sais; mais les paniers, au jour d'aujourd'hui,
sont étroits, et on n'en sort pas comme on veut.

— Avez-vous des enfants? lui demanda Marianne pour
détourner la conversation.

— J'ai un garçon qui va déjà à l'école. J'avais une fille,
mais je l'ai perdue, la pauvrette, par accident : elle
tomba sous une roue. Au moins, si elle était morte sur
le coup! Mais non, elle souffrit longtemps. C'est depuis
ce moment que je suis devenue compatissante; avant,
j'étais dure, dure comme du bois de coudrier.

— Comment! Et votre mari, vous ne l'aimiez donc
pas ?

— Oh! ça, c'est autre chose, c'est affaire de jeune fille.
Vous, tenez, vous aimez le vôtre, n'est-ce pas ?

— Je l'aime.

— Vous l'aimez beaucoup ?

— Beaucoup.

— C'est-il bien...? »

Tatiana regarda Néjdanof, regarda Marianne et
n'acheva pas.

Pour la seconde fois Marianne détourna la conversation. Elle déclara à Tatiana qu'elle avait renoncé à fumer, ce dont celle-ci la loua fort. Puis elle recommença
à parler de son costume; elle rappela à Tatiana la promesse que celle-ci lui avait faite de lui apprendre un peu
de cuisine...

« Et puis, j'ai encore quelque chose à vous demander :
ne pourriez-vous pas me trouver du gros fil écru ? je
veux tricoter des bas... tout simples. »

Tatiana lui promit que tout cela serait fait, desservit,
et sortit de la chambre, avec sa démarche ordinaire,
tranquille et assurée.

« Et nous, qu'allons-nous faire ? dit Marianne à son compagnon ; et, sans attendre sa réponse : Écoute ; comme notre travail sérieux ne commence que demain, veux-tu que nous consacrions cette soirée à la littérature ? Lisons tes poésies. Je serai un juge impitoyable. »

Néjdanof résista longtemps. Mais il finit par céder, et se mit à lire haut les vers de son petit cahier.

Marianne s'assit tout près de lui ; elle le regardait en plein visage pendant sa lecture.

Véritablement, elle se montra juge sévère, comme elle l'avait dit. Un bon nombre de ces poésies lui déplurent ; elle préférait les pièces courtes, purement lyriques, sans morale au bout.

Néjdanof ne lisait pas très-bien : il n'osait pas déclamer franchement, et voulait en même temps éviter la froideur, de sorte que son débit n'était ni chair ni poisson.

Marianne l'interrompit tout à coup pour lui demander s'il connaissait une pièce de vers de Dobrolioubof qui commence par ces mots : « L'idée de la mort ne m'attriste guère »[1], et elle la récita d'un bout à l'autre, pas très-bien non plus, avec un débit quelque peu enfantin.

Néjdanof fit la remarque que cette poésie était amère

---

[1] L'idée de la mort ne m'attriste guère ; — mais ce que redoute mon esprit malade, — c'est que la mort ne me joue — une mauvaise plaisanterie.

Je crains que, sur mon corps refroidi, — on ne verse des larmes brûlantes ; — que, dans son zèle maladroit, quelqu'un — n'apporte des fleurs sur mon cercueil ;

Que, sans motif intéressé, — une foule d'amis ne marche derrière, — et que, sous la terre de ma tombe, — je ne devienne un objet de sympathie ;

Que tout ce qu'avec tant d'ardeur, — et si vainement, j'ai désiré pendant ma vie, — ne vienne me sourire d'un sourire enchanteur, — quand je serai sous les planches de ma bière.

(Dobrolioubof, *Œuvres complètes,* t. IV, p. 615.)

et douloureuse au dernier point ; puis il ajouta que lui, Néjdanof, n'aurait pas pu l'écrire, parce qu'il n'avait pas à craindre les larmes qu'on verserait sur son cercueil. On n'en verserait pas.

« On en versera si je te survis, » dit lentement Marianne.

Elle leva les yeux au plafond, resta un moment silencieuse, puis murmura, comme se parlant à elle-même :

« Comment a-t-il pu faire mon portrait ?... de souvenir ? »

Néjdanof se tourna vivement vers elle.

« Oui ; de souvenir. »

Marianne fut toute surprise d'entendre sa réponse. Elle s'était figuré n'avoir fait cette question qu'en dedans.

« C'est extraordinaire... reprit-elle du même ton, car enfin il n'a aucun talent pour la peinture. Que voulais-je dire ?... ajouta-t-elle à haute voix, — ah ! oui, c'était à propos des vers de Dobrolioubof. — Il faut faire des vers comme Pouchkine, ou bien encore comme ces vers de Dobrolioubof : — ce n'est pas de la poésie, mais c'est quelque chose qui ne vaut pas moins.

— Et des vers comme les miens, dit Néjdanof, il ne faut pas en écrire du tout, n'est-ce pas ?

— Des vers comme les tiens ? Ils plaisent à tes amis, non parce qu'ils sont très-bons, mais parce que toi, tu es un homme bon, et qu'ils te ressemblent. »

Néjdanof sourit :

« Les voilà enterrés et moi avec ! »

Marianne lui donna un petit coup sur la main et l'appela méchant. Quelques instants après, elle dit qu'elle se sentait fatiguée et qu'elle allait dormir.

« A propos, tu sais ? ajouta-t-elle en secouant ses cheveux courts et drus, j'ai 137 roubles, et toi ?

— Moi, 98.

— Oh ! nous sommes riches... pour des simplifiés ! Allons, à demain ! »

Elle sortit; mais, au bout de quelques moments, sa porte s'entr'ouvrit légèrement, et, à travers l'étroite ouverture, une voix dit :

« Bonsoir !... puis, plus doucement : bonsoir ! »

Et la clef tourna dans la serrure.

Néjdanof se laissa tomber sur le divan et cacha son visage dans sa main. Puis, tout à coup il se leva, marcha vers la porte et frappa :

« Qu'est-ce que c'est ? dit la voix de Marianne.

— Je ne te dis pas à demain, Marianne... mais demain !

— Demain, » répondit doucement la voix.

XXIX

Le lendemain, de grand matin, Néjdanof frappa encore à la porte de Marianne.

« C'est moi ! répondit-il à la question : Qui est là ? Peux-tu venir ?

— Attends... tout de suite. »

Elle sortit, et poussa une exclamation de surprise. Au premier abord elle ne l'avait pas reconnu. Il était vêtu d'un vieux caftan de nankin jaunâtre, à taille courte et à tout petits boutons; ses cheveux étaient arrangés à la russe, avec la raie au milieu; il avait noué autour de son cou un mouchoir bleu; il tenait à la main une casquette dont la visière était cassée; enfin il avait pour chaussures des bottes non cirées, en peau de bouvillon.

« Mon Dieu ! s'écria Marianne, comme tu es laid ! » — Puis aussitôt elle lui jeta vivement les bras autour du cou, et l'embrassa encore plus vivement. — « Mais pourquoi as-tu choisi ce costume-là ? Tu as l'air d'un pauvre petit bourgeois de la ville... ou d'un colporteur... ou d'un domestique mis à la retraite. Pourquoi ce caftan, et

non pas une veste d'ouvrier, ou même un simple « armiak » de paysan ?

— Justement... » commença Néjdanof, qui, dans son
costume, avait en effet l'air d'un petit boutiquier ; — il
le sentait d'ailleurs, et au fond de son âme, il était vexé,
troublé ; tellement troublé qu'il promenait machinale-
ment sur sa poitrine ses deux mains avec les doigts
écartés, comme pour se nettoyer... « Paul m'a assuré
qu'en veste ou en armiak, on me reconnaîtrait tout de
suite ; tandis que ce costume, dit-il, on jurerait que je
l'ai porté toute ma vie ! Ce qui n'est pas flatteur pour
mon amour-propre, — soit dit en parenthèse.

— Alors tu veux aller tout de suite... commencer ?
lui dit Marianne avec vivacité.

— Oui, je vais essayer, quoique... en y pensant bien...

— Que tu es heureux ! interrompit Marianne.

— Ce Paul est un homme extraordinaire, reprit Néjdanof, il sait tout, il a des yeux qui vous traversent de
part en part ; et puis, tout d'un coup, il vous fait un visage comme si tout se passait à côté de lui, sans qu'il y
prît garde. Il est très-serviable, et en même temps il a
un air gouailleur... Il m'a apporté les brochures de chez
Markelof, qu'il connaît, et qu'il appelle familièrement
Serge Mikhaïlovitch. Quant à Solomine, il lui est dévoué, il traverserait pour lui l'eau et le feu.

— Et Tatiana aussi, ajouta Marianne. D'où vient donc
que les gens lui sont si dévoués ? »

Néjdanof ne répondit pas.

« Quelles brochures Paul t'a-t-il apportées ? reprit Marianne.

— Mais... celles qu'on distribue ordinairement :
« L'histoire de quatre frères... » Et puis... Enfin les
brochures ordinaires, les plus connues... Du reste, celles-
là sont les meilleures. »

Marianne regarda autour d'elle d'un air inquiet.

« Mais que fait donc Tatiana ? Elle avait promis de
venir de bon matin...

— Et la voilà, continua Tatiana, entrant dans la chambre, un paquet à la main. — Elle arrivait à la porte, et avait entendu l'exclamation de Marianne. — Vous aurez tout le temps... ne voilà-t-il pas une affaire ! »

Marianne se précipita à sa rencontre.

« Vous l'apportez?

Tatiana frappa de la main sur son paquet.

« Tout est là-dedans, au grand complet... Vous n'avez plus qu'à l'essayer... après quoi, vous pourrez vous montrer... et faire votre belle à gogo !

— Oh! vite, allons, ma bonne Tatiana!... »

Marianne l'entraîna chez elle.

Resté seul, Néjdanof fit deux fois le tour de sa chambre, d'un pas mou et traînard, qu'il se figurait, on ne sait pourquoi, être la démarche des petits bourgeois; il flaira prudemment sa manche, ainsi que l'intérieur de sa casquette, et fit une grimace; il se regarda dans un petit miroir fixé au mur près de la fenêtre, et secoua la tête : décidément il n'était pas beau !

« Après tout, tant mieux! » pensa-t-il.

Puis il choisit quelques brochures, les fourra dans sa poche, et prononça quelques mots à la façon du bas peuple, comme, par exemple : « Hé ben quoi?... Ohé! là-bas... quoi qu'ignia ? »

« Il me semble que c'est à peu près ça, se dit-il, mais bah! à quoi bon faire l'histrion ? mon accoutrement répondra pour moi. »

Néjdanof se rappela à ce propos l'histoire d'un Allemand exilé, qui devait s'enfuir à travers la Russie, quoiqu'il parlât fort mal le russe; il avait acheté dans un bazar de village un bonnet de marchand, bordé de fourrure de chat, et on l'avait pris partout pour un marchand, et il était ainsi parvenu à passer la frontière.

En ce moment Solomine entra.

« Ah! ah! s'écria-t-il, te voilà tout équipé. — Pardonne-moi, camarade, mais sous ce costume, il n'y a pas moyen de te dire « vous ».

15

— Oh! je vous en... je t'en prie!... Du reste, je voulais te le demander.

— Il est de bien bonne heure! mais tu veux sans doute t'habituer à ton costume. — Alors, très-bien! — Seulement il faudra que tu attendes; mon patron n'est pas encore parti. Il dort.

— Je sortirai plus tard, répondit Néjdanof; j'irai faire un tour dans les environs, en attendant des instructions plus précises.

— Bien parlé! Seulement, écoute, Alexis... Je t'appelle Alexis tout court, n'est-ce pas?

— Alexis, fort bien... Lixeï [1] si tu veux, aujouta Néjdanof en riant.

— Non, non, ne salons pas trop le mets; à quoi bon? Écoute : un bon accord, dit-on, vaut mieux que de l'argent. Je vois que tu as des brochures; distribue-les partout où tu voudras, mais dans notre fabrique, halte-là!

— Pourquoi donc?

— Parce que, d'abord, ce serait dangereux pour toi; secondement, j'ai promis à mon patron que ça n'arriverait pas ici; en somme la fabrique est à lui. Troisièmement, il y a déjà des choses commencées, chez nous, des écoles, par exemple... et tu pourrais tout gâter. Fais ce que tu voudras, comme tu pourras, à tes risques et périls, je ne m'y oppose pas; mais ne touche pas à mes ouvriers.

— La prudence est toujours une bonne chose... hein? » fit Néjdanof avec un ricanement caustique.

Solomine sourit largement comme à son ordinaire.

« Précisément, mon brave Alexis, c'est toujours une bonne chose. Mais qu'est-ce que j'aperçois? Où sommes-nous? »

Ces dernières exclamations se rapportaient à Marianne qui, vêtue d'une robe d'indienne à ramages, bien des fois lavée, avec un petit fichu jaune sur les épaules et un

---

[1] Manière populaire de prononcer le nom d'Alexis.

mouchoir rouge en guise de coiffure, venait de paraître sur le seuil de sa chambre. Tatiana, qu'on apercevait derrière elle, la regardait avec bonhomie.

Marianne semblait plus fraîche et plus jeune dans ce simple costume, qui lui seyait beaucoup mieux qu'à Néjdanof son long caftan.

« Vassili Fédotytch, je vous en prie, ne vous moquez pas de moi! dit d'un air suppliant Marianne, devenue rouge comme une fleur de pavot.

— Ah! le voilà, notre couple! s'écria Tatiana en battant des mains. Seulement, mon garçon, mon petit pigeon, ne te fâche pas, écoute : pour être gentil, tu es gentil, c'est bien sûr; mais, auprès de ma petite reine, tu ne fais pas grande figure.

« Le fait est, pensa Néjdanof, qu'elle est ravissante. Oh! que je l'aime! »

— Tiens, vois, continua Tatiana, elle a échangé son anneau avec moi; elle m'a donné son anneau d'or et elle a pris mon anneau d'argent.

— Les filles du peuple n'ont pas d'anneaux d'or, » dit Marianne.

Tatiana soupira.

« Je vous le garderai, ma colombe, soyez tranquille.

— Allons, asseyez-vous, asseyez-vous tous les deux, dit Solomine qui, pendant tout ce temps, la tête un peu baissée, n'avait cessé de regarder Marianne; autrefois, vous vous rappelez, on avait coutume de s'asseoir avant de se mettre en route. Et vous deux, vous allez avoir à parcourir une route longue et difficile. »

Marianne, encore toute rouge, s'assit; Néjdanof fit de même, puis Solomine; Tatiana elle-même s'assit sur une grosse bûche placée debout.

Solomine promena ses regards successivement sur eux tous :

« Reculons-nous pour mieux voir
Comme nous sommes bien assis... »

dit-il en clignant de l'œil; puis, tout à coup, il éclata de

rire, d'un bon rire, qui, loin d'être blessant, mit tout le monde en gaieté.

Mais Néjdanof se leva vivement.

« Je pars, dit-il, à l'instant même ; car enfin, tout ça est très-gentil, mais nous avons un peu l'air de jouer un vaudeville avec changement de costumes.

— Sois tranquille, ajouta-t-il en se tournant vers Solomine, on ne touchera pas à ta fabrique. Je vais rôder dans les environs, je reviens, et je te raconterai, à toi, Marianne, mes aventures, si tant est que j'aie quelque chose à raconter. Donne-moi la main pour me porter bonheur.

— Si vous preniez un peu de thé, avant ? lui demanda Tatiana.

— Non, à quoi bon perdre du temps à ça ? — Si j'en ai envie, j'entrerai dans une auberge ou bien dans un cabaret. »

Tatiana secoua la tête.

« Au jour d'aujourd'hui, sur nos grandes routes, il y a autant de cabarets que de puces dans une pelisse de mouton. Il y a de grands villages partout... et qui dit village, dit cabaret !

— Adieu, au revoir... A revoir la compagnie, » reprit Néjdanof, entrant dans son rôle. Mais il n'était pas encore arrivé à la porte, lorsqu'il vit Paul surgir sous son nez, de l'ombre du corridor, et lui présenter un long et mince bâton de pèlerin dont l'écorce était taillée en spirale dans toute sa longueur, — en lui disant :

« Veuillez prendre ceci, Alexis Dmitritch, pour vous appuyer dessus pendant la route, et plus vous poserez ce bâton loin de vous, plus ce sera la chose. »

Néjdanof prit le bâton sans rien dire, et sortit ; —Paul sortit derrière lui. — Tatiana voulait aussi s'en aller, mais Marianne s'approcha d'elle et la retint.

« Attendez, Tatiana, j'ai besoin de vous.

— Je reviens tout de suite, je vais seulement chercher le samovar. Votre compagnon est parti sans prendre du

thé; il faut croire qu'il était joliment pressé! Mais ça n'est pas une raison pour que vous fassiez pénitence. Qui vivra, verra! Vous aurez toujours le temps! »

Tatiana sortit. Solomine se leva, et resta au fond de la chambre; lorsqu'enfin Marianne se tourna vers lui, un peu étonnée de ne pas lui entendre prononcer une parole, elle vit sur son visage, dans ses yeux fixés sur elle, une expression qu'elle n'avait jamais remarquée en lui jusqu'alors : une expression d'inquiétude, d'interrogation, presque de curiosité.

Elle se troubla et rougit de nouveau. Et Solomine, comme honteux de ce qu'il avait laissé lire sur son visage, se mit à parler un peu plus haut que de coutume :

« Allons, allons, Marianne, voilà le commencement!

— Le commencement? Quel commencement? Tenez, je me sens très-mal à l'aise! Alexis avait raison : c'est une comédie que nous jouons là. »

Solomine se rassit sur sa chaise.

« Mais permettez, Marianne... Comment vous figuriez-vous donc le commencement? Ce n'est pourtant pas des barricades que nous avons à construire, avec un drapeau en haut, et hourra pour la république! Et puis ce n'est pas l'affaire d'une femme. Votre affaire, la voici : vous rencontrerez aujourd'hui une Loukéria quelconque, et vous lui enseignerez n'importe quoi de bon; et ce ne sera pas une tâche facile, car Loukéria n'a pas l'entendement ouvert, et elle se méfie de vous; elle se figure, par-dessus le marché, qu'elle n'a aucun besoin de ce que vous voulez lui enseigner; puis, au bout de deux ou trois semaines, vous vous escrimerez avec une autre Loukéria; et, dans l'intervalle, vous débarbouillerez un enfant ou vous lui apprendrez l'alphabet; ou vous donnerez des médicaments à un malade... Voilà le vrai commencement.

— Mais les sœurs de charité ne font pas autre chose. S'il en est ainsi, à quoi bon tout cela? »

Marianne indiqua d'un geste vague son costume et tout ce qui était autour d'elle.

« J'avais rêvé autre chose.

— Vous vouliez vous offrir en sacrifice ? »

Les yeux de Marianne s'allumèrent.

« Oui, oui, oui !

— Et Néjdanof ? »

Marianne haussa les épaules.

« Néjdanof ? Eh bien, nous irons ensemble... ou j'irai seule. »

Solomine regarda fixement Marianne.

« Écoutez, lui dit-il, pardonnez-moi l'inconvenance de l'expression ; mais, à mon point de vue, peigner un enfant teigneux est un sacrifice, et un grand sacrifice, dont peu de gens sont capables.

— Mais je ne refuse pas de faire aussi cela.

— Je le sais. Oui, « vous » en êtes capable. Vous ferez cela en attendant, et peut-être, plus tard, autre chose.

— Mais d'abord il faut que je reçoive des conseils de Tatiana.

— Parfaitement, demandez-lui des conseils. Vous laverez la vaisselle, vous plumerez des poules... Et plus tard, qui sait ? vous sauverez peut-être la patrie.

— Vous vous moquez de moi ? »

Solomine secoua doucement la tête.

« Non, ma bonne Marianne, croyez-moi ; je ne me moque pas de vous ; mes paroles sont la vérité pure. Par le temps qui court, vous autres femmes russes, vous êtes plus sensées et meilleures que nous. »

Marianne, qui avait baissé les yeux, les releva.

« Je voudrais justifier votre attente, Solomine... et en-suite mourir. »

Solomine se leva.

« Non ! vivez, vivez ! C'est le principal. A propos, n'a-vez-vous pas envie de savoir ce qui se passe en ce mo-ment-ci dans votre maison, au sujet de votre fuite ? Peut-être a-t-on pris des mesures. Vous n'avez qu'un mot à

dire à Paul : il sera au courant de tout en un clin d'œil.

— Quel homme étonnant, ce Paul ! fit Marianne surprise.

— Oui, il est assez étonnant... Ainsi, quand il faudra vous marier avec Alexis, c'est encore lui qui arrangera tout avec Zossime... vous vous rappelez, ce pope dont je vous ai parlé... Mais jusqu'à présent, il n'en est pas besoin ? Non ?

— Non.

— Non ?... Eh bien ! non. »

Solomine s'approcha de la porte qui séparait la chambre de Néjdanof de celle de Marianne, et se pencha vers la serrure.

« Qu'est-ce que vous regardez ? lui demanda Marianne.

— Peut-on la fermer à clef ?

— Oui, elle ferme, » murmura-t-elle.

Solomine se retourna vers elle, elle tenait ses yeux baissés.

« Ainsi donc, dit-il joyeusement, il n'est pas besoin de savoir ce qu'ont résolu les Sipiaguine. C'est entendu ? »

Solomine fit un mouvement pour sortir.

« Solomine !...

— Que désirez-vous ?

— Dites-moi, je vous prie, pourquoi vous, toujours si taciturne, êtes-vous si causeur avec moi ? Vous ne pouvez pas vous figurer combien cela me fait de plaisir.

— Pourquoi ?... Solomine prit les mains douces et petites de la jeune fille, dans ses grandes mains dures. Pourquoi ? Mais probablement parce que je vous aime beaucoup. Adieu. »

Il sortit. Marianne, immobile et debout, le regarda partir, resta un moment pensive, puis s'en alla chez Tatiana, qui n'avait pas encore apporté le samovar; elle prit, il est vrai, une tasse de thé, mais elle lava la vaisselle et pluma des poules, et peigna même la tignasse embrouillée d'un petit garçon.

A l'heure du dîner, elle retourna dans sa chambre...
Elle n'eut pas à attendre longtemps Néjdanof.

Il rentra, fatigué, couvert de poussière, et se laissa
tomber sur le divan. Elle s'assit aussitôt à côté de lui.

« Eh bien ? eh bien ? raconte ! »

Il lui répondit d'une voix faible :

« Te rappelles-tu ces deux vers :

> Tout cela serait bien risible,
> Si ce n'était pas si triste...

« Tu te rappelles, n'est-ce pas ?

— Certainement.

— Eh bien, ces deux vers s'appliquent parfaitement à
ma première sortie. Mais non ! décidément, elle est plutôt risible. D'abord, j'ai acquis la conviction que rien
n'est plus facile que de jouer un rôle : personne n'a
même songé à me soupçonner. — Mais une chose à laquelle je n'avais pas pensé, c'est qu'il faut combiner d'a-
vance quelque histoire, sans quoi les gens vous demandent : D'où venez-vous ? pourquoi faire ? et vous n'avez
rien de prêt. Après tout, cela non plus n'est pas nécessaire. Il suffit d'inviter son homme à prendre un petit
verre d'eau-de-vie, — et de lui raconter une bourde
quelconque.

— Et... tu en as raconté ? lui demanda Marianne.

— Oui... comme j'ai pu. De plus, tous les individus,
sans aucune exception, avec qui j'ai causé, sont mécon-
tents ; et pas un n'a même envie de savoir comment remédier à ce mécontentement ! Mais comme propagandiste, je ne suis décidément pas fort : j'ai laissé, sans
rien dire, deux brochures dans deux isbas, j'en ai glissé
une dans une télègue... ce qu'elles deviendront, toi seul
le sais, ô mon Dieu ! J'ai proposé des brochures à quatre
individus. L'un m'a demandé si ma brochure était un
livre de piété, et il ne l'a pas prise ; le second m'a dé-
claré qu'il ne savait pas lire, et il l'a prise pour ses enfants, à cause de l'image qui est sur la couverture ; le

troisième a commencé par répéter : « C'est ça, oui, c'est ça... » puis, au moment où je m'y attendais le moins, il m'a accablé d'injures et ne l'a pas prise non plus ; enfin, le quatrième l'a acceptée, et même avec force remercîments, mais je me figure qu'il n'a pas compris un traître mot à tout ce que je lui ai dit. Un chien m'a mordu le pied ; une femme, du seuil de son « isba », m'a menacé de son tisonnier en criant : « Hou ! vilain ! Tas de vagabonds de Moscou que vous êtes, il n'y aura donc pas de mort pour vous ! » Et un soldat en congé illimité m'a poursuivi en disant : « Attends, attends, camarade, nous te démolirons ! » Et pourtant il s'était enivré à mes frais.

— Et puis ?

— Et puis ? J'ai une botte beaucoup trop grande qui m'a blessé au pied. Et à présent j'ai faim, et la tête me fend à cause de l'eau-de-vie qu'il m'a fallu prendre.

— Tu en as donc beaucoup pris ?

— Non, très-peu, pour donner l'exemple ; mais je suis entré dans cinq cabarets. Seulement je ne supporte pas cette drogue-là, l'eau-de-vie. Et comment peuvent-ils boire ça, nos paysans ! C'est inconcevable ! S'il faut boire de l'eau-de-vie pour se « simplifier », votre serviteur !

— Et tu dis que personne ne s'est méfié de toi ?

— Personne. Il y a pourtant un cabaretier, un gros homme pâle, avec des yeux blancs, qui m'a regardé d'un air soupçonneux. Je l'ai entendu qui disait à sa femme : « Aie l'œil sur ce rousseau... louche ! (Je ne m'étais jamais douté que je louchais.) C'est un filou. Regarde comme il boit singulièrement. » Ce que voulait dire « singulièrement » dans ce cas-là, je l'ignore ; mais il est probable que ce n'était pas un compliment. C'est un peu comme le « movétone » (mauvais ton) de Gogol, tu te rappelles, dans le *Révisor*[1] ? Peut-être

---

[1] Une réunion d'employés de province, trouvant l'expression de « mauvais ton » dans une lettre interceptée, ne sait pas ce que cela veut dire.

est-ce parce que je tâchais de répandre mon eau-de-vie
sous la table sans qu'on me vît. Ah! quel métier, pour
un esthéticien, que de se mettre en contact avec la vie
réelle!

— Tu réussiras mieux une autre fois, lui dit Marianne
pour le consoler; mais je suis contente que tu prennes
ton premier essai du côté humoristique. En somme,
n'est-ce pas, tu ne t'es pas ennuyé?

— Non, je me suis même amusé. Mais je sais bien
que je vais repenser à tout cela, et que j'en serai triste,
écœuré.

— Non, non! je ne t'y laisserai pas penser, je te raconterai ce que j'ai fait. On va nous servir le dîner; et
d'abord, tu sais, j'ai merveilleusement... lavé la marmite
dans laquelle Tatiana nous a fait la soupe aux choux.
Je te raconterai tout ça, tout... par le menu. »

Elle fit comme elle disait.

Néjdanof, tout en écoutant ses récits, la regardait, la
regardait fixement, si bien qu'elle s'interrompit plusieurs fois afin de lui laisser le temps de dire pourquoi
il la regardait ainsi... Mais il ne dit mot.

Après le dîner, elle lui proposa d'écouter la lecture
d'un roman de Spielhagen. Mais elle achevait à peine
la première page, quand il se leva tout d'un coup, s'a-
vança vers elle et tomba à ses pieds. Elle se redressa; il
lui embrassa les genoux des deux mains et éclata en paroles passionnées, folles, désespérées. « Il voulait mourir,
il savait qu'il mourrait bientôt... » Elle ne bougea pas,
elle ne résista pas; elle se soumettait paisiblement à sa
violente étreinte; elle le regardait d'en haut avec une
expression paisible et même caressante.

Elle posa les deux mains sur sa tête, qu'il avait fiévreusement roulée dans les plis de sa robe. Mais cette
tranquillité même agit plus profondément sur lui que
les efforts qu'elle aurait faits pour le repousser. Il se
leva et dit: « Pardonne-moi, Marianne, pour ce qui s'est
passé aujourd'hui et hier; répète-moi que tu es disposée

à attendre que je sois digne de ton amour, et pardonne-moi. »

« Je t'ai donné ma parole, et je ne sais pas y manquer.

— Merci... adieu. »

Il sortit; Marianne s'enferma dans sa chambre.

XXX

Quinze jours après, dans ce même logement, Néjdanof, penché sur sa table à trois pieds, à la pauvre et terne lueur d'une chandelle de suif, écrivait à son ami Siline. La nuit était déjà fort avancée. Sur le divan, sur le plancher, gisaient les diverses pièces, ôtées à la hâte, d'un vêtement tout maculé; une petite pluie incessante glissait sur les vitres des fenêtres; et de larges bouffées d'un vent très-tiède couraient par moments sur les toits, comme de grands soupirs.

« Mon cher Vladimir, je t'écris sans mettre d'adresse, et ma lettre sera même confiée à un exprès qui la mettra à la poste dans une station éloignée; car ma présence ici est un secret; et livrer ce secret, ce serait perdre une autre personne avec moi. Qu'il te suffise de savoir que je me trouve dans une grande fabrique, avec Marianne, depuis quinze jours. Nous nous sommes enfuis de chez Sipiaguine le jour même où je t'ai écrit. Nous avons reçu l'hospitalité ici chez un ami que j'appellerai Vassili; il est à la tête de la fabrique; c'est un très-brave homme. Notre séjour ici n'est que temporaire. Nous y resterons en attendant le moment d'agir; il est vrai qu'à en juger par ce qui se passe, ce moment-là n'est pas près d'arriver. Mon cher Vladimir, je me sens triste, bien triste.

« Avant tout, je dois te dire une chose : quoique je me sois enfui avec Marianne, nous sommes encore, elle

et moi, comme frère et sœur. Elle m'aime... et elle m'a dit qu'elle serait à moi, si... si je me reconnaissais le droit de l'exiger.

« Je ne me reconnais pas ce droit, mon cher Vladimir ! Elle croit en moi, en mon honnêteté, et je ne la tromperai pas. Je sais que jamais je n'ai aimé, et que jamais (ceci, j'en suis bien sûr) je n'aimerai personne plus qu'elle. Mais c'est égal ! Comment pourrais-je unir pour toujours sa destinée à la mienne ? Lier un être vivant à un cadavre, ou, tout au moins, à un corps à demi mort ! Que dirait ma conscience ? Tu me répondras que, si ma passion était plus forte, ma conscience se tairait. Mais, justement, je ne suis qu'un cadavre ; un cadavre honnête, si tu veux, et plein de bonnes intentions. Ne va pas t'écrier, je t'en prie, que voilà bien mon exagération habituelle... Tout ce que je te dis est la vérité, la pure vérité. Marianne est une nature très-contenue ; en ce moment, elle est tout entière plongée dans l'œuvre, en laquelle elle a foi... Et moi !

« Mais laissons là l'amour et les sentiments personnels, et toutes choses semblables ! »

« Voilà quinze jours que je vais « au milieu du peuple », et il serait difficile d'imaginer quelque chose de plus bête que cette occupation. Certainement c'est ma faute, à moi tout seul. Je ne suis pas slavophile ; je ne suis pas de ceux qui *se traitent* par le peuple, par le contact de cet élément naïf et fort ; je ne me l'applique pas sur ma panse malade, comme un plastron de flanelle ; — non, je veux au contraire agir moi-même sur ce peuple ; mais comment ?

« Par quel moyen agir ? En réalité, quand je suis avec les gens du peuple, je ne suis bon qu'à tendre l'oreille et à observer ; mais si je veux essayer de parler, ça ne va plus du tout ! Je sens moi-même que je ne suis bon à rien. Je me fais l'effet d'un mauvais acteur jouant un rôle qui n'est pas dans ses moyens. Un sentiment de bonne foi consciencieuse vient me prendre fort mal à

propos, et puis le doute, et même un misérable instinct
d'humour que je tourne contre moi...

« Tout cela vaut moins que rien! J'ai du dégoût à y
penser, à regarder cette friperie que j'ai endossée, cette
mascarade, comme dit Vassili!

« On prétend qu'il faut commencer par étudier la langue du peuple, par connaître ses mœurs et ses habitudes... Cela est faux, faux, archifaux. Ayez la foi, croyez
à ce que vous dites, et parlez comme il vous plaira!

« J'ai eu occasion d'entendre une espèce de sermon
débité par un prophète raskolnik.

« Dieu sait quel méli-mélo c'était d'expressions bibli-
ques, de phrases de livres et de tournures populaires, —
non pas même russes, mais petites-russiennes, prononçant *ts* pour *t*, et *i* pour *ê*.... Et puis il ressassait éternel-
lement les mêmes mots, comme un coq de bruyère qui
brame : — L'esprit m'a saisi, l'esprit m'a saisi... Mais ses
yeux étaient comme des charbons ardents, sa voix sourde
et puissante; il serrait les poings; c'était du fer que cet
homme! Ses auditeurs ne comprenaient pas un traître
mot, — mais quelle vénération! quelle extase! Et ils le
suivaient!

« Et moi, quand je commence à parler, j'ai l'air d'un
coupable qui demande pardon! Se faire raskolnik...
pourquoi pas? Leur science est vite acquise.... mais la
foi, la foi! où la prendre? — Marianne, tiens, en voilà
une qui a la foi! Dès le point du jour, elle est à la besogne; elle passe son temps avec Tatiana, — une bonne
femme, pas bête du tout, qui, par parenthèse, prétend
que nous voulons nous « simplifier » et nous appelle des
« simplifiés »; — eh bien, elle passe son temps avec
cette Tatiana; elle est toujours debout, active; elle se
donne du mouvement comme une vraie fourmi!

« Elle est enchantée que ses mains deviennent rouges et dures, et elle attend, d'un moment à l'autre,
l'heure de monter à l'échafaud, si cela est nécessaire! Et
moi, quand je veux lui parler de mes sentiments, j'é-

prouve une sorte de honte; il me semble que je porte la
main sur le bien d'autrui; et puis ce regard!... Oh! ce
terrible regard, soumis et désarmé, qui semble dire:
« Je suis à toi, si tu veux... mais « souviens-toi!... » « Et
à quoi bon? N'y a-t-il pas quelque chose de meilleur et
de plus élevé sur la terre? »

« Ce qui veut dire, en d'autres termes: Prends un caftan malpropre et va au milieu de ce peuple!

« Oh! comme je maudis alors ma nature nerveuse,
mes sens trop fins, mon impressionnabilité, mes dégoûts
à propos de rien, tout cet héritage d'un père aristocrate!
Quel droit avait-il de me jeter dans la vie en me donnant des organes en désaccord avec le milieu dans lequel j'étais destiné à vivre! Donner naissance à un
oiseau et le lancer à l'eau! Engendrer un esthéticien
et le flanquer dans la boue! Créer un démocrate, un ami
du peuple, — chez qui la seule odeur de la vodka provo-
que la nausée et presque le vomissement!...

« Allons, voilà que je me laisse emporter jusqu'à blâmer mon père! Eh! si je suis un démocrate, c'est ma
faute, à moi, et non la sienne.

« Oui, Vladimir, ça va mal. Des idées mauvaises, des
idées grises viennent me hanter. — Mais, me demande-
ras-tu, est-il possible que dans le courant de ces quinze
jours, tu ne sois pas tombé une seule fois sur quelque
chose de consolant, sur quelque individu, — ignorant,
soit, mais loyal et vivant?

« Que te répondrais-je? En effet, j'ai rencontré quelque chose comme ça. Je suis même tombé sur un très-
brave garçon, sur une excellente et énergique nature.
Mais j'ai beau faire, moi et mes brochures, nous lui
sommes absolument inutiles, oui, inutiles. Paul, un employé de la fabrique (c'est un garçon très-fin et très-
intelligent, qui est le bras droit de Vassili, et qui sera
un chef avec le temps... je crois t'en avoir déjà dit un
mot), Paul a pour ami un paysan, Élisaire... joli nom,
n'est-ce pas?... un esprit net, une âme libre et sans dé-

tours; mais aussitôt que nous causons ensemble, c'est comme une muraille qui s'élève entre nous! il me regarde d'un air qui veut dire: Non! non! non!

« Il y en a encore un que j'ai rencontré, celui-là était de la catégorie des violents. « Pas tant de belles paroles, barine, m'a-t-il dit, un seul mot : veux-tu, oui ou non, nous donner toute la terre que tu possèdes ? — Allons donc, lui ai-je répondu, où prends-tu que je sois un propriétaire, une barine ? (Je me souviens même que j'ai ajouté : Que le bon Dieu te bénisse !) — Mais si tu es peuple, m'a-t-il répliqué, à quoi sert tout ce que tu nous chantes ? Laisse-moi tranquille, je te prie. »

« J'ai fait une remarque : ceux qui vous écoutent volontiers et qui prennent des brochures sans se faire prier, soyez sûr que ce sont de pauvres esprits « doublés de vent », comme on dit chez nous. Ou bien encore, on tombe sur un beau parleur, sur un gaillard éduqué, dont toute la science consiste à répéter un seul et même mot, un mot favori. L'un d'eux m'a terriblement scié avec le mot: « prouduction! » A tout ce que je lui disais, il répondait : « Oui, c'est ça! la « prouduction! » Au diable!

« Encore une remarque... Te rappelles-tu ? il y a longtemps de cela, on a beaucoup parlé des hommes qui sont « de trop », des Hamlet ? Eh bien! figure-toi que maintenant il se trouve des gens comme ça parmi les paysans, avec une nuance particulière, naturellement... La plupart d'entre eux sont de complexion maladive. Sujets intéressants, d'ailleurs, et qui nous écoutent volontiers; mais pour l'action, ils ne valent pas un kopek, ils sont tout pareils aux Hamlet d'autrefois.

« Que faire alors ? Établir une imprimerie clandestine? Mais à quoi bon ? Nous ne manquons pas de brochures; nous en avons qui disent au paysan : « Fais le signe de la croix, et prends ta hache », et d'autres qui disent : « prends la hache » tout simplement ! — Écrire des nouvelles « à thèse », tirées de la vie populaire? On ne les imprimerait peut-être même pas. — Faut-il véri-

tablement prendre la hache? Mais contre qui, avec qui,
pourquoi? Pour qu'un soldat de la couronne vous tire
dessus avec un fusil de la couronne? Mais ce serait tout
bonnement un suicide un peu plus compliqué. Si j'en
étais là, j'aimerais mieux me tuer moi-même. Au moins
pourrais-je choisir la manière et l'heure — et le point
où je voudrais appuyer le canon de mon pistolet.

« En vérité, il me semble que s'il se produisait en ce
moment, n'importe où, une guerre populaire, j'irais y
prendre part, non pas pour délivrer n'importe qui (délivrer les autres, quand nous ne sommes pas libres nous-
mêmes!), mais pour en finir une bonne fois!

« Notre ami Vassili, celui qui nous a donné l'hospitalité, est un heureux homme : il est des nôtres, mais
quelle tranquillité il a, ce garçon! rien ne le presse! Si
c'était un autre, je lui aurais dit des injures... Mais à
lui, je ne peux pas. Le fin fond de la chose est que tout
est dans le caractère, et non dans les opinions. Vassili a
un caractère à ne pas lui trouver le moindre joint. Et il
a raison!

« Il passe de longues heures avec Marianne et moi.
Chose curieuse, je l'aime et elle m'aime (ne souris pas,
je t'assure que c'est la pure vérité), et je ne trouve avec
elle aucun sujet de conversation, tandis qu'avec lui elle
cause, elle discute et elle écoute. Je ne suis pas du tout
jaloux de lui; il prend ses mesures pour la placer, au
moins le lui demande-t-elle à tout bout de champ; mais
je suis plein d'amertume quand je les regarde. Pourtant, je n'aurais qu'à prononcer le mot mariage, pour
qu'elle acceptât aussitôt, et le père Zossime entrerait
en scène, et en avant le chant : « Isaïe, sois dans l'allé-
gresse [1]! » enfin, tout ce qu'il faut. Mais je n'en serais
pas plus heureux, et il n'y aurait rien de changé...
absolument rien. Ma situation est sans issue! Ah! oui,
la vie « m'a écourté », comme nous disait, t'en souviens-

---

[1] Hymne d'église qu'on chante au mariage.

tu ? notre ivrogne de tailleur, en se plaignant de sa femme.

« Du reste, je sens bien que cela ne durera pas long-temps. Je sens qu'il se prépare quelque chose...

« Ne demandais-je pas moi-même l'action immédiate ? N'ai-je pas moi-même prouvé qu'il faut commencer ?— Eh bien, nous commencerons !

« Je ne sais si je t'ai parlé d'un autre camarade que j'ai, d'un noiraud, parent des Sipiaguine ? Celui-là nous prépare peut-être un bouillon qui sera difficile à avaler.

« Je voulais finir ma lettre ; mais que veux-tu ! Quoi que j'en aie, je griffonne des vers ! Je ne les lis pas à Marianne, elle ne les aime guère ; toi... tu les loues quelquefois, et surtout, tu n'en parles jamais à personne. J'avais été frappé d'un fait qui se produit dans toute la Russie... Mais tiens, les voilà, ces vers :

SOMMEIL

« Il y avait longtemps que je n'avais revu le lieu de ma naissance, mais je n'y trouvai pas le moindre changement. Torpeur de mort, absence de pensée, maisons sans toit, murailles ruinées, et fange et puanteur, et pauvreté et misère, regards d'esclaves, insolents ou mornes, tout est resté pareil. Notre peuple est affranchi, et sa main, comme autrefois, pend inerte à son côté. Rien, rien n'est changé. Sur un seul point nous avons dépassé l'Europe, l'Asie, le monde entier. Non, jamais mes chers compatriotes n'ont dormi d'un si terrible sommeil !

« Tout dort : partout, au village, à la ville, en télègue, en traîneau, le jour, la nuit, assis, debout..., le marchand, le tchinovnik dort ; dans sa tour dort le veilleur, sous le froid de la neige, sous l'ardeur du soleil ! Et le prévenu dort et le juge sommeille ; les paysans dorment d'un sommeil de mort ; ils moissonnent, ils labourent,

ils dorment; ils battent le blé, ils dorment encore ; père, mère, enfants, tous dorment! Celui qui frappe et celui que l'on frappe dorment également. Seul, le cabaret veille, l'œil toujours ouvert! Et, serrant entre ses cinq doigts un cruchon d'eau-de-vie, le front au pôle nord et les pieds au Caucase, dort d'un sommeil éternel. notre patrie, la Russie sainte. »

―――――

« Je t'en prie, excuse-moi; je ne voulais pas t'envoyer une aussi triste lettre sans te faire rire un peu, au moins à la fin (tu as sans doute remarqué quelques rimes faibles... mais bah!).

« Quand t'écrirai-je une nouvelle lettre? Et t'écrirai-je? Quoi qu'il advienne de moi, tu n'oublierais pas, j'en suis sûr,

« ton fidèle ami,

« A. N.

« P. S. — Oui, notre peuple dort... Mais je me figure que, si quelque chose le réveille, ce ne sera pas ce que nous croyons... »

Arrivé à la dernière ligne, Néjdanof jeta sa plume, et se dit à lui-même : « Allons, à présent, tâche de dormir toi aussi et d'oublier toutes ces sornettes, rimailleur! »

Il se coucha... mais le sommeil fut long à venir.

Le lendemain, Marianne l'éveilla en traversant sa chambre pour aller chez Tatiana; mais à peine avait-il eu le temps de s'habiller, qu'il la vit revenir, la joie et l'agitation peintes sur son visage; elle paraissait profondément émue :

« Sais-tu, Alexis? on dit que dans le district de T..., tout près d'ici, ça a déjà commencé.

— Commencé? Qu'est-ce qui a commencé? Qui t'a dit cela?

— C'est Paul. On dit que les paysans se soulèvent,

qu'ils ne veulent pas payer les impôts, qu'ils font des rassemblements.

— Tu as entendu cela de tes propres oreilles ?

— C'est Tatiana qui me l'a dit. Mais tiens, voici Paul, demande-le-lui. »

Paul entra et confirma le dire de Marianne.

« Il y a des troubles dans le district de T... c'est certain! dit-il en secouant sa barbe et en clignant ses yeux noirs et brillants. C'est de la besogne de Markelof, probablement. Voilà cinq jours qu'il n'est pas rentré chez lui. »

Nédjanof prit sa casquette.

« Où vas-tu? lui dit Marianne.

— Mais... là-bas, répondit-il, les sourcils froncés, sans lever les yeux, dans le district de T...

— Moi aussi, en ce cas. Tu m'emmènes, naturellement. Laisse-moi le temps de prendre un foulard pour ma tête.

— Ce n'est pas l'affaire d'une femme, répondit Néjdanof d'un air sombre, les yeux toujours fixés à terre, avec une sorte d'irritation.

— Non, non!... Tu fais bien d'y aller, sans quoi Markelof te prendrait pour un poltron... Mais j'irai avec toi.

— Je ne suis pas un poltron, dit Néjdanof du même air sombre.

— Je voulais dire qu'il nous prendrait tous deux pour des poltrons. Je pars avec toi. »

Marianne alla prendre le foulard dans sa chambre; Paul laissa échapper un « Hoho! » d'inquiétude, et disparut aussitôt. Il courait prévenir Solomine.

Avant que Marianne eût reparu, Solomine entrait dans la chambre de Néjdanof. Celui-ci était devant la fenêtre, le front sur le bras, et le bras sur la vitre. Solomine lui frappa sur l'épaule. Il se retourna vivement; sa barbe et ses cheveux ébouriffés, — il n'avait pas encore fait sa toilette, — lui donnaient un air sauvage et étrange.

Du reste, Solomine aussi avait changé pendant ces quinze jours; son teint avait jauni, sa figure s'était tirée, sa lèvre supérieure, légèrement soulevée, laissait voir ses dents... Lui aussi paraissait troublé, autant que pouvait se troubler son « âme équilibrée ».

« Markelof n'a pas pu se tenir, dit-il. Cela peut finir mal, pour lui d'abord... et pour d'autres...

— Je veux aller voir ce qu'il y a... interrompit Néjdanof.

— Moi aussi, » ajouta Marianne apparaissant sur le seuil de la porte.

Solomine se tourna lentement vers elle.

« Je ne vous le conseillerais pas, Marianne. Vous pouvez vous trahir, et nous avec, sans le vouloir et sans la moindre nécessité. Que Néjdanof aille flairer cela d'un peu près, pas de trop près, s'il veut! Mais vous, pourquoi?

— Je ne veux pas le laisser partir seul.

— Vous le gênerez... »

Marianne jeta un regard sur Néjdanof. Il se tenait debout, immobile, le visage immobile aussi, l'air morne.

« Mais s'il y a du danger? » répliqua-t-elle.

Solomine sourit.

« Soyez tranquille; quand il y aura du danger, je vous laisserai partir. »

Marianne ôta le foulard qui lui couvrait la tête, et s'assit.

Alors Solomine se tournant vers Néjdanof :

« Et toi, camarade, lui dit-il, sérieusement, réfléchis un peu. Il est possible que tout cela soit exagéré. En tout cas, je t'en prie, sois prudent. Je vais te donner quelqu'un pour te conduire. Reviens promptement. Tu le promets, Néjdanof? Tu le promets ?

— Oui.

— Bien sûr ?

— Puisque tout le monde ici t'obéit, à commencer par Marianne ! »

Néjdanof sortit dans le corrridor, sans dire adieu. Paul surgit d'un coin obscur, et courut en avant dans l'escalier, en faisant résonner ses bottes ferrées. C'était lui qui devait conduire Néjdanof.

Solomine s'assit à côté de Marianne.

« Vous avez entendu ce que vient de dire Néjdanof?

— Oui; il est fâché de ce que je vous obéis plus qu'à lui. C'est vrai. Je l'aime, lui, mais c'est vous que j'écoute. Il m'est plus cher, et vous m'êtes plus proche. »

Solomine lui caressa doucement la main.

« C'est une affaire extrèmement désagréable, dit-il enfin. Si Markelof y est mêlé, il est perdu. »

Marianne tressaillit.

« Perdu?

— Oui. Il ne fait jamais rien à moitié, il ne se cachera pas derrière les autres.

— Perdu! murmura de nouveau Marianne, et des larmes roulèrent sur son visage. Ah! Solomine, que je le plains! mais pourquoi ne triompherait-il pas? pourquoi doit-il nécessairement périr?

— Parce que, dans des entreprises de ce genre, même si elles réussissent, les premiers succombent toujours Mais, dans celle qu'il vient de tenter, ce n'est pas seulement ceux du premier ou du second rang qui périront, c'est aussi ceux du dixième... et du vingtième...

— Alors nous n'arriverons jamais?

— A ce que vous rêvez? jamais. Nous ne verrons pas cela avec nos yeux, avec les yeux du corps. Oh! avec ceux de l'esprit, c'est une autre affaire... Nous pouvons nous donner le plaisir de le voir. Là il n'y a pas de contrôle.

— Mais alors, Solomine, dites-moi...

— Quoi?

— Pourquoi marchez-vous dans ce chemin-là?

— Parce qu'il n'y en a pas d'autre! Pour parler plus exactement, Markelof et moi avons le même but, mais nos chemins sont différents.

— Pauvre Markelof ! » dit Marianne douloureusement.

Solomine recommença à lui caresser la main avec douceur.

« Voyons, voyons ; il n'y a encore rien de positif. Attendons les nouvelles que Paul apportera. Dans no-tre... métier, il faut être fermes. Les Anglais disent : « *Never say die.* » C'est un bon proverbe, meilleur que le russe : « Quand le malheur est entré, ouvre la porte à deux battants ! » A quoi bon se désoler d'avance ? »

Solomine se leva.

« Et la place que vous vouliez me procurer ? » lui demanda tout à coup Marianne.

Les larmes brillaient encore sur ses joues ; mais dans ses yeux il n'y avait plus de tristesse.

Solomine se rassit.

« Avez-vous si grande hâte de partir d'ici ?

— Oh ! non ; mais je voudrais bien être utile.

— Marianne, vous êtes très-utile ici. Ne nous quittez pas, attendez. — Que désirez-vous ? » demanda-t-il à Tatiana qui entrait.

Il ne disait « tu » qu'à Paul, et encore parce que celui-ci aurait été trop malheureux si Solomine lui avait dit « vous ».

« Il y a là un sexe féminin qui demande Néjdanof, répondit Tatiana qui riait en agitant les bras ; j'ai voulu lui dire qu'il n'y avait personne de ce nom-là chez nous, qu'il n'y avait jamais eu... — Mais alors lui...

— Qui ça, lui ?

— Mais ce sexe féminin. En voyant ça, il a écrit son nom sur ce papier, tenez, et m'a dit de le montrer, qu'on le laisserait entrer, et que si véritablement Néjdanof n'était pas à la maison, il avait le temps d'at-tendre. »

Le papier portait en gros caractère : Machourina.

« Faites entrer, dit Solomine. Cela ne vous gênera pas, Marianne, si elle vient ici ? Elle aussi est des nôtres.

— Pas du tout, je vous en prie. »

Quelques instants après, ils virent paraître sur le seuil Machourina, vêtue exactement comme nous l'avons vue au premier chapitre.

XXXI

« Néjdanof n'est pas à la maison ? » demanda-t-elle. Puis, ayant reconnu Solomine, elle s'avança vers lui et lui tendit la main. « Bonjour, Solomine ! » Elle ne jeta qu'un coup d'œil du côté de Marianne.

« Il rentrera bientôt, dit Solomine. Mais permettez-moi de vous demander qui vous a dit...

— Markelof. Du reste il y a, dans la ville, deux ou trois personnes qui le savent.

— Vraiment ?

— Oui. Quelqu'un a bavardé. Il paraît qu'on a reconnu Néjdanof.

— Voilà la grande utilité des déguisements! grommela Solomine. Permettez-moi de vous présenter l'une à l'autre, ajouta-t-il à haute voix. Mlle Sinetsky, Mlle Machourina. Prenez une chaise. »

Machourina fit un léger hochement de tête, et s'assit.

« J'ai une lettre pour Néjdanof, et une question verbale pour vous, Solomine.

— Laquelle ? De la part de qui ?

— De la part de quelqu'un que vous connaissez... Tout est-il prêt chez vous ?

— Rien n'est prêt. »

Machourina ouvrit ses petits yeux, aussi grands qu'elle put.

« Rien ?

— Rien.

— Absolument rien ?

— Absolument rien.

— C'est cela que je dois répondre ?

— C'est cela même. »

Machourina, pensive, prit dans sa poche une cigarette.

« Pouvez-vous me donner du feu ?

— Voici une allumette. »

Machourina alluma sa cigarette.

— « Ils » s'attendaient à autre chose, reprit-elle.
Dans les environs, ça marche autrement. Après tout,
c'est votre affaire. Je ne suis venue que pour un moment, le temps de voir Néjdanof et de lui donner la
lettre.

— Où irez-vous ?

— Très-loin. »

En réalité, c'est pour Genève qu'elle partait, mais elle
ne voulait pas le dire à Solomine, qu'elle ne trouvait pas
assez sûr, sans parler de cette « étrangère » qui était là !
On envoyait Machourina à Genève, quoiqu'elle ne pos-
sédât que quelques bribes d'allemand, pour apporter à
une personne qui lui était inconnue la moitié d'un morceau de carton sur lequel était dessinée une grappe de
raisin, avec deux cent soixante-dix-neuf roubles argent.

« Et Ostrodoumof, où est-il ? avec vous ?

— Non. Il n'est pas loin d'ici... il est arrêté en chemin. Mais celui-là répondra à l'appel. Pimène se retrou-
vera toujours, soyez tranquille.

— Comment êtes-vous arrivée ici ?

— En télègue, naturellement. Donnez-moi encore
une allumette. »

Solomine lui tendit une allumette enflammée.

« Monsieur Solomine ! chuchota une voix derrière la
porte. — Venez, s'il vous plaît !

— Qui est là ? qu'y a-t-il ?

— Venez, s'il vous plaît, répéta la voix d'un ton per-
suasif et avec insistance. — Il y a des ouvriers étrangers
qui racontent quelque chose, et Paul n'est pas là. »

Solomine se leva, et sortit.

Machourina se mit à regarder Marianne, si longuement, que celle-ci finit par se sentir mal à l'aise.

« Excusez-moi, dit-elle tout à coup de sa voix rude et saccadée, — je suis toute simple, je ne sais pas m'y prendre... Ne vous fâchez pas, et, si vous voulez, ne me répondez pas. C'est vous qui êtes la demoiselle qui s'est sauvée de chez les Sipiaguine? »

Marianne, quelque peu interloquée, répondit pourtant :

« C'est moi.

— Avec Néjdanof ?

— Mais oui.

— Permettez... Donnez-moi la main ! Excusez-moi, je vous prie. Vous devez être bonne, puisqu'il vous aime. »

Marianne serra la main à Machourina, en lui disant :

« Vous le connaissez intimement ?

— Je le connais. Je le voyais à Pétersbourg. C'est pour ça que je vous parle de lui. Markelof aussi m'a dit...

— Ah ! Markelof ? Est-ce que vous l'avez vu depuis peu ?

— Depuis peu. En ce moment, il n'est pas chez lui.

— Où est-il allé ?

— Où on lui a ordonné d'aller. »

Marianne soupira.

« Ah ! madame Machourina, j'ai peur pour lui.

— D'abord je ne suis pas une dame. Il faut jeter de côté ces façons-là. Et puis... ne dites pas « j'ai peur ». Ça non plus ne convient pas. N'ayons pas peur pour nous, et nous n'aurons pas peur pour les autres. Il ne faut pas du tout songer à soi, ni craindre pour soi. Tout ça est inutile; mais je réfléchis... Je réfléchis que ça ne m'est pas difficile, à moi Machourina, de parler ainsi. Je suis laide, moi. Mais vous... vous êtes jolie. Donc, tout ça vous est beaucoup plus difficile. (Machourina baissa

16

la tête et se détourna.) Markelof me disait... Il savait que j'ai une lettre pour Néjdanof... il me disait : « Ne va pas à la fabrique, ne porte pas cette lettre; ce serait un trouble-fête. Laisse-les! Ils sont heureux tous deux là-bas... Tant mieux! ne les dérange pas! » Je voudrais bien ne pas vous déranger... mais comment faire avec cette lettre ?

— Il faut absolument la lui donner, s'écria Marianne. Mais quel bon cœur que ce Markelof! Croyez-vous vraiment qu'il se fasse tuer ou qu'il aille en Sibérie ?

— Eh bien, qu'importe ? Est-ce qu'on n'en revient pas de la Sibérie ? Quant à perdre la vie... les uns ont la vie douce, les autres ont la vie amère. — Celle de Markelof n'est pas du sucre raffiné ! »

Machourina fixa de nouveau sur Marianne un regard intense et scrutateur.

« C'est bien vrai, vous êtes une beauté, s'écria-t-elle enfin, jolie comme un petit oiseau! Mais Alexis ne vient pas... J'ai envie de vous donner la lettre. A quoi bon attendre ?

— Je la lui remettrai fidèlement, soyez-en sûre. »

Machourina appuya sa joue sur la paume de la main et resta longtemps sans dire une parole.

« Dites-moi... Pardon de la question... Vous l'aimez beaucoup ?

— Oui. »

Machourina secoua sa lourde tête.

« Et je n'ai pas besoin de vous demander s'il vous aime! Allons, je pars; sans quoi je pourrais me mettre en retard. Vous lui direz que je suis venue... que je lui souhaite le bonjour. Dites-lui : Machourina est venue. Vous vous rappellerez mon nom ? Oui ? Machourina. Et la lettre... Attendez, où donc l'ai-je fourrée ? »

Machourina se leva, se détourna comme pour fouiller dans ses poches et en même temps porta à sa bouche un petit papier roulé, qu'elle avala.

« Ah! mon Dieu! que c'est bête! Est-ce que je l'au-

rais perdue ? Je l'ai perdue, en effet. Ah ! quel malheur ! Si quelqu'un allait le trouver... Non ! décidément, je ne l'ai plus. Voilà que ça s'arrange comme le
voulait Markelof...

— Cherchez encore, » murmura Marianne.

Machourina fit un geste de la main.

« Non ! à quoi bon chercher ? Elle est bien perdue. »

Marianne s'approcha d'elle.

« Eh bien, embrassez-moi alors. »

Machourina tout à coup l'entoura de ses bras et la
serra sur sa poitrine avec une force presque virile.

« Je n'aurais fait cela pour personne, dit-elle d'une
voix sourde, c'est contre ma conscience, c'est la première
fois ! Dites-lui qu'il soit prudent. Et vous aussi. Faites
attention ! Bientôt cet endroit-ci sera mauvais, très-mauvais pour tout le monde. Partez tout deux, avant cela...
Adieu ! ajouta-t-elle d'une voix plus haute et d'un ton
brusque. Et puis, écoutez... dites-lui... Non, ne lui
dites rien... rien ! »

Machourina sortit en faisant battre la porte, et Marianne resta seule, rêveuse, au milieu de la chambre.

« Qu'est-ce que ça signifie ? dit-elle enfin ; mais cette
femme l'aime plus que moi je ne l'aime ! Et pourquoi
m'a-t-elle dit tout ça ? Et pourquoi Solomine est-il sorti
tout d'un coup et ne revient-il pas ? »

Elle se mit à marcher de long en large. Un étrange
sentiment, mêlé de dépit et de chagrin — et de stupeur,
— s'emparait d'elle. Pourquoi n'était-elle pas partie
avec Néjdanof ? C'était Solomine qui l'en avait détour-
née... mais lui-même, où était-il ? et qu'est-ce qui se passe
autour d'elle ? C'était évidemment par compassion pour
Néjdanof, que Machourina n'avait pas donné cette lettre
dangereuse... Mais comment avait-elle pu se résoudre
à une telle désobéissance ? Voulait-elle se montrer généreuse ? De quel droit ? Et pourquoi elle, Marianne,
était-elle si touchée de cela ? Et véritablement, était-elle
touchée ?

Une femme laide s'intéressait à un jeune homme...
Au fond, qu'y avait-il là d'extraordinaire ? Et pourquoi
Machourina supposait-elle que l'attachement de Marianne pour Néjdanof était plus fort que le sentiment du
devoir ? Marianne ne désirait peut-être nullement ce
sacrifice. Et que pouvait contenir cette lettre ? Un appel
à l'action immédiate ? Eh bien, après ?

Et Markelof ? Il est en danger... Et nous, que faisons-
nous ? Markelof nous épargne tous deux, il nous donne
la possibilité d'être heureux, de ne pas nous séparer...
Est-ce grandeur d'âme aussi... ou mépris ?

Donc nous n'aurions fui cette maison détestée que
pour rester ensemble et roucouler comme des tourte-
reaux !

Ainsi songeait Marianne... Et de plus fort en plus fort
grandissait en elle ce dépit agité. Du reste, son amour-
propre aussi était blessé. Pourquoi tous s'étaient-ils
éloignés d'elle, *tous ?* Cette « grosse femme » l'avait
appelée oiseau, jolie fille... Pourquoi pas franchement
poupée ? Et pourquoi Néjdanof n'était-il pas parti seul ?
Pourquoi Paul l'avait-il accompagné ? Il avait donc
besoin de tutelle ? Et Solomine, quelles étaient donc
ses véritables convictions ? Il n'avait rien en lui d'un
révolutionnaire. Quelqu'un s'imaginerait-il par hasard
qu'elle traitât tout cela comme un jeu ?

Voilà quelles pensées, tantôt se mêlant ensemble,
tantôt se chassant l'une l'autre, tournoyaient dans la
tête de Marianne. Les lèvres serrées, les bras croisés
à la façon d'un homme, elle s'assit près de la fenêtre et
reprit son immobilité, sans même s'appuyer au dossier
de la chaise ; tout son être était attentif, tendu, prêt à
bondir. Elle ne voulait pas aller travailler chez Tatiana ;
elle ne voulait qu'une chose : attendre. Et elle attendait avec une obstination presque rageuse.

De temps en temps, sa propre disposition d'esprit lui
semblait étrange et incompréhensible... Mais bah ! tant
pis. Une fois même il lui passa par la tête : Ne serait-ce

pas la jalousie qui est cause de tout cela ?... Mais, se rappelant la figure de la pauvre Machourina, elle haussa les épaules, et fit un geste de la main comme si elle écartait quelque chose, non pas en réalité, mais par un mouvement de la pensée qui y correspondait.

Marianne eut longtemps à attendre : enfin elle entendit le bruit des pas de deux personnes qui montaient dans l'escalier. Elle attacha ses regards sur la porte, les pas se rapprochèrent. La porte s'ouvrit, et Néjdanof soutenu sous le bras par Paul, apparut sur le seuil.

Il était d'une pâleur mortelle, sans casquette ; ses cheveux en désordre pendaient en mèches humides sur son front ; ses yeux regardaient devant lui sans rien voir. Paul lui fit traverser la chambre (Néjdanof traînait ses jambes presque inertes et fléchissantes) et le fit asseoir sur le divan.

Marianne bondit de sa chaise.

« Q'est-ce que c'est ? Que lui arrive-t-il ? Est-il malade ? »

Mais Paul, après avoir assis Néjdanof, lui répondit avec un sourire, en la regardant par-dessus son épaule :

« Ne vous inquiétez pas, ça va passer... C'est seulement faute d'habitude.

— Mais qu'est-ce que c'est ? insista Marianne.

— Il s'est un petit peu grisé. Il a bu à jeun ; voilà. »

Marianne se pencha sur Néjdanof. Il était à demi couché en travers du divan ; sa tête pendait sur sa poitrine, ses yeux flottaient, son haleine sentait l'eau-de-vie : il était ivre.

« Alexis ! » s'écria-t-elle involontairement.

Il souleva avec effort ses paupières alourdies et essaya de sourire :

« Ah ! Marianne ! balbutia-t-il, tu répétais toujours... sim... simpli/.. simplifiés ; à présent, me voilà tout à fait simplifié. Comme notre peuple est toujours gris... tu comprends... »

Il s'interrompit, puis murmura encore quelques mots

ınintelligibles, ferma les yeux et s'endormit. Paul l'arrangea avec soin sur le divan.

« Ne vous inquiétez pas, mademoiselle Marianne, répéta-t-il ; il va dormir deux heures, et il se lèvera comme si de rien n'était. »

Marianne eut envie de demander comment cela s'était fait ; mais ses questions auraient retenu Paul ; et elle voulait être seule... ou plutôt, elle ne voulait pas que Paul le vît plus longtemps dans ce misérable état devant elle... Elle s'écarta vers la fenêtre ; Paul, qui comprit tout à l'instant, enveloppa avec précaution les pieds de Néjdanof dans les pans de son caftan, lui mit un petit oreiller sous la tète, répéta encore une fois : « Ce n'est rien ! » et sortit sur la pointe des pieds.

Marianne se retourna. La tète de Néjdanof s'enfonçait lourdement dans l'oreiller ; il y avait une tension immobile sur son visage pâle comme sur celui d'un malade gravement atteint.

« Comment cela s'est-il fait ? » pensa-t-elle.

XXXII

Voici comment cela s'était fait.

En s'asseyant dans la télègue à côté de Paul, Néjdanof fut saisi tout à coup d'une extrème surexcitation ; à peine avaient-ils débouché de la cour sur la route et s'étaient-ils mis à rouler dans la direction du district de T... qu'il commença d'appeler, d'arrèter les paysans qui passaient, de leur tenir des discours aussi brefs qu'incohérents.

« Voyons ! s'écriait-il, vous dormez ? levez-vous ! L'heure est arrivée ! A bas les impôts ! à bas les propriétaires ! »

Certains paysans le regardaient avec étonnement ;

d'autres passaient leur chemin sans faire aucune attention à ses cris : ils le croyaient ivre ; l'un d'eux, en rentrant chez lui, raconta même qu'il avait rencontré un Français qui avait grasseyé « dans son baragouin » on ne savait quoi.

Néjdanof avait assez d'esprit pour comprendre jusqu'à quel point sa conduite était absurde et même stupide ; mais il s'était peu à peu si bien « monté » qu'il avait cessé de distinguer le raisonnable de l'absurde.

Paul s'efforçait de le calmer, lui disait : « Voyons, voyons, c'est impossible comme cela ! » lui expliquait qu'on arriverait bientôt à un grand village, le premier après la frontière du district de T... et 'que là on pourrait s'informer... Mais Néjdanof ne l'écoutait seulement pas... Et pendant tout ce temps, son visage avait une expression de tristesse presque désespérée.

Le cheval qui les traînait était une petite bête toute ronde, vigoureuse, à la crinière coupée très-court sur son cou busqué. Elle remuait fort agilement ses petites jambes robustes et tirait constamment sur les rênes avec ardeur, comme si elle se fût dit qu'elle traînait des gens très-pressés.

Avant d'avoir atteint le grand village en question, Néjdanof aperçut, non loin de la route, devant la porte d'une grange vide, huit paysans ; il sauta immédiatement de la télègue, courut à eux, et, pendant cinq minutes, leur débita rapidement un discours entrecoupé de cris soudains avec force gestes désordonnés.

Les mots : Liberté ! Marchons ! Poitrine en avant ! vociférés d'une voix haute, enrouée, ressortaient au milieu d'une foule d'autres moins intelligibles.

Les paysans, qui s'étaient réunis devant le grenier pour aviser aux moyens d'y mettre un peu de blé, ne fût-ce que pour la montre (c'était un grenier communal, et, par conséquent, vide), fixaient leurs regards sur Néjdanof et avaient l'air d'écouter très-attentivement son discours ; mais probablement ils n'y comprirent pas

grand'chose, car, lorsqu'enfin il s'en retourna en courant, avec un dernier cri de : Liberté! l'un d'eux, le plus
perspicace de tous, hocha la tête d'un air profond, et
dit : « Comme il est sévère! » Et un autre ajouta : « Ça
doit être un chef! » A quoi le paysan perspicace répliqua : « Pardi! sans ça, il ne s'écorcherait pas tant le gosier. Gare à notre argent! on va le faire pleurer! »

Néjdanof, montant dans la télègue et s'asseyant auprès
de Paul, se dit en lui-même : « Mon Dieu! quel galimatias! Mais, après tout, personne de nous ne sait au juste
comment il faut faire pour soulever le peuple; peut-être
est-ce comme ça! Il n'y a pas le temps de réfléchir! Tant
pis! Ce n'est pas du tout ce qu'il faudrait! Mais tant pis
encore! en avant! »

Ils entrèrent dans la rue du village. Au beau milieu,
devant la porte d'un cabaret, était rassemblé un groupe
assez nombreux de paysans. Paul essaya de retenir Néjdanof, mais celui-ci avait déjà dégringolé de la télègue,
et avec l'exclamation : « frères! » il s'était précipité dans
la foule.

On lui fit place, et Néjdanof se lança dans une nouvelle prédication, sans regarder personne, d'un ton à la
fois furieux et pleurard.

Mais le résultat qu'il obtint fut tout autre que celui de
son discours devant le grenier. Un énorme gaillard, au
visage imberbe mais féroce, vêtu d'une demi-pelisse
courte et graisseuse, chaussé de grandes bottes et coiffé
d'un bonnet en peau de mouton, s'avança vers Néjdanof
et lui abattit violemment sa main sur l'épaule.

« Tu as raison! Tu es un bon gars! braifla-t-il d'une
voix de tonnerre; mais attends, ne sais-tu pas que cuiller
sèche écorche la gueule? Viens par ici! Nous serons bien
plus à l'aise pour bavarder. »

Il entraîna Néjdanof dans le cabaret; toute la bande
se précipita à leur suite.

« Mikhéïtch! cria le grand gaillard. Allons! de l'eau-
de-vie à dix copeks, mon verre favori! Je régale un ami!

D'où il sort, de quelle race il est, le diable le sait ; mais il tape rudement sur les seigneurs. Bois, dit-il à Néjdanof en lui tendant un gros verre lourd, plein, tout humide extérieurement, qui avait l'air d'être couvert de sueur. Bois, puisque, en effet, tu nous veux du bien à nous autres !

— Bois ! » vociféra la foule.

Néjdanof saisit le verre (il était comme suffoqué) cria :

« A votre santé, mes enfants ! »

Et il le vida d'un trait.

Ouf ! Il le vida avec une résolution désespérée, comme il aurait fait pour se jeter sur une batterie ou sur une rangée de baïonnettes... Mais, grand Dieu ! qu'est-ce qui lui arriva ? Quelque chose le frappa violemment le long du dos et des jambes, lui brûla le gosier, la poitrine, l'estomac, fit jaillir des larmes de ses yeux... Une convulsion de dégoût, qu'il eut peine à maîtriser, parcourut tout son corps. Il cria à tue-tête pour tâcher, n'importe comment, de calmer cette horrible sensation. Tout, dans le sombre cabaret, devint chaud, collant, étouffant. Et ce qu'il y avait de monde !

Il se mit à parler, à parler longuement, à crier, à crier avec emportement, avec fureur, à taper dans de larges mains dures comme du bois, à embrasser des barbes gluantes... Le colosse en demi-pelisse l'embrassa aussi et faillit lui enfoncer les côtes. Mais celui-ci se montra un vrai monstre. « J'arracherai le gosier, hurlait-il, j'arracherai la gueule à celui qui fera du tort à nos frères ! Je lui assénerai un atout sur le sommet du crâne ! Vous l'entendrez piauler ! J'en fais mon affaire ! J'ai été boucher, moi ! Cette besogne-là, ça me connaît ! »

En parlant ainsi, il montrait son énorme poing rouge, couvert de taches de rousseur. Et tout à coup, Seigneur Dieu ! une voix rugit de nouveau : « Bois ! » et Néjdanof de nouveau avala cet infâme poison.

Mais cette fois l'effet fut terrible ! Ce fut comme si des

crochets émoussés de fer lui labouraient les entrailles ;
dans sa tête un mouvement de houle, devant ses yeux
des cercles verts...

Un tintement s'éleva, un vacarme. Horreur !... Un
troisième verre... Est-ce possible qu'il l'ait avalé ? Des
nez rouges se ruèrent vers lui, des chevelures poussiéreuses, des cous hâlés, des nuques hachées, ravinées de
rides en tous sens. Des mains velues le saisissaient de
toutes parts : « Allons ! débite ton discours, hurlaient
des voix frénétiques ; allons, parle ! Avant-hier un étranger comme toi nous en a fameusement dégoisé ! Va donc !
feu des quatre pieds, fils de chienne ! »

La terre oscillait sous les pieds de Néjdanof. Sa propre
voix lui faisait l'effet d'une voix étrangère qui serait arrivée du dehors... Serait-ce la mort ?

Et tout à coup un air frais lui frappe le visage... Plus
de bousculades, plus de trognes rouges !... plus de puanteur d'eau-de-vie, de peaux de mouton, de goudron, de
cuir !... Il se retrouve assis sur la télègue à côté de Paul.
Son premier mouvement est de vouloir s'élancer, en
criant :

« Où vas-tu ? Arrête ! Je n'ai pas encore eu le temps de
rien leur expliquer... »

Puis il ajoute, en interpellant Paul :

« Et toi-même, diable d'homme, rusé compère, quelles
sont tes opinions ? »

Et Paul lui répond : « Ça serait parfait, s'il n'y avait
point de maîtres, et si toute la terre nous appartenait,
ça va sans dire ; mais jusqu'à présent il n'y a pas d'oukase
qui ordonne ça ; » et tout en parlant il fait doucement
tourner sa télègue en arrière, puis tout à coup il secoue
les rênes sur le dos du cheval, et les voilà lancés à fond
de train loin de la cohue et du vacarme, dans la direction de la fabrique...

Néjdanof est à moitié endormi ; son corps se balance à
droite et à gauche ; le vent lui souffle agréablement au
visage et abat les mauvaises pensées.

Une chose seule lui cause du dépit, c'est qu'on ne l'ait pas laissé énoncer ses idées... mais de nouveau le vent caresse son visage enflammé.

Puis l'apparition de Marianne, une sensation momentanée et brûlante de honte... et puis, un sommeil de mort...

Paul raconta tout cela à Solomine. Il avoua même qu'il n'avait pas empêché Néjdanof de boire... car c'était le seul moyen de l'arracher à ce cabaret. Les paysans ne l'auraient pas lâché.

« Quand il a été affaibli par l'eau-de-vie, j'ai dit aux paysans, avec force saluts : « Allons, braves gens, laissez partir ce garçon-là ; regardez, c'est si jeune ! » Ils l'ont lâché, mais en disant : « Donne un demi-rouble de rachat. » Et je l'ai donné.

— Et tu as bien fait, » lui dit Solomine.

Néjdanof dormait, et Marianne, assise devant la fenêtre, regardait la muraille de l'enclos. Chose étrange, les idées et les sentiments mauvais, presque colères, qui l'avaient agitée avant l'arrivée de Néjdanof, s'étaient enfuis tout d'un coup ; Néjdanof même n'était pas pour elle un objet de répulsion ni de dégoût : elle n'avait pour lui que de la pitié.

Elle savait parfaitement qu'il n'était ni un débauché ni un ivrogne, et elle pensait déjà à ce qu'elle pourrait bien lui dire d'amical quand il s'éveillerait, pour l'empêcher d'avoir trop de honte ou de chagrin.

« Oui, se dit-elle, il faut que je m'arrange pour que lui-même me raconte comment ce malheur lui est arrivé. »

Elle n'éprouvait aucune agitation ; mais elle était triste, profondément triste. Il lui semblait respirer une bouffée de l'atmosphère véritable qui entourait ce monde inconnu où elle voulait courir, et cette grossièreté, ces ténèbres épaisses la faisaient frémir. A quel Moloch allait-elle donc s'offrir en sacrifice ?

Mais non, ce n'était pas possible ! Il n'y avait là qu'un

hasard, et tout rentrerait dans l'ordre. C'était une impression passagère qui l'avait frappée si fort, uniquement parce qu'elle était trop soudaine.

Marianne se leva, s'approcha du divan où était couché Néjdanof, essuya avec un mouchoir ce front pâle, douloureusement contracté même pendant le sommeil, et rejeta en arrière les cheveux du jeune homme.

Elle se reprit à le plaindre, comme une mère plaint son enfant malade. Mais sa vue lui causait du malaise; elle rentra doucement dans sa chambre, en laissant la porte ouverte.

Elle ne prit aucun ouvrage pour occuper ses doigts; elle s'assit, et les mêmes rêveries vinrent la reprendre. Elle sentait le temps couler goutte à goutte, minute à minute, et ce sentiment lui faisait plaisir, et son cœur battait, comme si de nouveau elle eût attendu quelque chose.

Où donc Solomine se cachait-il?

La porte grinça doucement et Tatiana entra.

« Que voulez-vous? lui dit Marianne avec un mouvement de contrariété.

— Marianne, répondit Tatiana à demi voix, écoutez : ne vous faites pas du chagrin! ça peut arriver à tout le monde, et encore il est très-heureux que...

— Je ne me fais pas du tout du chagrin, Tatiana! interrompit la jeune fille. Néjdanof est un peu malade; ce n'est pas un grand malheur.

— Allons, tant mieux! C'est que je me disais : ma Marianne ne vient pas; qu'est-ce qui lui arrive? Mais tout de même, je ne serais pas venue, parce que dans ces moments-là la première règle est : Ne touche pas et ne t'en mêle pas. Seulement, il y a un individu qui vient de se présenter à la fabrique, je ne sais pas qui ça peut être. C'est une espèce de boiteux, tout petit, il veut à toute force qu'on lui apporte Néjdanof! — Qu'est-ce que tout ça veut dire? Ce matin, cette femme... à présent c'est ce boiteux! — Et comme je lui disais que Néjdanof n'était

pas ici, alors il a demandé Solomine ! « Je ne m'en irai
pas sans ça, dit-il, parce que c'est pour affaire très-sé-
rieuse. » Nous avons voulu le renvoyer, comme cette
femme, en lui disant que Solomine non plus n'est pas là,
qu'il est sorti ; mais le boiteux : « Je ne m'en irai pas,
a-t-il dit, j'attendrai jusqu'à la nuit, s'il le faut ! » Et il se
promène dans la cour. Tenez, venez par ici dans le corridor ; vous pourrez voir par la fenêtre si vous le reconnaissez, ce personnage-là. »

Marianne suivit Tatiana ; en passant près de Néjdanof,
elle remarqua encore la contraction douloureuse de son
front, qu'elle essuya de nouveau avec son mouchoir.
Elle aperçut à travers les vitres poussiéreuses de l'étroite
fenêtre le visiteur dont parlait Tatiana. Il lui était inconnu.

Mais en cet instant Solomine déboucha de derrière le
coin de la maison. Le petit boiteux s'approcha vivement
de lui, et lui tendit la main. Solomine la prit. Évidemment il connaissait cet homme. Tous les deux disparurent.

Mais des pas retentissent dans l'escalier... Ils mon-
tent...

Marianne retourna lestement dans sa chambre et s'arrêta au beau milieu en respirant avec effort. Elle avait
peur... de quoi ? elle n'en savait rien elle-même.

La tête de Solomine apparut sur le seuil.

« Marianne , permettez-nous d'entrer chez vous.
J'amène quelqu'un , qu'il faut absolument que vous
voyiez. »

Marianne acquiesça d'un simple hochement de tête,
et, à la suite de Solomine, vit entrer Pakline.

XXXIII

« Je suis un ami de vótre mari, dit Pakline en s'inclinant profondément devant Marianne, comme pour essayer de lui cacher son visage bouleversé par l'inquiétude et la frayeur, et je suis aussi un ami de Solomine. Néjdanof dort, il est malade, à ce que j'apprends ; moi, malheureusement, j'apporte de mauvaises nouvelles, que j'ai déjà eu le temps de communiquer en partie à Solomine, et à la suite desquelles il faudra prendre certaines mesures décisives. »

La voix de Pakline se brisait constamment comme celle d'un homme que tourmente la soif et qui a la bouche sèche.

Les nouvelles qu'il apportait étaient en effet fort mauvaises. Markelof, saisi par des paysans, avait été conduit par eux à la ville. Le commis de Golouchkine avait dénoncé son maître, qu'on avait arrêté. Golouchkine, à son tour, dénonçait tout le monde, racontait tout ce qu'il savait ; il proposait de se convertir à la religion grecque, et faisait cadeau à un gymnase du portrait du métropolitain Philarète ; il avait déjà envoyé cinq mille roubles pour être distribués aux « guerriers invalides ». On ne pouvait douter un seul instant qu'il n'eût dénoncé Néjdanof. D'un moment à l'autre, la police pouvait faire une descente à la fabrique.

Solomine aussi était en danger.

« Quant à moi, ajoutait Pakline, une seule chose m'étonne, c'est que je puisse encore me promener librement ; il est vrai que je ne me suis jamais occupé sérieusement de politique, et que je n'ai pris part à aucun conciliabule. Bref, j'ai profité de l'oubli ou de la négligence de la police pour venir vous mettre au courant et pour

aviser aux moyens... aux moyens d'écarter tout désagrément. »

Marianne écouta Pakline jusqu'au bout. Elle ne s'épouvanta point; elle resta même fort calme; mais Pakline avait raison, il fallait prendre des mesures quelconques! Son premier mouvement fut de chercher le regard de Solomine.

Celui-ci non plus n'avait pas l'air troublé; seulement les muscles de ses lèvres frémissaient imperceptiblement... Il n'avait plus son sourire habituel.

Solomine comprit la signification du regard de Marianne : elle attendait ce qu'il dirait pour agir selon son avis.

« L'affaire, en effet, est assez délicate, commença-t-il; Néjdanof ne fera pas mal, je crois, de disparaître pour quelque temps. Mais à propos, monsieur Pakline, comment avez-vous appris qu'il est ici ? »

Pakline secoua la main :

« C'est quelqu'un qui l'a rencontré pendant une de ses promenades, un jour qu'il prêchait dans les environs. Cet individu l'a suivi, sans mauvaise intention d'ailleurs ; il est dans nos idées. Mais, permettez-moi de vous le dire, continua-t-il en s'adressant à Marianne, réellement notre ami Néjdanof a été très, très-imprudent !

— Les reproches ne serviraient à rien maintenant, répliqua Solomine. Je regrette que nous ne puissions pas nous concerter avec lui tout de suite ; mais d'ici à demain son malaise sera passé, et la police n'est pas aussi prompte que vous le supposez. Et vous aussi, Marianne, il faudra que vous partiez avec lui.

— Cela va sans dire, répondit Marianne d'une voix sourde, mais ferme.

— Oui, reprit Solomine, il faudra réfléchir, il faudra choisir l'endroit et les moyens...

— Permettez-moi de vous exposer une idée, commença Pakline, une idée qui m'est passée par l'esprit

pendant que j'étais en voiture pour venir ici. Je me hâte d'ajouter que j'ai renvoyé mon cocher alors que j'étais encore à une verste de la fabrique.

— Voyons votre idée, dit Solomine.

— La voici... Vous me donnez immédiatement des chevaux... et je vole chez les Sipiaguine.

— Chez les Sipiaguine! répéta Marianne. Pourquoi faire ?

— Vous allez voir.

— Mais vous les connaissez donc?

— Pas le moins du monde ! Mais écoutez. Réfléchissez bien à mon idée. Elle me semble tout bonnement une inspiration de génie. Markelof est le beau-frère de Sipiaguine, le frère de sa femme, n'est-ce pas ? Eh bien, vous figurez-vous que ce monsieur-là ne fera rien pour le sauver ? Et Néjdanof lui-même... Admettons que Sipiaguine soit en colère contre lui. Mais ça n'empêche pas que Néjdanof soit devenu son parent, en se mariant avec vous. Et le danger qui menace notre ami...

— Je ne suis pas mariée, » lui dit Marianne.

Pakline tressaillit de surprise.

« Comment! depuis le temps, vous n'avez pas encore...?

« Bah! ajouta-t-il, on peut bien mentir un peu. En tout cas, vous vous marierez ! Mais là, sérieusement, on ne peut rien trouver de mieux que mon idée. Remarquez que jusqu'à présent Sipiaguine ne vous a pas fait rechercher. Cela prouve qu'il y a en lui une certaine... générosité. Je vois que ce mot vous déplaît, mettons : ostentation de générosité. Pourquoi donc ne pas en profiter dans le cas actuel ? Dites. »

Marianne releva la tête et passa la main dans ses cheveux.

« Vous pouvez profiter de tout ce qu'il vous plaira pour Markelof, monsieur Pakline, ou pour vous-même; mais ni Alexis ni moi n'admettons l'intervention ou la protection de M. Sipiaguine. Nous n'avons pas fui de sa

maison pour revenir frapper à sa porte en suppliants. Nous n'avons affaire ni de la générosité, ni de l'ostentation de M. Sipiaguine ou de sa femme.

— Voilà... des sentiments tout à fait louables, répondit Pakline, qui se dit en lui-même : Oh ! oh ! me voilà arrosé d'eau froide ! — Quoique, d'un autre côté, si l'on considère... Du reste, je suis prêt à vous obéir. Je vais m'occuper de Markelof, de notre brave Markelof tout seul ! Permettez-moi de vous faire remarquer, pourtant, qu'il n'est parent de Sipiaguine que par sa femme, tandis que vous...

— Monsieur Pakline, je vous en prie !

— Parfaitement !... parfaitement !... Mais je ne puis m'empêcher d'exprimer un regret, car Sipiaguine est un homme très-influent...

— Et pour vous-même, vous ne craignez rien ? » lui demanda Solomine.

Pakline se rengorgea.

« Dans des moments comme celui-ci, il ne faut pas penser à soi ! » répondit-il fièrement.

Au fond, c'était à lui qu'il pensait, au milieu de ses projets d'intervention.

Pauvre petit être chétif qu'il était, il voulait prendre les devants, comme le lièvre de la fable.

En échange du service rendu, Sipiaguine pourrait, le cas échéant, dire un mot en sa faveur. Car, en somme, Pakline avait beau dire, il se sentait compromis, il avait écouté... et même parlé !

« Votre idée, dit enfin Solomine, ne me paraît pas mauvaise, quoique à vrai dire je ne compte guère sur le succès. En tout cas, on peut essayer. Quoi qu'il arrive, vous ne pourrez rien gâter.

— Certainement ! Mettons les choses au pis, supposons qu'on me chasse par les épaules... où est le mal ?

— Le fait est qu'il n'y aurait aucun mal là-dedans... »

Merci ! pensa Pakline ; Solomine continua :

« Quelle heure est-il ? ¡Quatre heures passées. Il n'y a

pas de temps à perdre. On va vous donner des chevaux
tout de suite. Paul ! »

Mais au lieu de Paul, ce fut Néjdanof qui apparut sur
le seuil. Il chancelait sur ses jambes, se retenant d'une
main au linteau de la porte, et, les lèvres faiblement entr'ouvertes, il fixait devant lui son regard trouble. Il ne
comprenait rien.

Pakline, le premier, s'avança vers lui.

« Alexis ! s'écria-t-il, tu me reconnais bien ? »

Néjdanof le regarda en clignotant lentement des yeux.

« Pakline ? dit-il enfin.

— Oui, oui ; c'est moi. Tu es malade ?

— Oui... je suis malade. Mais... pourquoi es-tu ici ?

— Pourquoi je... »

Mais dans ce moment, Marianne toucha légèrement
le coude à Pakline. Il se retourna, et vit qu'elle lui faisait des signes... Ah ! oui... murmura-t-il ; c'est vrai...

« Voilà ce que c'est, Alexis, reprit-il tout haut, je suis
arrivé ici pour une affaire importante, et je repars immédiatement pour continuer ma route... Solomine te
racontera tout cela, et Marianne... Mlle Marianne aussi.
Tous deux approuvent pleinement ma résolution. Il
s'agit de nous tous : c'est-à-dire, non, non, fit-il sur un
mouvement et un regard de Marianne... Il s'agit de
Markelof, de notre ami commun Markelof, de lui seul.
Mais adieu, les minutes sont précieuses, adieu, mon
ami... Nous nous reverrons. M. Solomine, aurez-vous la
bonté de venir avec moi pour que nous nous occupions
des chevaux ?

— Fort bien. Marianne, je voulais vous conseiller
d'être ferme, mais la recommandation est inutile. Vous
êtes de la bonne trempe, vous.

— Oh oui ! oh oui ! approuva Pakline. Vous êtes une
Romaine du temps de Caton ! de Caton d'Utique ! Mais
allons-nous-en, monsieur Solomine, allons !

— Vous avez le temps, » fit Solomine avec un sourire
nonchalant.

Néjdanof s'effaça pour les laisser passer tous deux, mais son regard disait qu'il continuait à ne pas comprendre. Puis il fit deux pas et se laissa tomber doucement sur une chaise, en face de Marianne.

« Alexis, lui dit-elle, tout est découvert; Markelof a été pris par des paysans qu'il essayait de soulever; on l'a mis en prison à S..., en même temps que ce marchand chez qui tu as dîné ; très-probablement la police sera bientôt là pour s'emparer de nous. Pakline s'en va chez Sipiaguine.

— Pourquoi faire? » murmura Néjdanof d'une voix à peine perceptible.

Ses yeux devenaient plus clairs, son visage reprenait son expression ordinaire. L'ivresse l'avait tout à coup abandonné.

« Pour essayer d'obtenir sa protection... »

Néjdanof se redressa :

« Pour nous?

— Non; pour Markelof. Il voulait aussi parler pour nous, mais je n'ai pas voulu. Ai-je bien fait, Alexis ?

— Bien fait ? dit Néjdanof en lui tendant les deux mains sans se lever de sa chaise. Bien fait? répéta-t-il, et, l'attirant vers lui, pressant son visage contre la taille de la jeune fille, il fondit en larmes.

« Qu'as-tu donc ? Qu'as-tu ? » s'écria Marianne.

Comme l'autre fois, quand il était tombé à ses genoux, anéanti, suffoqué par un élan subit de passion, comme alors elle posa ses deux mains sur la tête frémissante du jeune homme. Mais ce qu'elle ressentait maintenant ne ressemblait en rien à ce qu'elle avait ressenti l'autre fois. Alors, elle se donnait à lui, elle se soumettait, elle attendait sa décision ; maintenant, elle le prenait en pitié et ne pensait uniquement qu'à le calmer.

« Qu'as-tu ? répéta-t-elle. Pourquoi pleures-tu ? Serait-ce parce que tu es rentré chez toi dans un état... un peu étrange? Non, ce ne peut pas être cela ! Est-ce parce que tu plains Markelof, ou que tu crains pour moi, pour

toi ? Regrettes-tu nos espérances perdues ? Mais tu ne pouvais pas t'imaginer que tout irait comme sur de l'huile ! »

Néjdanof releva brusquement la tête.

« Non, Marianne, dit-il, en refoulant ses sanglots, je n'ai peur ni pour toi, ni pour moi... mais, en effet, je plains...

— Qui ?

— Toi, Marianne ! toi, qui as uni ta destinée à celle d'un homme qui ne le méritait pas.

— Pourquoi donc ?

— Mais... tiens, par exemple, parce qu'en un moment comme celui-ci, cet homme peut pleurer.

— Ce n'est pas toi qui pleures, ce sont tes nerfs.

— Mes nerfs et moi, c'est tout un. Voyons, Marianne ; regarde-moi dans les yeux : est-ce que véritablement tu peux me dire, en ce moment-ci, que tu ne te repens pas ?...

— De quoi ?

— De t'être enfuie avec moi.

— Non.

— Et tu me suivras encore ? Partout ?

— Oui !

— Vraiment, Marianne... oui ?

— Oui. Je t'ai donné ma main, et, tant que tu seras celui que j'ai aimé, je ne la retirerai pas. »

Néjdanof était toujours assis sur sa chaise ; Marianne se tenait debout devant lui. Il avait les mains passées autour de la taille de la jeune fille, qui appuyait les siennes sur les épaules du jeune homme.

« Oui... non... pensa Néjdanof ; et pourtant, autrefois, quand il m'arrivait de la tenir dans mes bras, comme en ce moment, son corps au moins restait immobile ; tandis qu'à présent, je le sens qui tout doucement, peut-être malgré elle, fuit, et s'éloigne de moi ! »

Il desserra ses bras... Et, en effet, Marianne fit un mouvement presque imperceptible en arrière.

« Écoute ! dit-il à haute voix, s'il nous faut fuir...
avant que la police ne nous découvre... je pense qu'il ne
serait pas mal de commencer par nous marier. Nous ne
trouverions peut-être pas ailleurs un prêtre aussi accom-
modant que ce Zossime.

— Je suis prête, » dit Marianne.

Néjdanof la regarda attentivement.

« Romaine ! dit-il avec un demi-sourire amer. Le sentiment du devoir ! »

Marianne haussa les épaules.

« Il faudra en parler à Solomine.

— Ah, oui... à Solomine... dit lentement Néjdanof.
Mais lui aussi, je pense, est menacé d'être pris par la
police. Il me semble qu'il joue un rôle plus important
que moi, et qu'il en sait plus long.

— Je l'ignore, répondit Marianne. Il ne parle jamais
de lui-même.

— « Ce n'est pas comme moi, pensa Néjdanof ; voilà
ce qu'elle veut dire. » — Solomine... Solomine ! ajouta-
t-il après un long silence. Vois-tu, Marianne, je ne t'aurais pas plainte si l'homme auquel tu aurais lié pour
toujours ta vie avait été un Solomine, ou si ç'avait été
Solomine lui-même. »

Marianne, à son tour, regarda attentivement Néjdanof.

« Tu n'avais pas le droit de dire cela, dit-elle enfin.

— Pas le droit ! Dans quel sens dois-je prendre tes paroles ? Cela veut-il dire que tu m'aimes, moi, ou que, en
général, il ne convenait pas de toucher à cette question ?

— Tu n'en avais pas le droit, » répéta Marianne.

Néjdanof baissa la tête.

« Marianne ! dit-il d'une voix un peu altérée.

— Quoi ?

— Si en ce moment je... si je te demandais... tu sais ?...
Non, je ne te demande rien... adieu ! »

Il se leva et sortit ; Marianne ne le retint pas. Néjda-

17.

nof s'assit sur le divan et cacha son visage dans ses mains.
Il s'effrayait de ses propres pensées, et faisait tous ses
efforts pour ne pas réfléchir. Il éprouvait une sensation
étrange, comme si une main souterraine et obscure venait de s'emparer de la racine même de son être pour ne
jamais plus la lâcher. Il savait que cet autre être si cher
qui est là, tout près, dans la pièce voisine, n'en sortirait
pas pour venir le trouver, et que lui non plus n'irait pas
à elle. A quoi bon d'ailleurs? Que lui aurait-il dit?

Des pas fermes et rapides le forcèrent à rouvrir les
yeux. Solomine traversait sa chambre. Il frappa à la porte
de la chambre de Marianne et entra.

« Honneur et place ! » murmura amèrement Néjdanof.

Il avait involontairement pensé au mot d'ordre d'un
factionnaire qui en relève un autre.

XXXIV

Il était déjà dix heures du soir, et dans le salon d'Arjanoïé, Sipiaguine, sa femme et Kalloméïtsef jouaient
aux cartes, lorsqu'un laquais entra, annonça l'arrivée
d'un individu inconnu, un certain M. Pakline, qui désirait voir M. Sipiaguine pour une affaire extrèmement
pressée et de la plus haute importance.

« Si tard ! dit Mme Sipiaguine avec étonnement.

— Comment, dit Sipiaguine en fronçant son nez clas-
sique, comment dis-tu que s'appelle ce monsieur?

— Il a dit : Pakline.

— Pakline ! s'écria Kalloméïtsef. Pakline ! Solomine !
« De vrais noms ruraux, hein? » ajouta-t-il en français [1].

---

[1] Paklia signifie étoupe en russe; Soloma, paille.

— Et tu dis, — reprit Sipiaguine, en tournant vers le laquais son nez toujours froncé, — que c'est une affaire importante, pressée ?

— Ce monsieur le dit.

— Hum ! c'est quelque mendiant ou quelque intrigant (« Ou les deux à la fois », glissa Kalloméïtsef)... très-probablement. Fais-le passer dans mon cabinet. — Il se leva. — Pardon, ma bonne. — En attendant, faites une partie d'écarté. — Ou bien, attendez-moi ; je reviens à l'instant.

— Nous causerons... allez ! » répondit Kalloméïtsef.

Sipiaguine, en entrant dans son cabinet, aperçut la pauvre petite figure chétive de Pakline, humblement collée au mur entre la porte et la fenêtre, et il éprouva aussitôt ce sentiment vraiment ministériel de hautaine pitié et de condescendance un peu dégoûtée, qui est particulier aux grands dignitaires pétersbourgeois.

« Mon Dieu ! quel air d'oisillon déplumé ! pensa-t-il ; et il boite, je crois, par-dessus le marché !

« Asseyez-vous ! dit-il tout haut, se servant de ses nots de baryton les plus affables, hochant d'un air bienveillant sa petite tête rejetée en arrière, et s'asseyant avant son hôte. — Vous devez être fatigué du trajet ; asseyez-vous et expliquez-vous ; quelle est l'affaire si grave qui vous amène à une pareille heure ?

— Votre Excellence, commença Pakline en s'asseyant tout doucement dans un fauteuil, je me suis permis de me présenter chez vous...

— Attendez, attendez, interrompit Sipiaguine. Ce n'est pas la première fois que je vous vois. Je n'oublie jamais un seul des visages que j'ai eu l'occasion de rencontrer ; j'ai une excellente mémoire. Mais... mais... où donc vous ai-je rencontré ?

— Vous ne vous trompez pas, Excellence. J'ai eu l'honneur de me rencontrer avec vous à Pétersbourg, chez un homme qui... qui depuis lors... malheureusement a éveillé votre indignation... »

Sipiaguine se leva brusquement de son fauteuil.

« Chez M. Néjdanof. Je me souviens à présent. Ce n'est pas de sa part, j'espère, que vous venez?

— Du tout, Votre Excellence; au contraire... je... »

Sipiaguine se rassit.

« Et vous faites bien, car dans ce cas je vous aurais prié de vous retirer immédiatement. Aucun médiateur ne peut être toléré entre moi et M. Néjdanof! M. Néjdanof m'a fait une de ces injures qui ne s'oublient pas... Je dédaigne la vengeance; mais je ne veux rien savoir ni de lui, ni de cette jeune fille — du reste plus dépravée d'esprit que de cœur (Sipiaguine répétait cette phrase-là pour la trentième fois au moins, depuis la fuite de Marianne) — qui n'a pas craint d'abandonner le toit où on lui donnait asile, pour devenir la maîtresse d'un vagabond sans naissance! Qu'il leur suffise que je les oublie! »

Sur ce dernier mot, il fit de la main un geste de bas en haut, comme s'il éloignait quelque chose.

« Je les oublie, monsieur! répéta-t-il.

— Votre Excellence, j'ai eu l'honneur de vous assurer que je ne venais pas du tout de leur part, quoique je puisse d'ailleurs faire savoir à Votre Excellence qu'ils sont déjà unis par les liens légitimes du mariage... (Bah! pensa-t-il, j'ai dit que je conterais des sornettes... voilà qui est fait! Arrive que pourra!) »

Sipiaguine roula sa nuque à droite et à gauche sur le dossier de son fauteuil.

« Cela ne m'intéresse pas le moins du monde, mon cher monsieur. Un sot mariage de plus sur la terre, voilà tout! Mais, dans tout cela, où est donc cette affaire tellement urgente à laquelle je dois le plaisir de votre visite?

« Attends, maudit directeur de département! pensa encore Pakline. Je vais t'apprendre à faire de tes manières, espèce de museau anglais!

« Le frère de votre épouse, dit-il tout haut, M. Markelof, a été pris par des paysans qu'il essayait de soule-

ver, et il est enfermé en ce moment dans le palais du
gouverneur. »

Sipiaguine bondit de nouveau.

« Que... que dites-vous? balbutia-t-il, non plus avec
sa voix de baryton ministériel, mais avec une espèce de
misérable petit gloussement guttural.

— Je dis que votre beau-frère a été pris, et qu'il est à
la chaîne. A la première nouvelle, j'ai pris des chevaux
et je suis venu vous avertir. J'ai pensé, en agissant ainsi,
vous être de quelque utilité, ainsi qu'au malheureux que
vous pouvez sauver.

— Je vous suis très-reconnaissant, lui dit Sipiaguine
avec son même petit gloussement, et, frappant vivement avec la paume de la main sur un timbre en forme
de champignon, il remplit toute la maison de son tintement métallique. — Je vous suis très-reconnaissant,
répéta-t-il d'un ton déjà plus ferme; mais sachez-le : un
homme qui n'a pas craint de fouler aux pieds toutes les
lois divines et humaines, fût-il cent fois mon parent,
n'est pas pour moi un malheureux; c'est... un criminel! »

Un laquais entra en courant dans le cabinet.

« Que désire monsieur ?

— Une voiture, tout de suite! A quatre chevaux! Je
pars pour la ville. Philippe et Stéphane m'accom-
pagnent. »

Le laquais disparut.

« Oui, monsieur, continua Sipiaguine; mon beau-
frère est un criminel; si je vais en ville, ce n'est pas pour
le sauver! Oh non!

— Mais, Excellence...

— Tels sont mes principes, mon cher monsieur, et je
vous prie de ne pas m'importuner, de ne pas me fatiguer
de vos objections! »

Sipiaguine se mit à marcher de long en large dans son
cabinet. Pakline le regardait, les yeux écarquillés : « Que
diable! pensa-t-il; on parlait de toi comme d'un libéral,
et tu es là comme « un lion dévorant! »

La porte s'ouvrit toute grande, et ils virent entrer à pas pressés d'abord Valentine, puis Kalloméïtsef qui la suivait.

« Qu'est-ce que cela veut dire, Boris ? Tu as ordonné d'atteler ? Tu vas à la ville ? Qu'est-il arrivé ? »

Sipiaguine s'approcha de sa femme, lui prit le bras droit entre le coude et le poignet :

« Il faut vous armer de courage, ma chère, lui dit-il en français. Votre frère est arrêté.

— Mon frère ? Serge ? Pourquoi donc ?

— Il a prêché à des paysans des théories socialistes ! (Kalloméïtsef poussa un gémissement plaintif.) Oui ! il leur prêchait la révolution ! Il faisait de la propagande ! Ces paysans l'ont saisi et livré. Maintenant il est enfermé en ville.

— Oh ! le malheureux fou ! Mais qui t'a dit ?...

— Monsieur que voilà... monsieur... comment donc ?... M. Konopatine vient de nous l'apprendre [1]. »

Valentine regarda Pakline, qui s'inclina d'un air abattu. « Quelle maîtresse femme ! » pensa-t-il. » Dans les moments les plus critiques, on le voit, notre Pakline restait sensible au charme de la beauté féminine.

« Et tu veux aller à la ville, si tard ?

— Je trouverai encore le gouverneur debout.

— J'avais toujours prédit que cela finirait par là ! s'écria Kalloméïtsef. Il ne pouvait en être autrement ! Mais quels braves gens que nos paysans russes ! C'est merveilleux ! Pardon, madame, ajouta-t-il en français, c'est votre frère ! Mais la vérité avant tout !

— Voyons, sérieusement, est-ce que tu veux partir, Boris ? reprit Valentine.

— Je parierais, continua Kalloméïtsef, que l'autre aussi, ce petit précepteur, M. Néjdanof, est impliqué là-dedans. J'en mettrais la main au feu. Ils sont tous de la

---

[1] Konapatit, en russe, signifie : bourrer, mastiquer avec de l'étoupe (paklia).

même clique! On ne l'a pas arrêté? Vous ne savez pas? »

Sipiaguine fit de nouveau le même geste éloignant de la main.

« Je n'en sais rien, et n'en veux rien savoir! A propos, ajouta-t-il en s'adressant à sa femme, il paraît qu'ils sont mariés!

— Qui te l'a dit? monsieur? »

Elle regarda Pakline de nouveau, et, cette fois, en clignant un peu des yeux.

« Lui-même.

— En ce cas, s'exclama Kalloméïtsef, il doit nécessairement savoir où ils sont. — Vous le savez, où ils sont? Vous le savez? Hein? hein? Vous le savez? »

En parlant ainsi, il se balançait devant Pakline à droite, à gauche, comme pour lui barrer le passage, bien que celui-ci ne fît nullement mine de vouloir s'enfuir.

« Mais parlez donc, répondez! Hein? hein? vous le savez! vous le savez! »

Pakline, à la fin, sentit la moutarde lui monter au nez; ses petits yeux brillèrent; il répondit d'un air vexé :

« Quand même je le saurais, monsieur, je ne vous le dirais pas.

— Oh! oh! oh! fit Kalloméïtsef, vous entendez... vous entendez... Mais celui-là aussi, celui-là aussi doit être de la bande.

— La voiture est prête, » cria un laquais en entrant.

Sipiaguine, d'un geste énergique et élégant, saisit son chapeau; mais Valentine le supplia si instamment d'attendre au lendemain matin; elle lui présenta de si bonnes raisons, et que la nuit était tombée, et que tout le monde dormirait dans la ville, et que cela ne servirait qu'à lui détraquer les nerfs, et qu'il pouvait s'enrhumer, que Sipiaguine, à la fin, se laissant convaincre, s'écria :

« Je me soumets! »

Et d'un geste non moins élégant, mais nullement énergique, il replaça son chapeau sur la table.

« Qu'on dételle la voiture ! ordonna-t-il au laquais ; — mais qu'elle soit prête demain matin à six heures précises. Tu m'entends ? — Va ! — Attends ! — Qu'on renvoie l'équipage de monsieur... de monsieur notre hôte ! Qu'on paye le cocher ! — Hein ? vous avez dit quelque chose, monsieur Konopatine ? — Je vous emmène avec moi demain matin, monsieur Konopatine ! Vous dites ? Je n'ai pas entendu... Vous prenez de l'eau-de-vie, n'est-ce pas ? Donnez de l'eau-de-vie à monsieur Konopatine ! — Non ? vous n'en prenez pas ? — C'est différent... Féodor ! Conduis monsieur dans la chambre verte. — Bonne nuit, monsieur Kono... »

Pakline n'y tint plus.

« Pakline ! s'écria-t-il d'une voix tonnante. — Je m'appelle Pakline !

— Ah ! oui... oui ; c'est la même chose, ça se tient, vous savez. Mais quelle voix vous avez, avec votre apparence chétive ! — A demain, monsieur Pakline... Ai-je bien dit, cette fois ? — Siméon, vous viendrez avec nous ? ajouta-t-il en français, en s'adressant à Kalloméïtsef.

— Je crois bien ! »

On emmena Pakline dans la chambre verte, et même on l'enferma. Pendant qu'il se couchait, il entendit la clef tourner à grand bruit dans la serrure anglaise. Il se dit forces injures pour son idée « de génie », et son sommeil fut des plus mauvais.

Le lendemain matin, à cinq heures et demie, on vint le réveiller. On lui apporta du café ; pendant qu'il le prenait, — un laquais, dont l'épaule était ornée d'aiguillettes bariolées, attendait, son plateau dans les mains, en se dandinant sur ses pieds, d'un air qui voulait dire : « Mais dépêche-toi donc ! les maîtres attendent ! » Puis on le conduisit en bas. La voiture était déjà devant la porte, ainsi que la calèche de Kalloméïtsef.

Sipiaguine apparut sur le perron, enveloppé dans un manteau de camelot à col arrondi. Personne ne portait plus de manteau de ce genre depuis fort longtemps, à l'exception d'un très-haut personnage auquel Sipiaguine faisait la cour, et qu'il s'efforçait d'imiter. Dans les occasions officielles et importantes, il ne manquait jamais de mettre ce manteau.

Il salua Pakline d'un air assez aimable, et, lui montrant d'un geste énergique les coussins de la voiture, il le pria de s'y asseoir.

« Monsieur Pakline, vous venez avec moi, monsieur Pakline ! Mettez sur le siége le sac de voyage de M. Pakline ! J'emmène M. Pakline ! disait-il, en appuyant sur la lettre *a* du mot Pakline. « Ah ! semblait-il vouloir dire, tu es affligé d'un pareil nom, et tu te fâches parce qu'on te le change ? Tiens ! manges-en ! Gorge-t'en ! » M. Pakline ! Pakline ! Ce malheureux nom retentissait sans relâche dans l'air frais du matin.

Cet air était si frais, que Kalloméïtsef, sorti à la suite de Sipiaguine, fit plusieurs fois en français : « Brrr! brrr! brrr !... et qu'il s'enveloppa plus étroitement dans son manteau en se plaçant dans son élégante calèche découverte. (Son pauvre ami, le prince Michel Obrénovitch de Serbie, en voyant cette calèche, s'en était acheté une toute pareille chez Binder. Vous savez, Binder, le grand carrossier des Champs-Élysées.)

Pendant ce temps, Valentine, « en bonnet et en fichu de nuit »[1], regardait à travers les volets entre-bâillés.

Sipiaguine se mit en voiture, et lui envoya un salut de la main.

« Êtes-vous bien à votre aise, monsieur Pakline ? En route !

— Je vous recommande mon frère, épargnez-le, lui cria Valentine.

---

[1] Vers de Pouchkine.

— Soyez tranquille ! répondit Kalloméïtsef en lui
jetant un regard assuré par-dessous le bord d'une casquette de voyage surmontée d'une cocarde, casquette
quasi officielle qu'il avait imaginée lui-même... C'est
surtout l'autre qu'il faut pincer !

— En route ! répéta Sipiaguine. Monsieur Pakline,
vous n'avez pas froid ? En route ! »

Les équipages roulèrent.

Pendant les dix premières minutes, Sipiaguine et
Pakline gardèrent tous deux le silence. L'infortuné Sila,
avec son piètre paletot et sa casquette fripée, avait l'air
encore plus misérable sur le fond bleu sombre de la
riche étoffe de soie dont la voiture était doublée.

Il regardait silencieusement et les frêles stores azurés
qui s'enroulaient vivement quand on posait le doigt sur
le ressort, et la chancelière en peau de mouton blanc et
frisé où il mettait ses pieds, et le caisson en bois rouge,
incrusté dans la paroi antérieure, d'où sortait en se
rabattant une planchette pour écrire et même un pupitre
pour lire. (Sipiaguine aimait ou plutôt voulait faire
croire qu'il aimait à travailler en voiture comme
M. Thiers pendant ses voyages.)

Pakline se sentait intimidé. Sipiaguine le guigna à
deux reprises du coin de l'œil par-dessus le rebord de sa
joue admirablement rasée, et tirant de sa poche de côté,
avec une lenteur majestueuse, un porte-cigares en
argent richement orné d'un monogramme en caractères
slavons, il lui offrit... oui, positivement, il lui offrit un
cigare, qu'il tenait négligemment entre le second et le
troisième doigt de sa main, protégée par un gant jaune,
de fabrique anglaise, en peau de chien.

« Je ne fume pas, balbutia Pakline.

— Ah ! » répondit Sipiaguine, et il alluma lui-même
ce cigare, un délicieux régalia.

« Je dois vous dire, cher monsieur Pakline, dit-il
d'un air poli en lançant par petites bouffées des filets
ondoyants de fumée odorante... que je vous suis...

réellement... très-obligé. Hier soir, j'ai pu vous paraître
un peu tranchant... ce qui n'est pas dans... mon caractère. (C'était avec intention que Sipiaguine coupait ainsi
·irrégulièrement ses phrases.) J'ose vous l'affirmer. Mais,
monsieur Pakline, mettez-vous un peu dans ma... position. (Sipiaguine fit rouler son cigare dans l'autre coin
de sa bouche.) La situation que j'occupe me met...
comment vous dire ? en vue; et voilà que tout à coup...
le frère de ma femme... se compromet... et me compromet... moi aussi, de la façon la plus incroyable ! Qu'en
dites-vous, monsieur Pakline ? Vous pensez peut-être
que ce n'est pas une grosse affaire ?

— Je ne pense pas cela, Votre Excellence.

— Vous ne savez pas au juste pourquoi ni où on l'a
arrêté ?

— J'ai entendu dire que c'était dans le district de T...

— Qui est-ce qui vous l'a dit ?

— C'est... c'est un monsieur.

— Naturellement ce n'est pas un oiseau. Mais quel
est ce monsieur ?

— L'aide du gérant d'affaires de la chancellerie du
gouverneur.

— Comment s'appelle-t-il ?

— Le gérant ?

— Non, l'aide.

— Il s'appelle Ouliachévitch. C'est un employé très-
consciencieux, Votre Excellence. Aussitôt que j'ai eu
appris cet événement, je me suis hâté d'aller vous
voir.

— Oui, oui, parfaitement. Et je vous répète que je
vous en suis très-reconnaissant. Mais quelle folie ! car
c'est de la folie, n'est-ce pas, monsieur Pakline, n'est-ce
pas ?

— De la folie toute pure ! s'écria Pakline, qui sentait
la sueur glisser comme un serpent tiède et mince le long
de son épine dorsale. C'est ce qui s'appelle ne pas comprendre du tout notre paysan russe. M. Markelof, au-

tant que je peux le connaître, a un bon et un noble
cœur; mais il n'a jamais rien compris au paysan russe.
— Pakline jeta un coup d'œil en-dessous à Sipiaguine
qui s'était légèrement tourné vers lui, et qui l'enveloppait d'un regard froid, mais pas hostile. — Ceux qui
veulent exciter notre paysan à se soulever, ceux-là
mêmes ne peuvent y parvenir qu'en se servant de son
attachement au pouvoir, à la famille impériale. Il faut
pour cela imaginer quelque légende comme le faux
Dimitri; montrer sur sa poitrine quelque marque impériale, obtenue à l'aide d'un gros copek à l'aigle, chauffé
au rouge.

— Oui, oui, comme Pougatchef, » interrompit Sipiaguine d'un ton qui voulait dire : « Pas tant d'érudition!
nous savons aussi notre histoire ! » et répétant de nouveau : — « C'est de la folie ! c'est de la folie ! » il sembla
s'enfoncer dans la contemplation du filet de fumée, qui
montait rapidement du bout de son cigare.

« Votre Excellence ! dit Pakline s'enhardissant un
peu : — Je vous ai dit tout à l'heure que je ne fumais
pas... mais ce n'est pas vrai, je fume; et votre cigare ré-
pand un parfum si délicieux...

— Hein! Quoi ? Qu'est-ce que c'est ? » dit Sipiaguine
comme s'éveillant d'un profond sommeil; et sans donner
à Pakline le temps de répéter ce qu'il avait dit (preuve
qu'il avait parfaitement entendu ses paroles et qu'il
répétait ses questions uniquement par pose), il lui présenta son portes-cigares ouvert.

Pakline, d'un air reconnaissant, alluma discrètement
un cigare. « Voilà le moment favorable, je crois, »
pensa-t-il.

Mais Sipiaguine le prévint :

« Vous m'avez aussi parlé, je crois, dit-il négligemment, avec de petites interruptions, en examinant son
cigare, en bouffissant ses joues, en faisant voyager son
chapeau de la nuque sur le front, vous m'avez parlé...
hein ? vous m'avez parlé de votre autre ami, celui qui

s'est marié avec ma... parente. Vous les avez vus ? Ils se sont installés pas loin d'ici ?

— Hé ! hé ! pensa Pakline, Sila, mon ami, attention !

— Je ne les ai vus qu'une fois, Votre Excellence. Ils demeurent, en effet, pas extrêmement loin d'ici.

— Naturellement, vous comprenez, reprit Sipiaguine en continuant son manége, comme je vous l'ai déjà dit, je ne peux plus m'intéresser sérieusement ni à cette frivole jeune fille, ni à votre ami. Mon Dieu ! je n'ai pas de préjugés ; mais, convenez-en vous-même, c'est une affaire absurde... C'est trop bête. Du reste, dans ma conviction, ce qui les a réunis, c'est plutôt la politique... (la politique ! répéta-t-il en haussant les épaules), que tout autre sentiment.

— Je le crois aussi, Votre Excellence.

— Oui, M. Néjdanof était tout à fait rouge. Je dois lui rendre cette justice, qu'il ne cachait pas ses opinions.

— Néjdanof, hasarda Pakline, s'est peut-être laissé entraîner ; mais son cœur... ·

— Son cœur est bon, interrompit Sipiaguine ; sans doute, sans doute, comme chez Markelof. — Ces messieurs ont tous un très-bon cœur. — Probablement, lui aussi a pris part à cette affaire, et lui aussi sera pincé... Il faudra intercéder aussi pour lui... »

Pakline pressa ses deux mains sur sa poitrine. « Ah ! oui, oui, Votre Excellence. — Accordez-lui votre protection ! Il mérite... je vous assure... il mérite votre sympathie.

— Hum ! fit Sipiaguine, vous pensez cela, vous ?

— Enfin, si ce n'est pas pour lui, que ce soit pour votre nièce, pour sa femme ! (Mon Dieu ! mon Dieu ! quelles blagues je raconte ! se dit Pakline encore une fois.) »

Sipiaguine cligna des yeux.

« Vous êtes un ami très-dévoué, je vois ça. C'est très-bien à vous, jeune homme, c'est très-digne d'éloges. Ainsi donc, vous dites qu'ils vivent très-près d'ici ?

— Oui, Votre Excellence; dans un grand établissement... »

Pakline se mordit la langue.

« Tiens, tiens, tiens, tiens!... chez Solomine! c'est ça!
Du reste, je le savais; on m'en avait parlé; oui, oui, on
me l'avait dit!... Oui! (Sipiaguine l'ignorait absolument,
et personne ne lui en avait soufflé mot; mais comme il
se rappelait la visite de Solomine, leurs entrevues nocturnes, il lança cet hameçon... Et Pakline y mordit
d'emblée.)

« Puisque vous le savez... » commença-t-il, après quoi
il s'arrêta et se mordit de nouveau la langue, mais trop
tard... Un simple coup d'œil que lui jeta Sipiaguine lui
fit comprendre que, pendant toute cette conversation,
Sipiaguine avait joué avec lui comme le chat avec la
souris.

« Du reste, Votre Excellence... balbutia le pauvre
diable, je dois vous dire qu'à proprement parler, je ne
sais rien du tout...

— Mais je ne vous demande rien! Comment donc!
Que signifie? Pour qui nous prenez-vous tous deux? »
s'écria d'un air hautain Sipiaguine, qui rentra brusquement dans toute sa morgue ministérielle.

Et Pakline se sentit de nouveau tout humble, tout
chétif, attrapé, muselé... Jusque-là, il avait fumé en tenant son cigare dans le coin de sa bouche opposé à Sipiaguine, et il en rejetait la fumée tout doucement, à la
dérobée; à partir de ce moment-là, il le retira tout à fait
de ses lèvres, et cessa complétement de fumer.

« Mon Dieu! — s'écria-t-il intérieurement, tandis
qu'une sueur tiède coulait plus abondante sur ses membres, — qu'est-ce que j'ai fait! j'ai livré tout... et tous!...
On m'a mystifié, on m'a acheté au prix d'un bon cigare!... Je suis un dénonciateur! Et comment remédier
au mal, à présent? Seigneur Dieu! »

Il n'était plus temps de remédier au mal. Sipiaguine
s'endormit d'un air digne et grave, comme un vrai mi-

nistre, enveloppé dans son manteau des grands jours...
Du reste, un quart d'heure après, les deux équipages
s'arrêtaient devant la maison du gouverneur.

XXXV

Le gouverneur de S... était de la race de ces bonnes
âmes de généraux insouciants et mondains, qui ont la
peau blanche, très-soignée et très-propre, et l'âme presque aussi propre que le corps ; qui, bien nés, bien éle-
vés, bien pétris comme du bon pain de froment, n'ayant
jamais pensé à devenir « pasteurs d'hommes », se trou-
vent être des administrateurs fort passables ; qui, travail-
lant peu, soupirant constamment après Pétersbourg, et
faisant la cour aux jolies dames de province, sont d'une
incontestable utilité pour leur gouvernement et laissent
après eux un souvenir très-convenable.

Il venait de sauter du lit ; vétu d'une robe de chambre
en soie, avec sa chemise de nuit déboutonnée, il se tenait assis devant son miroir de toilette et lavait, avec de
l'eau de Cologne étendue d'eau, son visage et son cou,
— dont il avait préalablement ôté toute une collection
d'images et de scapulaires, — lorsqu'on vint lui annoncer
que messieurs Sipiaguine et Kalloméïtsef se présentaient
chez lui pour une affaire grave et urgente.

Il connaissait intimement Sipiaguine ; il était avec lui
à tu et à toi depuis sa tendre enfance ; il le rencontrait
constamment dans les salons de Pétersbourg, et, depuis
quelque temps, toutes les fois que ce nom de Sipiaguine
lui venait en tête, il y ajoutait invariablement un Ah !
respectueux, comme à celui d'un futur dignitaire.

Il connaissait un peu moins et estimait beaucoup
moins Kalloméïtsef, à propos duquel il recevait, depuis
un certain temps, des plaintes d'une espèce désagréable ;

mais il le regardait comme quelqu'un qui fera son chemin, de façon ou d'autre.

\ Il fit prier les visiteurs de passer dans son cabinet, et les rejoignit aussitôt, toujours en robe de chambre; il ne s'excusa même pas de les recevoir dans un déshabillé si peu officiel et leur secoua amicalement la main.

Pakline n'avait pas suivi ces deux personnages dans le cabinet du gouverneur; il attendait dans le salon. En descendant de voiture, il avait essayé de s'esquiver sous prétexte d'affaires qui l'appelaient chez lui; mais Sipiaguine l'avait retenu avec une fermeté polie, pendant que Kalloméïtsef, accourant tout effaré, chuchotait à l'oreille de son ami Boris : « Ne le lâchez pas! Tonnerre de tonnerres! » et l'avait fait monter avec lui. Toutefois, Sipiaguine ne l'avait pas introduit dans le cabinet, et, toujours avec la même fermeté polie, il l'avait prié de rester dans le salon en attendant qu'on l'appelât.

Pakline, resté seul, eut de nouveau l'idée de s'esquiver, mais un solide gendarme, prévenu par Kalloméïtsef, apparut à la porte... Pakline resta.

« Tu devines sans doute ce qui m'amène, Voldemar? demanda Sipiaguine au gouverneur.

— Non, mon cher ami, je ne devine pas, répondit l'aimable épicurien, pendant qu'un sourire affable arrondissait ses joues roses et découvrait ses dents éclatantes, à demi cachées par de soyeuses moustaches.

— Comment?... Mais, est-ce que Markelof...?

— Quel Markelof? » répéta le gouverneur sans changer de visage.

Il se souvenait très-vaguement que l'individu qu'on avait arrêté la veille s'appelait Markelof, et il avait complétement oublié que Mme Sipiaguine avait un frère de ce nom.

« Mais pourquoi restes-tu debout, Boris? reprit-il, assieds-toi; veux-tu du thé? »

Sipiaguine avait bien autre chose en tête! Lorsqu'enfin il eut raconté l'affaire et expliqué pourquoi lui

et Kalloméïtsef venaient le voir, le gouverneur poussa une exclamation douloureuse; il se frappa le front, et son visage prit une expression de chagrin sincère.

« Oui... oui... oui! répéta-t-il. Quel malheur!... Il est encore ici aujourd'hui, en attendant; tu sais que nous ne gardons ceux-là qu'une nuit; seulement, le chef de la gendarmerie n'est pas en ville aujourd'hui, voilà pourquoi ton beau-frère est encore ici... Mais demain on l'expédiera. Mon Dieu, quelle affaire désagréable! Ta femme doit être bien affectée. Que puis-je faire pour toi?

— Je voudrais avoir une entrevue avec lui, chez toi... si la loi ne s'y oppose pas.

— Comment donc, mon cher ami! La loi n'a pas été écrite pour des gens comme toi. Je prends tant de part à ton chagrin! C'est affreux, tu sais! »

Il sonna d'une façon particulière. Un aide de camp parut.

« Cher baron, je vous en prie, ayez la bonté... (Il lui dit ce qu'il fallait faire. Le baron disparut.) — Figure-toi, mon cher ami, que les paysans ont failli le tuer! Ils lui ont attaché les mains derrière le dos, et marche... et lui, imagine-toi, il n'a pas l'air d'être en colère, ni de leur en vouloir, ma parole! Il est d'un calme... j'en ai été tout surpris! Du reste, tu vas le voir. « C'est un fanatique tranquille. »

— « Ce sont les pires, » dit sentencieusement Kalloméïtsef.

Le gouverneur le regarda en dessous.

« A propos, j'ai à causer avec vous, Siméon Pétrovitch.

— Quoi donc?

— Une mauvaise affaire.

— Mais quoi encore?

— Vous savez, votre débiteur, ce paysan qui était venu porter plainte chez moi...

— Eh bien!

18

— Il s'est pendu.

— Quand cela?

— Peu importe le moment; mais c'est une mauvaise affaire. »

Kalloméïtsef haussa les épaules et s'écarta du côté de la fenêtre avec un dandinement nonchalant.

L'aide de camp rentra, accompagné de Markelof.

Le gouverneur avait dit vrai : Markelof était extrêmement calme. L'air morose qui lui était habituel avait même disparu de son visage, pour faire place à l'expression d'une sorte de fatigue indifférente.

Son expression resta la même quand il aperçut son beau-frère; pourtant, lorsqu'il eut jeté un regard rapide sur l'aide de camp allemand qui l'avait amené, on aurait pu voir briller dans ses yeux une dernière étincelle de la vieille haine que cette classe de gens lui inspirait.

Son paletot était déchiré en deux endroits et négligemment recousu avec du gros fil; sur le front, les sourcils et la racine du nez se voyaient des écorchures, des traces de sang coagulé. Il ne s'était pas lavé le visage, mais il avait peigné ses cheveux. Les deux mains profondément enfoncées dans ses manches, il s'était arrêté près de la porte. Il respirait régulièrement.

« Serge! lui dit Sipiaguine d'une voix émue, en faisant deux pas vers lui, et en tendant la main juste assez pour le toucher — ou pour l'arrêter s'il se portait en avant : — Serge, je ne suis pas venu ici pour t'exprimer notre surprise, notre profond chagrin, car tu n'en pouvais pas douter! — Tu as voulu toi-même te perdre, et tu t'es perdu! — Mais j'ai désiré te voir pour te dire... te faire... hum... hum... pour te donner la possibilité d'entendre la voix de la raison, de l'honneur et de l'amitié! Tu peux encore adoucir ton sort, et, sois-en sûr, de mon côté je ferai tout ce qui dépendra de moi! Tiens, voici l'honorable chef de notre gouvernement qui te confirmera ce que je te dis. »

Ici, Sipiaguine éleva la voix :

« Repentir sincère de tes erreurs, aveux complets, sans restriction, qui seront portés à qui de droit...

— Votre Excellence, dit tout à coup Markelof en se tournant vers le gouverneur (sa voix aussi était calme, quoique un peu enrouée), je supposais que vous aviez voulu me voir pour m'interroger de nouveau... Mais si vous ne m'avez appelé que sur le désir de M. Sipiaguine, ordonnez, je vous prie, qu'on me remmène : nous ne pouvons pas nous entendre. Tout ce qu'il me dit est du latin pour moi.

— Permettez... du latin ! intervint Kalloméïtsef d'un ton aigre et glapissant. Est-ce du latin aussi, de soulever les paysans? C'est du latin, dites? C'est du latin?

— Votre Excellence, ce monsieur-là serait-il chez vous un employé de la police secrète? Il a tant de zèle ! » dit Markelof, pendant qu'un faible sourire de contentement passait sur ses lèvres pâlies.

Kalloméïtsef grinça des dents, frappa du pied... Le gouverneur l'arrêta :

« C'est votre faute ! Pourquoi vous mêler d'une affaire qui ne vous touche pas?

— Qui ne me touche pas !... qui ne me touche pas !... Il me semble que c'est notre affaire à tous, nous autres gentilshommes ! »

Markelof enveloppa Kalloméïtsef d'un regard froid et lent, — c'était comme le dernier regard qu'il lui adresserait jamais, — puis se détourna légèrement du côté de Sipiaguine :

« Quant à vous, mon cher beau-frère, si vous voulez que je vous explique mes idées, les voici : je reconnais que les paysans avaient le droit de m'arrêter et de me livrer, puisque mes discours ne leur plaisaient pas. Ils étaient libres de le faire. C'est moi qui allais à eux, et non eux à moi. Et si le gouvernement m'envoie en Sibérie, je ne murmurerai pas, bien que je ne me croie nullement coupable. Le gouvernement fait son métier, il se défend. Cela vous suffit-il? »

Sipiaguine leva les mains au plafond.

« Me suffit! Quelle expression! La question n'est pas
là, et ce n'est pas à nous de juger de ce que le gouvernement croira devoir faire ; mais je désire savoir si vous
comprenez, si *tu* comprends, Serge (Sipiaguine attaquait
la corde du sentiment), l'inconséquence, la folie de cette
tentative, si tu es prêt à faire preuve de repentir, et si
je peux, jusqu'à un certain point, répondre pour toi,
Serge ! »

Markelof fronça ses épais sourcils.

« J'ai dit... et je n'ai pas envie de me répéter.

— Mais le repentir ? le repentir, où est-il ? »

Markelof éclata brusquement.

« Ah! laissez-moi tranquille avec votre repentir! Vous
voulez pénétrer dans le secret de mon âme? Cela ne regarde que moi. Laissez-moi, s'il vous plaît. »

Sipiaguine haussa les épaules.

« Tu es toujours le même ; tu ne veux pas entendre la
voix de la raison! Tu aurais un moyen de te tirer d'affaire sans scandale, honorablement...

— Sans scandale, honorablement... répéta Markelof
d'un air sombre. Nous connaissons ces mots-là! On les
emploie toujours quand on propose quelque bassesse.
Voilà leur véritable signification, à ces mots-là !

— Nous vous plaignons, dit Sipiaguine, continuant à
raisonner Markelof, et vous nous haïssez...

— Jolie pitié! Vous nous envoyez en Sibérie, en prison, voilà comment vous nous plaignez! Ah! laissez-
moi tranquille, au nom de Dieu! »

Et Markelof baissa la tête.

Il était intérieurement tout bouleversé, malgré son
apparence de calme.

Ce qui le torturait, ce qui le rongeait plus que tout
le reste, c'est qu'il avait été livré... Par qui? Par Erémeï
de Galapliok! Par ce Erémeï en qui il avait une si aveugle confiance !

Que Mendéleï Doutik ne l'eût pas suivi, cela ne le

surprenait pas au fond... Mendéleï était ivre, et par conséquent, poltron. Mais Erémeï ! Erémeï, qui était pour Markelof la personnification même du peuple russe ! C'était celui-là qui l'avait livré !

Ainsi donc, tous les efforts de Markelof avaient été sans but et sans raison ? Ainsi, Kisliakof n'avait dit que des sottises ? Ainsi, Vassili Nicolaïevitch n'avait ordonné que des absurdités ? Ainsi, tous ces articles, ces brochures, ces ouvrages de socialistes, de penseurs, dont chaque ligne lui faisait l'effet de quelque chose d'évident et d'immuable, — tout cela n'était qu'une mystification ? Était-ce possible ? Et cette superbe comparaison de l'abcès mûr qui attend un coup de lancette, cela aussi n'était que vaines paroles ?

« Non ! non ! murmurait-il en lui-même, pendant qu'une légère rougeur de brique courait sur ses joues bronzées : non ! Tout cela est vrai, tout !... et c'est ma faute, à moi : je n'ai pas dit, je n'ai pas fait tout ce qu'il fallait ! J'aurais dû simplement ordonner, et si quelqu'un avait résisté, lui loger une balle dans la tête, sans autres réflexions ! Celui qui n'est pas avec nous n'a pas le droit de vivre... On tue bien les espions comme des chiens, et pis encore ! »

Et Markelof revoyait dans son esprit les détails de son arrestation... D'abord un silence dans la foule des paysans, des clignements d'yeux, des cris dans les derniers rangs... Puis un paysan qui s'approche de côté, comme pour le saluer .. Puis un tumulte soudain... Et lui, Markelof, soulevé, jeté par terre... « Camarades, camarades, que faites-vous ? » Et eux : « Vite, une ceinture ! Attache-le !... » Puis le craquement de ses os... et la rage impuissante... une poussière fétide dans sa bouche et dans ses narines... « Renversez-le ! renversez-le !... Dans la télègue ! » Un gros rire éclate... Fi ! l'horreur !

« Je m'y suis mal pris... je m'y suis mal pris... »

Voilà ce qui le torturait, ce qui le rongeait. Qu'il fût

18.

tombé sous la róue, c'était un malheur purement personnel, qui n'avait aucun rapport avec l'œuvre commune,
— cela pouvait encore se supporter... mais Erémeï!
Erémeï!

Pendant que Markelof se tenait ainsi la tête penchée
sur la poitrine, Sipiaguine tira le gouverneur à l'écart,
et lui parlant à demi-voix avec de petits gestes discrets,
faisant un trille avec deux doigts sur son front, comme
pour dire : « Vous savez, ce pauvre garçon, cela n'est pas
sain chez lui, » il s'efforçait d'éveiller chez le gouverneur, sinon la sympathie, au moins un peu de pitié pour
cet insensé.

Et le gouverneur haussait les épaules, tantôt levant
les yeux, tantôt les fermant; il regrettait sa propre impuissance, finissait par promettre quelque chose...

« Tous les égards... certainement tous les égards... »
grasseyait-il d'un air aimable à travers ses moustaches
parfumées.

Pendant qu'ils causaient ainsi dans un coin, Kalloméïtsef avait grand'peine à rester en place : il s'agitait,
faisait claquer sa langue, toussait, bref donnait toutes les
marques de l'impatience. A la fin, il n'y tint plus, et
s'approchant de Sipiaguine, il lui jeta rapidement, en
français, à l'oreille : « Vous oubliez l'autre ! »

« Ah! oui, répondit Sipiaguine tout haut, merci de me
l'avoir rappelé. Je dois porter le fait suivant à la connaissance de Votre Excellence, dit-il en s'adressant au gouverneur. (Il employait cette formule avec son ami Voldemar, pour éviter de compromettre le prestige de l'autorité en présence d'un insurgé.) Des raisons positives
me font supposer que la folle tentative de mon beau-
frère doit avoir certaines ramifications, et que l'un de
ces rameaux, —en d'autres termes, que l'un des individus soupçonnés par moi — se trouve à peu de distance
de cette ville. Ordonne de faire entrer, ajouta-t-il à
demi-voix; il y a dans ton salon un individu... Je te l'ai
amené. »

Le gouverneur regarda longuement Sipiaguine, pensa avec admiration : « Quel homme ! » et donna un ordre. Une minute après, le serviteur de Dieu [1], Sila Pakline, apparaissait en sa présence.

Sila Pakline allait s'incliner très-bas devant le gouverneur ; mais, en apercevant Markelof, il n'acheva pas son salut et resta à demi courbé, en tortillant sa casquette dans ses mains.

Markelof jeta sur lui un regard distrait et ne le reconnut probablement pas, car il se replongea dans ses pensées.

« C'est ça... le rameau ? demanda le gouverneur en allongeant vers Pakline son doigt fin et blanc, orné d'une turquoise.

— Oh non ! répondit Sipiaguine en riant un peu. Pourtant... ajouta-t-il après réflexion. Votre Excellence, reprit-il à haute voix, vous avez devant vous un certain M. Pakline. Autant que je puis le savoir, il habite Pétersbourg, et il est l'ami intime d'un certain personnage qui a rempli chez moi l'office de professeur, et qui s'est enfui de ma maison en emmenant avec lui, — je le redis avec la rougeur au front, — une jeune fille, ma parente.

— Ah ! oui, oui, marmotta le gouverneur en hochant la tête. J'ai entendu parler de cela chez la comtesse... »

Sipiaguine éleva la voix.

« Le personnage dont je viens de parler est un certain M. Néjdanof, fortement soupçonné par moi d'idées et de théories perverses...

— « Un rouge à tous crins ! » ajouta Kalloméïtsef.

— ... D'idées et de théories perverses, répéta Sipiaguine encore plus nettement ; il est certainement mêlé à toute cette propagande, et il se trouve... il se cache, m'a dit M. Pakline, dans la fabrique du marchand Faléïef. »

---

[1] Phrase officielle, consacrée dans des cas pareils.

Aux mots « m'a dit M. Pakline », Markelof jeta un nouveau regard sur Pakline, et se borna à sourire lentement, avec indifférence.

« Permettez, permettez ; Votre Excellence, s'écria Pakline, et vous aussi, monsieur Sipiaguine, je n'ai jamais... jamais...

— Tu dis : chez le marchand Faléïef, demanda le gouverneur à Sipiaguine en agitant légèrement sa main étendue dans la direction de Pakline comme pour lui dire : « Doucement, mon garçon, doucement ; tu parleras après ! » — Qu'est-ce donc qui leur prend, à nos commerçants, à ces vénérables barbus ? Hier encore on en a arrêté un pour la même affaire. Tu connais peut-être son nom : Golouchkine, un richard. Oh ! ce n'est pas celui-là qui fera une révolution. Depuis hier il n'a cessé de se traîner par terre, à genoux !

— Le marchand Faléïef n'est pour rien là-dedans, dit Sipiaguine ; j'ignore absolument quelles sont ses opinions ; je voulais seulement parler de sa fabrique, où, d'après le dire de M. Pakline, se trouve en ce moment M. Néjdanof.

— Je n'ai pas dit ça ! hurla de nouveau Pakline ; c'est vous qui l'avez dit !

— Permettez, M. Pakline, répliqua Sipiaguine avec la même impitoyable netteté d'intonation, je respecte le sentiment d'amitié qui vous inspire ces dénégations. (Oh ! du Guizot tout pur, pensa le gouverneur.) Mais je prendrai la liberté de vous citer mon exemple. Pensez-vous que le sentiment de la parenté ne soit pas aussi fort chez moi que chez vous celui de l'amitié ? Mais il y a un autre sentiment, mon cher monsieur, qui est encore plus fort, et qui doit guider toutes nos actions : le sentiment du devoir !

— « Le sentiment du devoir, » traduisit Kalloméïtsef en français.

Markelof enveloppa d'un regard les deux orateurs.

« Monsieur le gouverneur, dit-il, je répète ma de-

mande : ordonnez, je vous prie, qu'on m'emmène hors de la présence de ces deux bavards. »

Mais ici le gouverneur perdit un peu patience.

« Monsieur Markelof, s'écria-t-il, je vous conseillerais, dans votre position, de tenir un peu mieux votre langue et de respecter davantage vos supérieurs, surtout quand ils expriment des sentiments patriotiques comme ceux que vous venez d'entendre sortir de la bouche de votre beau-frère.— Je me ferai une joie, mon cher Boris, ajouta le gouverneur en s'adressant à Sipiaguine, de porter ta noble conduite à la connaissance du ministre. Mais chez qui se trouve-t-il au juste, ce M. Néjdanof, dans cette fabrique ? »

Sipiaguine fronça le sourcil.

« Chez un certain M. Solomine, mécanicien en chef de la fabrique, à ce que m'a dit encore M. Pakline. »

Sipiaguine semblait éprouver une jouissance particulière à tourmenter le pauvre Sila : il se vengeait ainsi, et du cigare qu'il lui avait offert en voiture, et de la politesse familière, intime, presque enjouée, qu'il lui avait témoignée.

« Et ce Solomine, ajouta Kalloméïtsef, est un radical et un républicain avéré, et Votre Excellence ne ferait pas mal de tourner aussi son attention sur lui.

— Vous connaissez ces messieurs, Solomine, et, comment donc ? et... Néjdanof ? » demanda le gouverneur à Markelof d'un ton quelque peu officiel, en nasillant.

Markelof, les narines largement gonflées par une joie haineuse, lui répondit :

« Et vous, Excellence, vous connaissez Confucius et Tite-Live ? »

Le gouverneur lui tourna le dos.

« Il n'y a pas moyen de causer avec cet homme, dit-il en haussant les épaules. Monsieur le baron, voulez-vous vous approcher, je vous prie ? »

L'aide de camp s'avança vers lui, et Pakline profita de

ce moment pour se glisser, trébuchant et clopinant, auprès de Sipiaguine.

« Qu'est-ce que vous faites? balbutia-t-il; pourquoi perdez-vous votre nièce? Vous savez bien qu'elle est avec lui... avec Néjdanof!...

— Je ne perds absolument personne, mon cher monsieur, répondit distinctement Sipiaguine; je fais ce que m'ordonnent ma conscience et...

— Et votre femme, ma sœur, qui vous tient sous sa pantoufle, » acheva Markelof du même ton.

Sipiaguine ne sourcilla pas... Tout cela était tellement au-dessous de lui !

« Écoutez, continua Pakline de la même voix entrecoupée, — tout son cœur tremblait d'émotion et peut-être de crainte, ses yeux brillaient de colère, il avait la gorge serrée par les larmes, — larmes de pitié pour eux, et de dépit contre lui-même... Écoutez: je vous ai dit qu'elle était mariée, ce n'est pas vrai, je vous ai trompé; mais ce mariage doit se faire, et si vous l'empêchez, si la police descend là-bas, vous aurez sur la conscience une tache que rien ne pourra jamais laver, et vous...

— La nouvelle que vous me communiquez, interrompit Sipiaguine en élevant encore la voix, si tant est qu'elle soit vraie, ce dont j'ai le droit de douter, cette nouvelle ne peut qu'accélérer les mesures que j'ai jugé nécessaire de prendre; quant à la pureté de ma conscience, je vous prierai, mon cher monsieur, de n'en prendre aucun souci.

— Sa conscience, camarade? elle est vernie! interrompit de nouveau Markelof, on y a passé de la laque de Pétersbourg; rien ne peut y mordre ! Quant à toi, monsieur Pakline, chuchote, chuchote tant que tu voudras : tu ne te « déchuchoteras » jamais ! »

Le gouverneur jugea convenable de mettre fin à tous ces discours.

« Je pense, messieurs, dit-il, que vous vous êtes suffisamment expliqués : c'est pourquoi, cher baron, je vous

prierai de reconduire M. Markelof. N'est-ce pas, Boris ?
tu n'as plus besoin...? »

Sipiaguine écarta les deux bras.

« J'ai dit tout ce que je pouvais dire.

— Très-bien. Cher baron ! »

L'adjudant s'approcha de Markelof, fit sonner ses épé-
rons l'un contre l'autre, et décrivit avec sa main droite
une ligne horizontale et brève qui voulait dire : «·S'il
vous plaît, marchez ! » Markelof fit un demi-tour et
s'éloigna. Pakline, en pensée seulement, il est vrai, lui
serra la main avec un sentiment d'amère sympathie et
de pitié.

« Et maintenant nous allons lancer nos garçons sur
la fabrique, reprit le gouverneur. Seulement écoute,
Boris, il me semble que ce monsieur (il montra Pakline
d'un mouvement du menton) t'a raconté quelque chose
à propos de ta nièce... qu'elle se trouvait là-bas, à cette
fabrique... Et alors...

— Il ne faut l'arrêter dans aucun cas, répondit Sipiaguine d'un air profond ; il est possible qu'elle réfléchisse
et qu'elle revienne. Si tu le permets, je lui écrirai un
petit mot.

— Je t'en prie. Mais en somme tu peux être tranquille... Nous coffrerons le quidam, nous sommes ga-
lants avec les dames... et avec celle-là donc !

— Mais vous ne prenez pas de mesures à propos de ce
Solomine ! s'écria douloureusement Kalloméïtsef, qui
avait tendu l'oreille pendant tout ce petit aparté pour
en saisir quelques bribes. — Je vous assure que c'est lui
qui est le principal organisateur de l'affaire ! Pour ces
choses-là, j'ai un flair... mais un flair !

— *Pas trop de ζèle*, très-cher Siméon Pétrovitch,
répondit le gouverneur en souriant. — Souvenez-vous
de Talleyrand ! S'il y a quelque chose, celui-là ne nous
échappera pas non plus. Mais pensez plutôt à votre...
(le gouverneur imita le râle d'un homme qui s'étrangle)
à votre débiteur. A propos ! reprit-il en se tournant de

nouveau vers Sipiaguine : « Et ce gaillard-là ? » (Il indiqua encore Pakline avec son menton) « qu'en ferons-
nous ? » Il n'a pas l'air bien effrayant.

— Lâche-le, dit Sipiaguine tout bas ; et il ajouta en
allemand : *Lass den Lumpen laufen* (laisse courir le plat-
pied), s'imaginant, on ne sait pourquoi, qu'il faisait une
citation du *Goetz de Berlichingen*, de Gœthe.

— Vous pouvez partir, mon cher monsieur, dit à haute
voix le gouverneur. Nous n'avons plus besoin de vous.
A l'avantage de vous revoir ! »

Pakline fit un salut qui s'adressait à tout le monde, et
sortit, brisé, anéanti. Bon Dieu ! bon Dieu ! ce mépris
l'avait achevé.

« Quoi ! pensait-il avec un désespoir inexprimable, et
poltron et dénonciateur ! Mais non... non... je suis un
honnête homme, messieurs, et je ne manque pas tant
que ça de courage ! »

Mais quelle est cette figure connue qui se tient là sur
le perron de la maison du gouverneur, et qui lui jette un
regard triste et plein de reproche ? Mais, c'est... c'est le
vieux serviteur de Markelof. Il n'est venu en ville évidemment que pour suivre son maître, et il ne quitte pas
le seuil de la prison... Mais pourquoi regarde-t-il ainsi
Pakline ? Ce n'est pourtant pas lui, Pakline, qui a livré
Markelof !

« Et pourquoi me suis-je fourré là où je n'avais que
faire ? se disait Pakline, retombant dans sa rêverie dé-
solée, pourquoi ne suis-je pas resté tranquillement
dans mon trou ? — Et maintenant ils disent, et ils
vont peut-être l'écrire : « Un certain M. Pakline a
tout raconté, il les a livrés... il a livré ses amis à leurs
ennemis ! » Il se rappela alors le regard que Markelof
lui avait lancé, et ce terrible : « Tu ne te déchuchoteras
jamais ! » et les yeux tristes et mornes du vieillard ! —
Et, comme saint Pierre dans l'Évangile, « il pleura
amèrement », — et il se dirigea lentement vers l'oasis,
vers Fomouchka, Fimouchka et Snandoulie...

XXXVI

Le matin, lorsque Marianne sortit de sa chambre, elle vit Néjdanof habillé et assis sur le divan. Il appuyait sa tête sur une main ; l'autre main, immobile et inerte, gisait sur ses genoux.

Elle s'approcha de lui :

« Bonjour, Alexis... tu ne t'es pas déshabillé ? Tu n'as pas dormi ? Comme tu es pâle ! »

Les paupières alourdies des yeux de Néjdanof se relevèrent lentement.

« Je ne me suis pas déshabillé, je n'ai pas dormi.

— Es-tu malade ? ou bien est-ce encore la suite d'hier ? »

Néjdanof secoua la tête.

« Je n'ai plus dormi depuis le moment où Solomine est entré dans ta chambre !

— Quand cela ?

— Hier soir.

— Alexis, tu es jaloux ? Voilà une idée ! Tu prends bien ton temps ! Il est resté chez moi un quart d'heure à peine... Nous avons parlé de son cousin, le prêtre, et des moyens d'arranger notre mariage.

— Je sais qu'il n'est resté qu'un quart d'heure : je l'ai vu sortir. Et je ne suis pas jaloux, oh ! non ! Mais depuis ce moment-là je n'ai pas pu m'endormir.

— Pourquoi donc ? »

Néjdanof garda le silence.

« J'ai pensé... pensé... pensé... dit-il enfin.

— A quoi ?

— A toi... à lui... et à moi-même.

— Et à quoi en es-tu arrivé ?

— Faut-il te le dire, Marianne ?

— Parle, je t'en prie.

— J'ai pensé que je suis un embarras, pour toi... pour lui... et pour moi-même.

— Pour moi ! pour lui ! Je devine ce que tu veux dire par là, quoique tu prétendes que tu n'es pas jaloux. Mais pour toi-même ?

— Marianne, j'ai en moi deux hommes, dont l'un empêche l'autre de vivre. C'est pourquoi je me dis que tous les deux feraient mieux d'en finir.

— Allons, allons, Alexis, je t'en prie. Quelle idée de te tourmenter ainsi, et moi avec toi ? Ce que nous avons à faire pour le moment, c'est de chercher les mesures à prendre... Tu penses bien qu'on ne va pas nous laisser tranquillés. »

Néjdanof s'empara doucement de son bras.

« Assieds-toi près de moi, Marianne, et causons un peu, comme des amis, pendant que nous en avons le temps. Donne-moi ta main. Il me semble que nous ferions bien de nous expliquer, quoique l'on prétende que toutes les explications ne font qu'embrouiller les questions. Mais tu es intelligente et bonne, tu comprendras tout et tu devineras ce que je n'aurai pas bien expliqué. Assieds-toi. »

La voix de Néjdanof était très-calme, et dans ses yeux, dont le regard ne quittait pas Marianne, se lisait une singulière expression de tendresse amicale et de prière.

Marianne s'assit aussitôt à côté de lui, de bon cœur, et lui prit la main.

« Merci, chère amie. Écoute. Je ne te retiendrai pas longtemps. J'ai déjà préparé dans ma tête, cette nuit, ce que je te dois te dire. Écoute. Ne pense pas que j'aie été trop troublé par ce qui m'est arrivé hier : il est probable que je devais exciter le rire, et même un peu le dégoût; mais toi, cela va sans dire, tu n'as pensé à mon sujet rien de mauvais ni de bas... tu me connais. — Je viens de te dire que ce qui m'est arrivé hier ne m'avait pas troublé : ce n'est pas exact... c'est faux... j'en ai été fort

troublé, — non pas parce qu'on m'a ramené ivre, mais parce que j'y ai trouvé la preuve complète, absolue, de ma banqueroute, de mon impuissance! Et il ne s'agit pas seulement de l'impossibilité où je suis de boire comme nos paysans russes, — il s'agit de mon caractère même dans son ensemble! — Marianne, je suis obligé de te l'avouer... je ne crois plus à l'œuvre qui nous a réunis, à l'œuvre qui a fait que nous nous sommes enfuis ensemble et pour laquelle, je dois te le dire, j'étais déjà refroidi lorsque ta flamme m'a réchauffé et rallumé : — je ne crois plus! je ne crois plus! »

Il mit sur ses yeux sa main libre et se tut un moment. Marianne aussi garda le silence ; elle baissa la tête... Elle sentait qu'il ne lui apprenait rien de nouveau.

« Je m'étais imaginé d'abord, reprit Néjdanof en ouvrant ses yeux, mais cette fois sans regarder la jeune fille, que je croyais à l'œuvre elle-même, et que je doutais seulement de moi, de mes forces, de mon savoir-faire ; mes aptitudes, pensais-je, ne répondent pas à mes convictions... Mais il est clair que ces deux choses sont inséparables. Et puis, à quoi bon chercher à me tromper ? Non, c'est à l'œuvre même que je ne crois plus. Et toi, y crois-tu, Marianne ? »

Marianne se redressa de tout son haut et releva la tête.

« Oui, Alexis, dit-elle, j'y crois, j'y crois de toutes les forces de mon âme, et je consacrerai à cette œuvre ma vie entière jusqu'au dernier soupir ! »

Néjdanof se tourna vers elle, et l'enveloppa d'un regard à la fois attendri et envieux.

« Oui, oui ; c'est la réponse que j'attendais. Tu vois bien, à présent, que nous n'avons rien à faire ensemble ; c'est toi-même qui, d'un seul coup, viens de rompre notre lien. »

Marianne resta muette.

« Tiens, Solomine, par exemple... reprit Néjdanof, Solomine ne croit pas...

— Comment ?

— Non, il ne croit pas non plus, mais il n'a pas besoin de cela : il va tranquillement en avant. L'homme
qui suit un chemin pour aller à la ville, ne se demande
pas si cette ville existe réellement. Il marche, et voilà
tout. Ainsi fait Solomine, et il ne faut rien de plus. Moi,
je ne peux pas aller en avant ; je ne veux pas retourner
en arrière, et rester en place me tue. A qui donc oserais-je
demander d'être mon compagnon ? Tu connais le proverbe : Prenez le fardeau chacun par un bout, et tout
ira bien ! Mais, si l'un des deux manque de force pour
porter le fardeau, que fera l'autre ?

— Alexis, dit Marianne d'un air hésitant, il me semble
que tu exagères. En somme, nous nous aimons. »

Néjdanof soupira profondément.

« Marianne, je m'incline devant toi... et tu me plains ;
et chacun de nous est convaincu de l'honnêteté de l'autre : voilà la vérité vraie. Quant à de l'amour, il n'y en
a pas entre nous.

— Allons donc, Alexis, qu'est-ce que tu dis là ? Oublies-tu qu'aujourd'hui, tout à l'heure, la poursuite va
commencer... et que nous devrons nous enfuir ensemble
et ne plus nous séparer ?

— Oui, et aller chez le prêtre Zossime pour qu'il nous
marie, comme nous l'a proposé Solomine. Je sais bien
que ce mariage n'est à tes yeux qu'un passe-port, qu'un
moyen d'éviter les ennuis dont nous menace la police...
Mais enfin, jusqu'à un certain point, il nous obligerait...
à la vie en commun, côte à côte, ou, s'il ne nous y obli-
geait pas, au moins supposerait-il le désir de vivre ensemble.

— Que veux-tu dire, Alexis ? Tu restes donc ici ? »

Nédjanof retint un : Oui, qui était sur ses lèvres, mais
il réfléchit et répondit :

« N... non.

— Alors, tu ne vas pas du même côté que moi, en partant d'ici ? »

Néjdanof serra fortement la main qu'elle avait laissée dans la sienne.

« Te laisser sans protecteur, sans défenseur, serait un crime, et je ne ferai pas cela, si faible que je sois. Tu auras un défenseur... n'en doute pas. »

Marianne se pencha vers Néjdanof, et le regarda en plein visage avec sollicitude, avec anxiété, s'efforçant de lire dans ses yeux, dans son âme, au fond de son âme.

« Qu'est-ce qui te prend, Alexis? Tu as quelque chose sur le cœur? Dis-le moi... Tu m'inquiètes. Tes paroles sont si énigmatiques, si étranges... Et quelle figure tu as! je ne t'ai jamais vu ainsi! »

Néjdanof la repoussa doucement et lui baisa doucement la main. Cette fois, elle ne résista pas, elle ne rit pas, elle continua à le regarder d'un air anxieux.

« Ne t'inquiète pas, je t'en prie. Il n'y a là rien d'étrange. Voici en quoi consiste tout le mal. Markelof, m'a-t-on dit, a été battu par les paysans; il a goûté de leurs poings, et ils lui ont meurtri les côtes... Moi, ils ne m'ont pas battu, ils ont même bu avec moi, à ma santé... Mais ils m'ont meurtri l'âme, mieux encore que les côtes de Markelof. J'étais né disloqué... J'ai essayé de me remettre, et je n'ai fait que me disloquer davantage. Voilà, au juste, ce que tu vois sur mon visage.

— Alexis, lui dit-elle lentement, ce serait bien mal si tu n'étais pas sincère avec moi. »

Il se tordit les doigts avec force.

« Marianne, tout mon être est sous tes yeux, à découvert comme sur la paume de la main; et, quoi que je fasse, je te le dis d'avance : au fond, il n'y aura rien, absolument rien, qui pourra t'étonner. »

Marianne eut envie de lui demander l'explication de ces paroles, mais elle ne le fit pas... d'autant plus qu'en ce moment, Solomine entrait dans la chambre.

Ses mouvements étaient plus rapides et plus brusques que de coutume. Il battait des paupières, ses larges lè-

vres étaient contractées, tout son visage semblait aminci
et avait pris une expression sèche, dure, presque impé-
rieuse.

« Amis, dit-il, je viens vous avertir qu'il n'y a pas de
temps à perdre. Préparez-vous... voilà le moment de
partir. Il faut que vous soyez prêts dans une heure. Il
faut que vous alliez vous marier. Nous sommes sans
nouvelles de Pakline ; on avait d'abord retenu ses chevaux
à Arjanoïé, et puis on les a renvoyés... Il est resté là-
bas. Probablement on l'a conduit à la ville. Il ne vous
dénoncera pas, cela va sans dire, mais qui sait ? Il est capable d'avoir la langue trop longue. Et puis, on peut
reconnaître mes chevaux. Mon cousin est averti. Paul
vous accompagnera. Il vous servira aussi de témoin.

— Et vous... et toi ? lui demanda Néjdanof. Tu ne
pars donc pas ? Je vois que tu es en costume de voyage,
ajouta-t-il en indiquant du regard les grandes bottes de
marais que Solomine avait aux pieds.

— Non... non... C'est à cause de la boue.

— Mais si on allait te faire payer pour nous ?

— Je ne crois pas... En tout cas, ce serait mon affaire.
Donc, dans une heure. Marianne, Tatiana désire vous
voir. Elle a préparé quelque chose pour vous.

— Ah ! oui, justement, je voulais aller la trouver. »

Marianne se dirigea vers la porte.

Sur le visage de Néjdanof se montra tout à coup une
expression étrange, mêlée d'effroi et d'angoisse.

« Marianne, tu t'en vas ? » dit-il d'une voix subitement
éteinte.

Elle s'arrêta.

« Je serai ici dans une demi-heure. Il me faut peu de
temps pour me préparer.

— Oui ; mais viens ici.

— Je veux bien ; pourquoi ?

— Je veux te regarder encore une fois. Il la regarda
longuement. — Adieu, adieu, Marianne ! Elle parut surprise. — Tu te demandes ce qui me prend... ce n'est

rien... ne fais pas attention. — Tu reviens dans une demi-heure, n'est-ce pas? oui ?

— Sans doute.

— Oui... oui... pardon. Ma tête est toute troublée par l'insomnie... à cause de cette nuit blanche... Moi aussi je serai prêt... tout à l'heure. »

Marianne sortit. Solomine voulait la suivre; Néjdanof l'arrêta.

« Solomine!

— Quoi?

— Donne-moi ta main. Il faut bien que je te remercie de ton hospitalité. »

Solomine sourit à peine.

« Voilà une idée ! »

Pourtant il lui donna la main.

« Et puis, écoute, continua Néjdanof, s'il m'arrivait quelque chose, je puis compter sur toi, je peux être sûr que tu n'abandonneras pas Marianne?

— Ta future femme ?

— Oui... Marianne.

— D'abord, je suis persuadé qu'il ne t'arrivera rien du tout; et tu peux être tranquille, Marianne m'est aussi chère qu'à toi-même.

— Oh ! je le sais... je le sais... je le sais. Allons, très-bien ! et merci ! Donc, dans une heure ?

— Dans une heure.

— Je serai prêt. Adieu. »

Solomine sortit et rattrapa Marianne dans l'escalier. Il avait l'intention de lui dire quelque chose au sujet de Néjdanof; mais il ne dit rien, et Marianne, de son côté, comprit que Solomine avait eu l'intention de lui dire quelque chose, précisément au sujet de Néjdanof, et qu'il n'avait rien dit. Et elle ne dit rien non plus.

XXXVII

A peine Solomine fut-il sorti que Néjdanof s'élança
de son divan; il fit deux fois le tour de la chambre,
puis s'arrêta au milieu pendant une minute, comme dans
une rêverie pétrifiée; puis il se secoua tout à coup et se
débarrassa vivement de son costume « de mascarade »,
qu'il poussa du pied dans un coin; — il alla chercher
et remit ses anciens habits.

Puis il s'approcha de la table à trois pieds et prit dans
le tiroir deux enveloppes cachetées et un petit objet
qu'il glissa dans sa poche; les enveloppes restèrent sur
la table.

Il se baissa ensuite jusqu'à la porte du poêle, qu'il
ouvrit... Le poêle contenait un monceau de cendres.
C'était tout ce qui restait des papiers de Néjdanof et du
cahier secret de poésies... Il avait brûlé tout cela pendant la nuit. Mais dans ce même poêle, appuyé contre
une des parois, se trouvait le portrait de Marianne, cadeau de Markelof. Évidemment Néjdanof n'avait pas eu
le courage de brûler ce portrait avec le reste.

Il le retira soigneusement, et le mit sur la table à
côté des papiers cachetés.

Puis, d'un mouvement énergique, il saisit sa casquette
et se dirigea vers la porte... Mais il s'arrêta, revint en
arrière, et entra dans la chambre de Marianne.

Après être resté une minute debout, immobile, il jeta
un regard tout autour de lui, et, s'approchant de l'étroite
couchette de la jeune fille, il posa ses lèvres, avec un
sanglot unique et muet, non sur le chevet, mais sur le
pied du lit...

Puis il se redressa tout d'une pièce, enfonça sa casquette sur son front et se précipita dehors. Sans rencon-

trer personne, ni dans le corridor, ni dans l'escalier, ni en bas, il se glissa dans le petit enclos.

Le jour était gris, le ciel pendait bas, près de terre; un petit vent humide agitait les pointes des brins d'herbe et balançait les feuilles des arbres; la fabrique faisait moins de bruit que d'habitude à cette même heure; une odeur de charbon de terre, de goudron et de suif venait de la cour.

Néjdanof jeta tout autour de lui un coup d'œil scrutateur et méfiant, puis il marcha droit à ce vieux pommier qui avait attiré son attention le jour même de son arrivée, lorsqu'il avait regardé pour la première fois par la fenêtre de sa chambre.

Le tronc de ce pommier était couvert de mousse desséchée; ses branches, rugueuses et dénudées, avec quelques petites feuilles vertes et rouges accrochées çà et là, s'élevaient tordues vers le ciel, semblables à des bras de vieillard suppliants, les coudes repliés.

Néjdanof se plaça de pied ferme sur la terre noire qui entourait le pied du pommier, et tira de sa poche le petit objet qu'il avait pris dans le tiroir de sa table. Puis il regarda attentivement les fenêtres de la maisonnette.

« Si quelqu'un me voit en ce moment, pensa-t-il, peut-être que je remettrai... »

Mais nulle part ne se montra un visage humain... Tout semblait mort, tout se détournait de lui, s'éloignant pour toujours, le laissant seul, à la merci du destin. Seule, la fabrique lui envoyait sa puanteur et son vacarme stupide; et une petite pluie froide commençait à tomber en gouttelettes fines et très-aiguës.

Alors Néjdanof, à travers les branches tordues de l'arbre sous lequel il se trouvait, regarda le ciel gris, bas, mouillé, indifférent, aveugle; il bâilla, s'étira, se dit : « Après tout, il n'y a que cela à faire; je ne puis retourner à Pétersbourg, à la prison. » Il jeta loin de lui sa casquette, et, ayant ressenti d'avance dans out son corps comme une tension forte, angoissante et douceâtre, il

19.

mit la bouche du revolver contre sa poitrine et pressa la gâchette.

Il éprouva un choc, pas très-fort... et le voilà déjà couché sur le dos; et il tâche de comprendre ce qui lui est arrivé, et comment il se fait qu'il vient de voir Tatiana... Il veut même l'appeler, dire : « Ah! ce n'est pas nécessaire! » Mais déjà il est tout raide et muet. Un tourbillon de fumée verdâtre passe dans ses yeux, sur son visage, sur son front, dans son cerveau, et un poids horrible l'aplatit pour toujours contre la terre.

Ce n'était pas sans raison que Néjdanof avait cru voir Tatiana; à l'instant même où il lâchait la détente, elle s'approchait d'une des fenêtres de la maisonnette, et l'apercevait sous le pommier.

Elle n'avait pas eu le temps de se dire : « Que fait-il là, sous ce pommier, nu-tête, par un temps pareil? » quand déjà elle le vit tomber à la renverse, raide et lourd comme une gerbe.

Bien qu'elle n'eût pas entendu le bruit, très-faible, de la décharge, elle sentit aussitôt qu'il se passait quelque chose de mauvais, et se précipita vers l'enclos. Elle courut à Néjdanof.

« Alexis Dmitritch, qu'avez-vous? »

Mais l'obscurité s'était déjà emparée de son être. Elle se pencha sur lui, et vit du sang.

« Paul! s'écria-t-elle d'une voix qui n'était plus la sienne, Paul! »

Quelques instants après, Marianne, Solomine, Paul et deux ouvriers de la fabrique étaient dans l'enclos. Néjdanof fut aussitôt soulevé, porté dans sa chambre et posé sur le divan où il avait passé la dernière nuit.

Il était couché sur le dos, ses yeux à demi ouverts restaient immobiles, son visage était bleuâtre; il râlait longuement et avec effort, en s'étranglant comme un enfant qui vient de pleurer. La vie ne l'avait pas encore abandonné.

Marianne et Solomine, debout à droite et à gauche

du divan, étaient presque aussi pâles que Néjdanof lui-
même. Ils étaient frappés, terrassés, anéantis tous deux,
surtout Marianne, mais non surpris.

« Comment n'avons-nous pas prévu cela? » pensaient-
ils, et en même temps il leur semblait, oui... il leur semblait, en effet, qu'ils l'avaient prévu.

Quand il avait dit à Marianne : « Quoi que je fasse,
je te le dis d'avance, tu n'en seras pas étonnée, » et encore
— quand il avait parlé de ces deux hommes qui existaient
en lui et qui ne pouvaient pas vivre ensemble; — un
vague pressentiment ne s'était-il pas éveillé en elle? Pourquoi en ce moment-là ne s'y était-elle pas arrêtée?...
Pourquoi n'avait-elle pas réfléchi à ces paroles et à ce
pressentiment? Et pourquoi maintenant n'osait-elle regarder Solomine, comme s'il était son complice et
comme si lui aussi ressentait les mêmes remords de
conscience? Pourquoi au sentiment de pitié infinie, de
regret désespéré que lui inspirait Néjdanof, venait-il se
joindre une sorte de terreur, de honte? Peut-être avait-
il dépendu d'elle de le sauver? Pourquoi n'ont-ils, ni
l'un ni l'autre, le courage de prononcer une parole? A
peine osent-ils respirer; ils attendent... Qu'attendent-ils?
grand Dieu!

Solomine avait envoyé chercher un docteur, quoiqu'il
n'y eût évidemment aucun espoir. Tatiana avait mis une
grosse éponge, imbibée d'eau fraîche, sur la blessure,
petite, exsangue et déjà noire, de Néjdanof; elle mouilla
aussi ses cheveux avec de l'eau fraîche mêlée de vinaigre.

Tout à coup, Néjdanof cessa de râler et fit un mouvement.

« Il revient à lui, » murmura Solomine.

Marianne se mit à genoux près du divan... Néjdanof
la regarda... Jusqu'à ce moment-là, ses yeux étaient
restés immobiles comme ceux des mourants.

« Ah! je vis encore, — dit-il d'une voix à peine perceptible, — maladroit cette fois encore!... je vous re-
tiens...

— Alexis! s'écria Marianne.

— Mais tout de suite... Tu te rappelles, Marianne, dans ma... poésie... « Environne-moi de fleurs... » Où sont-elles, les fleurs?... Mais tu es là, toi... Ma lettre... »

Un frisson le prit de la tête aux pieds.

« Oh! la voilà... Donnez-vous... la main l'un à l'autre... devant moi... Vite!... donnez... »

Solomine saisit la main de Marianne, qui avait enfoui sa tête dans le divan, la figure tout près de la blessure.

Quant à Solomine, il était debout, sévère, sombre comme la nuit.

« Comme ça... bien... comme ça... »

Néjdanof se reprit à s'étrangler, mais cette fois d'une façon tout étrange. Sa poitrine se souleva, ses flancs rentrèrent... Il faisait d'évidents efforts pour poser sa main sur leurs deux mains réunies; mais les siennes étaient déjà mortes.

« Il s'en va, » murmura Tatiana, debout près de la porte.

Et elle se mit à faire des signes de croix.

Les hoquets devenaient plus rares, plus courts. Il chercha encore Marianne du regard, mais une terrible blancheur laiteuse, venue du dedans, voilait déjà ses yeux...

« Bien... » dit-il. Ce fut son dernier mot.

Il n'existait plus, et les mains de Solomine et de Marianne étaient encore unies sur sa poitrine.

Voici ce que contenaient les deux lettres qu'il avait laissées. La première, adressée à Siline, se composait de ces quelques lignes :

« Adieu, mon frère, mon ami, adieu! Quand tu recevras ce morceau de papier, je n'existerai plus. Ne demande pas comment, pourquoi, — et ne me plains pas; sois assuré que je suis mieux ainsi. Prends notre immortel Pouchkine, et relis dans *Eugène Onéguine* la description de la mort de Lenski. Tu te rappelles...

« Les fenêtres sont blanchies à la craie ; l'hôtesse est absente », etc. Rien de plus. Je ne te dirai rien, parce que j'en aurais trop long à te dire, et le temps me manque. Mais je ne voulais pas m'en aller sans t'avertir ; car tu aurais pu me croire vivant, et ç'eût été de ma part un péché envers notre amitié.

« Adieu. Tâche de vivre.

« Ton ami, A. N. »

L'autre lettre, un peu plus longue, était adressée à Solomine et à Marianne ensemble. Voici quelle en était la teneur :

« Mes chers enfants !

(A la suite de ces deux mots, il y avait une interruption ; quelque chose était raturé ou plutôt effacé, comme par des larmes.)

« Il vous semblera étrange peut-être que je vous appelle ainsi ; je suis presque un enfant, et toi, Solomine, je le sais bien, tu es plus vieux que moi. Mais je vais mourir, et, à la limite de la vie, je me fais l'effet d'un vieillard. Je suis très-coupable envers vous deux, surtout envers toi, Marianne, car je vous cause beaucoup de chagrin (et tu en auras, Marianne, je le sais), et beaucoup de dérangement. Mais qu'aurais-je pu faire ? Je n'ai pas trouvé d'autre issue. Je n'ai pas su me « simplifier », il ne me restait plus qu'à me biffer tout à fait. Marianne, j'aurais été un fardeau, et pour toi, et pour moi. Tu es généreuse, tu aurais peut-être accepté avec joie ce fardeau comme un nouveau sacrifice : mais je n'avais pas le droit de te l'imposer ; tu as mieux et davantage à faire.

« Mes chers enfants, laissez-moi vous unir l'un à l'autre, d'une main qui vient, pour ainsi dire, de par-delà la tombe.

« Vous serez bien ensemble. Marianne, tu finiras par

aimer tout à fait Solomine, et lui... il t'a aimée, du jour
où il t'a vue chez les Sipiaguine. Cela n'a jamais été un
secret pour moi, bien que nous nous soyons enfuis ensemble quelques jours après.

« Ah! ce matin-là! Comme il était beau, et frais, et
jeune! Il m'apparaît à présent comme le symbole de
votre double vie, de la tienne et de la sienne; et c'est
uniquement par hasard que je me suis trouvé à sa place,
ce matin-là.

« Mais il faut finir; je n'ai pas l'intention de t'api-
toyer... je veux seulement me disculper. Demain, il y
aura quelques moments bien durs à passer. Mais que
faire, puisqu'il n'y a pas d'autre issue? Adieu, Marianne,
ma chère et honnête enfant! Adieu, Solomine! Je te la
confie. Vivez heureux, vivez avec profit pour les autres;
et toi, Marianne, ne te souviens de moi que quand tu
seras heureuse. Pense à moi comme à un homme honnête et bon aussi, mais à qui il seyait mieux de mourir
que de vivre.

« T'ai-je aimée d'amour? je n'en sais rien, mon amie;
mais je sais que jamais je n'ai éprouvé un sentiment plus
fort, et que la mort me paraîtrait encore plus terrible,
si je n'emportais pas dans la tombe un sentiment comme
celui-là.

« Marianne! si tu rencontres quelque part une personne nommée Machourina, — Solomine la connaît, et du
reste, toi aussi tu l'as vue, je crois, — dis-lui que j'ai
pensé à elle avec reconnaissance peu de temps avant ma
fin... Elle saura ce que je veux dire.

« Il faut pourtant que je m'arrache à ces adieux. Je
viens de regarder par la fenêtre : une belle étoile brillait
immobile à travers les nuages qui couraient rapidement.
Mais, si vite qu'ils courussent, ils ne parvenaient pas à la
cacher. Cette étoile m'a fait penser à toi, Marianne.

« En ce moment, tu dors dans la chambre voisine, —
et tu ne te doutes de rien... Je me suis approché de ta
porte, j'ai tendu l'oreille et il m'a semblé entendre ta

respiration tranquille. Adieu! adieu! adieu, mes enfants, mes amis!

« Votre A. »

« Tiens! voilà que dans cette lettre, écrite au moment où je vais mourir, je n'ai pas dit un seul mot de notre grande œuvre! C'est sans doute parce qu'au moment de la mort, on n'a pas à mentir... Marianne, pardonne-moi ce post-scriptum... Le mensonge était en moi, et non dans l'œuvre à laquelle tu crois.

« Ah! encore un mot. Tu penseras peut-être, Marianne, que j'ai eu peur de la prison, — car on m'y aurait envoyé nécessairement, — et que j'ai pris ce moyen pour l'éviter? Non; la prison n'est pas une si grosse affaire; mais être en prison pour une œuvre à laquelle on ne croit pas, ce serait trop absurde. Si j'en finis avec moi, ce n'est pas par crainte de la prison.

« Adieu, Marianne! Adieu! »

Marianne et Solomine, l'un après l'autre, lurent cette lettre. Puis elle mit dans sa poche les deux lettres et le portrait, et resta immobile.

Alors Solomine lui dit :

« Tout est prêt, Marianne, partons. Il faut remplir sa volonté. »

Marianne s'approcha de Néjdanof, posa ses lèvres sur son front déjà refroidi, et, se tournant vers Solomine, lui dit :

« Partons. »

Il lui prit le bras, et tous deux sortirent de la chambre.

Quelques heures après, quand la police pénétra dans la fabrique, elle trouva Néjdanof, il est vrai, mais mort. Tatiana l'avait soigneusement arrangé sur son lit, elle avait mis sous sa tête un oreiller blanc, elle lui avait

croisé les mains, elle avait même placé un bouquet de
fleurs sur un guéridon tout près de lui.

Paul, qui avait reçu toutes les instructions nécessaires,
fit aux gens de police l'accueil le plus respectueux et le
plus railleur en même temps, de sorte qu'ils se demandèrent s'il fallait lui adresser des remercîments ou le faire
arrêter.

Il leur raconta tous les détails du suicide, il leur fit
manger du fromage de Gruyère et boire du madère ;
mais quand on lui demanda où se trouvaient Solomine
et la jeune fille qui était venue demeurer à la fabrique,
il déclara être dans la plus complète ignorance là-dessus ;
il se borna à leur assurer que Solomine ne restait jamais
longtemps absent, à cause de la besogne ; qu'il allait revenir le jour même ou le lendemain, et qu'aussitôt, sans
perdre une seule minute, il en donnerait connaissance
en ville. Ils pouvaient en être sûrs, car c'était un homme
ponctuel !

De la sorte, messieurs les agents s'en retournèrent les
mains vides, après avoir laissé des gardiens auprès du
corps, avec la promesse d'envoyer le juge d'instruction.

XXXVIII

Deux jours après ces événements, un homme et une
jeune fille qui nous sont bien connus entrèrent en télègue dans la cour de « ce brave » père Zossime ; et, le
lendemain de leur arrivée, ils se marièrent.

Peu de jours après, ils disparurent, — et « le brave
Zossime » ne se repentit nullement de ce qu'il avait fait.

En quittant la fabrique, Solomine avait laissé à Paul
une lettre adressée au patron ; cette lettre contenait un
compte rendu complet et précis de la situation des affaires, — qui était brillante, — et demandait pour Solo-

mine un congé de trois mois. Elle avait été écrite deux jours avant la mort de Néjdanof, d'où l'on pouvait conclure que déjà, en ce moment-là, il croyait nécessaire de partir avec lui et Marianne, et de disparaître pour quelque temps.

L'enquête ouverte à propos du suicide ne fit rien découvrir.

On enterra le corps. Sipiaguine ne poussa pas plus loin les recherches pour retrouver sa nièce.

Markelof fut jugé neuf mois plus tard. Son attitude devant le tribunal fut la même que devant le gouverneur : calme, non sans une certaine dignité, et un peu triste. Sa roideur habituelle s'était amollie ; ce n'était point par faiblesse, mais par un autre sentiment, plus noble. Il ne se disculpait en rien, ne se repentait de rien, n'accusait et ne nommait personne ; son visage amaigri, aux yeux éteints, n'avait plus qu'une seule expression de résignation et de fermeté ; et ses réponses courtes, mais nettes et franches, éveillaient, chez les juges mêmes, un sentiment qui ressemblait à de la compassion.

Les paysans qui l'avaient livré, et qui servaient de témoins à charge, partageaient ce sentiment, et parlaient de lui comme d'un *barine* « simple » et bon.

Mais sa culpabilité était trop évidente ; il ne put échapper à la punition ; d'ailleurs il eut l'air de l'accepter comme une chose naturelle.

Quant à ses complices, du reste peu nombreux, Machourina se cachait ; Ostrodoumof fut tué par un bourgeois à qui il prêchait l'insurrection et qui lui donna un coup « maladroit » ; Golouchkine ne reçut qu'une légère punition, grâce à son « repentir sincère » (il faillit devenir fou d'inquiétude et de frayeur) ; Kisliakof fut retenu un mois en prison, puis relâché, et on ne l'empêcha même pas de recommencer à rouler à travers tous les gouvernements de la Russie ; Néjdanof s'était mis à l'abri en se tuant ; Solomine, — faute de preuves suffi-

santes, — resta soupçonné, mais fut laissé tranquille. Du
reste il ne chercha pas à éviter le tribunal et se présenta
à l'époque fixée. On ne fit aucune allusion à Marianne...
Pakline avait réussi à tirer son épingle du jeu ; mais on
ne s'occupa guère du pauvre homme.

Dix-huit mois s'étaient écoulés ; c'était l'hiver de
1870. A Pétersbourg, dans ce même Pétersbourg où le
conseiller privé et chambellan Sipiaguine se préparait à
jouer un rôle considérable, où sa femme protégeait tous
les arts, donnait des soirées musicales et organisait des
fourneaux économiques, où M. Kalloméïtsef était regardé comme un des fonctionnaires les plus solides de
son ministère, un petit homme, vêtu d'un pauvre manteau à collet de chat, marchait en clopinant le long d'une
des « lignes » du Vassili-Ostrof.

C'était Pakline. Il avait bien changé depuis ce temps ;
quelques fils blancs brillaient dans les mèches de cheveux
que laissait passer son bonnet fourré.

Une dame un peu corpulente et d'une taille élevée,
étroitement enveloppée dans un manteau de drap sombre, venait à sa rencontre sur le trottoir.

Il jeta sur elle un regard distrait, passa à côté d'elle,
puis, tout à coup, s'arrêta, réfléchit une seconde, étendit
les bras, et, se retournant vivement, la rattrapa et la regarda par-dessous son chapeau.

« Machourina ? » dit-il à demi-voix.

La dame le mesura d'un regard majestueux, et, sans
dire un mot, continua son chemin.

« Ma bonne Machourina, je vous ai reconnue, continua Pakline en clopinant à côté d'elle, mais ne vous
effrayez pas, je vous en prie. Vous pensez bien que je ne
vous trahirai pas ! Je suis trop heureux de vous avoir
rencontrée ! Je suis Pakline, Sila Pakline, vous savez,

l'ami de Néjdanof... Venez chez moi ; je demeure à deux pas d'ici... Allons, je vous en prie.

— *Io sono contessa Rocca...* et... et... *e ancora!* répondit la dame d'une voix grave, mais avec un accent russe très-nettement marqué.

— Quelle comtesse ? où prenez-vous une comtesse ?... Allons, suivez-moi, nous causerons.

— Mais où demeurez-vous? lui demanda tout à coup la comtesse italienne, je suis pressée.

— Je demeure dans cette ligne-ci; voilà ma maison ; tenez, une maison grise à trois étages. — Que vous êtes bonne de ne plus vous cacher de moi! Donnez-moi le bras, allons. Y a-t-il longtemps que vous êtes ici? Et pourquoi êtes-vous comtesse? Avez-vous épousé quelque comte italien? »

Machourina n'avait épousé aucun comte; on lui avait donné, à l'étranger où elle se trouvait alors, le passeport d'une certaine comtesse *Rocca di Santo Fiume*, morte peu de temps auparavant; et, ainsi munie, elle était partie tranquillement pour la Russie, quoiqu'elle ne comprit pas un mot d'italien, et qu'elle eût le type russe très-prononcé.

Pakline la conduisit dans son modeste petit logement. Sa sœur bossue, Snandoulie, avec laquelle il demeurait, sortit pour venir les recevoir de derrière la cloison qui séparait une toute petite cuisine de l'antichambre non moins petite.

« Tiens, Snandoulie, dit-il, je te recommande madame, une grande amie à moi ; donne-nous du thé bien vite. »

Machourina, qui n'aurait jamais accepté l'offre de Pakline si celui-ci n'avait pas parlé de Néjdanof, ôta son chapeau, arrangea de sa main virile ses cheveux coupés courts comme jadis, fit une inclination de tête, et s'assit sans rien dire.

Elle n'était pas du tout changée; son vêtement même était celui qu'elle portait deux ans auparavant. Mais une

tristesse immobile s'était comme figée dans ses yeux, et
cette tristesse donnait quelque chose de touchant à l'expression naturellement rude de son visage.

Snandoulie courut s'occuper du samovar ; Pakline
s'assit en face de Machourina, lui frappa amicalement le
genou, pencha la tête et essaya de parler ; mais il fut
d'abord obligé de tousser, car sa voix se brisa, et de petites larmes brillèrent dans ses yeux. Machourina se
tenait immobile, le corps droit, sans s'appuyer au dossier de sa chaise, — et regardait de côté d'un air morose.

« Ah ! dit enfin Pakline, que de choses se sont passées ! Je vous regarde, et je me rappelle... bien des
choses et bien des gens, — des vivants et des morts. —
Mes deux petites perruches sont mortes aussi... mais
vous ne les avez pas connues, je crois ; — et toutes
deux, comme je l'avais prédit, sont parties le même jour.
— Néjdanof... pauvre Néjdanof !... Vous savez probablement...

— Oui, je sais, répondit Machourina sans cesser de
regarder de côté.

— Et Ostrodoumof ? vous savez aussi ce qui lui est
arrivé ? »

Machourina fit un signe de tête. Elle aurait voulu
qu'il continuât à parler de Néjdanof, mais elle n'osait
pas le lui demander. — Il la comprit pourtant.

« J'ai entendu dire que, dans la lettre qu'il a écrite
avant de mourir, il a parlé de vous. — Est-ce vrai ?

Machourina resta un moment sans répondre.

« C'est vrai, dit-elle enfin.

— Quel excellent garçon c'était ! Mais il était complétement sorti de son ornière ! — Il n'était pas plus révolutionnaire que moi ! Savez-vous ce qu'il était réellement ? — Un romantique du réalisme ! Vous me comprenez ? »

Machourina jeta à Pakline un regard rapide. Elle ne
l'avait pas compris et ne voulait pas se donner la peine
de comprendre. Elle trouvait étrange et déplacé qu'il

osât se comparer à Néjdanof ; mais elle se dit : « Bah !
qu'il se vante, qu'importe ! »

En réalité, il ne se vantait pas du tout, il croyait plutôt se rabaisser par cette comparaison.

« J'ai reçu la visite d'un certain Siline, continua
Pakline ; Néjdanof lui avait aussi écrit avant de mourir.
Le Siline en question me demanda si on ne pourrait pas
trouver quelques papiers qu'aurait laissés le défunt.
Mais les effets d'Alexis avaient été mis sous les scellés, et
ses papiers n'existaient plus ; il avait tout brûlé, et ses
poésies aussi. Vous ne saviez peut-être pas qu'il faisait
des vers ? Je les regrette. Je suis sûr que, dans le nombre, il devait y en avoir de pas mal. Tout ça a disparu
en même temps que lui, tout ça est tombé dans le tourbillon commun, et pour toujours. Il n'en reste que le
souvenir chez quelques amis, qui eux-mêmes disparaî-
tront à leur tour. »

Pakline s'interrompit un moment.

« En revanche, les Sipiaguine, reprit-il, vous vous
rappelez, ces gros bonnets si condescendants, si majestueux et si antipathiques, eh bien, à l'heure qu'il est,
ils sont au faîte de la puissance et de la renommée ! »

Machourina ne « se rappelait » nullement les Sipiaguine ; mais Pakline les détestait si cordialement tous
deux, le mari surtout, qu'il ne pouvait se refuser la satisfaction de les dauber.

« Il paraît que leur maison est d'un ton ! On n'y parle
que de vertu ! Mais c'est une chose que j'ai remarquée :
les maisons où l'on parle trop de vertu sont comme les
chambres de malades où on a brûlé des parfums : on
peut être sûr qu'il vient de s'y passer quelque chose de
pas propre ! Un si fort parfum de vertu, c'est suspect !
Ce sont eux, ces Sipiaguine, qui ont perdu ce pauvre
Néjdanof.

— Qu'est devenu Solomine ? » demanda Machourina.

Elle éprouvait un désagrément subit à entendre « celui-
ci » parler de « celui-là. »

« Solomine? voilà un gaillard. Il a admirablement mené sa barque. Il a quitté son ancienne fabrique, et il a emmené avec lui les meilleurs sujets. Il y en avait un... une fameuse tête, à ce qu'on dit... Il s'appelait Paul... Solomine l'a emmené aussi. A présent, on dit qu'il a une fabrique à lui, pas bien grande, quelque part dans le gouvernement de Perm, et qu'il l'a établie sur le principe de l'association. On peut être sûr que celui-là ne lâchera pas son affaire! Il fera son trou! Il a le bec pointu et fort en même temps. C'est un gaillard! Et surtout, il n'est pas un guérisseur à la minute des plaies sociales. Nous autres Russes, vous savez comment nous sommes; nous espérons toujours qu'il arrivera quelque chose ou quelqu'un pour nous guérir tout d'un coup, pour assainir nos plaies, pour nous enlever toutes nos maladies comme on arrache une dent gâtée. Qui sera ce magicien? Est-ce le darwinisme? Est-ce la commune rurale? Est-ce Arkhip Pérépentief? Est-ce une guerre étrangère? — Peu importe; seulement, bienfaiteur, arrache-nous notre dent! Au fond, tout cela veut dire : paresse, manque d'énergie et de réflexion! Mais Solomine n'est pas de cet acabit; il n'arrache pas les dents, lui, c'est un gaillard! »

Machourina fit de la main un geste qui voulait dire : « Ainsi donc en voilà un d'enterré. »

« Et cette jeune fille, demanda-t-elle, j'ai oublié son nom, qui était partie avec lui, avec Néjdanof?

— Marianne? Mais justement elle est mariée avec ce Solomine. Il y a plus d'un an qu'elle est mariée. Au commencement c'était pour la forme, mais à présent, on dit qu'elle est devenue sa femme pour tout de bon. Oui! »

Machourina fit le geste qu'elle avait fait à propos de Solomine.

Autrefois, elle avait eu de la jalousie contre Marianne parce qu'elle aimait Néjdanof; à présent, elle s'indignait de ce qu'elle avait pu trahir ainsi son souvenir...

« Il y a un enfant, probablement ? dit-elle d'un air dédaigneux.

— Peut-être, je ne sais pas. Mais où allez-vous, où
allez-vous ? ajouta Pakline en la voyant prendre son
chapeau. Attendez, Snandoulie va vous apporter le thé
tout de suite. »

Ce que Pakline désirait, ce n'était pas tant de retenir
Machourina, que d'avoir l'occasion de déverser tout ce
qui s'était accumulé, tout ce qui fermentait sourdement
dans son âme. Depuis qu'il était revenu à Pétersbourg,
il voyait très-peu de monde, surtout très-peu de jeunes
gens. Son histoire avec Néjdanof l'avait épouvanté, il
était devenu très-prudent, il fuyait la société, — et les
jeunes gens, de leur côté, le regardaient d'un œil soupçonneux. L'un d'eux, même, lui avait jeté à la figure le
mot : dénonciateur. Quant aux vieillards, il n'éprouvait
guère de plaisir à les voir ; de sorte que des semaines
entières se passaient sans qu'il eût occasion de dire un
mot.

Il ne se livrait guère avec sa sœur, non qu'il la crût
incapable de le comprendre, bien au contraire ! Il estimait très-haut son esprit... Mais, avec elle, il était forcé
de parler sérieusement et avec toute véracité ; et dès
qu'il se lançait à « jouer de l'atout », comme on dit
chez nous, elle se mettait aussitôt à le regarder d'un
certain air, attentivement, non sans compassion, et il
se sentait tout honteux. Mais convenez qu'on ne peut
s'empêcher de jouer de l'atout, ne fût-ce que d'un deux
d'atout !

Tout cela faisait que la vie de Pétersbourg était devenue écœurante pour Pakline, et qu'il songeait parfois
à transporter ses pénates ailleurs... à Moscou, peut-être.

Et, en attendant, une foule de considérations, de réflexions, de pensées, de mots piquants ou drôles, s'en-
tassaient, s'assemblaient en lui comme l'eau dans le ré-
servoir d'un moulin fermé... On ne pouvait pas lever la
vanne : l'eau devenait stagnante et se corrompait. Là-

dessus, Machourina était survenue, la vanne s'était soulevée, et le flux de paroles coulait, coulait... Il y en eut pour tout et pour tous, — pour Pétersbourg, pour la vie pétersbourgeoise, pour la Russie entière. Rien ni personne ne fut épargné. Tout cela intéressait fort médiocrement Machourina; mais elle ne lui répondait pas, ne l'interrompait pas... c'était tout ce qu'il demandait.

« Oui, disait-il, nous sommes dans une jolie passe, je vous assure! Dans la société, stagnation complète; tout le monde s'ennuie mortellement! Dans la littérature, vide absolu! table rase! Dans la critique... si quelque jeune écrivain progressiste a envie de dire que « les poules ont la faculté de pondre des œufs », il lui faudra vingt pages pour exposer cette grande vérité, — et encore n'aura t-il pas tout expliqué à son gré! Dans la science, ha! ha! ha! nous avons aussi chez nous le savant Kant, mais seulement sur les collets des ingénieurs [1]! Dans l'art, c'est absolument de même. Allez au concert, ce soir, vous entendrez le chanteur populaire Agrémentsky... Il a un succès fou... Eh bien, si une carpe farcie pouvait chanter, une carpe farcie, vous dis-je, bien grasse et bien fade, elle chanterait précisément comme ce monsieur-là. Ce qui n'empêche pas Skoropikhine, vous savez, notre grand aristarque, de le porter aux nues! « C'est autrement fort, dit-il, que l'art occidental! » Du reste, il porte aussi aux nues nos piètres peintres de terroir. « Autrefois, dit-il, moi aussi j'étais fanatique de l'Europe, des Italiens; mais j'ai entendu Rossini, et je me suis dit : Hé! hé! Peuh! — J'ai vu Raphaël : Hé! hé! Peuh! » — Et nos jeunes gens ne demandent rien de plus, et ils répètent : Hé! hé! Peuh! après Skoropikhine, et ils sont enchantés, figurez-vous! Et pendant ce temps le peuple souffre terri-

---

[1] Kant, en russe, veut dire bordure, liséré : les ingénieurs, artilleurs, en général les armes savantes, ont des bordures particulières sur les collets de leurs uniformes.

blement, les impôts l'ont absolument ruiné, et la seule
réforme qui ait été accomplie, c'est que les paysans portent maintenant des casquettes, et que les paysannes ont
renoncé à leur ancienne coiffure... Et la faim ! et l'ivro-
gnerie ! et les accapareurs !... »

Mais, en ce moment, Machourina bâilla, et Pakline
comprit qu'il fallait changer de conversation.

« Vous ne m'avez pas encore dit, lui demanda-t-il, où
vous avez passé ces deux années, ni si vous êtes revenue
depuis longtemps, ni ce que vous avez fait, ni de quelle
façon vous vous êtes transformée en comtesse italienne,
ni pourquoi...

— Vous n'avez pas besoin de savoir tout cela, interrompit Machourina : à quoi bon ? Ce n'est plus votre
affaire à présent. »

Cela donna à Pakline un coup ; mais, pour essayer de
cacher son trouble, il fit entendre un petit rire forcé.

« Comme il vous plaira, dit-il ; je sais qu'aux yeux de
la jeune génération, je suis un homme en retard ; le fait
est, du reste, que je ne peux plus me compter... au rang
des... »

Il n'acheva pas sa phrase.

« Voici Snandoulie qui nous apporte le thé. Vous en
prendrez une tasse, et pendant ce temps-là, vous m'é-
couterez. Peut-être y aura-t-il dans mes paroles quelque
chose d'intéressant pour vous. »

Machourina prit la tasse d'une main, un morceau de
sucre de l'aure, et se mit à boire à la façon des gens du
peuple russe, en croquant son sucre par bribes.

Pour le coup, Pakline se mit à rire de bon cœur.

« Il est très-heureux que la police ne soit pas ici, lui
dit-il, car la comtesse italienne... Comment avez-vous
dit ?

— Rocca di Santo-Fiume ! répondit Machourina avec
une gravité impertubable en avalant une gorgée de thé
brûlant.

— Rocca di Santo Fiume ! répéta Pakline, et elle

prend son thé à la russe ! Voilà qui est fort peu vraisem-
blable ! Cela seul suffirait pour éveiller les plus graves
soupçons.

— C'est justement ce qui m'est arrivé à la frontière,
dit Machourina ; il y avait un individu en uniforme qui
ne me lâchait pas ; il me faisait un tas de questions ; à la
fin, je perdis patience : « Voulez-vous bien me laisser
en repos ! » lui ai-je dit.

— En italien ?

— Pas du tout : en russe.

— Et qu'a-t-il fait ?

— Ce qu'il a fait ? Il est parti, naturellement.

— Bravo ! s'écria Pakline. Ah ! quelle comtesse ! Encore une petite tasse de thé. Voici une remarque que je
voulais vous faire : tout à l'heure vous avez été un peu
dure pour Solomine ; eh bien, savez-vous ce que je
pense ? Les gens comme lui sont les gens véritables. On
ne les comprend pas d'emblée ; mais, croyez-moi, ce
sont les véritables, et l'avenir leur appartient.

« Ce ne sont pas des héros ; ce ne sont pas même de
ces « héros du travail » à propos desquels un farceur, —
américain ou anglais, je ne sais plus, — a écrit un livre
pour notre édification à nous autres pauvres diables ; ce
sont des individus solides, qui sortent du peuple, et sans
couleur, gris, monochromes. Nous avons besoin de
ceux-là, à présent, et rien que de ceux-là !

« Regardez un peu Solomine : il a l'esprit clair comme
le jour, et il se porte comme un chêne ! Grand miracle !
Jusqu'à présent, chez nous, en Russie, quelle était la
règle ? Si tu es un être vivant, intelligent, conscient, tu
es infailliblement malade ! Tandis que Solomine, certainement, a les mêmes peines que nous, ses préoccupations sont les mêmes ; il déteste ce que nous détes-
tons, mais ses nerfs le laissent tranquille et son corps
obéit, comme il convient ; donc, c'est un gaillard ! Dites
ce que vous voudrez, mais un homme qui a un idéal,
et qui ne fait pas de phrases ; qui est instruit et qui sort

du peuple; qui est simple et en même temps très-habile...
Que vous faut-il de mieux?

« Et ne me dites pas, continua Pakline, qui se lançait
de plus en plus, sans s'apercevoir que Machourina avait
depuis longtemps cessé de l'écouter, et qu'elle avait re-
commencé à regarder de côté; ne me dites pas qu'il y
a chez nous en ce moment toutes sortes d'individus: et
des slavophiles, et des bureaucrates, et des généraux, simples ou doubles, comme des violettes, et des épicuriens,
et des imitateurs, et des toqués! J'ai connu — par parenthèse — une dame qui s'appelait Fébronie Ristchoff,
qui, un beau jour, de but en blanc, devenue légitimiste,
assurait à tout le monde qu'à l'heure de sa mort, si on
ouvrait son corps, on y trouverait tracé sur son cœur
le nom d'Henri V. Sur le cœur de Fébronie Ristchoff!

« Ne me dites pas tout cela, ma très-respectable amie;
mais croyez que notre seul et véritable chemin, c'est
celui que suivent les gens simples, terre à terre et habiles,
les Solomine, en un mot! Souvenez-vous à quel moment
je vous dis cela... Je vous dis cela, pendant l'hiver de 1870,
au moment où l'Allemagne se prépare à écraser la France,
au moment où...

— Sila! dit tout à coup derrière le dos de Pakline la voix
de Snandoulie, il me semble que dans tes jugements sur
l'avenir tu oublies notre religion et son influence. Du
reste, ajouta-t-elle vivement, Mᵐᵉ Machourina ne t'écoute
pas... Tu ferais mieux de lui offrir encore une tasse de
thé.

— Ah! oui, dit Pakline interloqué, oui, en effet, ne
désirez-vous pas?... »

Mais Machourina, relevant lentement sur lui ses yeux
sombres, lui dit d'un air pensif :

« Je voulais vous demander, Pakline, n'auriez-vous pas
un peu de l'écriture de Néjdanof, ou sa photographie?

— J'ai sa photographie... oui; et pas mauvaise, je
crois. Elle est dans le tiroir de la table. Je vais vous la
trouver à l'instant. »

Il se mit à farfouiller dans le tiroir; Snandoulie s'approcha de Machourina, la regarda longuement, et lui serra la main comme à une camarade.

« La voilà! j'ai trouvé! » s'écria Pakline en présentant la photographie à Machourina.

Celle-ci, presque sans regarder le portrait, sans dire merci, mais toute rougissante, fourra vivement la carte dans sa poche, mit son chapeau et se dirigea vers la porte.

« Vous partez? lui dit Pakline. Donnez-moi au moins votre adresse!

— Je n'ai pas d'adresse fixe.

— Je comprends, vous ne voulez pas que je la connaisse. Dites-moi au moins une chose : vous êtes toujours sous les ordres de Vassili Nicolaïévitch?

— Que vous importe?

— Ou d'un autre, peut-être? De Sidor Sidorovitch? »

Machourina ne répondit pas.

« Ou peut-être d'un anonyme? »

Machourina franchit le seuil.

« Peut-être bien, d'un anonyme. »

Elle tira la porte derrière elle.

Pakline resta longtemps immobile devant cette porte fermée.

« La Russie anonyme! » dit-il enfin.

HISTOIRE, POÉSIE, VOYAGES, ROMANS, LITTÉRATURE FRANÇAISE ET ÉTRANGÈRE

VOLUMES IN-18 A 3 FR.

AUDEVAL..........	Les Demi-Dots..........	1 v.
—	La Dernière...........	1 v.
BADIN (Adolphe)....	Marie Chassaing.........	1 v.
BENTZON (Th.)......	Un Divorce...........	1 v.
LUCIE B...........	Une maman qui ne punit pas.	1 v.
—	Aventures d'Édouard et justice des choses..........	1 v.
BIART (Lucien).....	Le Bizco...........	1 v.
—	Benito Vasquez..........	1 v.
—	La Terre chaude........	1 v.
—	La Terre tempérée.......	1 v.
—	Pile et Face.........	1 v.
—	Les Clientes du Dr Bernagius.	1 v.
CHAMFORT.........	(Edition Stahl)........	1 v.
COLOMBEY........	Esprit des voleurs.......	1 v.
DAUDET (Alphonse)...	Le Petit Chose.........	1 v.
—	Lettres de mon moulin.....	1 v.
DEVIC (Marcel).....	Le Roman d'Antar.......	1 v.
DOMENECH (l'abbé)...	La Chaussée des Géants....	1 v.
—	Voyages et avent. en Irlande..	1 v.
DROZ (Gustave).....	Monsieur, Madame et Bébé..	1 v.
—	Entre nous...........	1 v.
—	Le Cahier bleu de Mlle Cibot.	1 v.
—	Autour d'une source......	1 v.
—	Un Paquet de lettres. (*Prix, 1 fr.; sur papier vergé, 3 fr.*)	1 v.
—	Babolain...........	1 v.
—	Une femme gênante.......	1 v.
—	Les Etangs..........	1 v.
DURANDE (Amédée),..	Carl. Joseph et Horace Vernet.	1 v.
ERCKMANN-CHATRIAN..	Le Blocus...........	1 v.
—	Le Brigadier Frédéric.....	1 v.
—	Une Campagne en Kabylie..	1 v.
—	Confidences d'un joueur de clarinette...........	1 v.
—	Contes de la montagne.....	1 v.
—	Contes des bords du Rhin...	1 v.
—	Contes populaires.......	1 v.
—	Le Fou Yégof..........	1 v.
—	La Guerre...........	1 v.
—	Histoire d'un Conscrit de 1813.	1 v.

ERCKMANN-CHATRIAN .	Hist. d'un homme du peuple .	1 v.
—	Hist. d'un paysan, compl. en	4 v.
—	Histoire d'un sous-maître . . .	1 v.
—	L'illustre docteur Mathéus . .	1 v.
—	Madame Thérèse.	1 v
—	*— Edition allemande avec les dessins hors texte*, 1 v., 3 fr.	
—	Maître Gaspard Fix.	1 v.
—	La Maison forestière	1 v.
—	Maître Daniel Rock	1 v.
—	Waterloo..	1 v.
—	Histoire du plébiscite.	1 v.
—	Les Deux Frères.	1 v.
—	Le Juif polonais, pièce à 1 50.	1 v.
ESQUIROS (Alph.) . . .	L'Angleterre et la vie anglaise.	5 v.
FAVRE (Jules)	Discours du bâtonnat.	1 v.
FLAVIO	Où mènent les chemins de traverse	1 v.
GENEVRAY	Une Cause secrète.	1 v.
GOURNOT.	Essai sur la jeunesse contemporaine.	1 v.
GOZLAN (Léon)	Emotions de Polydore Marasquin. . . . . , . . .	1 v.
GRAMONT (comte de). .	Les Gentilshommes pauvres .	1 v.
—	Les Gentilshommes riches . .	1 v.
JANIN (Jules).	La Fin d'un monde. Le neveu de Rameau.	1 v.
—	Variétés littéraires.	1 v.
LAVALLÉE (Théophile).	Jean-sans-Peur.	1 v.
MALOT (Hector).	Un Beau-Frère	1 v.
MULLER (Eugène). . . .	La Mionette.	1 v.
MORALE UNIVERSELLE.	Esprit des Allemands	1 v.
—	— Anglais.	1 v.
—	— Espagnols.	1 v.
—	— Grecs	1 v.
—	— Italiens	1 v.
—	— Latins.	1 v.
—	— Orientaux.	1 v.
OLIVIER (Just).	Le Batelier de Clarens.	2 v.
PICHAT (Laurent)	Gaston	1 v.
—	Les Poëtes de combat	1 v.
—	Le Secret de Polichinelle . . .	1 v.
POUJARD'HIEU	Les Chemins de fer	1 v.
—	La Liberté et les intérêts matériels.	1 v.
PRINCESSE PALATINE.. . .	Lettres inédites (trad. par Roland).	1 v.

Quatrelles	Voyage autour du grand monde	1 v.
—	La Vie à grand orchestre. . .	1 v.
—	Sans Queue ni Tête	1 v.
—	L'Arc-en-ciel.	1 v.
Rive (de la)	Souvenirs sur M. de Cavour..	1 v.
Robert (Adrien)	Le Nouveau Roman comique.	1 v.
Roqueplan	Parisine	1 v.
Sand (George)	Promenades autour d'un village	1 v.
Stahl (P.-J.)	LES BONNES FORTUNES PARISIENNES :	
—	— Les Amours d'un pierrot..	1 v.
—	— Les Amours d'un notaire..	1 v.
—	Histoire d'un homme enrhumé, Voyage d'un étudiant	1 v.
—	Histoire d'un Prince et Voyage où il vous plaira	1 v.
Texier et Kæmpfen	Paris capitale du monde	1 v.
Tourguéneff (J.)	Dimitri Roudine.	1 v.
—	Fumée (préface de Mérimée)	1 v.
—	Une Nichée de gentilshommes.	1 v.
—	Nouvelles moscovites	1 v.
—	Histoires étranges.	1 v.
—	Les Eaux Printanières.	1 v.
—	Les Reliques vivantes.	1 v.
Trochu (Général).	Pour la vérité et pour la justice.	1 v.
—.	La politique et le siége de Paris.	1 v.
Wilkie Collins	La Femme en blanc	2 v.
—	Sans Nom.	2 v.
H. Wood (Mme).	Lady Isabel	2 v.

LIVRES IN-18 EN COMMISSION (3 FR.)

Anonyme.	Mary Briant.	1 v.
Arago (Étienne)	Les Bleus et les Blancs.	2 v.
Baignières	Histoires modernes	1 v.
—	Histoires anciennes.	1 v.
Bastide (A.)	Le Christianisme et l'esprit moderne	1 v.
Berchère	L'Isthme de Suez	1 v.
Boullon (E.)	Chez nous	1 v.
Bugeaud (Gérôme).	Jacquet-Jacques.	1 v.
Carteron (C.)	Voyage en Algérie	1 v.
Chauffour.	Les Réformateurs du xvie siècle	2 v.

DOLLFUS (Charles) . . .	La Confession de Madeleine.	1 v.
DUVERNET	La Canne de Mⁱᵉ Desrieux . . .	1 v.
FAVIER (F.)	L'Héritage d'un misanthrope.	1 v.
FOS (MARIA de)	Les Cercles de feu	1 v.
GRENIER	Poëmes dramatiques.	1 v.
HABÉNECK (Ch).	Chefs-d'œuvre du théâtre espagnol.	1 v.
HUET (F.)	Histoire de Bordas Dumoulin	1 v.
LANCRET (A.)	Les Fausses Passions	1 v.
LAVALLEY (Gaston). . .	Aurélien.	1 v.
LAVERDANT (Désiré). .	Don Juan converti	1 v.
—	Les Renaissances de Don Juan.	2 v.
LEFÈVRE (André). . .	La Flûte de Pan	1 v.
—	La Lyre intime.	1 v.
—	Les Bucoliques de Virgile. . .	1 v.
LESALCK (Dr)	Les Eaux de Spa.	1 v.
NAGRIEN (X.)	Prodigieuse Découverte	1 v.
PAULIN PARIS.	Garin le Lohérain	1 v.
RÉAL (Antony).	Les Atomes	1 v
SIMONIN (Louis).	Les Pays lointains	1 v.
STEEL.	Haôma	1 v.
VALLORY (Mᵐᵉ)	A l'aventure en Algérie. . . .	1 v.
WORMS DE ROMILLY . .	Horace (traduction).	1 v.

LIVRES EN COMMISSION

Prix divers

ANONYME.	Le Prisme de l'âme.	6 fr.
—	Rome.	6 fr.
LAVERDANT (Désiré) . .	Appel aux artistes	1 fr.
PAULTRE (E.).	Capharnaüm.	6 fr.
PIRMEZ	Jour de solitude, 1 vol. in-8. .	6 fr
RATISBONNE (Louis) . .	Les Figures jeunes.	5 fr.
RAYNALD	Histoire de la Restauration. .	5 fr.
RIVE (DE LA).	Souvenir de M. de Cavour. .	6 fr.
ANONYME	Mademoiselle Segeste	2 fr.
ANTULLY (Albéric d') .	Fantaisie.	2 fr.
BRUIÈRE (S.).	Une Saison en Allemagne. .	1 fr.
GUIMET (Émile).	Croquis égyptiens	3 50
—	L'Orient d'Europe au fusain, in-18	2 fr.
—	Esquisses Scandinaves, 1 vol. in-18	3 fr.
SCHNÉEGANS (A.)	Contes. 1 vol. in-18	2 fr.